이민자 의식과 토박이 의식

미국 소수민족 소설을 중심으로

이 책은 2019년도 전남대학교 교내출판지원사업에 의해 출판되었음.

THE IMMIGRANT CONSCIOUSNESS
VS. NATIVE CONSCIOUSNESS IN
AMERICAN MINORITY NOVELS

이민자 의식과 토박이 의식
미국 소수민족 소설을 중심으로

장정훈 지음

도서출판 ▌동인

깊은 애정과 인내심을 갖고
항상 곁을 지켜준 사랑하는 아내 선경희
예쁘고 소중한 세 딸 지혜, 지은, 지원에게
이 책을 바칩니다.

이 책의 주된 목적은 미국 소수민족 소설에 표현된 이민자 의식의 소멸과정과 주인의식이 생성되는 과정을 살펴보는 데 있다. 이 목적을 달성하기 위해 이 책은 아메리카 원주민계, 아프리카계, 아시아계, 그리고 유대계 경우, 부모세대의 정체성 유지에 심리적 버팀목 역할을 했던 민족의식이 약화되고 이민자 의식이 강화되어, 후속세대들에 들어와 어떤 사회적 · 심리적 조건에서 미국에 대한 주체의식, 즉 토박이 의식이 생겨나는가에 주목한다. 이어서 이 책은 다양한 소수민족 집단들에게 새롭게 형성된 주체의식이 각기 다른 어떤 특징을 갖는지를 살펴보고, 나아가 그것이 그들의 심리적 고통을 치유하고 정체성의 위기를 극복하는 과정에서 어떤 역할을 하는지를 중점적으로 검토한다. 이를 통해 이 책은 소수민족 집단들이 미국에서 자신들의 민족적 정체성을 찾는 행위 및 미국시민으로서의 주체의식이 끊임없이 새롭게 창조되는 현상이라는 점을 환기시킨다. 소수민족 문학에 나타나는 문화적 변용, 정체성의 복합성과 비결정성, 그리고 의미의 불확정성 등이 이민자 의식과 토박이 의식의 갈등임이 입증될 것이다.

현대 미국소설은 이전 어느 시기보다도 풍부하게 다양한 인종적 · 민족적 삶의 스타일들을 묘사하며, 더욱 깊이 있게 각기 다른 민족 집단의 정체성들을 탐색하고, 더욱 예리하게 그들의 자의식을 표현한다. 미국문학에 나타나는 소수민족 소설에 대한 고조된 관심은 넓게 보면 중심과 주변의 고정된 경계를 해체하려는 포스트모던 흐름의 일환이며, 좁게는 미국사회 내부의 정치적 상황 및 교육환경과 관련된다. 이 책은 각기 다른 민족적 배경을 가진 이들 소수민족 작가들에 대한 비교·통합 연구를 지향한다. 미국 소수민족 소설은 미국 주류 문학에 대비되어 인종적 조건에 의한 공통 지반을 가질 뿐만 아니라, 동시에 각 민족 집단이 가진 특수한 문화적 조건에 의한 차이점을 나타낸다. 소수민족 작가에 대한 연구는 근본적으로 인종적 차이를, 그리고 세부적으로는 문화적 차이에 대한 비교·분석이다.

미국 소수민족 소설에 대한 민족주의적 비평은 어떤 작품 속에 소설가들이, 혹은 그들의 부모가 떠나온 본국의 전통문화 중 어떤 요소가 얼마만큼 담겨 있는지를 찾아내고 그 진정성을 확인하는 데 주력했다. 이와 같은 비평적 시각은 소수민족 작가들이 민족적 자의식을 재현하는 것을 마치 소실된 문화제를 복원하듯이 자신들의 소멸된 민족의식을 복원하는 것으로 해석한다. 예를 들면 중국계 미국 소설가가 본국인 중국의 전통문화를 어느 정도 그리고 어떤 방식으로 반영하는가, 아프리카계 미국작가가 아프리카 민담을 어떻게 유입시키는가, 혹은 한국계 창래 리의 소설은 어떤 점에서 한국적인가 등에 논의의 초점을 둔다. 그러한 비평적 시각은 소수민족 작가들이 제시하는 민족의식을 고정된 개념으로 전제하고 그것을 확인하는 데 주력한다. 이에 반해 이 책은 소수민족 작가들의 민족적 자의식도 다른 모든 정신적 요소와 마찬가지로 역동적인 인식주체들이 변화하는 환경 속에서의 겪게 되는 경험의 가변적인 산물임을 전제로, 그들이 갖는 민족적 자의식이 어떤 사회적·심리적 조건 하에서 어떻게 변화되고 소멸되거나 혹은 재생되는지를 탐구한다.

소수민족 작가들이 탐색하는 민족적 자의식은 소수민족 구성원들과 작가가 미국사회라는 자신들에게 비우호적인 환경 속에서 위기에 처한 자신들의 정체성을 구축하려는 과정에서 생겨나는 심리적 결과물이다. 하지만 미국 내 백인 독자들의 시각을 대변하는 자민족중심주의적 비평은 소수민족 작가들이 탐색하는 민족적 자의식을 민족문화에 대한 환원주의적 소망쯤으로 여긴다. 즉 소수민족 소설에 나타나는 민족문화의 요소를 단지 미국의 다문화주의를 더욱 풍요롭게 해주는 이국적인 구성요소로 생각할 따름이다. 또한 아메리카 원주민계, 아프리카계, 아시아계, 그리고 유대계 등의 민족주의적 비평은 미국 소수민족 소설의 주인공들이 자각하게 되는 민족적 자의식을 본국 국민들이 가진 경직된 민족의식과 동일시하려는 경향을 보인다. 사실 소수민족 소설이라는 새로운 문화 현상에 대한 자민족중심주의적 시각의 비평에 의해서 주도된 해석상의 편견과 혼란이 팽배한 것도 주지의 사실이다. 하지만 이 책은 자민족중심주의적 비평을 지양하고, 균형 있는 시각을 통해 보다 포괄적으로 그것을 해석하고 평가하고자 한다. 이 책은 각 소수민족 작가들의 소설에 제시된 다양한 조건들을 그들의 경험의 총체성이라는 입장에서 종합적으로 검토함으로써 일시적 열기에 편승한 단편적 연구가 초래할 수 있는 비평의 편견이나 정치적 시각에 의한 해석의 왜곡을 극복하고자 한다.

미국 소수민족 소설가들이 묘사하는 비백인계 민족 집단들의 삶은 유럽계 민족들과는 현저하게 다른 사회적 조건에 놓여 있다. 아메리카 원주민과 아프리카계, 그리고 유대계는 물론이고 1964년 개정 이민법으로 미국에 들어오게 된 카리브계와 아시아계 이민자들은 새로운 소수민족 집단으로서 유럽계 미국인들로부터 비가시적인 차별과 배척의 대상이 된다. 그로부터 비백인계 소수민족들이 겪는 심리적 고통은 정체성의 혼란을 초래했으며, 그것은 다시 자신의 민족성에 대한 재인식으로 이어졌다. 비백인계 소수민족들에게 요구된 타자 의식 혹은 이방인 의식은 인종적 조건에 바탕을 두고 있기 때문에, 이전의 유럽계 소수민족들이 겪었던 새로 들어온 이민 희생자라는 의식과는 성격에 있어서 근본적으로 달랐다. 그 결과 그들 소수민족들은 자신들이 결코 인종적으로 동화될 수 없다는 것을, 따라서 미국사회에 공존하기 위한 새로운 방식을 모색해야 한다는 사실을 인식한다.

아메리카 원주민계, 아프리카계, 아시아계, 그리고 유대계 등의 소수민족 소설가들에게서 발견되는 기본적인 공통점은 그들이 묘사하는 인물들이 인종적 차이에서 비롯된 소수자 의식 혹은 타자 의식을 갖는다는 점이다. 그들의 경험은 가정 안에서의 문화와 바깥사회에서의 문화의 차이로부터 비롯된 이중성을 띠고 있고, 그들의 자아의식은 인종, 세대, 문화의 차이로부터 비롯된 혼종성(hybridity)을 나타내게 된다. 그들은 또한 흔히 '유리 천장'(glass ceiling)으로 상징되는 비가시적인 차별과 배척을 경험하며, 그로부터 그들은 일종의 정신적 외상(trauma)과 같은 고통을 공유한다. 그리고 소수민족 작가들은 공통적으로 민족적 자의식을 반영하는 글쓰기를 통해서 자신들의 그러한 심리적 상처를 치유하려 하고, 미국시민으로서의 주체의식을 가지려고 한다.

또한 소수민족 작가들이 표현하는 민족의식과 주체의식은 각 민족 집단이 미국 내에서 처한 사회적 조건이나 본국으로부터 전해 받는 문화적 영향에 따라 복잡하고 미묘한 차이를 드러낸다. 각 민족 집단이 미국에 이주하게 된 원인이 자발적인 것이었는지 강제적인 것이었는지에 따라서 그 후손들이 고통에 대처하는 정서적 반응이 각기 다르며, 그들에게 주어진 본국의 문화적 조건들에 의해서 자신들의 심리적 상처를 치유하려는 방식도 차이를 보인다. 이 책은 아메리카 원주민과 아프리카계, 그리고 유대계와 아시아계 등의 소수민족 작가들의 작품에 반영된 각기 다른 인종적, 민족적 그리고 문화적 조건을 비교 · 대조함으로써 각 민족 집단이 지닌 민족적 자의식 및 이민자 의식의 특성을 선명하게 부각시킬 것이다.

이 책은 아메리카 원주민계, 아프리카계, 아시아계, 그리고 유대계 등의 소수민족 소설가들의 대표적인 작품들에 대한 필자의 연구 결과물을 "이민자 의식의 소멸과 토박이 의식의 생성"이라는 제목으로 모아 엮는 글들로 구성되어 있다. 국내 전문학술지에 출판한 것들로 일부 내용을 수정하거나 논증 체계, 혹은 형식을 바꿔 수정 · 보완했다. 미국 소수민족 소설가들의 작품을 "이민자 의식의 소멸과 토박이 의식의 생성"이라는 일괄된 주제로 분석하는 이 책은 미국 소수민족 소설을 이해하고 분석하는 새로운 관점을 제시할 것이고, 미국사회 혹은 미국문화에 대한 이해는 물론 소설의 형식과 서술기법 등을 안내하는 중요한 지침서가 될 수 있을 것이다. 다시 말해 다양한 인종·민족, 혹은 문화를 배경으로 하는 작가들의 작품을 분석하고 이해함으로써 개인과 개인, 집단과 집단의 갈등과 분열을 극복하고 상호이해와 존중을 통한 상호공존을 모색하는 열린 공간, 혹은 열린 공동체를 찾는 한 방법이 될 것이다.

필자는 이 책을 집필하고 출판하는 과정에서 주변사람들로부터 큰 도움을 받았다. 정년퇴임 하신 고지문 지도교수님께서는 묵묵히 지켜보시면서 힘들 때마다 격려의 말씀을 아끼지 않으셨고, 전남대학교 영어영문학과의 나희경 교수님와 철학과의 노양진 교수님은 학문적·문학적 토론 과정에서 새로운 시각에서 사고의 폭을 넓혀주셨다. 이분들은 필자의 학자로서의 삶에 롤 모델이 되어주셨을 뿐만 아니라 인생 좌표가 되어 주셨다. 전남대학교 영어영문학과의 교수님과 강사 선생님들, 그리고 인문대학 여러 교수님들께서는 학자와 교육자로서의 모범을 보여주셨고, 실용적 측면에서 그동안 도외시 되어온 인문학에 대한 새로운 가능성과 잠재성에 대한 지적 토론의 장을 함께 해주셨다. 이분들에게 진심으로 감사의 말씀을 전하고 싶다. 끝으로 이 책이 완성될 때까지 깊은 애정과 인내심을 보여준 아내와 아이들, 부모님과 형제들, 그리고 안타깝게도 생을 달리하신 장인, 그리고 가족의 정이 무엇이고 함께 어울려 산다는 것이 무엇을 의미하는가를 깨닫게 해주신 장모님을 비롯한 처갓집 식구들에게도 깊은 감사의 마음을 전한다. 끝으로 경제논리가 지배적인 출판시장에서 어쩌면 자사의 이익창출과는 거리가 있는 이 책의 출판을 결정해주신 도서출판 동인의 이성모 사장님과 편집 및 출판을 위한 실질적인 업무를 담당해주신 직원 분들께도 감사드린다.

2020년 1월
장정훈

차례

제1장

아메리카 원주민작가
전도된 토박이/이방인 의식

아메리카 원주민들[1]은 미국으로 이민 온 다른 민족 집단들과는 달리 이민자 의식이라는 것 자체가 형성되지 않는다. 오히려 그들에게는 자신들의 삶의 터전에 주체적으로 살고 있다는 토박이 의식이 내재되어 있다. 그러나 그들은 미국화되는 과정에서 자신들이 중심이 아닌 주변적인 존재임을 인식하게 되며, 이것은 그들에게 이방인 의식을 조성한다. 그래서 그들은 자신들의 땅에서 토박이 의식이 이방인 의식으로 전환되는 역사의 비극적 아이러니를 경험한 민족이라 할 수 있다. 또한 그들은 대체로 백인문화로 완전히 흡수되거나 동화되지 못하는 한계상황을 인식하게 된다. 그 결과 그들은 자신들이 속하지 못하는 사회에 대한 심각한 부정적 심리인 "일종의 심리적 왜곡과 부적응 상태"를 경험한다. 아메리카 원주민작가들은 백인문화에 대한 좌절, 분노, 공포 등의 심리적 외상을 치유하고 정체성의 위기를 극복하

---

[1] 이 글에서는 '아메리카 원주민'과 우리에게 친숙한 용어인 '인디언'을 동일한 대상을 의미하는 것으로 판단하여, 혼용하여 사용한다.

고자 한다.

　아메리카 원주민작가들의 소설에서 주된 인물들은 미국 주류의 문화와 자신들의 고유한 전통문화 사이에서 갈등하는 절박한 실존상황에서 개인적·민족적 정체성을 회복하고자 한다. 아메리카 원주민의 삶을 대변하는 소설 속의 인물들은 정서의 밑바닥에 자신들의 민족이 절멸의 위험에 처했다는 사실에 대한 두려움을 가지고 있으며, 현실적으로는 미국문화에의 적응과 전통문화의 복원 사이에서 갈등한다.

　아메리카 원주민계 작가들에 대한 국내외 비평은 생태주의적 비평과 탈식민주의 비평이 주를 이룬다. 생태주의적 비평은 인간과 자연과의 상호교류와 친화를 중시하면서 인간에 의한 자연과 환경파괴를 문제 삼는다. 반면에 탈식민주의 비평은 아메리카 원주민을 백인들의 제국주의적 야망에 의해 역사적으로 희생된 집단으로 규정하면서, 미국문화와 아메리카 원주민문화의 상호대립과 배척관계를 드러내 문화권력 차원의 전복가능성을 타진한다. 아메리카 원주민 문학에 대한 이런 두 비평은 그 논리적 근거에 있어 상당히 설득력이 있어 보인다. 하지만 이 두 비평은 지나친 이론적 틀에 집착함으로써 아메리카 원주민 문학의 근본적인 문제, 즉 '자기민족의 명맥유지와 생존의 문제'를 부각시키지 못한다. 아메리카 원주민작가들은 현대 미국에서의 원주민들의 삶과 현실을 고려하지 않을 수 없다. 생태주의 비평과 탈식민주의 비평은 논리적 타당성과 설득력에도 불구하고, 아메리카 원주민들이 근본적으로 갖는 실존위기의 상황을 부각시키지 못한다. 다시 말해 이 두 비평은 유동적이고 일정한 형식을 거부하는 구전문학을 통해 왜곡된 역사를 조명하고 과거 아픈 상처를 치유함은 물론, 현대 미국에서 삶을 영위하고 있는 아메리카 원주민의 정체성 확립에 문학 창작 의도가 있는 아메리카 원주민작가들의 저술 의도를 간과할 위험이 있다는 것이다.

아메리카 원주민작가들은 미국의 토박이임에도 불구하고, 다른 소수민족 작가들과 마찬가지로 이민자들의 전형적인 특징인 백인주류문화에 적응하는 과정에서 겪는 갈등과 소외를 자신들의 작품의 주된 소재로 다룬다. 아메리카 원주민작가들의 소설은 주인공들이 이질적인 두 문화-백인적인 가치와 자신들의 전통적 가치-가 병존하는 상황에서 문화적 혼란과 심리적 외상을 겪고 난 뒤, 자기 부족의 역사적 과거, 정신적 유산, 땅, 그리고 자연과 긴밀한 관련을 맺음으로써 정체성을 확립해나가는 구도로 이루어진다. 따라서 아메리카 원주민작가들은 철저하게 자신들의 민족성의 근본을 이루는 문화, 언어, 역사, 전통에 대한 관심을 표명한다. 하지만 현대 미국에서의 원주민들의 삶과 현실을 고려하지 않을 수 없는 아메리카 원주민작가들에게 있어 가장 큰 문제는 자기민족의 명맥유지와 생존이다.

현대 미국사회는 백인, 유대인, 아프리카인, 아시아인, 그리고 아메리카 원주민 등의 다양한 민족 집단들이 자신들의 고유한 전통과 문화를 유지하면서도 미국이라는 한 공동체를 형성하여 삶을 영위하는 곳이다. 하지만 어떤 집단이 미국사회에서 타자로 인식되는 한, 그리고 그들이 실제로 배척과 차별을 당하고 있다고 느끼는 한, 그들은 여전히 소수민족으로 남아 있게 될 것이다. 특히 민족절멸의 위기에 처한 아메리카 원주민작가들은 자신들의 수난의 역사에 대한 분노, 그리고 인종차별과 배제라는 지우기 힘든 상처를 치유해야 하고 자신들의 민족 정체성을 확립해야 한다는 심리적 절박함을 가진다. 하지만 그들은 배타적 민족주의는 미국사회에서 생존을 담보할 수 없음을 인식한다. 따라서 그들은 생존전략으로써 다원적이고 다문화적인 입장을 취하며, 자신들의 작품을 통해 문학적 보편성을 추구함으로써 미국작가로 인정받기를 원한다. 작품내용과 재현방법에 차이가 있을지라도, 아메리카 원주민 문학에서 이러한 추세는 지속될 것으로 보인다.

본 연구는 아메리카 원주민들이 토박이 의식에서 이방인 의식으로의 전환을 경험한다는 점에 초점을 맞춘다. 아메리카 원주민들은 미국사회에서 비가시적 차별과 배척으로부터 생겨난 심리적 상처를 안고 있으며, 정체성의 위기를 겪고 있는 것이 현실이다. 또한 그것을 재현하는 작가들의 문학적 활동은 그러한 상처를 치유하고 자신들의 집단적 정체성, 즉 다인종·다민족 사회에서 자신들의 안정된 공존을 위해 필요한 새로운 가르기의 기준을 찾으려는 노력이다. 아메리카 원주민작가에 대한 일방적이고 왜곡된 분석이 그들에 대한 편견과 배척을 심화시킨다는 전제 하에 본 연구는 아메리카 원주민계 소설 속에 표현된 그들의 민족 집단으로서의 경험과 의식을 그들의 삶과 그것을 재현하는 작품의 중심 리얼리티로 파악하려고 한다. 본 연구는 아메리카 원주민작가들이 자신들의 민족적 기원에 내포된 역사, 언어, 구전문학, 음악, 전설, 신념체계, 종교의식, 혹은 도덕적 이념 등을 복원하려는 강렬한 욕망을 표출하면서도 기존의 민족적 구분점을 통해 자신들을 옛 기원으로 환원시키려는 것이 아니라는 점에 주목한다. 다시 말해 아메리카 원주민작가들은 급변하는 미국사회에서 부족의 명맥유지와 생존을 위해 배타적 자민족중심주의를 주장하는 것이 아니라, 문화 융합과 보편적 인간의 가치를 추구한다는 점을 지적하고자 한다.

1. 이방인 의식의 태동과 치유의 서사:
마머데이의 『새벽으로 지은 집』과 실코의 『의식』

1) 생존을 위한 지속적 문화정체성의 재현

스콧 마머데이(N. Scott Momaday, 1934-)의 『새벽으로 지은 집』(*House Made of Dawn*, 1968)과 레슬리 마몬 실코(Leslie Marmon Silko, 1948-)의 『의식』 (*Ceremony*, 1977)의 주요 인물들에 의해 제시되듯이, 아메리카 원주민들은 자신들이 역사의 희생자라는 사실과 민족절멸에 대한 두려움을 의식의 밑바탕에 간직하고 있다. 이러한 두려움에 맞서 그들은 조상들로부터 물려받은 조화로운 생태의식, 신화와 구전문학, 그리고 원초적 종교의식 등 무형의 문화유산을 회복하고 유지하려는 강한 욕구를 드러낸다. 아메리카 원주민 집단에게 자신들만의 공동체와 문화를 유지해야 하는가 혹은 미국적 생활의 주류 속으로 스며들어 사라져야 하는가의 선택은 실존을 위한 절박한 문제이다.

마머데이와 실코[2]는 그들의 작품에서 백인들에 의해 상실된 아메리카 원주민의 전통, 가치관, 그리고 역사의 회복을 통하여 아메리카 원주민으로서의 정체성 확립을 추구한다. 이들은 부족의 전통적 이야기, 자연의 모든 존재를 포용하고 그들과 조화로운 삶을 강조하는 전통적 가치관, 백인에 의

---

2) 마머데이와 실코는 성의 차이(마머데이는 남성, 실코는 여성), 서로 다른 부족 전통의 차이[마머데이는 키오와(Kiowa) 족, 실코는 라구나 푸에블로(Laguna Pueblo) 족]를 보이지만, 혼혈인[마머데이는 키오와 족, 체로키(Cherokee) 족, 그리고 백인 혼혈이고, 실코는 라구나 푸에블로 족, 멕시칸(Mexican), 그리고 백인 혼혈]이라는 공통점을 지닌다. 또한 이들은 아메리카 원주민으로서의 문화적·민족적 정체성의 확립을 주장하면서도 생존을 위한 전략으로써 아메리카 원주민문화와 백인문화의 융합, 그리고 백인과의 공존가능성을 모색한다는 점에서 동일하다. 마머데이와 실코의 작품을 동시에 다룬 이유가 바로 여기에 있다.

해 왜곡된 역사, 그리고 민족의식의 회복을 통하여 아메리카 원주민으로서 문화적·민족적 정체성을 확립하고자 한다. 하지만 여기서 간과할 수 없는 것은 마머데이와 실코가 아메리카 원주민 전통문화의 우월성만을 부각시키고 있지만은 않다는 점이다. 이 두 작가는 각각 자신의 작품을 통해 아메리카 원주민문화와 백인문화의 차이를 인정하면서 두 문화 간의 협상과 중재를 통한 융합의 가능성을 타진한다. 이들은 "유럽계 백인들의 전형을 파괴하고, 지배적인 사회에 대한 문화비평을 행하면서 과거의 범죄를 들추어내지만, 그들의 [두 문화를 조명하고 풍요롭게 하는] 중재의 목표(mediational goals)는 . . . 생존과 지속적인 문화적 정체성의 재현이다"(Ruppert 7). 다시 말해 이들은 백인문화의 무조건적인 거부나 단순한 저항의 차원을 넘어 적극적인 교류, 다시 말해 백인문화와의 접촉을 통해 변화하고 진화하는 역동적인 민족전통의 창조를 강조한다. 이들은 백인들이 아메리카 대륙으로 들어오기 이전의 민족전통을 회복하고, 그것에 유일한 가치를 부여하는 배타적 민족중심주의를 주장하지는 않는다. 이들은 백인과 아메리카 원주민의 인종과 문화의 차이를 강조하는 것이 아니라, 보편적 인간으로서의 유사성과 상호연관성, 그리고 문화적 동등성을 강조함으로써 상호존중의 윤리와 갈등의 평화적 해결을 모색한다(Froehlich and Philpott 111).

2) 이방인 의식의 태동

아메리카 원주민들이 미국에서 소수자 집단으로서 이방인 의식을 갖게 된 것은 전적으로 비자발적 결정에 의한 것이었다. 그들은 백인들에 의해 자신들의 땅과 권리를 수탈당했으며, 민족 고유의 문화는 억압당해야만 했다. 또한 그들은 백인들로부터 비가시적인 차별과 배척의 대상이 된다. 이로부터 아메리카 원주민들은 심리적 고통을 겪어야 했다. 아메리카 원주민들은 기본적으로 자신들은 북아메리카 대륙의 주인이라는 토박이 의식을 가지고 있었지만, 백인들의 폭력과 강제에 의해 그들에게 이방인 의식이 태동하게 된다. 어떻게 하면 주변으로 밀려났다는 이방인 의식을 극복하고 주체적이고 능동적인, 그리고 원래 주인이었다는 토박이 의식을 획득할 것인가가 그들에게 가장 중요한 문제로 대두된 것이다.

먼저 아메리카 원주민들로 하여금 이방인 의식을 갖게 한 백인들의 수탈의 역사를 살펴본다. 아메리카 원주민들은 백인들의 영토 팽창, 금광 개발 산업, 동서 횡단 철도 산업 등으로 많은 땅을 백인들에게 빼앗기고 특정 지역인 원주민보호구역[3]으로 자신들의 삶의 터전과 문화를 축소해서 옮겨와야 했다. 또한 아메리카 원주민의 미국화 과정 속에서 그들 중 다수가 문명이라는 허울 좋은 미명하에 대량 살상되었고, 자신들의 순수한 부족 혈통을 지켜내지 못했다. 즉 이동으로 인한 부족들 간의 결혼, 그리고 백인들과의 접촉으로 인해 인디언성(Indianness)을 유지하지 못하였다(박은정 116). 그래서 원래 300개 이상의 다양한 언어, 인종, 부족 문화가 있었지만 이들 중 대부분이 소멸되고 극히 일부만이 정형화된 형태로 축소되어 존재하고 있다.

아메리카 원주민과 관련된 미국역사의 대부분은 백인에 의한 땅과 자원에 대한 수탈에 관한 이야기라고 할 수 있다. 백인들은 1830년에 "아메리카 원주민 추방법"(Indian Removal Act)을 제정하여 남동쪽에 살고 있었던 체로키 인디언들을 미시시피 강 서쪽의 황무지로 이주시킨다. 오래된 조상의 땅을

---

3) 『의식』에서 아메리카 원주민 거주지에 대한 실코의 묘사는 죽음의 이미지가 강하게 풍긴다. 정부가 지정해 준 아메리카 원주민 거주지는 인간의 손때가 묻지 않은 원시의 자연이 아니라 핵무기와 관련된 각종 시설이 있는 곳이다. 아메리카 원주민 거주지로부터 멀지 않은 곳에는 미국 최초의 핵실험이 행해진 트리니티 사이트(Trinity Site), 그리고 핵폭탄을 설계하고 제조한 비밀 연구소 등이 산재해 있다. 비옥한 땅은 백인의 것이 되었고, 황폐화된 땅은 아메리카 원주민의 것이 된다. 이는 아메리카 원주민에 대한 생존권의 박탈을 의미한다.

잃지 않으려고 했던 체로키 인디언들은 대법원장인 존 마샬(John Marshall)에게 이 법의 부당성을 항소하여 자치권을 인정받는다. 하지만 당시 대통령이었던 앤드루 잭슨(Andrew Jackson)은 공공연히 대법원의 판결을 무시하고 이 법을 강화시켜 체로키 인디언들을 강제로 이주시킨다. 체로키 인디언들은 집단수용소에 여러 달 동안 수용 당해야 했으며, 마침내 수천 명이 목숨을 잃어야 했던 "눈물의 행로"(Trail of Tears)를 경험한다. 아메리카 원주민들에게 역사적으로 큰 재앙이 되었던 또 다른 법은 1887년의 "일반 불하법"(General Allotment Act)이다. 이 법은 연방정부가 인디언 부족 소유의 땅을 가구 당 160에이커씩, 18살 이상의 독신이나 고아들에게는 80에이커, 그리고 그들 중 18살 미만인 경우엔 40에이커의 땅을 배분하고, 배분하고 남은 땅을 구입할 수 있도록 허용한다. 땅의 배분을 받아들이거나 문명화된 삶을 살겠다고 동의한 인디언들에게는 시민권이 주어졌다. 대부분의 인디언들은 이 법을 환영하지 않았지만, 이 법은 인디언들의 전통적인 또는 집단적 생활양식을 종식시키는 데, 그리고 인디언들로부터 땅을 빼앗는 데 가장 효과적인 방법이었다. 1953년에 의회에서 통과된 "찬동 결의 108호"(House Concurrent Resolution 108)는 국회의 정책이 연방정부와 인디언 부족의 관계에 있어 일방적인 것임을 나타내준다. 이 법의 목적은 오래된 인디언 문제를 종식시키기 위해, 그리고 인디언들을 미국의 주류사회로 강제 편입시키기 위해 만들어졌다. 이 법은 일부 인디언 부족들의 전면을 가져왔고, 이 법에 의해 요구된 강제 편입의 압력은 60년대 케네디(John F. Kennedy) 행정부가 들어설 때까지 약화되지 않았다. 1934년에 제정된 "아메리카 원주민 개편법"(Indian Reorganization Act)은 현재에 이르기까지 인디언 부족들에게 큰 영향력을 행사한다.[4] 제랄

---

4) 아메리카 원주민에 대한 백인, 또는 미국정부의 수탈의 역사에 대한 자세한 사항은 Lyman

드 비즈너(Gerald Vizenor)가 아메리카 원주민의 목소리는 "말 많은 자들의 차가운 손에, 그리고 선교사들과 인류학자들에 의해 죽어 버렸다"(Vizenor, 241)고 주장하고 있듯이, 백인들은 조직적으로 아메리카 원주민의 땅을 빼앗고, 미국의 주류사회로의 동화를 요구하여 전통을 파괴한다. 마머데이와 실코는 자신들의 작품을 통해서 백인에 의한 수탈의 역사를 직접 혹은 간접적으로 들어내고 있으며, 아메리카 원주민문화와 전통의 쇠퇴, 그리고 현대 아메리카 원주민의 정신적 혼란과 상실감을 피력한다.

아메리카 원주민들로 하여금 이방인 의식을 갖게 한 두 번째 원인은 아메리카 원주민의 전통적 믿음과 가치관, 즉 민족문화에 대한 백인들의 의도적 억압이다. 이 억압은 땅과 자원 또는 자연에 대한 파괴 등과 동시에 이루어진다. 아메리카 원주민 출신 비평가인 폴라 건 앨런(Paula Gunn Allen)이 "우리는 땅이며 땅은 우리 모두의 어머니"(127)라고 규정하고 있듯이, 아메리카 원주민에게 땅은 글자 그대로 인간을 포함한 모든 생명의 어머니, 자녀들에게 무한한 사랑을 베푸는 어머니이다. 이러한 사고는 아메리카 원주민의 핵심적 가치관이다. 또한 아메리카의 원주민들은 땅으로 대표되는 자연과 인간은 동등한 존재론적 가치를 지니며, 자연과 인간은 윤리적 관계에 있다고 본다.[5] 그들은 "생존은 인간들 사이에서뿐만 아니라 생명이 있는 것과 생명이 없는 사물들 사이의 조화와 협조에 의존한다고 생각한다."[6] 하지만 백인들은 자연에 내재한 생명의 가치를 보지 못하고 문명과 산업발전이라는 명목으로 땅과 자연을 파괴한다. 백인들이 땅을 포함한 자연을 훼손시켰다

Tyler, *A History of Indian Policy* (Washington D.C.: Bureau of Indian Affairs, 1973) 90-110 참조.

5) 아메리카 원주민의 이런 사고는 생태주의 비평의 중심 테제가 되기도 한다.

6) Leslie Marmon Silko, *Yellow Woman and a Beauty of the Spirit* (New York: Simon & Schuster, 1996), 29. 앞으로 이 책에서의 인용은 *YW*로 약칭하고, 괄호 안에 쪽수만 표기함.

는 점은 마머데이의 『새벽으로 지은 집』에 잘 나타나 있다. 대포나 불도저 등, 기계의 이미지는 주변의 자연 경관, 즉 나뭇잎, 나무, 대지, 산등성이 등과 첨예하게 대조된다.

다음 순간, 떨어지는 나뭇잎 사이로 그는 기계를 보았다. 검고 거대한 기계는 언덕 위를 올라 태양 앞에 우뚝 솟아 있었다. 그는 기계의 엔진 소리가 부풀어 올라 굵어지고, 그 기계가 지평선에 자리를 잡는 것을 보았다. 그것은 마치 지각 변동, 용암의 분출, 일식처럼 느껴졌다. 기계 주변의 요란하고 차가운 빛의 번뜩임으로 인해 낙엽들이 휘날렸다. 잠깐 동안 그 기계는 땅으로부터 분리된 것처럼 보였다. 그 기계의 거대한 강철 덩어리는 목재와 하늘을 내리쳤고, 무게 중심이 산등성이에 걸쳐 있었다. 그리고 나서 그 기계는 폭포처럼 천천히 천둥처럼 압도적인 충격을 건물 주변의 지반에 가했고, 빛나고 들끓는 땅의 파편 속으로 안착을 했다. 그는 아주 심하게 몸을 떨었고, 그 기계는 그에게 다가오더니 그를 지나쳤다. 땅의 흙먼지가 일어 경사진 비탈길을 스치고 지나갔고, 낙엽이 흩어졌다.[7]

Then, through the falling leaves, he saw the machine. It rose up behind the hill, black and massive, looming there in front of the sun. He saw it well, deepen, and take shape on the skyline, as if it were some upheaval of the earth, the eruption of stone and eclipse, and all about it the glare, the cold perimeter of the light, throbbing with leaves. For a moment it seemed apart from the land; its great iron hull lay out against the timber and the sky, and the center of its weight hung away from the ridge. Then it came crashing down to the grade, slow as a waterfall, thunderous, surpassing impact,

---

7) N. Scott Momaday. *House Made of Dawn* (New York: Harper & Row, 1968), 22-23. 앞으로 이 책에서의 인용은 *HD*로 약칭하고, 괄호 안에 쪽수만 표기함.

nestling almost into the splash and boil of debris. He was shaking violently, and the machine bore down upon him, came close, and passed him by. A wind arose and ran along the slope, scattering the leaves.

아메리카 원주민들은 "인간이 부정한 행동이나 자연에 대한 무례한 행위"[8]를 해, 자연과의 조화로운 삶의 원칙을 깨뜨렸을 때 가뭄과 같은 재앙이 일어난다고 생각한다. 이러한 아메리카 원주민들의 전통적인 믿음은 아메리카 원주민 거주지 내 학교[9]의 백인 교사가 "학생들이 볼 수 있도록 높이 치켜 든 . . . 과학 교과서"(*C* 94)에 의해 철저히 무시된다. 백인 교사들은 또 아메리카 원주민의 생활 방식을 "개탄스러운" 것으로 묘사하면서 백인은 "아메리카 원주민에 대해 호의를 가진 자" 혹은 "아메리카 원주민을 위해 자신의 생을 희생하는 자"(*C* 68) 등으로 미화하여 가르친다. 백인 교사들은 아메리카 원주민 자녀들이 백인들의 가치관을 받아들이고, 미국의 주류문화에 빨리 동화되기를 희망한다(Cutchins 80).

아메리카 원주민들은 세상 만물은 상호 유기적 관계이며 도움을 주고받는 공생 관계에 있다고 파악한다. 하지만 백인들은 인간을 둘러싸고 있는 모든 것들을 단지 개발과 수탈의 대상으로만 파악한다. 이 점은 『의식』에서 세볼레타(Cebolleta) 지역의 폐광 장면에 대한 묘사에 잘 나타난다.

---

8) Leslie Marmon Silko, *Ceremony* (New York: Penguin, 1977), 46. 앞으로 이 책에서의 인용은 *C* 로 약칭하고 괄호 안에 쪽수만 표기함.
9) 아메리카 원주민 거주지 내에 있는 학교는 결과적으로 감옥과 같은 곳이었다. 그곳의 인디언 어린이들은 종종 미묘하게 삶의 방식을 백인들의 것으로 바꾸는 것에만 관심을 갖는 잔학 행위에 노출되곤 했었다. 이 학교는 인종 말살과 심리적 전쟁의 거대한 실험이었다. 이곳은 인디언 어린이들의 정신적, 육체적, 그리고 심리적 건강에 큰 해를 끼치게 된다(Momaday, *The Man Made of Words* 101-02).

그들은 [그들이] 필요로 하는 것을 모두 파낸 후, 광산의 문을 닫았다. . . . 그들은 철조망, 감시 초소, 그리고 땅에 뚫어 놓은 구멍들만을 남겨 놓았다. . . . 가뭄으로 바싹 마른 계곡을 헤매던 마지막 남은 뼈만 앙상한 젖소가 질식시킬 듯 불어오는 여름날의 모래 폭풍에 죽고 말았다. . . . 그 회색 돌에는 노란 가루모양의 우라늄 줄이 쳐져 있었다. . . . [백인들은] 땅 속 깊은 곳으로부터 이 아름다운 암석을 파내 그들만이 꿈꿀 수 있는 대규모의 파괴력을 실현시켰으며, 가공할 만한 계획을 세웠다.

They had enough of what they needed, and the mine was closed. . . . They left behind only the barbed-wire fences, the watchman's shack, and the hole in the earth. . . . the last bony cattle wandering the dry canyons had died in choking summer duststorms. . . . The gray stone was streaked with powdery yellow uranium. . . . But they had taken these beautiful rocks from deep within earth and they had laid them in a monstrous design, realizing destruction on a scale only they could have dreamed. (C 244-46)

백인들이 광석을 파내기 위해 무차별적으로 파 놓은 구멍은 푸에블로 부족들이 인간을 비롯한 피조물이 지상으로 출현한다고 믿고 있는 신성한 구멍과 대조된다. 푸에블로 부족들은 인간을 비롯한 동식물들은 모두 같은 시간에 같은 구멍을 통해 현재 우리가 사는 제5세상으로 나왔다고 믿는다. 특히 이 과정에서 좁은 구멍을 크게 만들어 준 영양(羚羊)과 오소리는 인간이 지상으로 나오는 데 결정적인 도움을 주었다고 믿는다. 우라늄 폐광에 대한 묘사는 생명의 근원인 땅에 대한 백인과 아메리카 원주민의 근본적 사고의 차이를 드러내준다.

아메리카 원주민들의 이방인 의식을 태동케 한 세 번째 원인으로는 인종주의에 근거한 차별과 배척이다. 아메리카 원주민들에게 요구된 타자 의식 혹은 이방인 의식은 인종적 조건에 바탕을 두고 있기 때문에, 이전의 유럽계 소수민족들이 겪었던 새로 들어온 이민 희생자라는 의식과는 성격에 있어서 근본적으로 달랐다. 그 결과 아메리카 원주민들은 자신들이 결코 인종적으로 동화될 수 없다는 것을, 따라서 미국사회에 공존하기 위한 새로운 방식을 모색해야 한다는 사실을 인식한다. 비가시적 차별과 배척은 아메리카 원주민으로 하여금 자신들의 민족성에 대한 재인식으로 이어진다.

아메리카 원주민계 소설가들로 하여금 민족적 주체의식을 추구하게 했던 인종적 구분과 그에 수반된 차별과 배제는 어떤 수사법으로도 완전히 포장할 수 없는 것이다. 『의식』에서 아메리카 원주민 거주지 내 학교의 백인 교사는 "유색 인종만이 도둑질을 하고, 백인들은 자신들이 원하는 것은 무엇이든지 살 수 있는 돈을 가지고 있기 때문에 도둑질을 하지 않는다"(C 191)고 가르친다. 고속도로 편의점 점원은 "타요가 술에 취해 있거나 무언가를 훔치려고 가게 안에 들어온 것은 아닌가"(C 154)라는 의심의 눈길을 보내며 경계한다. 백인 상인들은 갤럽 의식(Gallup Ceremonial)으로 불리는 일종의 축제를 만들어 인디언과 인디언들의 춤을 보기를 원하고, 인디언 보석과 양탄자(Navajo rugs)를 사기를 원하는 관광객을 끌어들인다. 다시 말해 그들은 아메리카 원주민을 관광 상품화하여 돈을 번다(C 116). 또 백인들은 이 축제에 때를 맞춰 흑인과 멕시코인, 그리고 인디언들이 살고 있는 "작은 아프리카"(Little Africa)라고 불리는 마을 외곽의 빈민가를 정리한다. 백인들은 이 빈민가에 들이닥쳐 곧 몰려올 관광객의 "위생과 안전을 대비해 이들을 범인 호송차에 태워 잡아간다"(C 108). 목장의 경비원들은 사유지를 무단 침입한 혐의로 타요를 잡아 "숨을 쉬면 갈비뼈가 아플 정도로 학대한다"(C 199). 이들 모두는 인종적 차별과 배제의 구체적인 예이다.

아메리카 원주민 출신 미국작가들은 이방인 의식을 태동케 한 백인의 수탈의 역사, 민족문화에 대한 억압, 그리고 인종적 차별과 배제의 현 상황을 직시하지 않을 수 없었다. 그래서 그들이 묘사하는 인물들의 감정의 밑바탕에는 주류 미국사회에 대한 분노와 저항 의식이 내재되어 있다.

서부가 정복되었다는 점은 매우 중요하다. 이곳은 수천 년 전에 북아메리카 대륙으로 들어온 사람들의 고향이었다. 그들은 정착하는 과정에서 땅의 혼령과 [땅을 잘 아는] 지성적 존재가 되었다. 그들은 땅에 죽어 묻히고 묻혀 그 땅을 신성한 것으로 만들었다. 서부를 정복한 유럽인들은 어떤 면에서는 늦게 들어온 사람들이며 침입자라는 사실을 스스로 인식해야만 한다. 그들의 나르시시즘(Narcissism)에도 불구하고 그들의 침입은 그들 자신들에게도 신성모독으로 여겨질 수 있을 것이다. 왜냐하면 그들은 아메리카 원주민들의 고향 땅과 아메리카 원주민들의 정신적 근원을 강탈한 불행한 위치에 있기 때문이다. 획득한 문화와 정복한 역사 덕택으로 그들은 신성한 것을 훔치는 신성 모독의 [범죄를] 행할 준비를 했었다. (Momaday, *The Man Made of Words* 91)

This is a crucial point, then: the West was occupied. It was the home of peoples who had come upon the North American continent many thousands of years before, who had in the course of their habitation become the spirit and intelligence of the earth, who had died into the ground again and again and so made it scared. Those Europeans who ventured into the West must have seen themselves in some way as latecomers and intruders. In spite of their narcissism, some aspect of their intrusion must have occurred to them as sacrilege, for they were in the unfortunate position of robbing the native peoples of their homeland and the land of its spiritual resources. By virtue of their culture and history—a culture of acquisition and a history of conquest— they were peculiarly prepared to commit sacrilege, the theft of the sacred.

마머데이가 백인들의 행위를 "신성한 것을 훔치는 신성 모독의 범죄를 행한 것"으로 규정하고 있듯이, 실코도 역시 백인들의 인종적 자만심을 공허하며 생명이 없는 것으로 간주한다. 그는 "아무것도 가지지 않은 자는 바로 백인들이며 도둑처럼 고통을 받는 이들도 백인들이다. 그들은 자신들이 느끼는 자만심이 훔친 것, 결코 그들의 것이 아니었고 또 그렇게 될 수도 없는 어떤 것에 기초하고 있다는 사실을 잊을 수 없었다"(C 204)고 천명한다. 다시 말해 실코는 백인은 민족 고유의 전통문화를 갖고 있지 않으며, 백인들이 이룩한 문명은 아메리카 원주민의 문화를 토대로 해서, 아니 아메리카 원주민 문화를 착취하고 억압함으로써 이루어진 것임을 주장한다.

　　『의식』에서 백인에 대한 저항의 몸짓은 타요가 플로이드 리(Floyd Lee) 목장의 철조망을 끊는 장면에 잘 나타난다. 타요는 백인의 목장에 있는 자신의 소들을 발견하였지만, 선뜻 백인들이 자신의 소를 훔쳐갔다고 단정하지 못하고 망설인다. 그의 망설임은 백인들로부터 배운 거짓말, 즉 "유색 인종만이 도둑질을 하지 백인은 결코 도둑질을 하지 않는다"(C 191)는 거짓말이 그의 잠재의식 속에 내재해 있음을 시사한다. 하지만 그는 "마치 자신 안에 있는 거짓말을 도려내듯이"(C 191) 목장의 철조망을 끊어낸다.

> 거짓말. . . . 거짓말쟁이들은 백인과 인디언 모두를 조롱했다. 사람들이 그 거짓말을 믿는 한 그들[백인들]은 그들에게 무슨 일이 일어났는가 또는 서로 무엇을 하게 됐는가를 결코 보지 못할 것이다. . . . 만약 백인들이 거짓말을 뛰어넘어 그들의 나라는 훔친 땅위에 건설된 나라임을 보지 못한다면, 마법에 의해 그들이 어떻게 활용되었는가를 결코 알지 못할 것이다. 그들은 성분을 어떻게 섞는가를 알고 있는 사람들에 의해 조작되고 있다는 것을 알지 못할 것이다. 백인의 도둑질과 부당한 행위는 세계를 파괴할지도 모르는 분노와 증오를 들끓게 만들었다. . . . 거짓말이 백인의 마음을 파먹었으며,

200년 이상이나 백인들은 그 빈 공간을 채우기 위하여 노력했다. 그들은 그 빈 공간을 애국적 전쟁, 거대한 기술, 그리고 그것이 산출한 부(富)로 채워 넣으려고 노력했다. (*C* 191)

The lie. . . . The liars had fooled everyone, white people and Indians alike; as long as people believed the lies, they would never be able to see what had been done to them or what they were doing to each other. . . . If the white people never looked beyond the lie, to see that theirs was a nation built on stolen land, then they would never be able to understand how they had been used by the witchery; they would never know that they were still being manipulated by those who knew how to stir the ingredients together: white thievery and injustice boiling up the anger and hatred that would finally destroy the world. . . . the lies devoured white hearts, and for more than two hundred years white people had worked to fill their emptiness; they tried to glut the hollowness with patriotic wars and with great technology and the wealth it brought.

타요가 철조망을 끊는 행위는 거짓말을 일삼는 백인 담론에 대한 극복과 부정이고, 백인 문명에 대한 의문 제기이다.

하지만 아메리카 원주민들은 현대 미국의 생활에서 민족 자체의 절멸과 민족문화의 붕괴 위기를 실감하게 된다. 자신들의 땅에서의 생존이 수치스럽고 부끄러운 일이며 절망적이지만, 아메리카 원주민들은 "인디언 내에서의 사망률이 출생률보다 높은 상황"(Momaday, *The Man Made of Words* 69)에서 민족의 보전을 최우선시 하지 않을 수 없었다. 따라서 아메리카 원주민작가들은 자신들의 민족 집단이 미국 내에서 처한 사회적 조건을 재고하고, 과거의 역사에 대한 고통을 치유하여 자신들의 정체성을 구축하려고 한다. 바로 이점을 생태주의 비평과 탈식민주의 비평은 부각시키지 못한다.

3) 심리적·문화적 분열과 혼란

백인의 수탈의 역사, 민족문화의 억압, 그리고 인종주의에 근거한 비가
시적인 편견과 배제에 대해 아메리카 원주민 집단들이 갖게 되는 또 다른
심리적 특성은 이중성과 비결정성이다. 즉 그들의 사고와 감정은 민족성
(ethnicity)과 국민성(nationality), 자민족문화와 미국문화, 소수민족 구성원으로
서의 의무감과 주류 미국인이 되려는 욕구 사이에 분리되어 내적 갈등을 경
험한다. 아메리카 원주민들은 자신들이 인종적 조건에 의해서 미국사회에
동화될 수 없고 오히려 이화되고 있음을 자각하게 된다. 자신이 배척당하고
있다는 느낌은 아메리카 원주민들에게는 심리적 충격과 고통을 의미했으며,
자신들의 민족 집단이 소수자로 인식될 수밖에 없다는 의식은 그들에게 정
체성의 위기를 초래한다.

아메리카 원주민계 소설에 등장하는 인물들이 느끼는 심리적 갈등은 때
로 억압된 열등감이나 분노의 형태로 내재되거나, 혹은 그것이 짐짓 무시되
거나, 또 때로는 극단적인 폭력적 행위로 표출된다. 『새벽으로 지은 집』에서
에이블(Abel)은 알비노(albino)[10]인 프라구아(Fragua)를 살해한다. 에이블은 이
알비노가 백인들 세계의 악과 연관된 것으로 생각한다. 에이블은 자신이 알
비노를 죽인 것은 전통적인 인디언 방식에 따라 적을 제거한 것으로, 그리고
그에게 기회가 주어진다면 다시 알비노를 죽이는 일을 주저하지 않겠다(*HD*
91)고 생각하지만, 그에게는 열등의식과 좌절이 내재해 있었다.

---

10) 백색종. 선천성 색소 결핍증에 걸린 사람·동물, 식물을 가리킨다.

에이블이 알비노를 죽인 의식적인 동기는 마법에 대한 두려움 때문이다. 물론 이 살인은 자기 방어 차원에서 이루어진 행위였다. 하지만 문제는 훨씬 복잡하다. 왜냐하면 에이블의 행위는 단순히 마녀 처형을 허용하는 부족의 관점에서만 볼 수 없기 때문이다. 에이블의 폭력적인 행위는 문화적 소외에 대한 그의 좌절감과 문화적 부적절함으로부터 발원된 것이다. 에이블이 인디언과 백인의 혼혈인 알비노의 모습에서 자기 자신의 모습을 본 것으로도 이해가 가능하다. 이런 관점에서 보았을 때 에이블의 폭력적인 행위는 혼란스러운 자기 자신을 제거하고자 하는 시도이다. 문화적으로 허용된 수단을 통해 살인을 함으로써 그는 자기 부족의 배경으로 되돌아갈 수 있는 길을 찾고 있는 것이다. (Schubnell 120)

The fear of witchcraft is Abel's conscious motive for killing the albino, which makes his action an act of self-defense. The problem, however, is more complex, for Abel's action cannot be seen simply in terms of the tribal context which allows the execution of witches. Abel's act of violence grows out of his frustration about his cultural estrangement and his feeling of inadequacy. It is possible that Abel recognizes himself in the figure of the albino, a mixture of Indian and white. Viewed in this light, Abel's act of destruction is an attempt to annihilate his own confused self. In doing so by culturally sanctioned means he is trying to find his way back to his tribal background.

셔브넬(Matthias Schubnell)이 지적하고 있는 것처럼, 에이블의 폭력적 행동은 에이블이 해결해야만 하는 문화적 갈등에 대한 상징적 표현이다.

『의식』에서 타요는 『새벽으로 지은 집』의 에이블처럼 직접 살인을 감행하지는 않지만, 에모(Emo)를 드라이버로 찔러 죽이고 싶은 강렬한 욕망을 느낀다(C 253). 에모와 그의 추종자, 핑키(Pinkie)와 르로이(Leroy)는 타요를 혼혈이라는 이유 하나만으로 증오하고 배척한다(C 57). 타요는 "에모가 다른 사람을 죽이면서 성장을 했다"(C 61)고 생각한다. 에모는 일본군의 시체로부터 이빨을 뽑아 전쟁 기념품으로 가지고 다닌다. 그는 친구들에게 "우리는 그들[일본군]을 지옥으로 날려 보냈다. 나머지 모든 이들에게 폭탄을 터뜨려 이 지구로부터 그들을 완전히 날려 보냈어야 했다"(C 61)고 하면서 전쟁 경험담을 자랑스럽게 얘기한다. 하지만 전쟁이 끝났을 때 에모는 어디에도 속할 수 없었다. 에모는 더 이상 자신의 신체를 사랑할 이유가 없었기에 전쟁을 잊기 위해 술을 마신다. 타요도 역시 술을 마셔 무감각 상태에 빠지지만 이 둘 사이에는 차이가 있다. 에모는 자신이 죽인 일본군의 계급이 높으면 높을수록 살인에 환희를 느꼈지만, 타요는 상관이 일본군 포로를 처형하도록 명령했을 때 자신의 총구 앞에 떨고 있는 일본군의 모습에서 삼촌 조시아(Josiah)의 얼굴을 본다. 비록 이 사건이 타요의 자아분열의 한 원인이 되었지만, 이 점이 에모와 타요를 구별하는 기준이 된다(Brice 132). 하지만 여기서 주의해야 할 점은 바로 2차 세계대전의 참전 경험이 에모를 분열시켰다는 점이다. 다시 말해 에모 역시 전쟁 참전의 희생자이며, 그의 원초적인 폭력은 현대를 사는 아메리카 원주민의 심리적 한계 상황을 반영한다. 또한 에모를 죽이고자 하는 충동을 타요가 극복한다는 점은 타요가 폭력이나 다른 사람의 희생을 전제로 한 문제 해결을 거절한다는 점을 시사한다(Karem 30).

에이블과 타요는 자신들이 태생적으로 속해 있는 원주민문화와 급속하게 변화하는 미국의 문화 사이에서 적응하지 못하고 방황한다. 『새벽으로 지은 집』에서 에이블은 문화적 전치(displacement)를 경험한다. 에이블은 집을 떠나 백인사회로 나아가려 할 때, 불안감과 두려움을 가질 수밖에 없었다. 그에게 "그가 잘 되기를 빌어 주거나 앞으로 일이 어떻게 진행될 것인가를 알려 줄 사람이 아무도 없었고,"[11] 그는 "홀연 마을과 계곡, 그리고 언덕들로부터, 마치 그가 알고 있는 모든 것, 그리고 알아왔던 모든 것으로부터 멀리 그리고 수개월 동안 떨어져 있었던 것처럼 극도의 외로움"(*HD* 21)을 느낀다. "외로움과 공포의 중심에 놓여 있는 에이블"(*HD* 21)은 결국 도시에서의 산업 사회의 문화에 적응하지 못한다. 아메리카 원주민보호구역을 떠나 백인사회로 이주한 대부분의 아메리카 원주민들은 백인사회에 정착하기 힘들었다고 마머데이는 다음과 설명한다.

> 도시에서의 인디언은 도시에서 산다는 것, 그 자체에 의해서 희생양이 되어야만 했다. 그는 영어에 대한 지식이 충분히 없었기 때문에 상대방을 이해하거나 자신을 이해시킬 수 없었다. 그는 도시의 경제에 대해 아무것도 알지 못했기 때문에 자기 자신과 가족들을 부양할 수가 없었다. 특히 그가 인디언이기 때문에 외래 문명이 그에게 부과한 수많은 의심과 공포로부터 [심리적으로] 자유로울 수가 없었다. 인디언이 아닌 사람은 안전에 대한 보장도 없이, 두 세계 사이에서 불완전한 존재로 산다는 것은 무엇을 의미하는지 알지 못할 것이다. 더군다나 인디언에게 재이주(relocation)는 명백하게 맞지 않는 것이다. 그에게 주어진 편의 시설들은 대개 수준 이하의 것이었다. 인디언들을 재이주시킨 곳의 노동자들의 비율도 현저하게 적절하지 못했다. 인디언들의 알콜 중독과 범죄가 너무나 팽배해 메트로폴리탄 지역에서는 큰 문제가 되기도 했다. (Momaday, *The Man Made of Words* 72)

The Indian in the city was victimized by the very things which define urban existence. He could neither understand nor be understood because his knowledge of English was inadequate; he could not support himself or his family because he knew nothing of urban economics; in particular he could not clear his mind of the innumerable doubts and fears which an alien

---

11) 에이블은 자신의 아버지가 누구인지도 몰랐고, 그의 어머니와 형은 그가 어렸을 때 죽는다.

civilization imposed upon him because he was an Indian. None but an Indian knows so well what it is like to have incomplete existence in two worlds and security in neither. Moreover, relocation was flagrantly misrepresented to the Indian. The accommodations he was given were commonly substandard. The ratio of social workers to relocated Indians was grossly inadequate. Indian alcoholism and delinquency were so prevalent as to be major problems in some metropolitan areas.

또한 역설적이게도 백인의 문화를 경험하고 귀향한 아메리카 원주민들 역시 아메리카 원주민 세계로부터 뿌리 뽑혀 버렸다는 인식을 가질 수밖에 없었다. 그들은 백인사회에 젖어 있어 아메리카 원주민들의 생활방식과 분리되어 있었고, 자기 부족과의 연대 의식도 사라져 버렸다. 에이블을 포함한 대부분의 아메리카 원주민들은 백인사회에 동화하고자 하는 욕구로 백인사회에 뛰어들었으나, 백인사회로부터 거부당하고, 심한 마음의 상처를 받게 된다. 이들은 결국 백인사회와 원주민사회의 경계선상에서 방황하고, 혼돈과 절망의 상태에 처하게 된다.

『의식』에서의 타요는 2차 세계대전의 참전 경험으로 인한 악몽을 치유하지 못하고 전쟁후유증을 겪는다. 그는 전쟁에서 록키(Rocky)를 지키겠다고 한 이모와의 약속을 지키지 못하고 혼자만 살아 돌아왔다는 점,12) 그리고

---

12) 이모에게 있어 타요는 부끄러움과 수치의 대상이었다. 이모는 자기 동생이 백인과 무분별한 성관계를 가짐으로써 눈이 적갈색인 혼혈아, 타요가 태어났다고 생각한다. 아메리카 원주민보호구역 내의 학교에서 타요는 항상 비웃음의 대상이었고, 축구 영웅인 사촌 록키에 대한 열등의식을 갖고 있었다. 중산층 기독교인 이모에게 있어 록키는 아메리카 원주민보호구역을 벗어나 미국의 주류사회로 나아갈 수 있는 유일한 희망이었다. 하지만 전쟁 중 록키는 사망했고 타요만 살아남아 귀향한다. 침묵과 공허만이 일고 있는 이모 집에서 타요는 그 어떤 마음의 평화를 찾을 수 없었다(C 32). 타요는 전쟁 중 자신이 죽고, 록키가 살아왔어야 했다고 자책한다.

가축을 돌보고 지키겠다고 한 삼촌 조시아와의 약속을 지켜내지 못한 점에 대해 극도의 죄의식을 갖는다. 또한 타요는 전쟁 중 필리핀의 밀림에서 끝없이 내리는 폭우를 저주하는데, 라구나에 닥친 극심한 가뭄이 그 저주로부터 비롯된 것이라고 생각한다. 6년 동안의 가뭄으로 땅이 메말라 "풀이 누렇게 변하며 성장을 멈춘 것"(C 14)처럼, 타요는 생존의지를 상실한 채 아무 것도 먹지 못한다. 타요가 겪는 고통의 극치는 그가 군인 병원에서 백인 의사로부터 치료를 받는 장면에 잘 나타난다. "그들[백인들]의 약은 그의 야윈 팔뚝으로부터 기억을 빼내갔고 그 기억을 대신하여 그의 눈에는 황혼녘 구름이 자리를 잡았다"(C 15). 즉 그는 완전히 몽롱한 상태가 되어 버린다. 백인 병원에서의 그는 "하얀 연기"(C 14)와 같은 존재였다. 백인들은 그의 외양만 볼 뿐 그 외양이 텅 비어 있음을 깨닫지 못한다. 그는 죽음과 혼돈을 상징하는 "회색 겨울 안개" 속에서 사는 존재일 뿐이다(C 15). 백인 군의관은 타요의 병의 원인이 육체적 측면이 아니라 정신적인 것에 있음을 알지 못한다. 백인 군의관의 치유 행위는 타요의 병에 대한 치료라는 선의의 목적에도 불구하고 타요의 고통을 더 가중시킬 뿐이다.

　백인들은 아메리카 원주민을 자신들의 목적을 실현하는 수단으로 생각한다. 실코는 『의식』에서 백인들에게 아메리카 원주민은 국가의 필요에 따라 사용된 후 폐기되는 땅과 같은 도구적인 존재에 불과하다는 점을 강조한다. 아메리카 원주민의 개인적 욕구나 소망은 무시된다. 타요는 2차 세계대전에 참전한 아메리카 원주민에 대한 백인의 관심과 격려는 그들이 입고 있는 미군의 제복을 향한 것이지 결코 미국의 진정한 한 구성원으로서 인정된 개인에게 보내는 것이 아니라고 생각한다. 또 그는 전쟁 중 백인의 필요에 의해 아메리카 원주민에게 부여된 미국시민으로서의 긍지와 소속감은 전쟁이 끝난 후 같은 백인들에 의해 여지없이 박탈당했다고 진술한다.

내가 유니폼을 입기 전까지 백인 여자들은 내타요!를 쳐다보지 않았다. 다행히도 내가 미국의 해군이 되자 그들은 [나에게] 떼를 지어 모여들었다. 전쟁 기간 동안 그들은 나에게 "어이, 군인 아저씨. 당신은 너무 미남이네요"라고 말했고 . . . 금발의 백인 여자들은 "나와 춤춰 주실래요"라고 말했다. . . . 그들은 내가 인디언인지 아닌지 묻지 않았으며 내가 마실 수 있는 만큼의 맥주도 나에게 팔았다. . . . 전쟁이 끝나고 유니폼도 사라졌다. 마지막까지 기다려 준 가게의 점원은 갑자기 백인들이 원하는 물건을 다 살 때까지 우리를 기다리게 했다. 버스 정류장의 백인 여자는 잔돈을 거슬러 줄 때 우리의 손과 닿지 않으려고 대단히 조심을 했다. (C 40-42)

White women never looked at me until I put on that uniform, and then by God I was a U.S. Marine and they came crowing around. All during the war they'd say to me, "Hey soldier, you sure are handsome". . . . "Dance with me," the blond girl said. . . . They never asked me if I was Indian; sold me as much beer as I could drink. . . . The war was over, the uniform was gone. All of a sudden that man at the store waits on you last, makes you wait until all the white people bought what they wanted. And the white lady at the bus depot, she's real careful now not to touch your hand when she counts out your change.

아메리카 원주민들은 종전(終戰) 후 다시 이등 시민으로 평가절하되어 주변부로 밀려난다. 그들은 전쟁 기간 중 그들이 느꼈던 것처럼 미국에 소속되어 있다는 감정을 되살리려고 노력한다. 하지만 그들은 백인들에게 땅을 빼앗긴 것에 대해 스스로를 비난했던 것처럼 심한 자책감에 빠져 버린다.

마머데이와 실코는 에이블과 타요가 현대 미국생활에서 겪는 갈등과 혼란을 언어의 상실과 침묵으로 표현한다. 『새벽으로 지은 집』에서 에이블은 자신의 느낌이나 사고를 언어로 표현하는 데 어려움을 겪는다. 킹스턴 (Maxine Hong Kingston)의 『여인 무사』(*The Woman Warrior*)에서, 화자가 여성으로서, 그리고 소수인종으로서 차별과 소외를 경험하고 나서 언어 상실의 고통을 체험하듯이, 에이블 역시 언어를 상실한다.

> 그(에이블)는 자신이 원하는 말을 할 수 없었다. 그는 기도하고, 노래하며, 예전의 오래된 혀의 리듬을 회복해보려고 했지만, 더 이상 조음을 할 수 없었다. 말들은 기억처럼 그 속에 머물려 있었다. . . . 만약 그가 자신의 언어로 무언가 말할 수 있었다면, 가령 소리 이외에는 실체가 없는 "어디를 가십니까?"와 같은 평범한 인사말이라도 할 수 있었다면, 자신에게 자신의 실체를 보여 줄 수 있었을 것이다. 하지만 그는 벙어리가 되었다. 아니, 벙어리라기보다는—침묵은 여전히 오래된 고매한 습관이므로—조음이 되질 않았다. (*HD* 53)

> He could not say the things he wanted; he had tried to pray, to sing, to enter into the old rhythm of the tongue, but he was no longer attuned to it. And yet it was there still, like memory. . . . Had he been able to say it, anything of his own language—even the commonplace formula of greeting "where are you going"— which had no being beyond sound, no visible substance, would once again have shown him whole to himself; but he was dumb. Not dumb—silence was the older and better part of custom still—but inarticulate.

심지어 에이블은 자신의 살인 혐의에 대한 재판에서마저 자신의 입장을 변호하는 목소리를 내지 못한다.

『의식』에서의 타요는 푸에블로의 전통을 무시할 수 없고, 자신의 삶의 중요한 일부분이 되고 있는 백인의 세계를 부정할 수도 없는 상황에 처한다. 푸에블로의 전통, 그리고 백인의 세계 중 그 어느 하나를 그가 부정한다는 것은 그의 삶의 현실을 부정하는 일이 될 것이다. 그래서 그는 이 두 세계를 융합시킬 수 있는 방법을 찾으려고 하지만 그 방법을 찾을 길이 없다 (Cutchins 81). 마침내 그도『새벽으로 지은 집』의 에이블처럼 의미 있는 문장으로 조음을 하지 못한다. 그는 "자신의 혀를 입에서 느껴보려고 했지만 그 혀는 말라버렸고, 조그만 설치류의 시체처럼 죽어 있었다"(C 15). 누군가가 새로 온 의사에게 "그[타요]는 당신[의사]에게 말을 할 수가 없어요. 그는 보이지 않는 인물입니다. 그의 말은 보이지 않는 혀에 의해서 형성되기 때문에 그의 말은 소리가 나지 않습니다"(C 15)라고 말한다. 타요가 자신의 목소리를 갖지 못한다는 점은 그의 자아의식의 붕괴를 의미한다.

마머데이는 "언어는 우리를 규정한다. 언어는 우리의 가장 근본적인 자아를 형성시킨다. 언어는 우리의 정체성을 확립시키고 인간으로서 우리의 존재를 확인시켜 준다. 언어가 없다면 우리는 내버려진 상태로 전락하고, 길을 잃어버리게 된다. 언어는 이름 짓기의 필수적인 시스템이 되기 때문에, 이름이 없다면 우리가 존재한다고 할 수 없을 것이다"(Momaday, *The Man Made of Words* 103)라고 주장한다. 마머데이의 주장처럼 언어는 주체성을 나타낼 수 있는 필수불가결한 수단인 것이다. 에이블과 타요가 언어를 상실한다는 것은 그들이 한 인간으로서 주체성과 존엄성을 상실했음을 나타낸다. 또한 상실된 에이블과 타요의 목소리는 백인들에 의해 박탈당한 아메리카 원주민의 땅과 문화를 상기시킨다.

4) 치유와 민족전통의 창조

마머데이와 실코를 비롯한 아메리카 원주민작가들이 가장 중요하게 생각한 것은 고난과 수난의 역사를 치유하고 민족적 자긍심의 회복은 물론 변화된 상황에 맞는 새로운 민족전통의 창조 문제이다. 이것을 위해 그들이 이용할 수 있는 민족문화의 유산은 주로 무형의 정신문화적 요소들이다. 그들이 갖는 무형의 정신문화적 요소는 다름 아닌 구전 설화와 민담, 즉 구전 전통(oral tradition)이다. 구전 전통은 글쓰기보다 오래되었고 보편적인 것이며, 이야기하기, 서사시 암송하기, 노래하기, 기도문 만들기, 신비로운 마술 주문 외우기, 미지의 것에 대해 인간의 목소리 부여하기 등이다. 아메리카 원주민작가들은 구전 전통을 상상력을 기반으로 한 것으로, 그리고 육안으로 보는 것이 아니라 우리의 마음과 영혼으로 보는 신성한 것으로 여긴다 (Momaday, *The Man Made of Words* 81).

마머데이는 『새벽으로 지은 집』의 시작과 끝에서 아메리카 원주민들의 전통적인 기도 문구인 "다이팔로"(Dypaloh)와 "체바다"(Qtsedaba)를 사용한다. 마머데이는 이 두 어휘를 영어로 번역하지 않고, 그대로 작품의 처음과 마지막에 인용함으로써 자신의 소설이 아메리카 원주민의 구전 전통 안에 있음을 피력한다(Owens 117). 다시 말해 마머데이는 언어의 전유 행위를 통해 자신의 소설을 "우리가 누구이며, 어디로부터 왔는가를 말해주며, 우리를 완성시키고 치유해주며, 우리가 살고 있는 세계를 통합시켜주며, 질서와 현실성을 부여하여 살 수 있는 세계를 만들어 주는 아메리카 원주민의 전통적 이야기로 변형시킨다"(Owens 94). 호건(Hogan)은 마머데이가 "단어들이 창조, 변형, 그리고 회복의 시적 과정으로 기능하는 아메리카 원주민 구전문학의 언어 개념을 사용하고 있다"고 지적한다.

소설(『새벽으로 지은 집』)의 많은 자료들은 "밤의 노래"(Night Chant) 의식으로부터, 그리고 치유의 힘을 갖는 시적 언어인 구전 전통으로부터 나온 것들이다. 구전문학의 시인이나 가수처럼 작가는 일련의 단계별 시각화(visualization) 과정을 통해 파편화된 삶을 통합시킨다. 이 시각화는 독자뿐만 아니라 이 소설의 주인공인 에이블로 하여금 모든 사물이 존재하고 서로 치료해주는 역동적인 상호 관계에 있다는 사실을 이해할 수 있게 해준다. 나바호 족의 치유의식과 에이블의 경험을 결합시킴으로써 마머데이는 소외와 혼돈으로부터 조화를 창조해내고, 세계를 유기적으로 작용하고 있는 하나의 시스템과 연결시킨다. (Hogan 169)

Much of the material in the novel derives from the Navajo Night Chant ceremony and its oral use of poetic language as a healing power. The author, like the oral poet/singer, is "he who puts together" a disconnected life through a step-by-step process of visualization. This visualization, this seeing, enables both the reader and Abel, the main character, to understand the dynamic interrelatedness in which all things exist and which heals. By combining the form of the Navajo healing ceremony with Abel's experience, Momaday creates harmony out of alienation and chaos, linking the world into one fluid working system.

『새벽으로 지은 집』에서 호건이 지적하고 있는 "시각화"의 대표적인 예라고 할 수 있는 부분은 프롤로그(Prologue)이다. 프롤로그는 "다이팔로"라는 기도문에 이어 다음과 같이 시작된다.

새벽으로 지은 집이 있었다. 그 집은 꽃가루와 비로 만들어졌고, 그 땅은 옛날부터 있었고 앞으로도 영원히 계속될 것이다. 언덕 위에 다양한 색깔들이 존재했고, 들판은 서로 다른 색깔의 흙과 모래로 빛났다. . . . 그 땅은 고요하고 강했으며, 너무나 아름다웠다.

There was a house made of dawn. It was made of pollen and of rain, and
the land was very old and everlasting. There were many colors on the hills,
and the plain was bright with different colored clays and sands. . . . The land
was still and strong. It was beautiful all around.

물론 이 묘사는 『새벽으로 지은 집』의 배경이 되는 웰러토와(Walatowa)의 실
제 모습이지만, 웰러토와가 마머데이가 성장했던 제메즈 푸레블로(Jemez
Pueblo)를 지칭하는 상상의 지역(Velie 52)이라는 점을 고려한다면, 마머데이
가 소설의 배경을 시간이 없는 신화의 영역으로 이동시키고 있음을 알 수
있다(Owens 94).

　실코는 『의식』의 첫머리에서 "[신화나 전설을 포함한] 전통적 이야기는 단
순한 오락이 아니라 . . . 질병과 죽음에 대항하여 싸우기 위한 아메리카 원주
민이 가진 유일한 것"(C 2)이라고 설명한다. 그래서 실코는 마머데이처럼 나
바호 족의 전통적 의식과 그것의 배경이 된 신화 혹은 전설을 이야기의 틀로
사용한다. 타요의 병과 대지의 병이 병치되면서, 곧 가뭄의 근원에 대한 아메
리카 원주민의 설화가 서술된다.[13] 또한 실코는 폭풍 구름(Storm Cloud)을 구

---

13) 타요가 처한 상황과 아메리카 원주민 설화가 나란히 진행된다는 점은 흥미롭다. 가뭄의 원인
에 대한 원주민의 설화에 의하면, 옥수수 밭에서 땀 흘리며 일을 하던 옥수수 여인(Corn
Woman)이 매일 목욕만 하고 있는 동생 갈대 여인(Reed Woman)을 나무라자, 갈대 여인이 저
아래 원래 집으로 돌아가 버리고, 그 이후 비가 내리지 않았다(C 13-14)고 한다. 사람들은 허밍
새(hummingbird)와 초록 빛깔의 파리를 전령으로 저 아래 세상으로 보내, "우리 마을을 정화
시켜 주십시오"(C 113)라고 청한다. 그러나 전령이 듣고 돌아온 것은 "너희들 제물은 아직 부
족하다"(C 113)라는 대답뿐이었다. 이런 설화 뒤에 타요가 이모부와 함께 테일러 산(Mount
Taylor)에 사는 주술사, 베토니(Betonie)를 찾아 나서는 장면이 곧바로 이어진다. 독자는 설화
속의 제물이 채워지기 위해서, 또한 타요의 병이 치유되기 위해서는 타요가 완수해야 할 큰

해냄으로써 가뭄에 시달리는 부족사회를 구한 신화 속의 주인공인 태양 남자
(Sun Man)와 타요를 연계시킴으로써 그의 정신적 치유가 곧 혼돈과 정체성 부
재로 고통 받는 부족사회의 구원으로 이어질 수 있음을 시사한다.

　마머데이와 실코가 구전 설화, 민담 등을 포함한 구전 전통을 통해 수난
과 고통의 역사를 치유하고, 동시에 아메리카 원주민의 전통적 민족문화와
가치관의 회복을 통해 민족적 자긍심을 추구한다는 점은 의심의 여지가 없
다. 그러나 여기서 한 가지 주목해야 할 것은 마머데이와 실코의 작품이 민
족문화의 정통성만을 고집하는 민족문화 본질주의를 지향하지는 않는다는
점이다. 문화 본질주의가 배타적 민족중심주의로 전이될 경우 타민족문화에
대한 억압과 지배라는 또 하나의 식민주의를 창출할 수 있다. 호미 바바
(Homi K. Bhabha)는 문화에 대해 다음과 같이 말한다.

　　생존전략으로서의 문화는 초국가적이고 번역되는 것이다. . . . 다양한 문화
　　적 경험들―문학, 예술, 음악적 의식, 삶, 죽음―의 상징들의 유사성과 이
　　상징들이 독특한 위치와 사회 가치체계 안에서 기호로서 순환할 때 만들어
　　지는 사회적 의미의 특이성을 구별하는 일은 중요하다. 문화적 변형이 이
　　주, 이산, 전위, 재배치 등으로 인해 초국가적 차원으로 이루어져 문화 번역
　　과정이 좀 더 복잡한 형태를 갖게 되었다. 단일 국가, 민족, 또는 진정한 민
　　족전통에 대한 자연스럽고 통합된 담론, 그리고 문화적 독자성에 대한 뿌리
　　박혀 있는 신화를 찾는다는 것은 쉬운 일이 아니다. 비록 확정적인 것은 아
　　니지만 이러한 입장을 취한다는 것은 [새로운] 문화의 건설, 그리고 전통의
　　창출에 대한 인식을 좀 더 갖는 것이다. (172)

　　Culture as a strategy of survival is both transnational and translational. . . .

사명이 남아 있음을 인식하게 된다.

It becomes crucial to distinguish between the semblance and similitude of the symbols across diverse cultural experience—literature, art, music ritual, life, death—and the social specificity of each of these productions of meaning as they circulate as signs within specific contextual locations and social systems of value. The transnational dimension of cultural transformation—migration, diaspora, displacement, relocation— makes the process of cultural translation a complex form of signification. The natural(ized), unifying discourse of 'nation', 'peoples', or authentic 'fork' tradition, those embedded myths of culture's particularity, cannot be readily referenced. The great, though unsettling, advantage of this position is that it makes you increasingly aware of the construction of culture and the invention of tradition.

바바의 논의에 따르면 백인의 문화와 아메리카 원주민의 문화 사이에는 이미 문화의 혼종성이 이루어져 두 민족 모두 자신들의 고유의 문화를 찾는다는 것은 힘든 일이 되어 버렸다. 그래서 마머데이와 실코가 회복, 유지하고자 하는 민족전통은 "백인의 문화를 거부하고 아메리카 원주민문화로, 다시 말해 변형을 허용하지 않는 순수한 문화로의 역사적 복원이 아니다"(Veil 62). 그들이 추구하는 것은 자신의 아메리카 원주민의 문화와 이질적인 백인 문화와의 상호교류와 교배를 통해 변화되고 발전된 역동적인 새로운 민족문화의 창조이다.

실코 본인은 아메리카 원주민, 멕시칸, 그리고 백인의 피가 섞여 있음을 자인하면서, 복잡한 가족의 계통과 혼혈이 오늘날 자신의 존재를 이루게 되었다고 주장한다.

나는 나의 글쓰기의 핵심이 혼혈, 혼혈 종족의 의미가 무엇인가, 그리고 백
인도 아니고 완전히 전통적인 아메리카 원주민도 아닌 상태로 성장한다는
것은 무엇을 의미하는가를 파악하는 데 있다고 생각한다. 나는 내가 아메리
카 원주민의 대표적인 시인이나 또는 아메리카 원주민이라고 말하는 것을
주저하는 이유가 바로 여기에 있다. 나는 단지 한 인간이자, 한 라구나 여성
일 뿐이다. (*YW* 197)

I suppose at the core of my writing is the attempt to identify what it is to
be a half-breed, or mixed-blooded person; what it is to grow up neither
white nor fully traditional Indian. It is for this reason that I hesitate to say
that I am representative of Indian poets or Indian people. I am only one
human being, one laguna woman.

이 말은 순수한 아메리카 원주민의 혈통을 유지할 수 없었던 미국 원주민의
역사적 · 사회적 상황에서, '아메리카 원주민성'이 어떻게 유지, 변화되었는
지를 역설적으로 드러낸 것이다. 실코는 인간의 집단이 끊임없이 변화하고
있음을 인지한다. 실코는 "전통적 아메리카 원주민 또는 전통적 라구나 푸에
블로 족이 어떤 부족인가를 개념화할 수 있겠지만, [문제가 되는 것은] 아무
도 순수한 혈통의 생존자가 오늘날 남아 있지 않다는 점이다. 모든 것이 변
했다. 생존을 위해 할 수 있는 모든 일을 하는 것도 전통의 개념에 포함된
다"(*YW* 200)고 역설한다. 이는 실코가 아메리카 원주민의 역사에 있어 이동
과 미국사회로의 동화의 과정 속에서 자신의 민족이 절멸의 위기를 겪고 있
기 때문에 시대와 상황에 맞는 새로운 민족전통의 창조의 필요성을 주장한
것이다. 인류학자들이 아메리카 원주민은 미국의 오랜 역사 속에서 종식될
것이라고 예견했지만, 실코는 아메리카 원주민문화는 종식되어 버린 것이

아니라 번성, 변화, 확대되고 있다고 역설한다. 실코는 "실코의 아버지 세대보다 더 많은 75-80명에 육박하는 댄서들이 [푸에블로 아메리카 원주민들의 문화를 대표하는] 사슴 춤을 옛 라구나(Old Laguna) 광장에서 추고 있다"(YW 200)는 점을 그 예로 든다.

마머데이와 실코는 현대를 사는 아메리카 원주민이 정체성을 확립하는 데 있어 이질적인 두 문화, 즉 아메리카 원주민문화와 백인문화 사이의 교류, 그리고 그 교류를 통한 변화가 중요하다는 점을 강조한다. 그래서 그들은 자신들의 작품에서 주인공의 정신적 구원에 결정적인 역할을 하는 인물을 백인문화와 아메리카 원주민문화를 성공적으로 융합시킨 인물로 설정한다. 『새벽으로 지은 집』의 경우엔 프란체스코(Francisco), 토사마(Tosamah), 그리고 『의식』의 경우엔 베토니가 여기에 해당된다.

『새벽으로 지은 집』에 등장하는 에이블의 할아버지 프란체스코(Francisco)는 그가 살고 있는 두 세계, 즉 푸에블로 아메리카 원주민의 세계와 기독교 세계를 조화롭게 포용한 인물이다. 그는 "자주 키바(kiva)[14]로 들어가 뿔과 짐승 가죽을 쓰고, 우리[푸에블로 아메리카 원주민]의 가장 오래된 적인 뱀을 숭배"(HD 46)하는가 하면, 가톨릭교회의 "성찬식 쟁반과 빵을 보관하는"(HD 46) 일을 하기도 했다. 토사마(Tosamah)는 로스앤젤레스(Los Angeles)의 허름한 2층집 지하실을 "일종의 교회"(HD 79)로 개조하여, 도시에 살고 있는 아메리카 원주민을 상대로 사목하는 "목자이자 태양의 사제"(HD 79)이다. 그는 "권위적이고 고통스러워하는 전형적인 가톨릭 사제의 모습"(HD 80)으로 요한복음을 주제로 설교를 하지만, 또 한편으로는 "비의 산을 향하여"("The Way to Rainy Mountain")라는 주제로 산악인이던 키오와 족이 평야라는 새로운

---

14) 북미 푸에블로 인디언(Pueblo Indian)의 지하 예배장.

환경에 적응하여 생존해온 역사에 관해 열변을 토하는 아메리카 원주민 주술사/웅변가의 모습을 띠기도 한다. 그의 예배 의식은 키오와 족의 전통적인 피요테(Peyote) 의식과 기독교 의식을 혼합한 것으로 예배 중 그는 예수와 부족의 신인 "대영혼"을 함께 찬양한다(강자모 19). 프란체스코와 토사마는 "적의 이름과 몸짓을 가장했지만 그들의 은밀한 영혼을 끈질기게 지키면서 오랜 시간 동안 저항을 했고 [현실]을 극복해온"(*HD* 52) 아메리카 원주민을 대표한다. 이들은 아메리카 원주민으로서의 본질이나 정체성을 훼손시킨 것은 아니다. 오히려 이들은 자신들이 섭취한 백인문화를 부족의 맥락에 위치시킴으로써 부족의 전통과 삶의 방식을 포기하지 않은 채 그것을 능동적으로 발전시킨 인물들이다.

『의식』에서 혼혈로서 백인문화와 아메리카 원주민문화의 교배를 상징하는 인물은 베토니이다. 그는 아메리카 원주민의 전통적인 것만을 고집한 채 이질적인 백인문화를 부정하는 무능력한 주술사 쿠시(Ku'oosh)와 대조적으로 치유의식을 현실에 맞게 변화시킨다. 그는 "백인들이 들어온 이후 이 세상의 모든 것들은 변하기 시작했다. 그래서 새로운 의식을 창조해내는 일이 필요하다. . . . 변화하거나 성장하지 않은 것들은 죽은 것과 마찬가지이다"(*C* 126)라고 말한다. 그는 전통적인 나바호(Navajo) 족의 치유의식과 [현대적인] 전문적인 카운슬링(counseling)의 기술을 결합시킨다"(Chavkin 6). 다시 말해 그는 타요에게 치유의식을 행하면서도 "의식은 여기서 끝난 것은 아니며 . . . 앞으로 너에게 달려 있어. 여기서 멈추지 마. 그렇게 함으로써 세상을 끝내 버리지 마"(*C* 152)라고 충고한다. 타요는 베토니(Betonie)가 준비하고 행하는 후프(Hoop) 의식[15]을 받음으로써, 그리고 수동적인 입장이 아니라 능동적인

---

15) 베토니는 타요의 정신적 질병의 치료를 위해 이 의식을 행한다. 베토니는 쇠로 만든 테의 밑

입장에서 의식행위를 찾아 나섬으로써 신화적 영웅의 회복과정에 동참하고, 의식의 반복을 통하여 마음의 치유를 받게 된다.

베토니의 주장 중 흥미로운 점은 백인에 대한 그의 사고이다. 그는 백인이 땅을 파괴하고 생명을 부정하는 아주 강력한 악이지만, 그 악에 대한 책임이 아메리카 원주민에게 있음을 주장한다. "그[백인]들의 전쟁, 그들의 폭탄과 거짓말로부터 파생된 질병에 인디언의 의식이 무슨 효과가 있겠느냐"(C 132)는 타요의 질문에 베토니는 다음과 같이 이야기한다.

그것이 바로 마법의 속임수이다. . . . 그 마법들은 우리[아메리카 원주민]들이 백인에게 모든 악이 내재한다는 사실을 믿기를 원한다. 그렇게 되면 우리는 더 이상 현재 어떤 일이 일어나고 있는지 알지 못하게 된다. 그 마법들은 우리를 백인과 분리시키기를 원한다. [그렇게 되면] 우리는 무지하면서도 무기력하게 우리 자신의 파괴를 보게 될 것이다. 백인은 단지 마법들이 조작하는 도구일 뿐이다. 내가 다시 말하지만 우리는 백인들, 그리고 그들의 기계와 [잘못된] 믿음을 처리할 수 있다. 우리가 백인들을 만들어 냈기 때문에 우리는 할 수 있다. 처음부터 백인을 만들어낸 것도 인디언의 마법이었다. (C 132)

That is the trickery of the witchcraft. . . . They want us to believe all evil resides with white people. Then we will look no further to see what is really happening. They want us to separate ourselves from white people, to

---

부분을 모래 속에 묻어 고정시키고, 주문을 외우면서 세상 만물을 상징하는 산이나 곰, 그리고 무지개 등을 그 테에 여러 색으로 그려 넣는다. 급기야 베토니는 타요의 두피의 일부분을 도려내고, 이 테를 타요로 하여금 지나가도록 한다(C 141-44). 이 행위는 "마치 신화에서 영웅의 몸을 감싸고 있는 코요테의 마른 가죽처럼, 의식을 받는 자의 마음을 덮고 있는 악마와 유령의 수의를 제거하는 것을 상징한다"(Bell, 재인용 27). 이 의식을 통해 타요는 잃어버린 가축을 찾아 나서겠다고 결심한다.

be ignorant and helpless as we watch our own destruction. But white people are only tools that the witchery manipulates; and I tell you, we can deal with white people, with their machines and their beliefs. We can because we invented white people; it was Indian witchery that made white people in the first place.

베토니에 따르면 모든 것의 책임이 아메리카 원주민에게 있으며, 아메리카 원주민이 책임을 회피하거나 폭력을 통해 백인과 싸우는 것은 그 악에 굴복하는 것이며 희생자의 역할을 자초하는 것이 된다는 것이다(Benediktsson 129). 베토니는 생존을 위해 백인 또는 백인의 문화에 대한 포용의 필요성과 아메리카 원주민의 문화적 주체성을 역설한다.

　『의식』에서 혼종의 긍정적 가능성은 "백인 목장주인들이 키우는 바보처럼 침이나 질질 흘리는 헤리포드종(Herefords) 소"보다는 "황금빛을 띤 갈색점"을 가진 점박이 소(the spotted cattle)들이 가뭄이나 다른 악조건에서도 잘 생존한다는 점에서 암시된다(C 212). 헤리포드종 소들은 겁이 많아 직접 강가에 가서 직접 물을 먹지도 못하고, 먹을 것이 없었을 때 이 소들은 "선인장을 먹거나 덤불과 나무껍질을 먹느니 차라리 뱃가죽이 등에 달라붙을 때까지 아무것도 먹지 않고"(C 212) 그냥 굶어 죽어버리는 연약하기 이를 데 없는 종이다. 반면에 점박이 소들은 힘줄이 많아 빠르고 거칠며, 혹한 외부 환경에서도 강인한 생존력을 보여준다. 타요와 조사이어 외삼촌은 이 점박이 소에 "나비 모양의 낙인과 이모의 서까래 문양을 얹은 4라는 숫자"(C 212)를 새겨 넣음으로써 이 소들이 백인들의 것이 아닌 자신들의 소유임을 주장한다. 어떻게 보면 생존력이 강하고, "영양(antelope)보다 더 거칠고, 엘크(elk)보다 더 영리"(C 197)한 점박이 소들은 변화되고 혼종된 미국 원주민문화를 상징한다.

마머데이와 실코는 주인공의 정신적 구원에 백인의 문화와 아메리카 원주민문화를 융합시킨 인물들뿐만 아니라, 두 문화를 초월한 여인들의 역할도 크게 부각시킨다. 마머데이의 『새벽으로 지은 집』의 경우, 에이블의 정신적 치유과정에서 부각되고 있는 여인은 백인인 안젤라(Angela)이다. 마머데이는 "안젤라는 에이블과 상반되는 역할을 한다. 그녀는 푸에블로 세계의 안티테제(antithesis)이다. 그녀와 에이블이 문화적 태도에 있어 정반대의 위치에 있다고 할지라도 어떤 점에서는 서로 관련된다. 그녀는 우리로 하여금 전통적인 관점에서는 볼 수 없었던 특별한 방식으로 푸에블로 세계와 에이블을 볼 수 있도록 해준다"(Weiler, interview with Momaday 171)라고 말한다. 역설적이게도 백인인 안젤라는 에이블에게 부족의 전통을 확인시켜 준다. 그녀는 잔인하고 부패한 백인 경관인 마티네즈(Martinez)에 의해 무차별 구타를 당한 후 입원한 에이블을 찾아와, 곰과 여인 사이에서 태어나 수많은 모험을 거친 후 위대한 지도자가 되어 자신의 부족을 구원하는 아메리카 원주민 영웅에 대한 이야기를 들려준다. 이 이야기는 에이블로 하여금 귀향을 재촉하는 결정적 계기가 된다. 마머데이가 에이블의 구원자로 백인여인을 선택하였다는 사실은 두 문화 간의 관계를 "대립보다는 대화적 관계"(Krupat 19)로 파악하고자 하는 작가의 의도가 반영된 것이다.

타요의 정신적 구원은 나이트 스완(Night Swan)과 트체 몬타노(Ts'eh Montano)라는 두 여인에 의해서 완성된다. 이 두 여인에 대한 생태주의 비평은 흥미롭다. 생태주의 비평은 이 두 여인을 육화된 자연으로 보고, 타요가 이들과의 성적 결합을 통해 대자연과 하나가 되는 에피파니(epiphany)를 체험한다고 본다. 하지만 필자는 나이트 스완이 원주민 혼혈이라는 점, 그리고 트체 몬타노가 실존 여부가 명확하지 않는 초월적인 존재라는 점에 주목한다. 그래서 타요와 이 두 여인과의 성관계는 자연과 하나가 되는 의식 과정

일 뿐만 아니라 두 문화의 융합을 상징하는 초월적 비전이다. 타요는 두 문화, 또는 현실을 초월한 두 여인과의 상징적 성관계를 통해 잃어버린 가축을 되찾으며, 자신의 삶의 위기를 극복하는 계기를 갖는다.

　백인문화와 아메리카 원주민문화의 융합의 극치는『새벽으로 지은 집』의 "새벽 달리기" 의식에 가장 잘 나타난다.『새벽으로 지은 집』의 종반부에서 에이블은 조상의 땅에서 전통적인 "새벽 달리기" 의식에 참여하는데, 이는 "비록 그가 다리에 힘이 빠져 넘어졌다 하더라도 그의 감정적, 정신적 건강 상태를 상징한다(Veil 62). 에이블은 할아버지의 죽음에 잠시 흔들리지만, 슬픔을 억누르고 제메즈(Jemez) 전통에 따라 할아버지의 장례 준비를 마친다. 에이블은 할아버지 시신을 보호구역 선교를 담당하는 올긴 신부에게 맡기고, 나바호 기도문을 노래하며 새벽의 달리기 의식에 다시 참여하는데, 이는 다양한 문화들을 포용하여 그 안에서 자신의 위치를 찾고자 하는 그의 의지의 표현으로 볼 수 있다. 올긴 신부는 카톨릭를 대표하고 "새벽 달리기"는 아메리카 원주민의 전통문화를 상징하기 때문에, 에이블이 할아버지 시신을 신부에게 맡긴다는 점, 그리고 제메즈의 전통적 달리기 의식에 참여한다는 점은 두 문화의 융합을 상징한다. 에이블의 달리기 의식은 "이질적인 두 문화(백인문화와 아메리카 원주민문화)의 대립을 극복하고 [자아정체성을] 성취하는 정신적 조화의 이미지"(강용기 275)를 갖는다. 마머데이는 아메리카 원주민들이 현대 미국사회에서 생존하기 위해서는 백인문화를 무조건 배척하면서 아메리카 원주민문화로의 맹목적인 회귀가 아니라, "문화적 다원성, 그리고 그 안에서의 개인 정체성 확립"(Raymond 71)이 중요함을 역설한다.

　마머데이와 실코 역시 그들에게 가장 중요한 문제는 자기민족의 생존이며, 원주민문화와 백인문화의 간극에서 노정되는 자신들의 아메리카 원주민성을 탐색해 나가는 일이다. 이들은 소외와 정체성의 상실로 집약되는 현대 아메리카 원주민 문제는 역사적으로 자행되어 온 백인문화의 특권화와 아메리카 원주민문화의 주변화로부터 기인한 것임을 분명히 한다. 하지만 이들은 지나친 자민족중심주의, 그로부터 초래될 수 있는 문화적 배타주의는 거부한다. 다시 말해 이들은 아메리카 원주민사회의 가치관만을 유일한 가치를 지닌 보편적인 것으로 주장하지 않는다. 분명 문화적·민족적 정체성의 확립은 문화적 교류와 융합과는 대립된다. 하지만 이들은 절박한 민족절멸 위기상황을 인식하지 않을 수 없었다. 이들은 현대 미국의 문화적 현실 속에서는 아메리카 원주민의 존속과 개인의 정체성의 확립이 불가능함을 인식하고, 자신들의 작품에서 문화적 교류와 융합을 통해서만 생존과 개인의 정체성의 확립이 가능함을 주장한다. 이들은 단순한 과거로의 회귀를 주장하거나 우울한 민족적 현실을 비탄만 하지 않는다. 이들은 고유한 민족의 전통문화를 토대로 새로운 백인의 문화를 주체적이고 능동적으로 수용함으로써 역동적인 민족전통을 창조해야 하는 필요성을 자신들의 작품을 통해 역설한다.

■ 이 글은 「아메리카 원주민 작가 −전도된 토박이/이방인 의식」, 『영어영문학』, 53권 1호(2007): 99–128쪽에서 수정·보완함

2. 저항과 전략적 융화: 웰치의 『피의 겨울』과 비즈너의 『첸서스』

1) 민족절멸의 위기에서 생존방식의 도모

다른 소수인종들과는 달리 아메리카 원주민들은 이민을 통해 미국 땅에 들어온 백인들에게 원래 소유했던 땅을 빼앗기고 역사로부터 배제되어 민족 절멸의 위험에 처한 역사의 비극적 아이러니를 경험한 민족이다. 아메리카 원주민 집단에게 자신들만의 공동체와 문화를 유지해야 하는가, 혹은 미국 생활의 주류 속으로 스며들어 동화해야 하느냐의 선택은 실존을 위한 절박한 문제이다. 그들은 절박한 실존상황에서 자신들의 민족적 기원에 내포된 역사, 언어, 구전문학, 음악, 전설, 신념체계, 종교의식, 혹은 도덕적 이념 등의 복원을 통해 개인적·민족적 정체성을 회복하고자 한다. 그들은 일차적으로 백인들에 대한 공포와 분노, 그리고 현재 삶에 대한 좌절 등의 부정적인 감정을 갖게 됨으로써 주류 백인문화에 대한 강렬한 저항을 표출한다. 하지만 그들은 급변하는 미국사회에서 부족의 명맥유지와 생존을 위해 배타적이고 무조건적인 자민족중심주의를 주장할 수는 없는 노릇이다. 따라서 그들은 주류 백인문화와의 타협과 공존가능성을 타진한다. 과거의 심리적 외상을 치유하고 자신들의 집단적 정체성, 즉 다인종·다민족 사회에서 자신들의 안정된 공존을 위해 '전략적 융화'라는 생존전략을 택한다. 이 점에 착안한 본 연구는 '저항과 전략적 융화'라는 주제로 제임스 웰치(James Welch, 1940-2003)의 『피의 겨울』(*Winter in the Blood*, 1974)과 제럴드 비즈너(Gerald Vizenor, 1934-)의 『첸서스』(*Chancers*, 2000)를 분석하고자 한다.

웰치는 『피의 겨울』에서 구체적인 역사적 사건을 소설의 일부로 편입시킨다. 블랙피트(Blackfeet) 부족은 약 25%가 추위와 기근으로 사망하고, 나머지 생존자들은 1883-84년에 보호구역에 수용된다. 이 사건이 화자의 할머니와 옐로 캐프(Yellow Calf)의 회상을 통해『피의 겨울』에서 서술된다. 웰치는 실제로 일어난 과거의 사건을 아메리카 원주민의 입장에서 서술함으로써 백인에 의해 왜곡된 아메리카 원주민 역사를 다시 서술하고자 한다. 비즈너의 『첸서스』는 버클리 소재 캘리포니아 주립대학을 배경으로, 학문이라는 미명하에 아메리카 원주민의 무덤을 파헤쳐 뼈와 유품을 훔쳐다가 대학 박물관에 진열하는 등 아메리카 원주민문화를 파괴하고 모독한 미국 당국의 "부당한 범죄 행위"를 고발한 소설이다. 웰치와 비즈너는 자신들의 작품을 통해 백인에 의한 수탈의 역사를 직접 혹은 간접적으로 드러낸다는 측면에서, 그리고 아메리카 원주민문화와 전통의 쇠퇴, 그리고 현대 아메리카 원주민의 정신적 혼란과 상실감을 그 어느 작가보다 강력하게 표출한다. 바로 여기에 두 작가를 동시에 검토하는 이유가 있다.

　　문학 비평가 아놀드 크루팻(Arnold Krupat)은『원주민으로의 회귀: 비평과 문화연구』(*The Turn to the Native: Studies in Criticism & Culture* 1996)에서 아메리카 원주민작가의 주요 관심사는 백인들에 의해 상실된 아메리카 원주민의 전통, 가치관, 그리고 역사의 회복을 통하여 아메리카 원주민으로서의 정체성 확립이라고 역설한다(Preface xi). 크루팻의 지적처럼 아메리카 원주민작가들은 심리적 외상을 치유하고 정체성의 위기를 극복하고자 한다. 하지만 아메리카 원주민작가들은 필연적인 양면성, 즉 백인주류문화에 대한 무조건적인 저항을 할 것인가, 그렇지 않으면 생존을 위해 순응을 할 것인가라는 모순에 직면한다. 따라서 이들이 택한 생존전략은 저항과 전략적 융화이다. 이들은 "유럽계 백인들의 전형을 파괴하고, 지배적인 사회에 대한 문화비평을 행하면서 과거의 범죄를 들추어내지만, 그들의 [두 문화를 조명하고 풍요롭게 하닌 중재의 목표(mediational goals)는 . . . 생존과 지속적인 문화적 정체성의 재현"(Ruppert 7)이다.

웰치와 비즈너를 비롯한 대부분의 아메리카 원주민작가들은 수난과 고통의 역사를 치유하고, 아메리카 원주민의 전통문화와 가치관의 회복을 통해 민족적 자긍심을 추구한다. 그러나 여기서 한 가지 주목해야 할 것은 웰치와 비즈너의 작품이 민족문화의 정통성만을 고집하는 민족문화 본질주의를 지향하지는 않는다는 점이다. 민족문화 본질주의가 배타적 민족중심주의로 변질될 경우 타민족문화에 대한 억압과 지배라는 또 따른 병폐를 불러올 수 있다.

현대 미국에서의 백인의 문화와 아메리카 원주민문화는 이미 문화의 혼종성(hybridity)이 이루어져 두 민족 모두 자신들의 고유문화를 찾는다는 것은 힘든 일이 되어 버렸다. 그래서 웰치와 비즈너가 회복, 유지하고자 하는 민족전통은 백인의 문화를 거부하고 아메리카 원주민문화로, 다시 말해 변형을 허용하지 않는 순수한 문화로의 역사적 복원이 아니다. 그들이 추구하는 것은 자신의 아메리카 원주민의 문화와 이질적인 백인문화와의 상호교류를 통해 변화되고 발전된 역동적인 새로운 민족문화의 창조이다. 다시 말해 이들은 아메리카 원주민문화와 백인문화의 차이를 인정하면서 두 문화 간의 협상과 중재를 통한 융합의 가능성을 타진한다. 이들은 단순히 인종과 문화의 차이를 강조하는 것이 아니라, 보편적 인간으로서의 유사성과 상호연관성, 그리고 문화적 동등성을 강조함으로써 상호존중의 윤리와 갈등의 평화적 해결을 모색한다.

본 연구는 웰치의『피의 겨울』과 비즈너의『첸서스』를 중심으로 아메리카 원주민작가들은 자신들의 수난의 역사에 대한 분노, 그리고 인종적 차별과 배제라는 지우기 힘든 상처이자 아픔을 치유하기 위해, 그리고 자신들의 민족 정체성을 확립하기 위해 민족문화 유산을 활용한다는 점을 하나의 기본적 프레임으로 상정한다. 본 연구는 아메리카 원주민작가들을 분석하고 평가함에 있어 그들이 처한 실존 위기의 상황에 좀 더 주목할 필요가 있다는 점을 주장하고자 한다. 그들은 과거 백인에 의한 수탈의 역사만을 생각하여 무조건적이고 배타적인 저항만 했을 경우 현대 미국에서 자신들의 존속을 보장받지 못한다는 점을 잘 인식하고 있다. 따라서 그들은 민족절멸의 위기를 극복하기 위해 전략적인 차원에서 백인 또는 백인문화와의 융화와 상호교류를 통한 공존가능성을 타진한다. 그들은 자신들이 가진 민족적 전통문화의 가치를 미국이라는 특수한 상황에서 새롭게 인식하고 자신들의 생존을 보장받고자 한다.

2) 수탈의 역사와 저항적 글쓰기

아메리카 원주민으로서 웰치와 비즈너는 백인에 의한 조직적인 수탈의 역사를 결코 간과 할 수 없었다. 백인들은 영토팽창, 금광개발산업, 동서횡단철도산업 등과 같은 명목으로 아메리카 원주민들로부터 많은 비옥한 땅을 빼앗았으며, 아메리카 원주민들을 특정지역인 원주민보호구역에 수용한다. 아메리카 원주민들에게 있어 땅은 매우 특별한 의미를 갖는다. 아메리카 원주민 출신 비평가 폴라 건 앨런(Paula Gunn Allen)은 "우리는 땅이며 땅은 우리 모두의 어머니"(127)라고 지적한다. 이는 땅에 대한 아메리카 원주민의 핵심적 가치관을 나타낸 것이다. 아메리카의 원주민들에게 땅으로 대표되는 자연과 인간은 동등한 존재론적 가치를 지니는 것이다. 그들은 "생존은 인간들 사이에서뿐만 아니라 생명이 있는 것과 생명이 없는 사물들 사이의 조화와 협조에 의존한다고 생각한다"(Silko 29). 하지만 백인들은 땅과 자연에 내재한 생명의 가치를 보지 못하고, 문명과 산업발전이라는 명목으로 땅과 자연을 파괴한다. 이 점은『피의 겨울』에서 사탕무 가공공장과 그 공장이 오염시킨 강의 예에서 잘 드러난다. 공장의 폐기물이 강으로 유입되어 오염된 강은 자체 정화 능력을 상실하여, 공장이 폐쇄된 지 7년이 지났어도 물고기가 살지 못한다. 웰치와 비즈너와 같은 아메리카 원주민작가들은 백인들이 조직적으로 아메리카 원주민의 땅을 빼앗아 파괴했으며, 문화 전통에 대한 무의식적 차별과 배제, 그리고 역사로부터 자신들을 배제시켰다는 사실을 결코 간과하지 않는다.

백인들은 땅뿐만 아니라 아메리카 원주민을 미국화시키는 과정에서 대량 살상을 자행하는 것은 물론, 문명화시킨다는 미명하에 그들의 전통적 고유문화를 배척한다. 아메리카 원주민들은 자신들의 전통문화와 순수한 혈통을 지켜낼 수 없었다. 다시 말해 아메리카 원주민들은 잦은 이동으로 공동체를 지향하는 고유의 부족문화를 유지할 수 없었고, 백인들과의 접촉으로 인한 결혼으로 인디언성(Indianness)을 유지할 수 없었다(박은정 116). 아메리카 원주민들은 원래 300개 이상의 다양한 언어, 인종, 부족 문화가 있었지만 이들 중 대부분이 소멸되고 극히 일부만이 정형화된 형태로 축소되어 그 명맥만 유지하고 있다. 따라서 웰치와 비즈너와 같은 아메리카 원주민작가들은 이러한 민족절멸의 위기를 결코 간과 할 수 없었다. 그들은 자신들의 작품을 통해서 백인에 의한 수탈의 역사를 직접 혹은 간접적으로 드러낸다. 그들은 왜곡된 역사를 백인의 관점이 아니라 아메리카 원주민의 관점에서 재서술하고, 아메리카 원주민문화와 전통의 쇠퇴, 그리고 현대 아메리카 원주민의 정신적 혼란과 상실감을 피력함으로써 저항담론을 구축한다. 웰치는『피의 겨울』에서 과거에 실제로 일어났던 특정한 사건을 이야기의 일부로 편입시켜 문화권력을 쥔 백인에 의해 기술된 역사의 인위성을 폭로한다. 그는 아메리카 원주민보호구역에 만연하고 있는 박탈감, 전통적 가치의 파괴,

그리고 문화적, 심리적 분열의 근본적 원인이 백인에 의해 자행된 만행에 있음을 분명히 한다. 비즈너는 아메리카 원주민의 목소리는 "말 많은 자들의 차가운 손에, 그리고 선교사들과 인류학자들에 의해 죽어버렸다"(Vizenor, "Dead Voices"241)고 주장한다. 이는 비즈너가 백인들이 문명화와 미국사회로의 동화라는 허울 좋은 명목으로 아메리카 원주민의 땅을 빼앗고, 민족 고유 전통과 관습을 파괴했음을 단적으로 지적한 것이다.

웰치는 『피의 겨울』에서 블랙피트(Blackfeet) 부족과 관련된 "피의 겨울"의 이야기를 작품의 주 소재로 삼는다. 블랙피트 부족은 1883과 1884년 사이에 식량부족으로 약 25%가 추위와 기근으로 사망하고, 나머지 생존자들은 보호구역의 경작할 수 없는 척박한 땅에 마치 "소처럼 끌려가"[16] 수용된다. 웰치는 1883년 겨울, 블랙피트 부족이 경험한 식량부족의 주된 원인은 그들의 주 식량원이던 들소가 백인정부에 의해 계획적으로 멸종당했기 때문이라는 점을 분명히 한다. 1700년을 전후하여 1,500만 마리에 달하던 북아메리카의 들소(Buffalo)는 19세기 후반에 이르러 약 250만 마리로 감소한다. 더군다나 미국 연방정부는 1881년부터 1883년까지 약 3년 동안 사냥꾼을 고용해 북아메리카의 들소를 사냥케 하여 북아메리카의 들소는 거의 멸종한다. 들소를 쫓아 이주하며 생활하던 블랙피트 부족은 겨울에 식량으로 사용할 들소를 사냥할 수 없었기 때문에 극심한 추위와 식량난을 겪을 수밖에 없었다. 백인들에 의해 블랙피트 부족의 전통적 삶의 양식이 파괴된 것이다. 웰치에게 있어서 1883-84년의 겨울은 결코 잊을 수 없는 역사의 아픔이자 교훈이다. 웰치의 『피의 겨울』은 아메리카 원주민들의 생존을 위협했고, 문화적 혼란과 심리적 상처를 야기했던 역사의 한 단편을 객관적 입장에서 재서술함

---

16) James Welch, *Winter in the Blood* (New York: Penguin, 1986), 123. 앞으로 이 책에서의 인용은 *WB*로 약칭하고, 괄호 안에 쪽수만 표기함.

으로써 치유하고자 한다.

웰치는 『피의 겨울』에서 화자의 부상당한 무릎을 통하여 개인적 차원에서는 화자가 육체적, 심리적 불구 상태에 있다는 것을, 그리고 정치적 차원에서는 백인들의 아메리카 원주민에 대한 수탈의 완성과 아메리카 원주민의 완전한 패배를 암시한다. 먼저 개인적 차원의 심리적 혼돈과 정체성 상실을 살펴본다. 아메리카 원주민보호구역에 수용된 화자는 무릎 부상과 함께 형, 모세(Mose)의 죽음을 막지 못했다는 죄의식에 시달린다.[17] 화자는 "매가 달로부터 멀리 떨어져있는 것처럼 나도 내 자신으로부터 멀리 떨어져 있다"(WB 2)고 함으로써 자신의 내적 심리 상태를 드러낸다.

> 집으로 돌아온다는 것은 더 이상 쉽지가 않다. 그것은 결코 붙잡을 수 없는 것이고, 하나의 고문이 되어 버렸다. 목이 아프고 별로 좋은 않는 무릎이 쑤셔오고, 두통이 가라앉지 않는다. . . . 집에 가면 엄마와 할머니, 그리고 나의 아내라고 하는 여자가 있다. 하지만 아내는[나에게] 결코 중요하지가 않다. 아니 그 어떤 이도 나에게는 중요하지가 않다. 그 어떤 누구도 나에게는 의미가 없다. 나에게는 증오심, 사랑, 죄의식, 그리고 양심도 없다. 다만 수년 동안 자라온 거리감만 남아 있다. 그 거리감은 나의 조국이나 민족으로부터 온 것이 아니라 내 안에서 온 것이다. (WB 1-2)

> Coming home was not easy anymore. It was never a cinch, but it had become a torture. My throat ached, my bad knee ached and my head ached

---

17) 화자는 1940년 겨울, 아메리카 원주민보호구역에서 형과 함께 방목하던 소를 우리로 데려오는 일을 맡게 된다. 고속도로를 가로질러 소를 몰던 중 불의의 자동차 사고로 형은 죽고, 화자는 자신의 애마인 버드(Bird)에서 떨어져 무릎에 큰 부상을 입는다. 사고임에도 불구하고 화자는 형의 죽음의 원인이 자신에게 있다는 죄의식에 시달리게 되고 극심한 무력감과 정체성 상실을 경험한다.

in the even heat. . . . Coming home to a mother and an old lady who was grandmother. And the girl who was thought to be my wife. But she didn't really count. For that matter none of them counted; not one meant anything to me. And I felt no hatred, no love, no guilt, no conscience, nothing but a distance that had grown through the years. . . . But the distance I felt came not from country or people; it came from within me.

화자의 내면은 마치 "이글거리는 태양 아래 타버린 벌판"(*WB* 2)처럼 생명력이 결여된 죽은 공간이다. 화자의 공허하고 무의미한 삶은 이 작품이 "대지의 아이"(Earthboy) 가족의 황폐한 목장에 있는 무덤에 대한 묘사로 시작해서 화자 할머니를 묻는 장면으로 끝난다는 점에서 암시된다.[18] 또한 오염으로 인해 물고기가 살지 않는 강 등의 이미지에서도 암시된다.

웰치는 『피의 겨울』에서 화자의 정신적 혼돈과 정체성 상실의 근본 원인이 개인의 내적 분열과 사회 부적응에 있는 것이 아니라 백인의 수탈의 역사에 있음을 분명히 한다.[19] 화자는 아메리카 원주민보호구역에서 수용되어, 백인문화에 적응하여 생존하기 위해 소몰이 일을 해야 했기에 형을 잃는다. 또 화자의 아버지 퍼스트 레이즈(First Raise)는 귀가하던 중, 백인들이 흙을 파내 다른 곳에 사용함으로써 만들어진 웅덩이인 토사 채취장(borrow pit)에 빠짐으로써 동사(凍死)한다. 화자는 "자신이 정말 사랑했던 유일한 존재

---

18) 돈 쿤츠(Don Kunz)는 화자의 공허함과 삶의 의미 상실이 겨울(winter) 이미지에도 드러남을 지적한다. 쿤츠에 따르면 겨울은 블랙피트 부족에게 추위와 기근으로 고통을 당했던 수난의 역사를 상징하며, 또한 화자에게 가족의 상실(형과 아버지의 죽음)과 땅, 힘, 그리고 민족적 전통의 상실을 의미한다는 것이다(94). 겨울의 황량한 이미지를 생각하면 쿤츠의 지적은 설득력이 있어 보인다.

19) 벨리(Velie)는 웰치의 『피의 겨울』이 하나의 저항을 표현한 작품이고, 블랙 유머(black humor)를 사용해 화난 작가의 비통함을 표현한 작품이라고 규정한다(*Four American Indian* 93).

들"(*WB* 135)인 형과 아버지의 죽음의 원인이 모든 것을 빼앗아간 백인에 있음을 주장한다.

정치적 차원에서 화자의 부상당한 무릎은 운디드니 대학살(Wounded Knee Massacre) 사건을 연상시킨다. 이 사건은 1890년 12월 29일, 미군에 의해 운디드니 언덕에서 벌어진 아메리카 원주민 대학살 사건이다. 미군 제7기병대 500여 명은 기관총 등으로 무장하고 수족(Sioux)을 무장해제하던 중 1명의 수족 용사가 칼을 놓지 않는다는 이유로 총격을 가해 여성과 어린이를 포함 200명 이상의 수족을 죽이는 대량 학살을 감행한다. 이 사건은 미군과 인디언 사이의 마지막 전투로 역사적으로 기록된다. 이 사건으로 인해 아메리카 원주민의 조직적인 저항은 끝나게 되고, 백인들은 남아 있는 모든 "적대자"인 아메리카 원주민들을 보호구역에 수용한다(Davis 29). 웰치는 『피의 겨울』에서 무릎 부상을 당한 화자를 등장시킴으로써, 생명력이 없고 무기력한 화자의 삶이 단지 화자 개인의 삶뿐만 아니라 백인들에게 모든 것을 빼앗긴 아메리카 원주민 전체의 삶임을 주장한다.

비즈너는 프랑스계 이민 3세인 모친과 아메리카 원주민 아니시나베(anishinaabe) 부족인 부친 사이에 혼혈로 태어나 인종과 문화의 경계로 인한 폭력을 직·간접으로 경험한다. 따라서 비즈너의 『첸서즈』 역시 아메리카 원주민의 전통과 가치관을 무시하고 파괴하는 백인들에 대한 강한 저항의 메시지가 담겨 있다. 하지만 웰치의 『피의 겨울』에서와는 달리 비즈너의 『첸서스』에서의 저항의 메시지는 직접적인 증언이나 표현이라기보다는 우회적이고 풍자적으로 차원에서 전달된다. 버클리 소재 캘리포니아주립대학의 이디오피아 출신의 뇌 해부학자 폴 스노우 박사(Doctor Paul Snow)와 강연할 때 인디언의 전통적 손 인형을 이용하는 루비 블루 웰컴(Ruby Blue Welcome) 박사는 박물관에 진열된 인디언의 뼈를 꺼내어 긴 의자에 늘어놓고 그 뼈 위에서 성행위를 즐긴다. 이들은 단지 아메리카 원주민들의 뼈 위에서 성행위를 할 때에만 황홀경에 도달하는 편집증 환자이다. 물론 이들은 성행위 절정의 순간에 살해를 당하지만, 이들의 행위에는 비즈너의 냉소적인 시각이 숨어 있다. 아메리카 원주민들은 죽은 사람에 대해 말하는 것조차 불경스러운 것으로 여긴다. 더구나 죽은 자의 뼈나 시신을 범하는 행위는 그 죽은 자가 자연으로 돌아가 자연과 화합하지 못하게 하는 행위이기 때문에 절대적인 금기사항이다. 대학에서 지성을 상징하는 폴 스노우 박사와 루비 블루웰컴이 자신들의 성적 쾌락을 위해 습관적으로 아메리카 원주민들의 뼈 위에서 성행위는 한다는 것은 아메리카 원주민의 전통적 가치관의 파괴를 의미한다. 『첸서스』에서는 백인에 의한 아메리카 원주민의 가치관의 파괴가 편집증적인 성행위로 희화된다.

비즈너의 『첸서스』의 등장인물은 모두 캘리포니아 주립대학에 재직 중인 학생이나 교수, 직원으로서, 미국 원주민 제식 행위에 참여하는 두 부류의 무희들로 크게 분류할 수 있다. 한 부류는 적개심과 피해 의식에 사로잡혀 과격한 폭력과 살상을 감행하는 태양 무희들(solar dancers)이고 다른 한 부류는 성적인 쾌락과 광란으로 생존을 축하하자는 원형 무희들(round dancers)이다. 태양 무희들은 백인 한 사람을 죽이면 죽은 인디언 한 명이 부활한다고 믿는 여덟 명의 집단이다. 누가 선택되어 부활하느냐의 문제는 순전히 우연(chance)에 의해 결정되기 때문에 이들은 자신을 "첸서스," 즉 "우연을 만드는 자"(chancers)라고 명명한다. 2차 세계대전 참전 퇴역 군인인 클라우드 버스트 상사(Sergeant cloud Burst)를 중심으로 한 이 집단은 사악한 아메리카 원주민 괴물 윈디구(wiindigoo)의 악마적인 분노를 폭력으로 구현한다. 이들은 아메리카 원주민문화를 무시하거나 파괴하는 데에 관련된 대학 관계자들을 차례로 살해한다. 또한 그들 역시 작품 끝에서는 누군가에 의해 참혹한 죽음을 당한다. 태양 무희들은 희생된 아메리카 원주민의 세계를 복구하여 백인문화와 구별해야 한다고 주장하며 호전적인 성향을 취한다. 반면에 원형 무희들은 회유책에 의존하며 태양 무희와 적대관계를 형성한다. 원형 무희들은 피터 로우-지즈(Peter Roses)를 중심으로 성적인 쾌락의 절정에서 생명이 잉태되는 것처럼 아메리카 원주민의 피를 계승하면 부활이 실현된다고 믿는다. 원형 무희들은 분노와 충돌보다는 화해와 타협을 추구한다. 이 두 부류는 사라져 가는 아메리카 원주민문화를 부활시킬 수 있는 방법, 즉 백인문화와 배타적인 관계를 유지할 것인가, 그렇지 않으면 타협을 도모할 것인가라는 양자택일의 방법을 상징한다.

웰치의 『피의 겨울』이 주로 화자의 서술, 그리고 화자의 할머니와 옐로 캐프의 회상에 의해 작품이 전개되는데 반해, 비즈너의 『첸서스』는 명확하게 정체성을 규명하기 힘든 인물들의 목소리가 나열된다. 비즈너 자신의 중국 여행기인 『그리버: 미국 원숭이 왕의 중국 체류기』(Griever: An American Monkey King In China 1987)와 『세인트 루이스에서의 어둠: 곰 심장』(Darkness in Saint Louis: Bearheart, 1978)의 등장인물이었던 축산업자와 벨라돈나(Belladonna)가 『첸서스』의 지면상에서는 허구의 인물로 등장한다. 이 인물들은 『첸서스』에 등장하는 소설 상의 실재 인물들인 라운드 댄스나 배드 마우스(Bad Mouth), 토큰 화이트, 패스트 푸드(Fast Food), 사냥꾼, 관광객과 아메리카 원주민들의 과거의 역사나 현재 당면한 문제 등에 대해 서로 얘기를 나눈다. 이렇게 비즈너는 다른 차원의 인물의 목소리를 구별 없이 평면상에 나열시킨다. 이는 어떤 사건이나 상황, 또는 역사에 대한 이분법적인 판단은 항상 오류가 있을 수 있음을 암시하기 위한 서술전략이다.

비즈너의 『첸서스』의 서술은 미하일 바흐친(Mikhail Bakhtin)의 다성성 소설(polyphonic novel)과 유사한 특징을 갖는다. 바흐친의 논의에 따르면, 다성성 소설은 어떤 사건에 대한 묘사가 화자의 초점에 따라 달라지고, 그 사건에 관계된 사람들의 시각에 따라 하나의 상황이 전혀 다른 이야기로 구성될 수 있어 복합적이고 다층적인 서술이 이루어진다(*Problems of Dostoevsky's Poetics* 6-7). 비즈너는 처음엔 어떤 인물이나 사건에 대해 단순한 윤곽이나 기본적인 정보만을 제공하고 나중에 상세한 정보를 제공함과 동시에 다양한 관점을 제시하거나 추측 가능한 것을 첨가하여 내용을 증폭시킨다. 이런 서술을 통해 비즈너는 단순한 이야기의 이면에 여러 가지 복합적인 요인이 함축되어 있을 수 있고, 그렇지 않을 수도 있음을 암시한다. 또한 서술되는 이야기 자체가 거짓 아닌 거짓이 될 수 있음을 시사한다. 비즈너는 단순 서사 구조가 아닌 복합적이고 다층적인 서술전략을 통해 자신의 다원화 논리를 극적으로 형상화한다.

린다 허천(Linda Hutcheon)이 "혼합되고 복합적이며 모순된 속성이 동시에 존재하는 기술이 포스트모던 소설의 한 특성"(20)이라고 설명했듯이, 비즈너의 『챈서스』 역시 포스트모던적 기법이 십분 활용된 텍스트이다. 비즈너는 『챈서스』에서 "포카혼타스가 존재인 동시에 부재로 항상 움직인다"(20)와 같이 서로 모순된 서술을 여과 없이 사용한다. 킴벌리 블래이저(Kimberly M. Blaeser)는 "닫힌 텍스트가 열리고, 텍스트가 상상을 통해 대화의 장으로 바뀌며 텍스트의 의미가 다양해진다"(15)고 설명한다. 블레이저의 지적처럼 명확한 결론을 제시하지 않고 텍스트의 다양한 해석의 가능성을 열어놓은 비즈너의 의도는 무엇인가? 비즈너가 아메리카 원주민의 난처한 현실, 즉 종말을 맞이한다 하더라도 사라져가는 민족문화를 고수할 것인가, 그렇지 않으면

---

20) Gerald Vizenor, *Chancers* (Norman: Oklahoma UP, 2000), 104. 앞으로 이 책에서의 인용은 *C*로 약칭하고 괄호 안에 쪽수만 표기함.

변화무쌍한 미국의 문화에 능동적이고 적극적인 수용을 통해 생존을 도모할 것인가라는 아메리카 원주민의 현실을 가장 정확하게 투사하려고 했기 때문이다.

비즈너는 『첸서스』에서 실제와 허구의 경계를 와해시킨다. 비즈너는 포카혼타스나 이쉬와 같은 실재의 역사적 인물들을 자신의 작품에 등장시킨다. 이 실존했던 역사적 인물들은 작품 속의 허구의 인물들과 혈연, 우정으로 엮어진다. 예를 들면, 허구의 인물 토큰 화이트는 야히(Yahi)족의 최후의 생존자인 역사적인 인물 이쉬(Ishi)를 자신의 친오빠라고 믿는다. 『그리버』에 등장 했던 튤립 브라운의 조카인 콘크 브라운(Conk Browne)은 자신이 친언니인 포카혼타스의 뼈를 구출했다고 주장한다(C 24). 비즈너가 역사적 사실과 허구의 경계를 와해시켜 궁극적으로 추구하고자 했던 점은 다음과 같다.

> 잘 알려진 탐험가와 선교사들도 과거에 상상해서 이야기를 꾸며냈다. 그런데 그들의 이야기는 역사적인 기록이 되었다. 마테오 리치, 크리스토퍼 콜럼버스, 루이스와 클라크, 데오도르 루즈벨트와 클라우드 레비 스트라우스는 지식인들로서 인종과 문화를 연구해서 서방 세계에 알렸다. 이들은 모두 원주민의 비밀을 캐내어 신비로운 이야기를 꾸며야 할 필요를 절감했다. (C 10)

> The most distinguished explorers and missionaries did as much in the past, but their stories became historical documents. Matteo Ricci, Christopher Columbus, Lewis and Clark, Theodore Roosevelt, and Claude Levi-Strauss were intelligencers and ethnic emissaries. Everyone, you see, has some need for esoteric stories about natives, some need to gather ethnic secrets on the other.

위에서 비즈너는 권력을 잡고 있는 자들에 의해 역사가 조작될 수 있음을 지적한다. 비즈너의 논지는 궁극적 진리라고 여겨지는 역사도 어떻게 보면 꾸며진 이야기, 즉 허구일 수밖에 없다는 것이다. 우리가 사실이라고 믿는 것도 어떤 특정한 상황에 의해 허구가 될 수 있는 것이다. 비즈너는 아메리카 원주민의 인종적 정체성에 대한 규정이나 아메리카 원주민에 대한 이해가 사실과는 무관하게 우리들에게 관습적으로 받아들여져 우리의 의식을 지배할 수도 있다 점을 부각시키면서 왜곡된 역사에 대한 강한 저항을 드러낸다.

3) 역사에 대한 치유: 트릭스터(Trickster)

웰치와 비즈너를 비롯한 아메리카 원주민작가들의 주된 관심은 고난과 수난의 역사를 치유하고 민족적 자긍심의 회복은 물론 변화된 상황에 맞는 새로운 민족전통의 창조 문제이다. 이것을 위해 그들이 이용할 수 있는 민족문화의 유산은 구전 설화와 민담을 이야기하기, 서사시를 암송하거나 노래하기, 기도문 만들기, 신비로운 마술 주문 외우기 등과 같은 주로 무형의 정신문화적 요소들이다. 아메리카 원주민작가들은 고난과 수난의 역사를 치유하기 위한 한 방법으로 트릭스터라는 특유의 문학적 기제를 활용한다. 트릭스터는 아메리카 원주민 공동체 내에서 자유로운 상상을 가능케 해주는 존재이다. 따라서 트릭스터는 존재 자체가 분명한 인물이라기보다는 신비스러운 존재로 등장한다.

웰치의 『피의 겨울』에 등장하는 화자의 할머니[21]와 옐로 캐프는 트릭스

---

21) 화자의 할머니의 인생 여정은 신비로움 그 자체였다. 화자의 할머니는 자신보다 30살이나 많은 "위대한 지도자 Standing Bear에게 단지 자신의 노래를 들려주기 위해 그와 함께 잠자리에 든다." 화자의 할머니는 20세가 되기도 전에 남편 Standing Bear의 사망으로 미망인이 되었지만, 부족의 젊은이들은 감히 그녀에게 접근을 하지 못한다. 부족의 여인들은 그녀의 검은 아름다움(dark beauty)에 질투심을 느꼈고, 그녀가 자식이 없는 것을 조롱해 그녀를 추방한다. 그 후 할머니의 삶은 역사 속에 묻히고, 화자는 벽 반대편 간이침대에 누워 자고 있는 할머니의 코고는

터적인 요소가 강한 신화적 존재들이다. 화자의 할머니는 "작고 검은 손이 마치 까치 발 같았고,"(WB 27) 그녀가 젊었을 때는 "결점 없는 갈색의 피부와 윤기 흐르는 긴 머리가 까마귀의 날개처럼 빛났다"(WB 29)라고 묘사된다. 옐로 캐프 역시 초월적 인물로 묘사된다. 그는 "귀신처럼 움직이고," 한 밤중에는 "자신의 집 근처에 나타난 사슴과 지나간 날들과 . . . 잘못되어가는 세상"(WB 54)에 대해 이야기한다. 그는 "소유의 슬픔을 느끼기보다는 부족한 삶을 선호"(WB 52)하며, "강가로 얼굴을 돌린 채 두 마리 까치의 논쟁에 귀 기울인다"(WB 56). 비즈너의 『첸서스』에서는 정체가 불분명한 화자가 때로는 작가로, 때로는 라운드 댄스 바로 옆 연구실을 사용하는 아메리카 원주민 교수로 자주 등장한다. 이 화자는 "자신 [작가이기 때문에] 컴퓨터를 가진 트릭스터, 혹은 변형이라는 최고의 전통을 가진 트릭스터"(C 11)로 불리기를 원한다. 이 화자는 "자신의 이야기는 진실하며 교묘히 속이는 원주민 고유의 모순을 담은 샤머니즘적 우화"이기 때문에, "자신의 이야기는 분리라기보다는 신화적 연결을 창조"(C 11)하는 것이라고 주장한다. 이처럼 웰치와 비즈너의 작품에는 현실적으로는 존재하기 힘든 신비스런 존재들이 등장해 강한 메시지를 남긴다.

트릭스터는 서구 유럽의 전설이나 동화에서 단지 코믹한 인물로, 그리고 셰익스피어의 희극에서는 어릿광대로 등장해, 어떻게 보면 별로 중요하지 않는 역할을 담당한다. 하지만 아메리카 원주민의 이야기에는 트릭스터가 꼭 사람이 아니라 동물, 신, 사람, 돌 등 거의 모든 형태로 등장해 이야기의

소리만 듣는다. 그녀가 잠을 자는 동안 집에 둥그런 달의 그림자가 드리워지고, 계곡 아래로부터 서너 마리의 코요테의 날카로운 울음소리가 울려 퍼진다. 화자는 그 코요테와 귀뚜라미 우는 소리, 할머니의 코고는 소리를 자신의 심장 박동 소리와 동시에 듣게 됨으로써 밤에 종종 깨게 된다(WB 30). 이는 화자가 할머니의 존재에 대해 두려워하면서도 자신의 심장 소리를 듣게 됨으로써 자신의 부족의 역사에 대한 새로운 인식을 갖게 되는 것으로 이해가 가능하다.

중심 역할 담당한다. 비즈너는 『죽은 목소리』에서 "어떤 젊은 여자가 바람과 사랑을 나눈 결과 . . . 혼혈인 트릭스터가 탄생했다"(23-24)고 함으로써, 트릭스터는 자연과 인간과 결합에 의해 탄생했음을 밝힌다. 더 나아가 비즈너는 트릭스터가 인간의 상상력, 혹은 내면 생각으로 파생된 것임을 다음과 같이 주장한다.

> 트릭스터는 상상력 속에서 발생했으며, 트릭스터는 다름 아닌 상상력 속에서 산다. 만약 우리가 문학에 대한 유희와 상상력을 가지고 있다 한다면 우리 모두는 틀림없이 마음속에 트릭스터를 가지고 있을 것이다. 트릭스터는 쓰인 언어 속에서 새로운 세계를 발견하는, 원주민들의 뛰어난 상상적 인물[또는 형상이다. . . . 그리고 트릭스터는 하나의 사고이다. 떠오르는 사고이자 사라지는 사고이다. 전복의 사고이자 사용하지 않고 놔두는 사고이다. 그럼에도 불구하고 구전 전통에서의 트릭스터는 자신의 이름이 쓰인 인쇄된 페이지를 전복시킨다. ("Trickster Discourse" 68-69)

> The trickster arises in imagination and the trickster lives nowhere else but in imagination. We must all have a trickster in the mind if we have any sense of play and imagination about literature. The trickster is a brilliant tribal figure of imagination that has found a new world in written languages. . . . And trickster is a thought. A thought on the rise. A thought on the fall. A thought of overthrow. A thought left over. The trickster in the oral tradition, however, would overturn the very printed page on which his name has been printed.

트릭스터는 상상의 산물로서 기존의 관념을 해체시킨다. 트릭스터는 "독자를 . . . 속여 진정한 세상은 상상력이며 . . . . 기억할 만한 세상은 '놀이'(play), 심각한 '놀이'이며 언어 게임임을 상기하도록 만든다"("Trickster Discourse" 69). 트릭스터는 "이야기 속의 인물또는 형생이며 풍부하고 거친 상상력의 언어 게임이다"(Heirs 80). 트릭스터는 언어 게임이기 때문에 이야기 속에서 말해진 것 또는 듣는 것, 그 모든 것을 반박하여 전복시켜 버린다. 트릭스터 이야기는 교회 예배와 같이 제식적이고 고정된 형식이 있는 것이 아니다. 트릭스터는 고정된 틀을 거부한다. 따라서 트릭스터가 만드는 새로운 세상은 "발견되거나 의존적이며 소비되는 세상이 아니라 수행과 창조의 세계이다"("Trickster Discourse" 69).

비즈너가 규정하고 있는 트릭스터의 '놀이'와 코믹한 요소를 이해함에 있어, 바흐친이 고대 예술 작품에서 패러디가 낳는 문학적 효과를 설명한 부분은 참조할만하다.

> 패러디적 익살은 . . . 마치 네트 속에 있는 것처럼 얽혀 있는 사물을 언어의 힘으로 해방시킨다. 익살은 언어에 드리워진 균질화의 신화적 힘을 파괴한다. 그것은 직접적인 단어의 힘으로부터 의식을 자유롭게 하고, 자신의 담론 안에, 그리고 자신의 언어 속에 의식을 가두고 있는 두꺼운 벽을 파괴하는 것이다. (Bakhtin, *The Dialogic Imagination* 60)

> These parodic-travestying forms . . . liberated the object from the power of language in which it had become entangled as if in a net; they destroyed the homogenizing power of myth over language; they freed consciousness from the power of the direct word, destroyed the thick walls that had imprisoned consciousness within its own discourse, within its own language.

바흐친이 패러디적 익살이 구속된 것을 해방시키는 역할을 한다고 했듯이 비즈너의 트릭스터는 "[놀이와 웃음을 통해 언어와 의식의 해방을 추구한다"(Owens 226). 트릭스터는 구속과 억압으로부터의 해방을 추구하기 때문에, 트릭스터는 "희망을 불려 일으키고, 슬픔과 괴로움, 그리고 고민 등을 달래주고, 치유하는 일종의 생각"("Trickster Discourse" 70)이 된다. 따라서 수난을 겪었던 아메리카 원주민이 생존할 수 있었던 것은 상상력 속에서 트릭스터와 함께 했기 때문이다. 요컨대 아메리카 원주민들의 트릭스터 담론은 자신들을 둘러싸고 있는 편견과 오해의 신화를 파괴하여, 상처뿐인 과거를 치유하고 암담한 현실을 상상력을 통해 초월하고자 하는 의지의 표현이다.

하지만 아이러닉한 측면은 아메리카 원주민 문학에서 트릭스터는 이상적이고 도덕률을 엄격하게 지키는 인간은 결코 아니다는 것이다. 앨런 벨리(Alan Velie)는 트릭스터를 "속박을 거부하고, 도덕률에 관심이 없으며, 술과 여자를 즐기는 무책임하고 방랑벽이 심한 인물이고, 사랑스럽지 않지만 항상 타인의 동정심을 유발시키는 인물"("The Trickster Novel," 122)로 정의한다. 벨리의 정의에 따르면, 『피의 겨울』에서 신비스러운 인물인 화자의 할머니와 옐로 캐프뿐만 아니라 무릎 부상과 함께 형의 죽음을 막지 못했다는 죄의식에 시달리는 무명의 화자 역시 외적으로는 트릭스터라고 할 수 있다. 『피의 겨울』의 초반부에서 화자는 아그네스(Agnes)라는 여인과 결혼 했지만, 그녀를 집에 남겨두고 몇 날 며칠 동안 집에 들어가지도 않고 시내에서 방황한다. 시내에서 거의 매일 술을 마시고 다른 여자와 잠자리를 하는 등 비도덕적인 생활을 영위한다. 그의 아내 아그네스는 그에게 복수하기 위해 총과 면도칼을 훔쳐 달아나고 나중에 자신의 오빠로 하여금 그를 두들겨 패도록 종용한다. 물론 이 화자는 형과 아버지의 죽음으로 정신적으로 안주할 곳을 찾지 못해 방황하며, 아메리카 원주민으로서 정체성의 혼란을 겪고 있었다는 점이 밝혀지면서 독자의 동정을 유발한다.

그렇다면 아메리카 원주민작가들이 의도적, 혹은 전략적 차원에서 트릭스터라는 문학적 기제를 활용하는 이유는 어디에 있을까? 『피의 겨울』 후반부에서 무명의 화자는 백인에 의해 카우보이로 길들여진 자신을 포함한 모든 아메리카 원주민에 대한 분노와 연민에 사로잡혀 욕설을 퍼부으며, "이 탐욕스럽고 어리석은 나라[미국이]"가 "우리 모두를 속여 왔다"(WB 133)고 절규한다. 이 무명 화자의 절규는 백인의 기만성에 분노하면서, 무기력하게 현재의 참담한 삶을 영위해야만 하는 자신의 동족에 대한 연민의 감정을 토로한다. 따라서 아메리카 원주민작가들이 트릭스터를 활용하는 일차적인 이유는 아메리카 원주민의 현재 삶의 실상을 고발하고, 전략적인 차원에서 백인들의 질서와 문화에 저항하기 위함이다.

하지만 아메리카 원주민작가들이 트릭스터를 활용하는 궁극적인 목포는 아메리카 원주민과 백인의 경계를 와해시켜 제거하는 것이 아니라 경계의 의미를 재검토하여, 경계로 인해 파생된 상처를 치유하는 데 있다. 비즈너에 따르면, 이 경계는 말이 글자 또는 문서로 옮겨지고 고정되면서 생겨난 것이다. 비즈너는 트릭스터로 대표되는 '말 또는 이야기하기'의 치유적 기능을 다음과 같이 역설한다.

> 우리는 [아메리카] 원주민 이야기의 상상력과 그 이야기의 치유적 힘 [또는 기능]에 대해 논의하고 있다. 이야기는 [우리를] 계몽시키고, [우리의 고통을] 완화시키고 격감시킨다. 이야기는 얘기되어지는 대로 창조된다. 그리고 그 이야기는 인간 존재의 모든 짐들을 뒤엎는다. 트릭스터는 모든 문학에서 가장 중요하고, 가장 장난기가 많고, 그리고 상상력을 가장 잘 드러내는 인물이다. ("Trickster Discourse" 68)

> We are talking about the imagination of tribal stories, and the power of tribal stories to heal. Stories that enlighten and relieve and relive. Stories that

create as they're being told. And stories that overturn the burdens of our human existence. The trickster is one of the most important, one of the most playful, and the most revealing characters of imagination in any literature.

비즈너는 글자 또는 문서에 대한 추종자를 "글쟁이"(wordies)이라 명명하고, 바로 이 글쟁이들 때문에 현재 아메리카 원주민들은 "돌과 이야기로 전해 내려온 우리의 삶의 방식도 기억할 수 없게 되었다"고 주장한다(*Dead Voices* 135). 비즈너는 "문명에 의해 우리의 목소리는 죽고 트릭스터의 전쟁[글자나 문서로 기록하는 것이 아니라 구어로 이야기를 전수 하는 겟은 말이 글자와 문서로 고정되면서 끝났다"(*Dead Voices* 137)고 한탄한다. 그는 아메리카 원주민작가는 "문서화된 죽은 목소리를 넘어 계속해서 끊임없이 살아있는 목소리를 내야한다"(*Dead Voices* 135)고 역설한다. 비즈너는 트릭스터에게 사회의 고착된 지식을 극복하고 글쟁이들의 짓밟힌 상상력을 회복하는 치료사로서의 사명을 부여한다. 『죽은 목소리』의 화자는 자신이 아침에는 곰, 새벽에는 새가되고 바퀴벌레가 되기도 하고 마지막에는 트릭스터가 된다고 묘사한다. 이는 동물과 인간, 그리고 트릭스터 사이의 경계가 사라지는 평화와 자유를 형상화한 것이다. 따라서 트릭스터 이야기는 어떤 교훈을 주기 위한 것이 아니라 역설과 풍자, 웃음, 그리고 궁극적으로는 치유의 효과를 지향하는 "창조적인 상상력과 융통성을 함축한다"(김봉은, 「보드리야르-」 68).

아메리카 원주민작가들은 트릭스터를 활용하여 글자나 문서가 아닌 이야기하기를 통해 과거의 상처를 치유하고 변화된 상황에 맞는 신축성이 있는 새로운 민족전통을 창조하고자 한다. 또한 그들이 새로운 민족전통을 확립하고자 하는 이유는 미국에서의 생존을 위한 정신적 지주를 세우고자 하기 때문이다. 쟈넷 베를로(Janet C. Berlo)와 루스 필립스(Ruth B. Phillips)는 『북미 원주민 예술』(*Native North American Art*, 1998)에서 아메리카 원주민문화의 신축성과 유동성에 대해 언급한다. 베를로와 필립스는 아메리카 원주민들은 선천적으로 호기심이 강하고 개방적이어서 새로운 문화를 거부감 없이 받아들여 자신의 것으로 소화하는 능력이 뛰어나다. 따라서 아메리카 원주민문화는 고정된 틀이 아니라 변화를 거듭 해온 유기체라고 설명한다(13). 이들의 논의를 따르면 아메리카 원주민문화를 한마디로 규정하는 것은 불가능하다. 아메리카 원주민들은 박물관에 소장되어 있는 조상들의 유품을 본래의 주인인 그 후손에게 되돌려줄 것을 요구한다. 그런데 막상 유품을 돌려받으면 산꼭대기에 내버려 둔다. 이런 사실은 어떤 형태로든 고정된 것들은 자연의 흐름에 역행하는 행위로 본다는 아메리카 원주민문화의 진수를 단적으로 나타낸다. 웰치와 비즈너는 수난의 역사를 저항적 입장에서 재서술한다는 측면에서 어떤 작가보다 아메리카 원주민의 문화를 정확하게 대변한다. 또한 그들은 생존전략으로 아메리카 원주민문화와 백인문화와의 융합 가능성을 타진함으로써 시대 상황에 맞는 민족전통을 재창조하고자 한다.

4) 생존을 위한 전략적 융화

웰치와 비즈너는 백인들에 의한 아메리카 원주민의 수탈의 역사를 복원하여 재서술 하고자 하지만 결코 "역사를 재소유하거나 하나의 역사적 이야기를 다른 것으로 대체"(Blaeser 43)하고자 하지 않는다. 그들은 역사 희생자의 입장에서 배타적인 민족주의자의 입장을 취하지 않고, 백인들의 기독교 문화와 아메리카 원주민문화, 혹은 서로 다른 아메리카 원주민 부족 문화 사이의 교류에 의해 발생하는 문화의 잡종성에 주목한다. 이렇게 함으로써 아메리카 원주민작가들은 단순한 저항의 차원을 뛰어넘어 생존을 위해 대화와 중재를 통한 문화적 화해의 가능성을 타진한다.

웰치의 『피의 겨울』에서는 중요 인물들이 문화의 잡종성을 상징하는 혼혈로 설정되어 있지 않다. 하지만 이런 설정이 결코 백인과 아메리카 원주민의 문화 간의 교류를 소홀히 취급한다는 의미는 결코 아니다. 웰치는 이 작품에서 변화를 거부하고 오로지 순수한 아메리카 원주민의 문화나 전통만을 고집하는 사고방식이 현대 아메리카 원주민의 삶을 무기력하게 만들 수 있다는 점을 할머니와 옐로 캐프를 통해 제시한다. 할머니는 흔들의자에 앉아 식물인간처럼 삶을 영위하고, 옐로 캐프는 시력을 상실한 채 세상이 변했다는 사실을 인지하면서도 그 변화에 적극적으로 대응하지 않고 부족의 전통만을 고집하며 세상과 단절된 삶을 산다. 할머니와 옐로 캐프는 아메리카 원주민의 전통에 대한 자긍심을 주장함으로써 화자의 정신적 성장에 긍정적인 역할을 했음에도 불구하고, 그들의 현재 삶은 불행 그 자체였다.[22] 웰치는 현실을 인정하지 않고 변화를 거부하는 이들의 삶에 비판적인 입장을 취한다.

또한 웰치는 『피의 겨울』에서 아메리카 원주민의 전통과 문화를 무시한 채 무조건적인 백인문화로의 동화주의적 입장을 취하는 것 역시 문제가 있

---

22) 백인문화와 자신의 부족 문화 사이에 갈등하며 무력감과 상실감에 사로잡힌 화자는 할머니와 옐로 캐프의 이야기를 통해 부족의 역사와 정신적 유산, 그리고 자연과의 교감 등을 통해 정체성 획득의 실마리를 잡는다. 화자의 할머니와 옐로 캐프는 블랙 피트 족의 역사, 즉 1883-84년의 대기근과 추위, 그리고 보호구역 수용이라는 수난의 역사의 산 증인이고, 과거의 역사와 자손들을 연결시켜주는 매개체이다. 화자는 블랙 피트 족의 고통이 새로운 세대인 자신의 삶에도 다시 반복 되고 있음을 깨닫는다(Thackeray 73). 특히 옐로 캐프는 그가 부족으로부터 버림받은 할머니를 보살펴 준 장본인이고, 화자의 친 할아버지이며, 할머니와 화자는 그로스 벤터(Gros Ventre)족이 아니라 블랙피트 족이라는 사실을 얘기함으로써 화자가 자신의 뿌리를 깨닫는 결정적 역할을 한다. 화자는 옐로 캐프로부터 자연 친화적이고 무소유의 삶의 가치를 배움으로써 아메리카 원주민의 핵심적인 가치관을 깨닫는다(강자모, 「통문화적 존재양식」 802). 따라서 할머니와 옐로 캐프는 화자의 정체성 획득에 긍정적 역할을 했다는 점은 부인하기 어렵다. 하지만 웰치는 이들의 현재의 삶, 즉 현대 미국에서의 절멸의 위기에 처한 소수인종으로서의 삶에 더 주목한다.

음을 지적한다. 화자의 어머니 테레사와 그녀의 두 번째 남편인 레임 불(Lame Bull)은 백인의 문화적 체계를 수용하기 위해 부족의 전통적 가치관을 버린다. 테레사는 성탄절 만찬을 위해 "그로스 벤터족 신화에서 육지의 창조와 깊은 연관이 있어 신성한 존재로 여겨지는 오리"(Ruoff 65)를 스스럼없이 잡는가 하면, 종교도 가톨릭으로 개종한다. 테레사는 "보호구역에는 한발자국도 들어오려 하지 않고 . . . 자신의 땅에 인디언을 묻으려하지 않으면서도 . . . 교회에는 나오라고 하는"(WB 3-4) 위선적인 백인 신부인 할렘(Harlem) 신부와도 교제한다. 이렇듯 테레사는 순종 블랙피트족임에도 불구하고, 전통적인 아메리카 원주민들의 삶의 방식과 가치관을 버린다. 그녀에게 중요한 것은 아메리카 원주민 혹은 백인이라는 인종적 정체성이나 전통보다는 오직 일을 하여 경제적 성공을 거두는 것이다. 그녀는 자신의 죽은 남편, 즉 퍼스트 레이즈에 대해 "그는 방랑자였어-너처럼, 그리고 이 모든 망할 놈의 인디언들처럼 말이야"(WB 16)라고 화자에게 말함으로써, 무책임한 아메리카 원주민 남성들을 비난함은 물론 강한 생활력을 역설한다. 테레사는 목장의 소유자로서 경제적 성공을 거두지만, 남편과 자식으로 대표되는 아메리카 원주민 공동체와 백인사회 모두로부터 소외된다. 남편과 자신은 집에 머물지 않고 읍내에서 방황하며, 백인사회로부터는 신부의 여자 친구라는 오해를 받기도 한다.

레임 불은 사랑 때문이 아니라, 테레사 소유의 "360에이커의 목초지"와 "왼쪽 갈비뼈 상단에 T-Y 낙인이 찍힌 그곳에 있는 모든 소들"(WB 10)때문에 8살이나 많은 테레사와 결혼한다. 그는 "건초더미를 세며 그것을 소로 환산하고, 소를 송아지로, 송아지를 현금으로 환산"(WB 23)하는 철저한 물질주의자이자 기회주의자이다. 그는 테레사와 결혼함으로써 농장의 실소유주가 된 것을 굉장히 기뻐한다. 그는 자신의 장모, 즉 화자의 할머니에 대해 저속한

농담을 일삼고, 자기보다 힘이 없는 일용직 노동자인 롱 나이프(Long Knife)에게 폭력을 행사 등 속물적 근성을 보여준다. 그가 건초더미를 최대한 생산하기 위해 "하루에 네 번씩이나 원형 낫을 갈아 끼우며, 자주개자리, 뱀풀, 토끼새끼 풀 등을 닥치는 대로 비고 얽힌 철조망을 제거"(WB 18-9)하는 모습은 아메리카 원주민의 전통적인 자연관과는 거리가 있는 물질주의자의 면모를 여실히 보여준다.

웰치는 『피의 겨울』에서 주변의 변화된 상황을 인식하지 못하고 아메리카 원주민의 문화나 전통만을 고집하는 사고방식이나 주체적 판단 없이 백인문화로의 동화주의적 입장만을 취하는 것은 필연적으로 불행을 낳을 수 있음을 인지한다. 따라서 웰치는 문화 간의 교류와 변화의 중요성을 강조한다. 이를 위해 웰치는 『피의 겨울』 화자를 아메리카 원주민이자 동시에 카우보이로 설정하고 그 배경을 몬타나(Montana)로 삼는다(강자모, 「마마데이-」 21). 아메리카 원주민으로서 무력감과 상실감으로부터 벗어나지 못한 화자에게 어린 시절, 카우보이로서 몬타나 목장에서 보낸 행복했던 생활에 대한 기억은 그에게 존재의 의미와 목적을 부여한다. 물론 대부분의 아메리카 원주민들은 목장을 운영할 만큼 넓은 땅을 소유하지 못했고, 목장 소유주로서 성공하는 예는 극히 드물었다. 따라서 많은 젊은 아메리카 원주민들은 일용직 노동자로 목장주에게 고용되어 일하거나 그 외의 시간은 도시의 술집을 전전하는 파괴적인 자기비하의 삶을 살기도 했다. 웰치는 백인의 전유물이던 목장이 20세기에 이르러 몬타나에 거주하는 대부분의 블랙피트 아메리카 원주민에게 피할 수 없는 삶의 한 부분이 되었다는 사실을 부정하지 않는다. 화자는 "자신의 애마, Old Bird가 . . . 보호구역 내의 목장이 자신이 있기에 가장 적합한 장소로 여겨 . . . 어떤 계절, 또는 어떤 날씨에 상관하지 않고 목장을 떠나지 못하고 있다"(WB 11-12)고 생각하며, 자신과 말의 입장을 동일시한다. 화자는 보호구역 내의 목장이 최상의 장소는 아닐지라도 생존을 이어갈 수 있는 공간이 될 수 있다고 생각한다. 화자는 백인문화로의 함몰을 상징한다 할 수 있는 도시 생활보다는 그래도 자연과 함께 할 수 있는 농장에서의 삶이 더 낫다고 판단한다. 이는 웰치가 간접적으로 문화 간의 상호교류를 통한 변화의 불가피성을 인정·수용하는 것이다. 웰치의『피의 겨울』은 "하나의 문화적 틀에 사로잡히지 않고 . . . 오랜 전통이 불변하거나 절대적인 것이라는 견해"(Ruppert 10)를 뛰어 넘는 텍스트이다.

『피의 겨울』에서 "비행기 남자"와 백인 교수 가족과 관련된 에피소드는 백인에 대한 용서와 화해라는 상징적 의미를 갖는다. "비행기 남자"는 화자에게 누군가에 쫓긴다고 이야기하며 캐나다로 탈출할 수 있도록 도와달라고 요청한다. 카키색 옷을 입은 회화적 인물인 "비행기 남자"는 화자가 Sports Afield라는 잡지에서 읽었던 "사자 사냥꾼"(WB 9-10)에 대한 이야기를 연상시킨다. 이 이야기는 헨더슨(Henderson)을 포함한 세 명의 백인 사냥꾼이 아프리카에서 식인 사자를 사냥한다는 내용이다. 이 이야기는 솔 벨로우(Saul Bellow)의『비의 왕 헨더슨』(Henderson, the Rain King)을 풍자적으로 개작한 것이다. 아프리카로 건너간 "원탁의 기사" 혹은 "비의 왕" 역할을 하는 벨로우의 헨더슨을 생각하면, "비행기 남자"는 가장 전형적인 백인을 상징한다. 따라서 그의 부탁을 거절하지 않는 화자의 모습은 백인에 대한 화해와 용서를 나타낸다(강자모,「통문화적 존재양식」810).

또한 화자와 백인 교수 가족과의 조우는 현재 미국에서 살고 있는 아메리카 원주민과 평범한 백인 가족 간의 있을 수 있는 구체적 삶의 보습이다. 백인 교수는 "인디언들은 [저수지에 나넌 거북이를 먹느냐," 그리고 "사진을 찍어도 되느냐"(WB 101-02) 하는 등 호기심을 갖고 화자를 대한다. 하지만 그는 혹시 화자가 미시간(Michigan)에 오게 되면 자신을 찾아오라는 호의도 배푼다. "마치 아픈 소처럼 흐릿한 눈"을 가진 그 교수의 딸은 화자에게 애정의 표시로 "자줏빛 종이로 감싼 복숭아"(*WB* 102)를 건네준다. 화자는 백인 교수의 병약한 딸에 대해 애정과 연민의 정으로 그것을 받아들인다. 소녀의 어머니가 자신의 딸의 몸 상태를 묻는 질문을 하자, 화자는 소녀와 자신을 동일시해 소녀 대신 자신이 대답을 하려고 한다. 백인 소녀에 대한 이러한 화자의 태도는 "비행기 남자"의 경우에서처럼 백인과 아메리카 원주민과의 상호 연민과 유대가 가능함을 드러내는 단적인 예이다.

아메리카 원주민과 백인과의 접촉 또는 문화 교류를 통한 공존가능성은 비즈너의 『첸서스』에서도 보인다. 비즈너는 백인문화와의 철저한 분리를 주장하는 태양 무희들과 백인의 회유책에 의존하며 태양 무희와 적대관계를 형성하는 원형 무희들의 범주 와해와 굴절을 통해 아메리카 원주민에 대한 우리들의 전형적인 이해를 해체한다. 우선 아메리카 원주민문화의 부활을 추구하는 두 부류의 인물들이 모두 다 아메리카 원주민이 아니다. 태양 무희 집단의 중심인물인 클라우드 버스트가 인디언이라는 증거는 전혀 찾아볼 수 없다(*C* 42). 태양 무희 중 활을 쏘아 살인 무기 역할을 하는 토큰 화이트(Token White)는 독일과 노르웨이인 간의 혼혈인 백인이다. 토큰 화이트는 자신이 11살 때 야생의 아메리카 원주민문화권에서 생활했던 최후의 인물인 이쉬(Ishi)에 대한 전기를 읽고 이쉬가 자신의 오빠라고 주장하는 자칭 아메리카 원주민일 뿐이다. 게다가 토큰 화이트는 태양 무희뿐 아니라 원형 무희로도 활동하여 분류의 경계를 와해시킨다. 이렇게 보면 실제로 태양 무희나 원형 무희들은 혈통적인 입장에서 아메리카 원주민과 무관하다. 또한 폭력적인 윈디구 정신이나 쾌락적인 탐미주의도 실상 아메리카 원주민문화와 무관하다. 태양 무희들과 원형 무희들의 경계를 와해시킴으로써 비즈너는 전략적인 차원에서 인종이라는 생물학적, 문화적인 범주를 무화시키려 한다

(김봉은, 「제럴드 비즈너」 33).

　비즈너는『첸서스』에서 롤랑 바르트(Roland Barthes)의『신화학』(*Mythologies*)의 일부분, 즉 "신화는 아무것도 감추거나 과시하지 않는다. 왜곡시킬 뿐이다. 신화는 거짓도 고백도 아니다. 굴절일 뿐이다. 신화는 역사를 자연으로 변모시킨다"(*C* 14)를 인용함으로써 자신의 이야기가 신화적인 것임을 주장한다. 자신의 이야기는 백인과 아메리카 원주민 의 문화의 차이를 강조하여 "구별(Separations)하는 것"이 아니라 "신화적인 연대감"을 낳는다고 역설한다 (*C* 11). 니체(F. W. Nietzsche, 1844-1900)가『비극의 탄생』(*The Birth of Tragedy*, 1872)에서 이성에 의해 분류된 역사를, 디오니소스적인 연대감을 조성하는 신화로 대체하고자 했던 것처럼(22), 비즈너는 참담한 아메리카 원주민문화를 모순과 혼란을 동시에 담보하는 디오니소스적인 신화로 승화시키고자 했다. 비즈너는 신화적 글쓰기를 통해 생명의 가능성과 영원한 순환을 상징하는 "꽃가루와 모래의 신성한 영상"(*C* 139)을 제기하여, "창조적 이야기들의 은유(*C* 139)"로 활용한다. 그는 자신의 이야기에 과학적인 방법이 아닌 자연의 힘에 의한, 몸과 마음의 병을 치료하는 치유자(healer)의 역할을 부여한다. 비즈너는 자신의 글쓰기를 통해 백인과 아메리카 원주민들의 상호대립과 배척보다는 상호공존을 담보할 수 있는 타협과 융화에 도달하고자 한다. 비즈너의 타협과 융화는 과거 역사에 대한 아메리카 원주민의 단순한 체념의 단계를 극복하고, 낙관적인 생명력을 추구하는 삶의 의지로 볼 수 있다.

　웰치와 비즈너에게 가장 중요한 문제는 자기민족의 생존이며, 원주민문화와 백인문화의 간극에서 노정되는 자신들의 아메리카 원주민성을 탐색해나가는 일이다. 이들은 소외와 정체성의 상실로 집약되는 현대 아메리카 원주민 문제는 역사적으로 자행되어 온 백인문화의 특권화와 아메리카 원주민문화의 주변화로부터 기인한 것임을 분명히 한다. 따라서 이들은 철저하게 백인들의 수탈의 역사에 주목함으로써 일차적으로는 저항의 목소리를 드러낸다. 하지만 이들은 백인과 백인의 문화에 대한 저항과 거부가 결코 현대 미국에서 살고 있는 아메리카 원주민의 생존을 보장하지 못한다는 점을 인식한다. 이들은 민족 전체가 절멸될 수 있다는 위기의식을 무의식적으로 가지고 있기 때문에, 생존전략 차원에서 백인 또는 백인문화와의 전략적 융화를 꾀한다. 이들은 우울한 민족적 현실에 비탄하여 좌절하거나, 거대한 땅을 소유했던 과거 민족적인 영광으로의 단순한 회귀, 즉 문화적 배타주의를 주장하지는 않는다. 이들은 고유한 민족전통문화를 토대로 새로운 백인문화를 주체적이고 능동적으로 수용함으로써 개인적 차원에서는 문화적 정체성을, 그리고 집단적 차원에서는 역동적인 민족전통을 창조하고자 한다.

■ 이 글은 「저항과 전략적 융화 ─제임스 웰치의 『피의 겨울』과 제럴드 비즈너의 『첸서스』를 중심으로」, 『영어영문학』, 59권 5호(2013): 785–809쪽에서 수정 · 보완함.

제2장

아프리카계 미국작가
강요된 이민자 의식/파편적 토박이 의식

아프리카계 미국인들은 강요된 이민자 의식과 파편적 토박이 의식을 갖는다. 다시 말해 아프리카계 미국인들은 자신들의 조상들이 유럽인들에 의해 노예의 신분으로 강제 이주되었다는 조건 때문에 강요된 이민자 의식을 가지며, 또한 그들은 미국역사를 초기부터 백인들과 공유해 오고 있음에도 불구하고 인종차별로 인해 초기 백인 이민자와는 달리 미국사회에 완전히 동화되지 못하고 파편적 토박이 의식을 갖는다. 그래서 그들은 경제적 빈곤은 물론, 주류문화에 소외되는 상황 속에서 삶을 영위한다. 하지만 그들은 자신들을 미국시민으로 인정하는 것에는 대체로 거부감을 갖지 않는다.

아메리카 원주민들과 마찬가지로 아프리카계 민족 집단에게는 자신들이 미국에서 소수자 집단으로서 이방인 의식을 갖게 된 것이 전적으로 비자발적 결정에 의한 것이었다. 따라서 그 두 민족 집단을 대변하는 작가들이 묘사하는 인물들의 감정의 밑바탕에는 주류 미국사회에 대한 분노와 저항의식이 내재되어 있다. 그들의 억압된 분노가 경우에 따라서 좌절과 체념으로 변형되거나, 혹은 폭력적 반응으로 표출되기도 한다. 이런 상황에서 그들이 자신들의 불안정한 자아의식을 지탱하기 위해 이용할 수 있는 민족문화의 유산은 주로 무형의 정신문화적 요소들이다. 아메리카 원주민 집단의 경우에 민족적 자의식은 주로 자신들의 조상들이 자연과 조화를 이룬 삶을 통해 얻은 원초적 지혜에 대한 재인식으로부터 발원한다. 이에 비해 아프리카계 민족 집단에게 민족적 자의식은 고난을 통해서 얻은 박애주의적 인간성 및 풍부한 예술적 감성을 복원하려는 노력으로부터 시작된다.

아프리카계 미국인들은 한편으로 자신들이 미국사회에서 소수집단으로서 인종의식의 제약에서 벗어날 수 없다는 것을 인식하지만, 다른 한편으로 전통문화에 기초한 민족성에 호소함으로써 미국사회에서의 공존가능성을 모색한다. 랠프 엘리슨(Ralph Ellison, 1914-1994)과 같은 남부 출신의 소설가든, 폴리 마샬(Paule Marshall, 1929-)과 같은 서인도제도로부터 이주한 조상을 둔 소설가든, 아프리카계 작가들의 입장은 조상들의 인종적 · 문화적 기원인 아프리카가 자신들이 의지하거나 돌아갈 수 있는 공간으로서의 의미를 상실했다는 사실을 인식한다. 따라서 그들에게는 미국의 남부나 카리브의 바베이도스(Barbados)가 자신들의 심리적 · 문화적 고향으로 기능할 뿐만 아니라, 억압되고 잊힌 아프리카의 무형문화를 유지해주었던 묘판과 같은 공간으로 작용한다. 엘리슨이 『보이지 않는 인간』(*Invisible Man*)에서 시사하듯 아프리카계 미국인들에게 남부에 대한 기억은 자신들의 토속문화를 재현하려는 욕구를 자극하는 심리적 촉매인 것이다. 아프리카계 작가들은 대체로 급진적 민족의식을 경계하며, 차이의 인정과 문화적 복원을 통한 공존가능성을 모색한다는 공통점을 가진다. 즉 이들은 인류의 보편적 인간성에 호소하여 인종차별주의로부터 비롯된 갈등을 극복하려고 시도하며, 인간으로서의 최소한의 인권과 상호인정을 요구한다. 또한 그들은 문학적 성취를 통해 미국적 전통 속에 자신들을 자리매김하고자 한다.

1. 인종차별과 문화적 배제 속에서의 개인의 정체성 서사: 마샬의 『갈색소녀, 갈색 사암집』과 리드의 『봄까지 일본어 학습 완성』

1) 문화와 인종 간의 갈등 극복: 다문화주의

폴리 마샬과 이슈마엘 리드(Ishmael Reed, 1938-)와 같은 아프리카계 작가들은 조상들의 인종적 · 문화적 기원인 아프리카가 자신들이 의지하거나 돌아갈 수 있는 공간으로서의 의미를 상실했다는 사실을 인식한다. 그들에게는 아프리카나 카리브의 바베이도스가 자신들의 심리적 · 문화적 고향으로 기능할 뿐이다. 마샬과 리드는 급진적 민족의식을 경계하며, 미국사회에서 차이의 인정과 전통문화의 변형을 통한 공존가능성을 모색한다.

마샬은 제 1차 대전 이후, 영국의 식민지였던 바베이도스 섬을 경제적, 정치적 이유 때문에 떠나 뉴욕의 브루클린(Brooklyn)으로 이민 온 바잔(Bajan) 가족에게서 태어난다. 마샬은 『갈색 소녀, 갈색 사암집』(*Brown Girl, Brownstones*, 1959)에서 고국 바베이도스의 아픈 식민의 역사와, 미국에서의 이민사회를 비판적으로 검토한다. 카리브인으로서의 마샬은 다른 이민 작가들과 마찬가지로 어느 한 특정 집단과 사회에 완전히 귀속되거나, 미국사회에 완전히 동화할 수 없는 존재였다. 그래서 마샬은 문화와 문화의 교차, 문화적 혼종성, 그리고 그 문화를 둘러싼 개인과 집단의 갈등 속에서 방황하고 고뇌하는 개인이 자신의 정체성을 찾아가는 문제를 소설에서 주로 다룬다. 마샬은 아프리카나 카리브가 아니라 미국에 살고 있는 한 개인으로서의 흑인의 삶을 다루면서, 다시 말해 흑인 이산자(Black Diaspora)의 시각에서 흑인들이 겪는 심리적, 문화적 외상을 묘사하고, 미국으로 이민 온 흑인여성의 주체적 위치를 확보하고자 한다.

리드는 『봄까지 일본어 학습 완성』(*Japanese by Spring*, 1993)에서 미국 캘리포니아 주 오클랜드(Oakland) 시에 위치한 잭 런던(Jack London) 대학이라는 허구적 공간을 작품의 배경으로, 백인우월주의에 사로잡힌 대학으로부터 정년보장(tenure)을 받기 원하는 벤저민 채피 펏버트(Benjamin Chappie Puttbutt)을 둘러싼 인종차별, 일본인이 이 대학을 인수함으로써 파생된 문화적 딜레마, 그리고 단일문화를 고수함으로써 파생될 수 있는 상황 및 위험 등을 풍자한다. 레지널드 마틴(Reginald Martin)은 "리드는 풍자가 대개 실존인물에 근거하는 것처럼, 허구적 사건이 아닌 역사와 뉴스로부터 [소재를 가져와 미국 단일문화의 거만함을 풍자한다. 또한 지배적인 문화와 자본가 부류에 속하는 사람들이 아닌 보통 사람들이 그 거만함에 직면해 치를 대가에 대해 풍자한다"(108)고 논평한다. 마틴의 지적처럼, 리드는『봄까지 일본어 학습 완성』에서 인종차별주의와 문화적 배제의 문제가 우리의 대학에 어떤 영향을 미치고 있는가를 묘사하면서, 이미 통념화된 미국사회의 인종과 문화권력 구조를 적나라하게 보여준다.

마샬과 리드 사이에 젠더, 세대, 문학적 표현 기법 등의 차이가 있음에도 불구하고, 이들을 아프리카계 미국작가를 대표하는 소설가로 묶어 다루게 된 데에는 이 두 작가에 관류하는 하나의 흐름을 발견할 수 있기 때문이다. 마샬과 리드의 소설은 백인들의 흑인에 대한 제도적인 억압과 불평등을 고발하는 차원을 넘어선다. 다시 말해 이 두 작가는 흑인들이 미국 백인사회에서 겪게 되는 인종차별과 고난의 삶만이 아니라, 미국인으로서 다른 인종과의 공존가능성을 타진한다. 마샬과 리드는 자신들의 작품에서 춤과 축제라는 제의적 양식을 통해 자민족중심주의라는 편파성을 초월하는 화해의 전망과 모든 인종과 문화가 공존하는 다문화사회의 가능성을 제시한다.

이 연구의 목적은 아프리카계 미국작가 마샬과 리드의 소설에서 주인공들이 기본적으로 가지고 있는 흑인이라는 인종적 인식이 그들의 삶에 어떤 영향을 미치고, 이들이 급변하는 미국사회에서 어떻게 다른 인종과 공존을 도모하는가를 검토해보는 데 있다. 강요된 이민자 의식과 파편화된 토박이 의식을 갖는 아프리카계 미국인들의 미국사회 내에서 생존을 위한 방안의 모색은 흑인 문화에 대한 상반된 태도, 즉 동화의 추구와 흑인 민족주의라는 두 극점을 형성한다. 본 연구는 마샬과 리드의 대표적인 작품을 중심으로 아프리카계 미국인들은 근본적으로 강요된 이민자 의식과 파편적 토박이 의식을 가지고 있음을 지적하면서, 마샬과 리드는 미국사회에서 문화와 인종 간의 갈등을 극복하고 상호존중과 공존을 도모하기 위한 전략으로 다문화주의(multiculturalism)[1]를 주장한다는 점을 밝혀본다.

2) 문화 혼종성 속에서의 개인의 정체성

1970년대 이후, 토니 모리슨(Toni Morrison, 1931-)이나 앨리스 워커(Alice Walker, 1944-), 글로리아 네일러(Gloria Naylor, 1950-2016), 엔토자케 샹게(Ntozake Shange, 1948-2018) 등과 같은 아프리카계 미국 여성작가들은 풍부한 상상력과 그들만의 독특한 시각으로 미국사회에서의 흑인의 삶을 다룬다.

---

1) 다문화주의는 현대의 다원주의 사회에서 '정상성의 시민 모델'(models of normal citizen)에 가려 소외되었던 인종적, 문화적, 성적 소수자들이 동등한 시민으로 자격을 누리고 차이를 수용해 달라는 '인정의 정치학'(politics of recognition)의 한 형태이다. 다시 말해 다문화주의는 다인종 국가들에서 문화적, 종교적, 인종적, 언어적, 민족적으로 소외되었던 소수자들이 국민 만들기의 과정 속에 그 사회의 주류와는 다른 그들만의 독특한 정체성을 포함시키려는 시도이다. 다문화주의는 마치 존 롤즈(John Rawls)의 사회계약에서 고려되어야 하는 사회·경제적인 불이익처럼, 인종, 문화적 불이익 역시 사회 제도의 디자인에 고려되어야 함을 주장한다. 인종, 문화적 다양성과 차이점을 적극적으로 고려해 국가 정책에 반영해야 한다는 것이 다문화주의자들의 주장이다(장동진 xiii).

이들을 잇는 다음 세대의 주자로서 문단에서 인정받게 된 작가가 마샬이다. 마샬 역시 듀 보이스(W.E.B DuBois, 1868-1963)가 『흑인의 영혼』(*Souls of Black Folk*, 1903)에서 규정한 자아에 대한 "이중 의식"(double consciousness)을 가질 수밖에 없었다. 하지만 마샬은 흑인이면서 카리브인이고 미국인이라는, 듀 보이스도 의식하지 못했던 "삼중의식"을 가지고 독특한 소설을 창작한다. 로이드 브라운(Lloyd W. Brown)은 "마샬이 서인도 혈통이라는 점은 그녀로 하여금 북아메리카의 [소설] 소재들을 카리브의 관점에서 볼 수 있도록 해주었고, 그녀에게 당대의 흑인 정체성을 규정하는데 중요한 범 아프리카(Pan-African)적인 감수성을 불러일으켰다"(159)고 주장한다. 브라운의 지적처럼, 마샬이 다른 흑인 작가와 구별되는 점은 마샬에게는 카리브의 문화가 첨가되어 있다는 점이다. 마샬은 오직 미국과 아프리카만의 연결이 아니라, 아프리카와 미국 - 카리브의 연결을 시도한다.

아프리카계 미국인이자 카리브 혈통인 마샬은 앵글로 색슨 계열의 백인과는 평등해질 수 없다는 엄연한 현실을 인식한다. 그녀는 자신의 "삼중의식"을 극복하기 위해, 전략적인 차원에서 아프리카와 카리브의 문화의 동일성을 주장한다. 마샬은 다릴 댄시(Daryl Dance)와의 인터뷰에서 아프리카와 카리브의 문화는 그녀에게 동일한 의미를 갖는 것임을 다음과 같이 주장한다.

> 나는 내 자신이나 내 작품-특히 나의 작품-을 두 개의 흑인 이산 진영의 거대한 날개를 연결하는 다리로 생각하고 싶다. . . . [어떤 한 집단에 소속되지 않은 것은] 나에게 두 집단을 볼 수 있는 독특한 앵글을 부여했다. 한편으로는 참여하고, 또 다른 한편으로는 어느 정도 객관적이고 적절한 거리를 유지할 수 있었다. . . . 내가 알고 있는 것은 작가들을 분류하여 정리함에 넣고자 하는 경향이 있다는 점이다. . . . 나의 근본적인 입장은 두 개의 문화가 나를 창조했고, 이 두 개의 문화를 하나의 문화로 보는 것이다. 우리

모두는 하나이다. . . . 내가 세계를 보는 방식은 이중적인 경험, 즉 서인도
와 아프리카계 미국인의 경험으로 보는 것이기 때문에, 내가 [이 두 개의 문
화를] 화해시킬 수 없을지도 모르겠다. 하지만 이 두 개의 위대한 전통은 나
를 양육했고, 나에게 영감을 주어 나를 형성시켰다. 나는 이 두 문화의 상호
작용에 지대한 관심을 가지고 있다. 그것은 실제로 하나의 전통, 하나의 문
화이다. (Dance 14-16)

I like to think of myself my work—especially the work—as a kind of bridge
that joins the great wings of the black diaspora in this part of the world.
. . . it gives me a unique angle from which to view the two communities:
one hand, yet a certain objectivity and beneficial distancing on other. . . .
What I do know is that there is this tendency to categorize the writers, to
put us pigeonholes. . . . And my principal imperative is to give expression
to the two cultures that created me, and which I really see as one culture.
All o' we is one. . . . I'm afraid I really can't accommodate them because
my way of seeing the world been so profoundly shaped by my dual
experience, those two communities, West Indian and African-American.
Those two great traditions-they nurtured me, they inspired me, they formed
me. I am fascinated by the interaction of the two cultures, which is really,
as I see it, one tradition, one culture.

마샬은 아프리카와 서인도의 문화를 구별하지 않으며, 자신에게 이 두 문화
는 두 개가 아니라 하나임을 역설한다. 이는 마샬이 자신의 작품은 아프리
카와 서인도의 문화와 전통에 똑같은 영향을 받았음을 천명한 것이다.
　　바바라 크리스천(Barbara Christian)은 "마샬 소설의 등장인물들은 그들을
둘러싼 공간으로부터 분리될 수 없다"(80)고 주장한다. 도러시 데니스톤

(Dorothy Denniston)은 "마샬 소설의 등장인물들의 문화적 공간은 아프리카 혈통의 모든 후손들을 연결시키는 통일체를 설립하기 위해, 마샬이 아프리카의 역사와 문화를 상상력을 통해 재구성함으로써 파생된 공간까지도 포함된다"(Introduction xii)고 주장한다. 이 두 학자가 지적하고 있듯이, 마샬의 소설에서 공간은 매우 중요하며, 이 공간은 아프리카와 카리브, 그리고 미국의 뉴욕이라는 지형학적 공간뿐만 아니라 그 지역이 함축하는 문화적 공간까지 포함된다. 마샬은 공간의 이동으로 파생된 문화적 차이와 갈등, 그리고 그것의 조화를 작품화한다.

그렇다면 마샬의 글쓰기의 출발점이 되는 카리브는 어떤 공간인가? 카리브는 셀 수 없이 많은 교전의 역사와 잔혹했던 500여 년 동안의 식민의 역사가 기록된 공간이다. 그로 인해 그들의 고유한 언어와 문화는 파괴되고, 인종마저 뒤섞어 문화변용(acculturation)이라는 과정을 겪는다(Sagar 171). 따라서 이 지역은 문화적으로나 인종적으로 이질성과 다양성, 그리고 혼종성을 보이게 된다. 또한 이 지역은 19세기 노예 해방 이후에도 흑인과 백인 사이의 갈등이 있었고, 대농장 소유주와 소규모의 자영농, 신흥부자들과 몰락한 귀족들, 백인들의 행동 양식을 모방하는 뮬라토(mulatto)와 빈민계층 등 다양한 계급 간의 갈등이 존재해 왔다. 이러한 사회, 경제적, 문화적, 정치적 상황 때문에 많은 카리브인들은 미국으로의 이민을 택했고, 1980년도 미국 인구조사에 따르면 미국 내에서는 스페인계 다음으로 큰 흑인집단을 이루게 된다(Buff 613, 재인용). 그들은 노예로 끌려온 아프리카계 흑인과는 달리 스스로의 선택에 의해 미국으로 이민을 왔다는 점을 근거로 아프리카계 미국인들과 자신들을 구별한다. 하지만 카리브인들은 흑/백으로만 구별하려는 백인들의 인종차별에 의해 아프리카계 미국인들과 마찬가지로 백인들로부터 다시 배제된다. 그래서 마샬의 소설은 근본적으로 문화적 혼종성, 문화적 차이와 갈등, 미국에서 흑인과 백인의 갈등, 소수민족 출신의 이민자의 삶들이 복합적으로 다루어진다.

마샬의 작품 경향을 두고 해롤드 크루스(Harold Cruse)는 "마샬은 흑인 민족주의를 주장하거나, 미국사회로의 동화를 주장하는 것도 아닌 작가 자신의 출신 배경 때문에 양편에 걸친 어중간한 작가"(197)라고 지적한다. 하지만 마샬은 자신에 대한 평가가 복합적이고 다원적인 차원에서 이루어지기를 희망한다(이경순 66). 마샬은 아프리카와 바베이도스의 굴곡의 역사를 밑바탕으로 해서, 미국으로 끌려왔거나 자발적으로 이민 온 흑인들이 겪는 문화적 갈등과 인종차별을 작품화한다. 그녀는 카리브 출신 흑인의 후손으로 미국에서 태어난 이민 2세대이기 때문에, 조상들의 문화와 미국문화의 접목을 시도한다. 그래서 마리아 스미스(Maria T. Smith)는 마샬의 소설은 "사람과 사람, 물질적 세계와 정신적 세계, 과거와 현재, 육체와 정신적 자아의 내적 연관을 이해하는 세계관과 감수성에 의해 쓰여졌다"(97)고 논평한다. 마샬은 문화적 혼종성 속에서, 극단적인 민족주의자나 동화주의자의 입장을 취하지 않고, 한 인간으로서, 그리고 미국시민으로서 자신의 정체성을 확립하고자 한다.

마샬은 『갈색 소녀, 갈색 사암집』에서 미국사회에서 소수인종으로 살아가는 바베이도스 이민자의 한 가정을 중심으로 그들이 갖는 갈등과 문화적 차이를 구체적으로 보여준다. 다시 말해 마샬은 고향 바베이도스로 회귀하여 가난하지만 순박하게 여유 있게 살고자 하는 데이튼 보이스(Deighton Boyce), 그리고 재산을 모아 갈색 사암집을 소유하여 당당하게 미국사회에서 살고자 열망하는 바베이도스 이민사회의 가치를 대표하는 실라(Silla), 부모에 순종적이고 이민사회에 비교적 잘 적응하는 수동적인 언니 이나(Ina), 그리고 아프리카계 카리브 공동체 안에서 카리브 문화와 미국문화 사이에서 충돌을 경험하여 심한 심적 갈등을 경험하고 자기 자신의 본 모습을 찾고자하는 셀리나(Selina)를 통해 미국사회 속의 카리브계 소수인종의 삶을 조명한다. 부모들이 미국사회에 적응해 나가면서 미국적인 관행과 물질적 가치에 젖어 들어가는 상황과 셀리나의 정체성 혼란, 전치(displacement), 소외, 자아상실의 과정들이 병치된다(Pettis 14). 마샬은 자신이 바베이도스인이면서 미국인으로서의 정체성을 확립하는 과정에서 갖게 된 내적, 외적 딜레마를 자신과 동일한 상황의 셀리나를 통해 예술적으로 표현한다(Denniston 9).

바베이도스 이민자들과 같은 유색 인종 이민 집단들은 자신들이 인종적 조건에 의해서 미국사회에 동화될 수 없고 오히려 차별을 받는다고 생각한다. 자신이 배척당하고 있다는 느낌은 특히 소수민족 2세대들에게는 심리적 충격과 고통을 의미했으며, 자신들의 민족 집단이 소수자로 인식될 수밖에 없다는 의식은 그들에게 정체성의 위기를 초래한다. 이러한 심리적 고통을 치유하고 정체성의 위기를 극복하려는 노력이 이민 2세대 소수민족 작가들의 작품에서 자신들의 민족성의 근본을 이루는 본국의 문화, 언어, 역사, 전통에 대한 관심으로 표현된다. 하지만 이민 2세대들이 갖게 되는 민족의식은 그들의 부모가 본국으로부터 가져온 민족주의와는 성격과 종류에 있어 다른 새로운 자아의식으로 이해되어야 한다. 왜냐하면 이민 후속세대들의 민족의식을 형성하는 원천이 되는 경험이 그들 부모들의 민족의식을 형성했던 경험과는 성격에 있어서 다르기 때문이다. 이 점을 좀 더 명확히 밝히기 위해서는『갈색 소녀, 갈색 사암집』에서 이민 2세대에 해당되는 주인공 셀리나에 초점을 맞추어 그녀의 갈등과 혼란, 그리고 자신의 본 모습을 찾고자하는 시도들을 면밀히 살필 필요가 있다.

『갈색 소녀, 갈색 사암집』에서 셀리나를 비롯한 이민 2세대들은 자신들이 가정이라는 사적 영역에서 강요받는 자아의식과 사회라는 공적 경험을 통해서 흡수하는 자아의식 사이에 심한 부조화를 경험하여 정체성 혼란을 겪는다. 바베이도스 연합 모임에 참석한 셀리나는 극도의 고립감 속에서 "나는 내가 누군지 몰라요"(230)[2]라고 말하면서, 자신의 정신적 혼란을 하소연한다. 이민 2세대들은 자신들의 정체성을 찾아가는 과정에서 감각적 경험 요소와 지적 경험 요소 사이에 단절을 경험한다. 그들의 자아의식은 심리적 갈등과 모순, 비결정성, 그리고 경계상태를 드러낸다. 그들이 체험하는 정체성 혼란과 심리적 갈등은 실로 다양한 차원에서 이루어지는 문화적 억압으로부터 비롯된다. 그들에게 가해지는 억압의 근원은 첫째, 그들의 부모와 이민사회가 강요하는 편협하고 배타적인 가치관의 주입이며, 둘째, 미국사회의 다수를 구성하는 백인들이 동시에 요구하는 동화와 차별화라는 모순된 가치의 실행이다. 그들은 미국에서 백인과는 다른 타고난 신체적 특이성, 즉 흑인이라는 사실 때문에 주체적인 삶을 영위하지 못한다.

그러면 『갈색 소녀, 갈색 사암집』에서 이민 2세대들에게 가해지는 억압의 첫째 근원에 대해 살펴본다. 이민사회의 바베이도스인들은 경제적 부의 획득의 상징인 "갈색 사암집"을 소유하고자 한다. 그들은 "가난을 극복하고, 백인의 인종차별과 싸우는 가장 큰 무기 중의 하나는 경제적 부를 획득하는 것"(Hathaway 98)이라고 생각한다. 또한 바베이도스인들은 미국사회 내에서 독립된 집단을 형성하여 정치적 목소리를 갖고자 한다. 하지만 그들의 지나친 물신주의는 모든 가치들을 잠식시켜 개인의 사상과 감정을 통제하고, 이민사회의 정치적, 배타적 사고는 인간관계를 왜곡시켜 버린다. 수잔 윌리스(Susan Willis)는 이민사회의 이런 경향을 "사람들의 생명력을 앗아가는 권력

---

2) 『갈색 소녀, 갈색 사암집』과 『봄까지 일본어 학습 완성』은 이 글에서 각각 단락과 섹션을 달리해서 논의되고 있다. 따라서 이 두 텍스트에서의 인용 문헌을 구분하는데 혼동이 없으므로 각각 괄호 안에 쪽수만 표기함.

과 자본주의의 근본적인 속성을 나타내는 것"(75)으로 규정한다. 미국에서 태어나 자유로운 사고를 하는 셀리나와 같은 이민 2세대들은 부모세대의 편협한 물신주의와 배타주의에 반항한다. 그래서『갈색 소녀, 갈색 사암집』은 이민사회의 정치적 단합과 맹목적 경제적 부의 추구 뒤에 숨겨진 이민 2세대들에 대한 억압과 강요, 그리고 그들의 정체성 혼란을 그린 작품이다 (Japtok 308).

이민사회에서 어머니들은 생각과 느낌이 완전히 다른 자기 자식들을 하나의 소유물로 생각하여 그들의 미래에 영향력을 행사하려고 한다. 바베이도스의 결혼식 장면이 그 좋은 예이다. 결혼식은 이민사회에서 가장 성대하게 치러지는 연중행사이다. 신부의 어머니는 화려하게 준비된 결혼식을 통해 바베이도스에서 이민 와서 미국에서 성공했다는 점을 주변 사람들에게 과시하고 그들로부터 감탄과 찬사를 듣고자 한다. 또한 신부의 어머니는 미국에서 태어나 자유로운 미국생활에 익숙해 있는 딸들의 의사와는 상관없이 무조건 바베이도스 출신의 남자와 결혼시키고자 한다. 하지만 신부는 부모의 강요에 의해 수동적인 태도로 애정 없는 결혼을 해야만 하는 경우가 태반이었다. 애정 없는 바베이도스 출신의 남자와의 결혼만을 자식들에게 강요하는 이러한 어머니는 배타적인 이민사회를 대변한다.

이민 2세대들에게 가해지는 억압의 두 번째 근원은 바로 피부색에 의한 인종차별이다. 셀리나가 자신의 피부색 때문에 인종차별을 받는다는 사실을 깨닫게 된 것은 상류층의 백인 친구 마가렛(Margaret)의 집에 열린 파티에 참석했을 때이다. 셀리나는 브루클린에서 태어났기 때문에, 자신이 서인도 제도의 혈통임을 망각하고 생활을 한다. 다시 말해 셀리나는 자신의 피부색에 대해서는 전혀 의식하지 않았으며, 그저 평범한 미국인으로서 생활을 해 왔다. 하지만 백인들은 상대방의 피부색을 먼저 보고, 피부색이 검을 경우 노예나 하인, 또는 그들의 후손이라는 선입견을 갖는다. 마가렛의 어머니, 벤톤 부인(Mrs. Benton) 역시, 셀리나를 피부색을 뛰어넘어 한 인간으로서, 그리고 딸의 친구로서 바라보지 못한다. 그녀는 "셀리나의 춤을 서커스에서의 동물들의 공연으로 생각하고 흑인들은 자연스러운 리듬을 가지고 있고 비교적 춤에 능하다는 오랫동안 지속된 인종차별주의적 사고를 드러낸다"(Hathaway 114-15). 그러면 벤톤 부인과 셀리나의 대화를 좀 더 자세히 살펴보자.

> 갑자기 그 여인[벤톤 부인]은 상체를 굽혀, 그녀의 손을 셀리나의 무릎에 댄다. "얘야, 너의 부모님은 남부 출신이시니?" . . . . 셀리나는 다소 회피적으로 대답한다. "아닙니다." 그 여인은 놀라며 몸을 숙인다. 그녀의 짙은 향수 냄새는 또 다른 모욕감을 준다. "아니라고 . . . ? 그러면 어디 출신이시니?"
>
> "서인도 제도입니다."
>
> 그 여인은 의기양양하게 뒤로 물러나 앉는다. "아, 나도 그럴 것이라고 생각했어요. 한때 그곳[서인도 제도] 출신으로 우리 집에서 청소를 해주던 소녀가 있었지요. . ." 그녀는 갑자기 말을 멈추고 변명하는 듯한 미소를 지었다. "오, 물론 그녀는 소녀가 아니었지요. 단지 우리가 그녀를 그렇게 불렀지요. 그건 나쁜 버릇인데. . . 어쨌든, 나는 항상 내 남편에게 그녀는 무언가 다르다고 말해 왔었어요. 즉, 대체로 서인도 출신의 흑인들에 대해서 말입니다. . . . 나는 그게 무엇인지는 잘 몰라요. 하지만 항상 그것을 알아낼 수는 있지요. 예를 들면 당신이 오늘밤에 여기 왔을 때처럼. . ." (287)

Suddenly the woman leaned forward and rested her hand on Selina's knee. "Are they from the South, dear?" . . . She muttered evasively, "No, they're not." The woman bent close, surprised, and the dry sting of her perfume was another indignity. "No . . . Where then?"

"The West Indies."

The woman sat back, triumphant. "Ah, I thought so. We once had a girl who did our cleaning who was from there. . ." She caught herself and smiled apologetically. "Oh, she wasn't a girl, of course. We just call them that. It's a terrible habit . . . Anyway, I always told my husband there was something different about her —about Negroes from the West Indies in general . . . I don't know what, but I can always spot it. When you came in tonight, for instance. . ."

벤톤 부인은 셀리나 부모의 고향이 카리브임을 알고 자신의 집에서 하인으로 일했던 카리브 출신의 한 흑인 소녀에 대해 얘기한다. 벤톤 부인은 그 소녀의 이름은 에티(Ettie)로, 마가렛을 "마가렛 공주님, 공주님"이라 부르면서, 착실하게 집안일을 잘했다고 칭찬한다. 벤톤 부인은 셀리나를 미국에서 역사적으로 흑인여성들을 괴롭혔던 전형적인 하녀의 수준으로 격하시켜 버린다. 셀리나는 미국사회 내에서 흑인에 대한 백인들의 인종차별주의가 팽배하고, 자신 역시 그 인종차별주의의 예외가 될 수 없다는 것을 인식한다.

밀턴 고든(Milton M. Gordon)은 "인종집단, 특히 인종적, 종교적 경향을 뛰어넘어 개개인의 인간성을 지키려는 개인은 주변부적 인간으로 불릴 위험성이 존재한다"(111)고 규정한다. 주변부적 인간은 어떤 한 문화의 중심이 아니라 두 문화의 경계나 주변에 위치하기 때문에 결코 어느 한쪽의 주된 구성원은 될 수 없다. 『갈색 소녀, 갈색 사암집』의 이민 2세대가 미국과 카리브, 어느 한 사회에 완전히 귀속될 수 없다는 점도 이런 관점에서 이해가 가능하다. 하지만 역으로 생각하면, 두 문화의 경계에 놓인 개인은 정체성의 혼란을 겪을 수 있지만, 주체적인 창조성을 가질 경우 그 개인은 두 문화를 포용할 수 있다. 셀리나와 클라이브(Clive)는 이민 2세대들이 취할 수 있는 양

극단을 보여준다. 이들은 이민 2세대들로 절대적 맹종만을 요구하는 이민사회와 인종차별주의가 잔존하는 미국사회 사이에서 갈등과 혼란을 느낀다는 점에 있어 동일하지만, 그들이 현실을 대하는 태도는 상반된다. 클라이브는 체념하고 절망하나, 셀리나는 자신의 문화적 이중성의 긍정적인 측면을 살려 바베이도스인이면서 미국인으로서 자유롭고 주체적인 삶을 갈망한다.

클라이브는 차이나 개성을 무시하고, 자신의 예술가적 감수성을 통제하는 부모세대에 대해 미움과 연민, 그리고 이 모순된 감정 사이에서 괴로워한다. 그는 자신의 어머니에 대해 다음과 같이 묘사한다.

어머니? 빌어먹을. 그들은 좀처럼 죽음을 말하지 않지! [다른] 아버지들은 몰라도, 나의 불쌍한 아버지처럼. 그는 마치 내가 존재하지 않는 것처럼 행동해. 그러나 어머니들은 그렇지 않지. 그들은 그들 내부의 어두운 곳에서 당신을 만들어내고 당신은 어머니의 소유물이 되지. 어머니들은 생명을 주었기 때문에 삶을 강요하지. 탯줄은 잘려지지 않고, 혈연은 질기며, 모든 것은 그 안에 함축되어 있어. 그들은 당신을 그들의 나약함, 흐느낌, 병, 오랜 동안의 고통, 눈물, 그리고 돈으로 붙들어두지 . . . 우리는 모두 여성들의 굴레에 갇혀있는 셈이지. 우리는 마치 장님이 춤을 추는 것처럼 이곳에서, 다른 곳으로 움직이고 있는 것은 아닌가라는 생각이 든다. (262)

Mother? Hell, they seldom say die! Fathers perhaps. Like my poor father. He just acts like I don't exist. But not mothers. They form you in that dark place inside them and you're theirs. For giving life they exact life. The cord remains uncut, the blood joined, and all that that implies. They hold you by their weakness, their whining, their sickness, their long-suffering, their tears and their money . . . We're all caught whin a circle of women, I'm afraid, and we move from one to the next in a kind of blind dance.

클라이브는 현실에 한 발짝도 내밀지 못하고 절망한다. 그는 "[우리는] 단지 사물에 지나지 않아. 우리는 충분한 용기가 없어. 우리는 많이 생각하고 많은 말을 하지만, 진정으로 느끼지 못해. 우리는 잘못된 피부색을 가지고 태어났어"(265)라고 말하면서 예술가로서의 절망을 호소한다. 그는 그 어떤 주체적 선택을 하지 못한다.

반면에 셀리나는 "바베이도스인 집소유주와 사업가들의 연합"으로 대변되는 부모세대의 편협한 물질주의와 배타주의를 거부한다. 또한 그녀는 부모세대의 가치관을 그대로 답습하고 비판 의식도 없는 젊은이들을 경멸과 연민으로 대한다. 특히 그녀는 자신의 죽마고우인 베릴(Beryl)이 부모세대의 탐욕스런 모습을 그대로 닮고 있다는 데서, 베릴에게 배신감을 느낀다. 그녀는 비록 뿌리는 바베이도스이지만 미국인이기 때문에 개인의 의사를 확실하게 표현하고 자유로운 사고를 하고자 한다. 그녀는 고든이 지적하고 있는 "주변부적 인간"이 아니라 바베이도스의 문화와 미국문화의 발전적 융합을 통하여 한 인간으로서 주체적이고 능동적인 자아를 확립하고자 한다.

마샬은 셀리나와 서기 스케터(Suggie Skeete), 그리고 미스 톰슨(Miss Thompson)과의 만남, 특히 셀리나와 어머니의 화해를 통해, 셀리나가 독자적인 자아 형성의 길로 나갈 수 있도록 『갈색 소녀, 갈색 사암집』을 구성한다. 셀리나의 집 윗방에 사는 세입자인 서기는 셀리나에게 이민사회의 지나친 금욕주의, 편협한 도덕주의, 그리고 위선적인 행동에 대항케 해준다. 서기는 일주일 중 엿새 동안은 백인들의 집에서 하녀로 힘들게 일하고, 대신 하루는 남자와 사랑을 즐기는 매우 열정적이고 낙천적인 인물이다. 실라는 서기를 창녀라고 부르며 갈색 사암집으로부터 강제 퇴거시켜 버리지만, 셀리나는 서기에게서 인간에게는 다양한 삶이 가능하며, 사랑과 열정이 중요함을 깨닫는다. 흑인 미용사 미스 톰슨은 서기와는 상반된 인물로, 셀리나에게 단순한 열정에 의한 사랑이 아니라 마음에서 솟아오르는 조건 없는 사랑을 가르친다. 또한 그녀는 셀리나와 잊혀진 아프리카의 과거를 연결시켜주는 역할을 한다. 다시 말해 톰슨은 미국사회의 인종차별적 만행과 아프리카 흑인들의 수많은 저항의 이야기를 셀리나에게 전해주어 셀리나의 인식 지평을 넓혀 흑인여성의 주체를 아프리카라는 커다란 문맥에서 바라보게 해준다.

셀리나와 어머니의 잠정적 화해는 셀리나의 자아 형성에 큰 축을 이룬다. 셀리나가 어머니 실라에게 갖는 감정은 매우 복합적인 것이다. 셀리나는 어머니에 대한 반항, 증오심, 불신, 때로는 애정, 경외심 사이에서 끊임없이 동요한다. 유산 받은 고향 땅으로 돌아가기를 원하는 온화하고 낭만적 기질의 아버지 데이튼과는 반대로 어머니 실라는 셀리나에게 차갑고 냉정한 면만을 보여준다.[3] 또한 실라는 일단 자신이 결정한 사항은 자신만의 방식으로 단호히 추진해 나가는 강인한 정신력을 보여준다. 실라가 땅을 팔아 바베이도스에 집을 짓고 살겠다는 데이튼의 꿈을 망가뜨리고 궁극적으로는 그를 자살로 이끌었을 때, 셀리나는 어머니를 집안에서 전제적인 억압을 휘두르는 "히틀러"라고 비난까지 한다. 하지만 미국사회에서 인종차별주의의 냉혹한 현실을 실감한 셀리나는 어머니에 대한 인식과 애정을 새롭게 한다. 셀리나는 성장하면서 어머니의 장점을 인정할 수 있고, 또한 그 장점들이 자신 안에 반영되어 있음을 지각한다.

---

3) 마샬은 데이튼과 실라의 부부로서의 애정 관계보다는 틈과 거리를 강조하기 위해 흑과 백의 이미지와 그것의 함축된 의미를 활용한다. 실라는 백색으로 칠해진 자기 집의 부엌에 편안함을 느끼는 반면, 데이튼은 부엌은 물론 백색만을 추구하는 이민사회, 그리고 백색으로 이루어진 미국에 대해 대단히 불편함을 느낀다. 그는 바베이도스인 또는 외국인으로 인식되기를 꺼려하면서도, 그의 아내는 비교적 잘 적응하고 있는 백색의 세계에 대해서는 거의 인내하지 못한다 (Hathaway 106-07). 그래서 그는 미국으로 이민 오기 전 과거 바베이도스의 삶과 실라와의 애정이 있었던 결혼 초를 그리워한다. 딸들에 대한 그의 사랑은 지극했지만, 그는 미국 이민생활에 적응하지 못했고 항상 현실을 도피하고자 했다.

"엄마," 그녀[셀리나]는 부드럽게 말했다. "저는 엄마를 실망시키지 않을 수 없었어요. 그건 아마도 한때 엄마가 네 자신의 길을 가기 위해 너는 항상 누군가를 다치게 한다고 말했던 것과 같아요. 모르겠어요". . . 그녀는 클라이브가 말했던 것을 기억하고 작은 미소를 지으며 말한다. "모두가 저를 데이튼의 셀리나라고 불렀지만, 그건 틀렸어요. 왜냐하면 엄마도 알다시피, 전 정말 엄마의 딸이기 때문이지요. 당신이 홀홀단신 18살의 소녀로 고향을 떠나와 어떻게 이곳에서 당신 스스로 당당한 여성이 되었는지 말씀하시곤 했던 것을 기억해보세요. 저는 그 이야기를 듣는 것을 정말 좋아했었지요. 그것이 바로 제가 원하는 것이에요. 전 정말 원해요!" (307)

"Mother," she said gently. "I have to disappoint you. Maybe it's as you once said: that in making your way you always hurt someone. I don't know . . ." Then remembering something Clive had said, she added with a thin smile, "Everybody used to call me Deighton's Selina but they were wrong. Because you see I'm truly your child. Remember how you used to talk about how you left home and came here alone as a girl of eighteen and was your own woman? I used to love hearing that. And that's what I want. I want it!"

실라는 "바베이도스 여성 [이민] 집단의 목소리, 그들 이전의 고통이 발화되는 매개체"(45)이다. 실라는 흑인여성으로 미국으로 이민 와, 백인에 의한 인종차별의 수모를 감수하며 다른 집 하녀로, 공장의 노동자로 일하며 미국사회에 정착하고자 했다. 셀리나는 이러한 어머니의 고통에 동감한다. 그리고 셀리나는 어머니를 변모시킨 사회적, 경제적, 문화적 상황을 인식한다.

셀리나가 어머니와 화해를 통해 부모세대의 문화를 수용하겠다는 의지는 그녀의 바베이도스로의 여행 결정에 잘 드러난다. 셀리나의 바베이도스로의 여행 결정에 대한 보다 깊은 의미는 그녀가 추는 춤과 연관지어 규명할 때보다 명확해진다. 유제니아 콜리어(Eugenia Collier)는 "마샬의 소설에서 의식과 춤은 그것들이 사상과 감정을 전달하고 . . . 의사소통의 수단이 되는 경제적인 방법이기 때문에 중요한 역할을 한다. 보다 중요한 것은 의식과 춤은 보다 강도 높은 감정을 불러일으킨다"(296)고 주장한다. 콜리어의 주장처럼, 셀리나는 이 소설의 말미에서 아름다운 몸으로 삶의 고통과 열정을 물 흐르듯이 춤으로 표현한다. 셀리나의 춤은 데이튼과 실라, 실라와 셀리나, 바베이도스 이민사회와 미국사회의 갈등을 와해시키는 일종의 제의 의식으로 묘사된다. 또한 셀리나는 춤을 추면서 자신이 어린시절부터 차고 있었던 두 개의 은팔치 가운데 하나를 빼어 공중에 높이 던져 버리는데, 윌리스는 이를 "바베이도스 이민자의 딸이면서 흑인이라는 자신의 위치를 확립하고 미래를 향해 나아가는 상징적 행위로 본다"(53). 조이스 페티스(Joyce Pettis)는 "셀리나가 차고 있는 다른 한 개의 팔치는 또 다른 역사의 체험, 즉 바베이도스로의 의미를 찾고자 하는 여행을 위한 준비이다"(15)라고 규정한다. 니겔 토마스(H. Niegel Thomas)는 "셀리나가 이제 미국의 이민 생활에 바베이도스 전통을 새롭게 각인시켜 미국사회에서 전승시인(griot)이자, 역사 구송자, 가깝고도 먼 과거의 보존자가 되어 간다"(158)라는 지나치게 낙관적인 견해를 제시한다. 하지만 전술한 바와 같이, 셀리나가 바베이도스에 대해 갖는 민족의식은 셀리나의 부모세대들이 가졌던 민족의식과는 구별할 필요가 있다. 다시 말해 셀리나는 이민 후속세대이기 때문에 그녀가 미국에서 경험하고 획득한 민족의식과 부모세대들이 바베이도스에서 경험하고 가졌던 민족의식과는 차이가 있다. 단지 셀리나는 이민의 삶에서 나타난 어머니의 고통과 투쟁의 삶을 동일한 여성의 입장에서 이해한 것이고, 바베이도스인이면서 미국인이라는 이중적 위치를 좀 더 확고하게 인식한 것뿐이다. 그녀는 바베이도스의 역사와 전통의 완전한 복원을 시도한다기보다는 자신의 뿌리를 새롭게 인식한 것이며, 부모세대가 결핍한 것, 부모세대가 할 수 없었던 것을 미국사회에서 미국인으로서 해낼 수 있으리라는 의지를 보인 것이다. 그래서『갈색 소녀, 갈색 사암집』의 말미에 묘사된 셀리나의 춤과 바베이도스로의 여행 결정은 부모세대에 대한 인정과 이해를 도모하는 행위이며, 바베이도스인이면서 미국인이라는 정체성의 안전한 확립이라기보다는 여전히 진행형인 정체성 확립의 시도일 뿐이다.

3) 인종차별과 문화적 배제

마샬이『갈색 소녀, 갈색 사암집』에서 바베이도스에서 뉴욕으로 이민 온 이민자들의 삶과 그들이 미국사회에서 적응하는 과정에서 파생된 문화적 갈등을 다루고 있다면, 리드는『봄까지 일본어 학습 완성』에서 아프리카의 후손으로 이미 미국적인 삶에 젖어 있는 흑인의 삶을 다룬다.『봄까지 일본어 학습 완성』의 주인공 펏버트는 잭 런던 대학에서 정년보장을 받기 위해 흑인 민족주의자의 삶을 버리고 백인사회에 성공하기 위해 철저하게 동화주의자의 입장을 취한다. 리드는 정년보장을 받기 위해 몸부림치는 펏버트를 둘러싸고 전개되는 일련의 사건들을 통해 미국사회에 만연된 인종차별, 단일문화만을 강조함으로써 파생되는 문화적 딜레마와 문화권력의 문제를 점검하면서, 하나의 대안으로 상호공존과 인정을 매개로 한 다문화주의를 주장한다.

리드는『봄까지 일본어 학습 완성』에서 우리로 하여금 포용성과 다원성을 가지지 못하도록 하는 메커니즘으로서 미국문화에 만연해 있는 인종차별주의의 실상을 폭로한다. 셀비 스틸(Shelby Steele)은 "어떤 기준이었든지 간에 인종은 권력의 원칙 없는 근원이다. 대학 캠퍼스에서 한 인종집단에 의한 권력의 사용은 인종적, 민족적, 또는 젠더의 차이가 모든 집단에게 통용되는 권력이 될 수 있도록 만들어버린다"(182)고 지적한다. 스틸이 지적한 것처럼, 리드는 어떤 한 인종이 다른 인종에 대해 우월성을 주장하는 인종차별주의와 권력이 결합되는 상황에 주목한다. 리드는 대학이 펏버트에게 정년보장을 허용하지 않는 것은 생물학적인 분류에 근거한 인종차별주의와 편협한 페미니즘에 근거한 것임을 암시한다. 또한 리드는 야마토가 대학을 인수한후 대학을 일본인의 문화적, 역사적 이미지로 바꿔버리는 사건을 제시함으로써 인종차별주의와 권력 결합의 하극상을 보여준다.

그러면 백인사회에 동화주의자의 입장을 취하는 펏버트와 일본인 야마토가 대학을 장악함으로써 파생되는 일련의 사건들을 통해 리드가 제시하는 인종담론을 살펴보고, 문화와 권력의 결합을 부정하면서 단일문화주의(monoculturalism)가 아니라 다문화주의(multiculturalism)를 지향하는, 작가 리드와 이름이 동일한 등장인물 리드를 분석해본다. 또한 작가 자신과 동일한 인물을 등장시키는 서술전략의 문제점과 장점을 파악해보고, 흑인과 백인의 갈등 사이에서 일본인과 흑인과의 연대에 대해 역설적인 재현을 하고 있는 리드의 의도를 파악해본다. 궁극적으로 리드가 지향하는 바는 무엇인가를 살펴본다.

리드는 소설의 플롯을 정밀하게 전개해나가는 것이 아니라, 자신이 주장하는 바를 성취하기 위해 이데올로기를 의도적으로 우위에 두고 서술을 진행한다. 그래서 리드는 의도적으로 단면적인(one-dimensional) 인물, 또는 평면적인 인물(flat character)을 활용하여 그 인물이 만들어내는 상징적, 수사적 의미에 독자들이 더 관심을 갖도록 유도한다. 『봄까지 일본어 학습 완성』의 펏버트도 단일문화주의의 배타적인 정치와 다문화주의의 다원적인 목표를 대조시킬 수 있는 이데올로기적 코드로서 역할을 하는 인물이다(Womack 228). 잭 런던 대학에 새로 부임한 아프리카계 미국인인 펏버트는 자신의 인종적 정체성을 포기해서라도 대학에서 정년보장을 받아, 캠퍼스가 내려다보이는 오클랜드 힐즈(Oakland Hills)에서 백인 이웃들과 함께 호화스럽게 살 수 있는 경제적 부를 획득하기를 희망한다. 펏버트는 이전에 극우 흑인단체인 흑표범 단(Black Panther)의 단원이었고, 공군 사관학교의 흑인 학생회 회장이었으며, 그리고 세익스피어(Shakespeare)의 『오델로』(Othello)에서 인종차별주의 문제를 다룬 뛰어난 학자였다. 하지만 그는 잭 런던 대학에 부임했을 때, 대부분 백인인 대학 본부와 백인우월주의자인 브라이트 스툴(Bright Stool) 총장의 환심을 사기 위해 자신의 흑인 민족주의에 대한 주장을 모두 버려 버린다. 펏버트는 강의실에서 로버트 바스 2세(Robert Bass Jr.)의 난폭한 백인우월주의자적 행동을 묵인한다. 왜냐하면 그 학생의 아버지가 오클랜드의 다국적 섬유회사의 소유주고, 대학의 맹렬한 후원자였기 때문이다. 당당하게 머리를 밀고 나찌 독일의 완장을 찬 바스 2세는 빈번하게 인종적 논평으로 펏버트의 강의를 방해한다. 리드는 "잭 런던 칼리지의 대학 본부는 극 우익 학생들을 훈육하는 것을 꺼려한다. 왜냐하면 그 학생들은 우익의 기업들이나 법률회사로부터 적극적인 후원을 받았기 때문이다"(14)라고 서술한다. 학생들의 인종차별에 대한 리드의 묘사는 당대의 문화적, 정치적 현실을 여과 없이 반영한 것이다.

스틸은 "새로운 평등과 적극적인 행동의 결과로, 그리고 어떤 의미에서는 진보의 결과로 최근 캠퍼스에 등장한 것은 차이의 정치학(politics of difference)이다. 다시 말해 이것은 단지 차이만을 통해 각각의 단체들이 가치와 권력 추구를 스스로를 정당화시키는 변덕스러운 갈등의 정치학이다"(178)라고 주장한다. 『봄까지 일본어 학습 완성』의 펏버트는 자신의 정년보장에 대한 일괄된 욕구 때문에, 스틸이 지적하고 있는 인종차별주의에 근거한 "차이의 정치학"에 침묵한다. 그는 자신의 신분을 보장 받기 위해 대학의 백인 주도의 권력

구조를 암암리에 묵인하고 흑인 민족주의자들의 노력들은 평가 절하한다.

그[펏버틔는 박하 향의 담배를 빨면서 "흑인 학생들이 그들 스스로 이 일을 자처했다"라고 말한다. . . . "미국 주류사회에 적응하지 못하고, 주류문화의 가치를 거부하는 분리주리를 택함으로써 그들[흑인 학생들]은 백인 학생들을 화나게 만들었다. 백인 학생들은 흑인 학생들이 미합중국이라고 불리는 관대한 파이에 참석해 함께 하기를 원했다. [백인 학생들은] 흑인 학생들이 보통 문화로부터의 탈피를 종식하기를 원했다. 흑인 학생들, 그리고 흑인 교수들은 진실로 대립적인 전략을 멈추어야만 한다. 그들은 협상을 시작해야만 한다. 그들은 자신들의 지나친 요구로 불쌍한 백인들에게 걱정을 끼치는 일을 그만두어야 한다. 백인 학생들은 [흑인 학생들의] 이런 요구에 화가 나 있다. 긍정적인 행동을 취해야 한다. 서로 분담해야 한다. 그들은 스스로 일을 부추겼다. 그래서 백인 학생들이 흑인 학생들을 모욕하는 것이 이해할 만하다. 백인 학생들은 단지 자신들의 분노를 발산했을 뿐이다." (6)

"The black students bring this on themselves," he said, sucking on a menthol cigarette. . . . "With their separatism, their inability to fit in, their denial of mainstream values, they get the white students angry. The white students want them to join in, to participate in this generous pie called the United States of America. To end their disaffiliation from the common culture. Black students, and indeed black faculty, should stop their confrontational tactics. They should start to negotiate. They should stop worrying these poor white with their excessive demands. The white students become upset with these demands. Affirmative action. Quotas. They get themselves worked up. And so it's understandable that they go about assaulting the black students. The white student are merely giving vent to their rage."

동화주의자 펏버트의 논리에 따르면 백인들의 흑인에 대한 적개심은 당연한 것이 된다. 백인의 입장에서 본다면 흑인들은 흔히 존재하는 "보통 문화"의 질서를 깨뜨린 것이다. 펏버트는 백인 학생들의 인종차별적 행동을 흑인에 대한 분노와 적대감의 자연스러운 표출로 받아들인다.

리드는 잭 런던 대학에서 정년보장을 받고자 하는 펏버트를 좌절시키는 대학 본부의 비윤리적 입장에 의문을 제기할 뿐만 아니라, 대학을 인수한 일본인 야마토(Yamato)가 단일문화적 힘을 대학에서 행사하려고 할 때 그것에 적극적으로 동조함으로써 자기 자신을 지우고자 하는 펏버트의 모순된 동기도 비판한다. 한때 펏버트의 일본어 개인교사였던 야마토는 대학의 실질적인 접수와 지배를 가속화하기 위해 펏버트를 자신의 오른팔로 임명하고, 그를 단일문화주의 이데올로기의 수단으로 활용한다. 펏버트는 잭 런던 대학을 문화적으로 재정립시키는 과정을 깊이를 알 수 없는 복수심과 환희를 가지고 참여한다.[4] 리드는 펏버트가 야마토의 문화적 독트린에 열성적으로 흡수되는 것을 묘사함으로써, 권력에 야합하는 인간의 단편적 속성을 풍자한다.

리드는 야마토가 잭 런던 대학을 차지해 대학의 문화, 그리고 교과과정에 대한 혁명적인 변화를 꾀한다는 사실을 통해, 문화적으로 소외된 한 집단이 다른 집단을 장악하는 방법에 독자의 관심을 집중시키고 통제되지 않는

---

4) 펏버트는 오비 박사(Dr. Obi)와 밀치 박사(Dr. Milch)에게 대학에서의 그들의 강등된 새로운 위치를 알릴 때 굉장히 기뻐한다. 특히 그는 자신의 평생 재직권을 거부한 크랩트리(Crabtree) 교수를 1학년 작문 시간의 시간 강사로 강등시킬 때 "너무나 행복해 미칠 지경이 된다"(132). 각각의 교수들에게 그들의 변화된 위치를 알려 줄 때 펏버트는 인사불성이 된 그들에게 『봄까지 일본어 학습 완성』의 복사본을 조심스럽게 내놓으며 일본어를 공부하라고 권유한다. 로버트 바스(Robert Bass) 경이 찾아와 자기 아들의 인종차별적 행위를 사과했을 때 펏버트는 대단히 만족해하며, 그는 바스 경의 2세를 자신의 조수로 고용한다. 야마토가 자신의 경제적 힘을 앞세워 대학에서 일본 문화를 강요하는 단일문화 프로그램을 수행하는 것을 풍자하면서 리드는 펏버트가 그 이전의 잭 런던 대학의 교수들에게 개인적 복수를 하는 짓궂은 방법도 동시에 문제 제기를 한다.

절대 권력이 단일문화적 정책으로 하나의 헤게모니를 형성시키는 방식을 설명한다. 야마토는 스툴 총장을 사퇴시키고, 잭 런던 대학의 교수와 학생을 문명화시킨다는 의제를 내세운다. 야마토는 대학의 기관들을 일본의 전쟁 범죄자들의 이름을 따 바꾸고,[5] 캠퍼스 자체를 "일본 가치 주입 센터"로 개조시켜 일본 제국주의의 역사와 문화를 교수와 학생들로 하여금 암기하도록 강요한다. 야마토는 대학의 언론을 주도하는 신문을 폐간시키고, 대학에서 백인의 우월주의를 상징하는 잭 런던의 동상도 제거한다. 야마토는 문화적으로 왜곡된 IQ테스트를 교수와 학생들에게 실시한다. 대부분 대학의 교수들과 학생들이 IQ테스트에 실패하자 야마토는 대학의 교수진을 모두 일본인으로 채용할 것을 고려한다. 그는 미국에서 태어난 중국과 일본계 학생들은 나중에 미국의 이익을 위해 일하는 요원이 될 수 있다고 생각하여 이들을 추방해 버린다. 야먀토는 인문학과를 폐과하고, 아프리카 연구소, 치카노 연구소, 아시아-아메리카 연구소, 아메리카 인디언 연구소, 아프리카-아메리카 연구소를 통합하여 유럽학과로 운영하고자 한다. 리드는 야마토가 대학을 인수한 후 일어난 사건에 대한 묘사를 통해 단일문화주의 정책으로 파생된 권력의 모순을 첨예하게 드러낸다.

그렇다면 리드가 『봄까지 일본어 학습 완성』을 통해 개진하고 있는 아시아계 미국인, 특히 일본인, 아프리카계 미국인, 그리고 백인의 상호작용을 통한 인종담론은 무엇인가? 이 작품에서 리드는 일본인을 흑인과 백인 사이의 인종적 상호작용에 있어 보조적인 역할을 담당하는 존재로 사용한다. 다시 말해 리드는 일본인이 아프리카계 미국인, 즉 흑인과 연합하여 백인에 대

---

5) 리드의 소설에서 이름을 명명하는 것은 권력을 행사하는 행위이다. 그리고 개명을 하는 것은 현재 권력을 쥐고 있는 정권에 주어진 권위와 믿음을 제거하는 것이자, 그 권력을 전복시키는 것을 상징한다(Vogel 208).

항하는 상황을 묘사한다. 리드는 일본인들이 흑인에 대한 동정심을 가지고 있을 뿐만 아니라, 일본인들은 미국에서 백인과의 권력 관계에 있어 흑인과 동일한 입장에 있다는 식으로 묘사한다. 그래서 일본인 야마토의 권력 행사에 대한 묘사는 백인우월주의자들이 흑인에 가하는 폭력에 대한 메타포로도 볼 수 있다(Anderson 388).

『봄까지 일본어 학습 완성』에서 일본인에 대한 묘사는 두 가지 측면, 즉 일본인이 미국에 군사적 위협과, 경제적 위협이 된다는 식으로 묘사된다. 첫째로, 백인들에게 일본인은 2차 세계대전 기간 동안 적국으로서 끊임없이 예의주시해야 될 군사적 위협이었고, 이 적국이라는 점은 그들의 국가와 인종에 대한 차별을 가져온다. 펏버트의 아버지는 미국의 고위 군사 장교로 오랫동안 일본과 미국의 적대관계가 중지되었지만, 일본을 여전히 적국으로 인식한다. 그는 또한 일본인에 대한 일본식 이름인 Nipponese를 사용하는 것 대신에 부정적 의미의 속어인 Nips를 사용함으로써, 일본인을 대상화하고 평가절하 한다. 두 번째로, 일본이 현재 미국에 경제적 위협이 되고 있다고 묘사된다. 잭 런던 대학의 인종차별주의자인 스툴 총장은 일본의 경제적 이윤 추구에 대해 위더스푼(Witherspoon) 학장에게 "이제 노랑색의 원숭이들[일본인]이 그곳을 지배하고 있소. . . . 다음에는 그들이 자유의 여신상을 사 버릴 것이요. 내 말을 명심하시오. 모든 것이 끝나 버리기 전에 우리는 그들과 다시 싸우게 될 것이오"(40-41)라고 불평한다. 펏버트의 아버지처럼 스툴 총장은 단지 외국 세력이 아니라 유색 인종이 경제적 성공을 얻었기 때문에 일본을 비난한다. 백인들에게 유색 인종인 일본은 지속적으로 자신들의 권위에 도전 하는 위협으로 특징 지워진다.

『봄까지 일본어 학습 완성』에는 일본인들뿐만 아니라 아프리카계 미국인, 즉 흑인을 하나의 위협으로 보는 문화 담론이 서술된다. 시미 밸리(Simi

Valley)의 배심원들이 로드니 킹(Rodney King)을 야만인처럼 구타한 4명의 경찰관을 무죄 방면한 이후 야기된 1992년 로스앤젤러스 폭동에 대한 몇몇 설명[6]은 백인들이 아프리카계 미국인을 미국사회를 어지럽게 한 파괴 세력으로 보고 있다는 점을 단적으로 나타내준다. 또한 이 작품에는 일본이 경제적 번영으로 미국에 위협을 가하듯, 흑인들은 가난으로 미국의 경제에 위협이 된다는 점이 서술된다. 리드는 "[흑인들은 부조리하고, 복지제도에만 의존하고, 부모 한 명으로만 이루어진 가정, 마약과 폭력, 그리고 미국이라는 지상낙원에서 도시 내에 지옥의 영역을 구성하는 곳, 즉 대중매체의 상상력에 의하면 디즈니(Disney)에 의해 설치된 이상한 나라를 이루는 도시 외곽과 시골 지역"(10)에 살고 있는 종족으로 백인에 의해 규정된다고 설명한다. 흑인과 일본인 모두 그들의 차이점에도 불구하고 미국문화의 안전성을 위협하는 종족으로 백인들에 의해 생각되어진다.

미국문화에서 인종차별주의의 대표적인 예로서 일본인에 대한 묘사와 일본인의 흑인과의 연대에 대한 리드의 역설적 재현에 대해 일부 학자들은 일본인을 끊임없이 타자화시킨다고 비판한다. 제프리 찬(Jeffery Chan)과 그의 동료들은 "미국문화는 여전히 우리[아시아계 미국인]를 외국인 취급한다. 비록 아시아계 미국인들이 7대에 걸쳐 미국에 살고 있지만 그들을 있는 그대로 인식하지 못하는 오류를 범하고 있다"(198)고 주장한다. 패트릭 맥이(Partrick McGee)는 "『봄까지 일본어 학습 완성』이 과연 현대 미국문화의 인종차별을 비판하는 것인지, 아니면 단순히 재생산하고 있는지 알 수 없도록 만

---

6) 다넬 헌트(Darnell Hunt)는 로스앤젤러스 폭동 사건에 대한 당시 대중매체의 반응을 연구한다. 그는 "만약 내가 어리고, 백인들을 두들겨 패고, 모든 것에 불을 지르고 있는 일련의 흑인들을 목격했다면 . . . . 나는 그 이후로 흑인들이 정말 무서웠을 것이다"(121)라고 말하는 한 백인 응답자의 증언을 인용하여, 당시 백인들은 흑인들에 대해 어떤 생각을 가졌는가에 대한 한 예를 제시한다.

들어 버린다"(138)고 주장한다. 이들 학자들의 주장처럼, 리드가 단순히 일본인을 흑백 간의 관계를 들춰내는 담보물로 사용하고 있다는 점을 고려하더라도, 리드는 미국 내에서의 아시아계 미국인에 대한 잘못된 관념을 강화시킨다는 비판을 면하기 어렵다. 하지만 리드의 의도를 보다 긍정적으로 파악해보면, 리드는 다양한 인종들의 관점을 여과 없이 제시함으로써 인종담론을 형성시키고 있고, 근본적으로 생물학적인 특성에 근거한 어떤 한 인종의 우월주의는 반대한다. 다시 말해 리드는 현재 미국문화에 있어 인종을 가르는 분리주의는 절대 부정한다. 오히려 리드는 인종 분리주의에 의해 파생된 하극상을 작품화했을 뿐이다.

미첼 실버(Mitchell Silver)는 "인종차별주의는 국가, 언어, 문화, 조상, 또는 신념체계에 의해 규정되는 어떤 인간 그룹이 생물학적 특성 때문에 [일정한 수준의] 문화적 성취를 할 수 없고, 또한 [고품격] 삶의 형태를 갖추지 못한다는 믿음을 갖는 것이다"(53)라고 주장한다. 실버에 의하면 인종차별주의는 생물학적인 특성에 근거하여 다른 인종의 존엄성과 가치를 무시하는 것이다. 이것을 리드의 사고로 재해석하면 인종차별주의는 단일문화주의의 대표적인 한 예가 된다. 그래서 리드는 아프리카 중심주의, 혹은 흑인 민족주의 역시 반대한다. 리드는 『봄까지 일본어 학습 완성』에서 흑인 민족주의자이자, 펏버트의 대학 동료인 오비 박사가 요루바(Yoruba, 흑인 원주민 족) 언어를 사용하는 것을 조롱한다. 리드는 은연중에 친숙하지 않는 방언의 배타적인 속성을 설명하면서, 더 나아가 아프리카 중심주의 역시 단일문화적 이데올로기임을 논증한다.

아프리카 중심주의와 마찬가지로 리드는 페미니즘이 본질적으로 여성에만 초점이 맞추어져 있다는 점에서 단일문화주의적이라고 비방한다. 리드의 페미니스트에 대한 공격은 산드라 길버트(Sandra M. Gilbert)와 수잔 구바(Susan

Gubar)의 특별한 관심을 불러일으킨다. 길버트와 구바는 리드가 페미니스트들을 사납고 약탈적인 측면이 강한 것으로 묘사하고 있고, 작품 속 남성 인물들이 페미니스트들에게 잔인한 보복을 하도록 설정한 점을 비판한다 (357-58). 『봄까지 일본어 학습 완성』의 경우, 리드가 대학에서 펏버트 대신 정년보장을 받는 조쿠조쿠(Jokujoku)에 대해 부정적으로 묘사를 하고 있다는 점과 야마토가 대학을 인수한 후 권력의 제2인자가 된 펏버트가 페미니즘의 경향을 가진 일부 교수들을 강등시켜 버리는 일은 길버트와 구바의 비판을 뒷받침하는 것처럼 보인다. 하지만 리드는 페미니스트들의 비난을 피하기 위해, 자신은 페미니스트들이 아프리카계 미국 남성을 악마처럼 묘사하는 것을 거부한 것뿐이라고 방어를 한다. 리드는 1993년 브루스 딕(Bruce Dick)과의 인터뷰에서 다음과 같이 얘기한다.

> 나는 언제나 흑인 남성들이 백인 페미니스트들에 의해 여성을 싫어한다는 비난을 받았으며, 여성들로부터 배제되어 온 것은 아닌가라고 생각해 왔다. . . . 나는 흑인 남성이 쓴 책들을 사기 위해 여분의 돈을 모았고, 그 책을 싸서 서재에 두었다. 아프리카계 미국 남성의 전통을 온전하게 유지하기 위해. 내 생각에 아프리카계 남성 문화에 대한 야만적인 공격이 있었다. 내가 야만주의라는 표현을 썼는데, 그것은 아프리카계 미국 남성 문화를 금하는 움직임이 무지와 맹목적 열정에 의해 진행되었기 때문이다. (345-49)

I have always had a suspicion that black men have been singled out by the white feminist movement to bear the burden of misogyny. . . . I'm trying to raise extra money to buy books by black male authors and keep them in my warehouse. To try and keep an African American male heritage intact. I think there is a barbaric attack going on out there. I call it barbarism because it proceeds from ignorance and a passion to censor the African

American male culture.

리드는 페미니즘에 대한 신랄한 비판 때문에 종종 그가 여성 혐오자라는 비판을 받기도 한다. 하지만 켄니스 워맥(Kenneth Womack)이 지적하고 있듯이, 페미니즘이 아프리카계 미국 남성 문화를 도외시하고 있다는 리드의 페미니즘에 대한 회의주의는 단일문화주의 이데올로기에 대한 그의 혐오로부터 등장한 것임을 이해할 필요가 있다(238).

리드는 인종과 문화적 편견에 근거한 단일문화주의의 반 다원론적인 경향에 보다 강력하게 반대하기 위한 수단으로 자신과 동일한 인물을 소설에 등장시킨다. 물론 작가 리드와 작품 속에서 창조된 인물 사이에는 어느 정도 간극이 존재하겠지만, 작가 리드와 마찬가지로 등장인물 리드는 어떤 형태의 제도권에 소속되는 것을 거절하고 다문화주의를 지향한다. 등장인물 리드는 전통적인 권위를 부정할 뿐만 아니라, 문화적으로 배타적인 정책, 특히 야마토와 같은 우스꽝스럽고 불완전한 정책에 대한 혐오를 노골적으로 드러낸다. 리드는 등장인물 리드와 펏버트가 만나도록 설정함으로써, 펏버트의 심리 상태와 지적인 진보과정, 즉 흑표범 단에서 아프리카계 미국인 옹호론자로, 마침내 자기 이익만을 생각하는 윤리적으로 공허한 자본가로의 발달 과정을 보다 심도 있게 독자들에게 보여준다.

리드가 자신과 동일한 인물을 작품 속에 등장시키는 서술전략에 대해 일부 학자들은 부정적인 견해를 갖는다. 로버트 폭스(Robert Fox)는 리드가 자기 자신을 작품 속에 제시함으로써 "리드에게 위험한 것은 [소설이] 자기 자신에 대한 서투른 풍자가 될 수 있다"(6)고 주장한다. 또 츠네히코 카토(Tsunehiko Kato)는 "리드의 입장에 대해 내가 불편한 점은 그가 유럽 중심주의자, 아프리카 중심주의자 또는 흑인 지도자 중에서 동화주의자들을 비판하고 있다는 점이 아니라, 그가 단지 자기 자신만이 올바른 일을 하고 있다는 인상을 만들어내는 방식 때문이다"(127)라고 주장한다. 이 학자들 견해의 근거는 작품 속에 등장하는 리드가 상당히 오만한 태도를 보인다는 점 때문이다. 예를 들면, 등장인물 리드는 "서구 문명이 자신에게 끊임없이 희생을 요구한다"(200)라고 말하고, 또 자기 자신을 "진정한 이슈마엘"(46), 그리고 "존경하는 I. R."(187)로 언급한다. 이런 점에서 폭스와 카토의 주장은 설득력이 있어 보인다. 하지만 소설 속 등장인물로서의 리드의 등장은 곧 작가 리드의 다문화주의에 대한 확고한 생각을 엿볼 수 있는 중요한 단서가 된다.

리드는 단일문화적 이데올로기만을 주장하는 이들을 끊임없이 문제시한다. 리드는 한 에세이에서 "나는 단일문화만을 강조하는 이들이 무언가를 칭찬했을 때 그들의 말이 의심스러울 정도로 단일문화주의자들의 견해를 싫어한다. 나는 그들이 비방하는 어떤 것에는 분명히 칭찬할 만한 것이 있을 것이다"("Soyinka among the Monoculturalists" 705)라고 하면서, 단일문화주의자들을 비판한다. 리드는 『다문화 국가 미국: 문화 전쟁과 평화에 대한 에세이 모음집』(Multi-America: Essays on Cultural Wars and Cultural Peace, 1997)의 서문에서 "단일문화주의는 본질적으로 반지성적인 단체들의 연합이다. 단일문화주의는 우리가 이것, 또는 저것을 공부해서는 안 되고, 우리는 단지 영어만을 써야 하며, 아프리카 대륙에 대해서는 공부해서는 안 된다고 사고하는 것"(xvii)이라고 주장한다. 다시 말해 리드는 단일문화주의를 어떤 하나의 이념이나 가치관만을 고집하는 편협한 사고로 규정한다. 그래서 『봄까지 일본어 학습 완성』은 단일문화만을 요구하는 당대 대학의 편협함을 공격하고, 인간 공동 사회의 문화적, 사회적 부정의에 대한 수정을 요구하는 작품이다.

루서스 아웃로(Lucius Outlaw)는 아프리카계 미국인은 "다문화주의에 대한 논쟁과 노력이 이루어지도록 한 현대 미국사회의 다양성과 복잡성의 증가는 아프리카인이 된다는 것이 무엇을 의미하는가, 그리고 20세기에서의 미국인은 무엇인가"(48)에 대한 난제에 직면할 수밖에 없다고 주장한다. 리드 역시 현재 미국에 살고 있는 아프리카계 미국인의 사회적 위치, 즉 개인적 성공을 위해 동화주의자의 입장을 취할 수밖에 없었던 펏버트를 통해 설명하고 있는 아프리카계 미국인의 불확실한 사회적 위치를 인식한다. 하지만 리드는 배타적인 흑인 민족주의만을 주장하지 않는다. 그는 미국에서 흑인으로서의 과거와 현재의 삶을 직시하고, 흑인 역시 존엄한 인격을 갖는 인간임을 주장한다. 리드는『봄까지 일본어 학습 완성』에서 미래에 대한 밝은 비전을 제시한다. 이것은『봄까지 일본어 학습 완성』의 등장인물 리드가『갈색 소녀, 갈색 사암집』의 실리나가 춤을 추는 것처럼, 다국적 토속 음식과 민예 소품, 그리고 춤과 놀이가 한데 어우러진 다문화주의적 거리 축제에 참가하는 것으로 재현된다. 리드는 어떤 확고한 결론을 제시하지는 못하고 있지만 다양한 인종과 그들의 존엄과 가치를 인정하는 다문화주의적 태도가 최소한의 최선임을 주장한다.

4) 화해와 공존가능성

지금까지 살펴본 것처럼 마샬과 리드는 미국사회에서 카리브계 미국인, 아프리카계 미국인의 위치와 삶, 문화와 문화의 충돌, 인종 간의 갈등, 단일 문화의 지배와 문화 헤게모니 등의 문제를 다루면서 하나의 대안으로 다문화주의를 제안한다. 마샬은『갈색 소녀, 갈색 사암집』에서 자신의 분신과도 같은 셀리나를 통해 자신의 뿌리로서 카리브의 과거 의미를 추구하면서 그것을 바탕으로 아프리카계 미국인, 그리고 흑인여성으로서 새로운 주체를 모색하고자 한다. 바베이도스 이민 2세대로 뉴욕 브루클린에서 태어난 셀리나는 전통의 고수와 물질적 성공에 대한 욕망만을 갖는 이민 집단사회와 급

변화하는 미국사회 사이에서 문화적 갈등과 정체성의 혼란을 겪는다. 하지만 그녀는 미국사회 내에 잔존해 있는 인종차별의 냉혹한 현실을 체험하고 나서, 바베이도스 이민사회의 물질에 대한 집착과 단체적 행동이 미국 내에서 소수민족으로서 생존하는 전략이라는 점을 이해하게 되고, 이민자로서의 수난과 고통의 상징인 어머니를 새롭게 인식한다. 하지만 셀리나는 백인과 동일해지기를 꾀하는 동화주의적 입장은 물론, 백인을 적대시하는 흑인 민족주의자의 입장에도 서지 않는다. 단지 그녀는 카리브계 혈통을 갖는 미국인으로서 자신의 뿌리에 대한 인식을 새롭게 하며 미국에 살고 있는 한 인간으로서의 존엄과 가치를 갖고자 한다. 요컨대 마샬은 문화적 혼종 속에서의 개인의 정체성 문제를 다루면서 흑인과 백인, 식민과 피식민, 남성과 여성 등의 이분법을 지양하고, 궁극적으로는 여러 인종과 문화가 상호보완적으로 존재하는 다문화주의를 제안한다.

리드 역시 마샬과 마찬가지로 『봄까지 일본어 학습 완성』에서 인종차별주의와 편협한 사고에 의해 배태된 단일문화주의를 강력하게 고발한다. 그는 하나의 공동체를 형성시키고 차이를 포용하는 수단으로써 다문화주의를 제시한다. 맨티아 다이아워러(Manthia Diawara)는 "우리가 가지고 있는 세계관의 물질적 함축에 관심을 갖도록 유도하는 문화연구는 그 이전의 삶의 형태에 대한 이론적 이해를 뛰어 넘어 모든 것을 포용하는 그대로의 솔직한 삶의 양식을 기술하는 것을 의미한다"(202)고 주장한다. 다이아워러는 문화연구에 있어 단지 이론에 대한 집착이 아니라 열린 마음과 태도를 역설한다. 그의 주장을 사회에 적용해보면, 사회는 이론이나 이데올로기에 맹종할 것이 아니라 사회 구성원들의 욕구를 최대한 수용할 수 있도록 열려 있어야 한다. 리드는 『봄까지 일본어 학습 완성』에서 미국사회의 한 축소판이라 할 수 있는 대학에서의 삶을 풍자하고, 극단주의자들의 이데올로기가 권력과 결합되었을 때 야기될 수 있는 황폐화된 상황을 그려냄으로써 다문화적 윤리를 강조한다. 리드는 1990년 한 인터뷰에서 "20세기에 들어와서 우리는 자기 자신들만이 옳고 다른 모든 사람들은 틀렸다고 생각하는 사람들 때문에 우리는 많은 재난을 갖게 되었다"(Csicsery 338)고 주장한다. 『봄까지 일본어 학습 완성』에서 리드는 우리가 다른 사람의 관점과 주장에 대해 그 타당성을 고려하고, 인종적 차이를 포용할 수 있어야 한다고 주장한다.

마샬과 리드가 다문화주의를 제안하는 근거는 다름이 아니라 다양한 인종과 문화가 혼종하는 미국사회에서 상호존중과 공존의 필요성 때문이다. 미국은 다양한 민족들의 이민으로 이루어진 나라이다. 그래서 다양한 민족들이 자신의 전통과 문화를 유지한 채, 미국 또는 미국시민이라는 집단적 정체성을 가지고 생활한다. 특히 강요된 이민자 의식과 파편적 토박이 의식을 역사적으로 가질 수밖에 없었던 아프리카계 미국인들에게 인종, 문화적 다양성, 그리고 신체적 차이에 대한 존중과 미국에서의 생존의 문제는 절실한 것이다. 다인종 미국사회에서 생물학적인 요소를 근거로 어떤 한 인종의 우월성을 주장하고 그들이 가진 전통과 문화만을 최고의 것으로 생각하는 자문화 중심주의나 어떤 한 문화 이데올로기를 토대로 한 단일문화주의는 인종차별의 심화와 배타적인 정책들의 양산을 가져 올 위험성이 존재한다. 그래서 마샬과 리드는 자신들의 작품에서 다양한 인종과 문화의 가치를 수용하고 열린 마음으로 타자의 존재를 인정하는 다문화주의를 하나의 윤리적 가치로 제시한다.

■ 이 글은 「아프리카계 미국 작가 －강요된 이민자 의식/파편적 토박이 의식」, 『영어영문학』, 54권 1호(2008): 77－105쪽에서 수정 · 보완함.

제3장

아시아계 미국작가
이민자 의식의 소멸/뿌리 없는 토박이 의식

    소수민족 집단들은 어떻게 보면 미국 내에서 정신적 식민지화 상태에 있다. 그들은 백인들 앞에서는 열등감을, 그러나 본국 국민 앞에서는 우월감을 갖는 이율배반적인 심리구조를 갖는다. 또한 소수민족 작가들은 주류 작가들에 비해 훨씬 더 출판시장과 비평의 영향에 민감하며, 문학적 성공과 민족의식 사이에서 고민한다. 즉 정신적 식민지화 상태에 처한 그들이 미국문화와 민족문화 모두로부터 지속적인 위치 이탈을 경험하게 된다는 것이다. 하지만 교육적으로나 문화적으로 미국화되어 있는 이민 2세대 이후의 작가들은 신체적 모습이 백인들과 다르다고 해서 백인들의 의식 내에서 타자화되고 차별받는다는 것을 당연한 현실로 받아들일 수 없다. 따라서 그들은 부모세대의 정체성 유지에 심리적 버팀목 역할을 했던 민족적 전통과 의식과 갈등하며, 궁극적으로는 미국에 대한 주체의식, 즉 자신들도 역시 미국시민임을 주장한다.

    소수민족 작가들의 자의식은 민족적 차이뿐만 아니라 인종적 차이로부터 비롯되는 자의식을 포괄한다. 미국으로 이민 오는 어떤 민족 집단에게 있어

민족의식은 이민자 의식과 동시에 발생한다. 이어서 그것은 그 민족 집단이 가진 인종적·문화적 조건에 따라 복잡한 심리적 변화를 거쳐 다양한 특성을 가진 집단의식으로 변용된다. 백색인종(Caucasian)의 경우에 새로 들어온 민족 집단이 미국사회에 적응해가는 과정에서 각기 다른 민족 간에 문화적 차이가 큰 영향을 미치지 않으며, 따라서 그들의 이민자 의식은 거의 자연스럽게 내국인 의식으로 화학적 변화를 거치게 된다.[1] 즉 그들은 자신들의 이민자 의식이 어떤 장애도 없이 토박이 의식으로 전환되는 현상, 즉 '동화'를 경험한다. 이처럼 그들이 '미국인'이 되는 과정에서 그들의 민족의식은 퇴화되어 마치 타조의 날개처럼 자신들의 기원에 대한 흔적으로 남아 있게 된다.

이민자 의식의 소멸이 곧 민족의식의 퇴화를 의미했던 백인 민족 집단들과는 달리, 유색인종 이민 집단의 경우에는 이민자 의식의 소멸이 민족의식의 퇴화라기보다는 그것의 변형을 의미한다. 즉 유색인종 민족 집단들은 자신들이 인종적 조건에 의해 미국사회에 동화될 수 없고 오히려 이화되고 있음을 자각하게 된다. 아메리카 원주민계, 아프리카계, 그리고 아시아계 등의 소수민족 소설가들에게서 발견되는 기본적인 공통점은 그들이 묘사하는 인물들이 인종적 차이에서 비롯된 소수자 의식 혹은 타자 의식을 갖는다는 점이다. 그들의 경험은 가정 안에서의 문화와 바깥사회에서의 문화의 차이로부터 비롯된 이중성을 띠고 있고, 그들의 자아의식은 인종, 세대, 문화의 차이로부터 비롯된 혼종성을 나타내게 된다. 그들은 백인 중심의 미국사회에서 비가시적인 차별과 배척의 대상이 되며 그로부터 파생된 정신적 외상

---

1) 유럽계 백인 이민자들은 각 민족 집단 간의 신체적 조건이 인식 대상으로 의미 있는 차이를 드러내지 않는다. 또한 미국문화는 유럽 문화의 연속성 속에서 변화된 것이므로 두 문화 사이의 간극은 정도의 차이일 뿐이다. 따라서 소수 유럽계 백인들은 신체적·문화적·민족적 정체성에 심각한 혼란을 겪지 않으며, 본인의 의지대로 자연스럽게 미국사회에 동화된다(나희경 11-2).

(trauma)을 경험한다.

　백인들의 폭력과 강제에 의해 타자의식의 구석에 내몰린 아메리카 원주민이나 아프리카계 민족 집단과는 달리, 자발적 결정에 의해 이민자로서 미국사회에 합류한 아시아계 민족 집단들은 백인사회와 문화에 대해 동경과 좌절 혹은 희망과 불안이 혼합된 복잡한 감정 상태를 나타낸다. 아시아계 미국인들은 미국 내 소수민족 집단 중에서 민족의식과 미국시민의식 사이에 내적 갈등의 정도가 가장 심한 집단이라 할 수 있다. 이것은 그들이 아직도 미국사회에서 이민자 혹은 외국인 노동자로 인식되는 정도가 심하다는 사실을 반영한다. 아시아계 작가들의 소설 속에 묘사된 이민 후속세대 인물들이 민족의식과 미국시민의식 사이에 심한 갈등을 경험하는 이유는 그들이 여타의 소수민족 집단보다 더 구체적이고 다양한 민족문화의 유산을 갖고 있기 때문이다. 그들에게는 부모로부터 혹은 본국으로부터 전해 받은 신화나 전설 등 무형문화뿐만 아니라 기록된 역사와 문학, 그밖에도 모든 종류의 유형 문화가 민족의식을 환기시키기에 충분한 것이다. 따라서 그들은 그러한 문화적 전통을 흡수하여 새로운 자아의식을 형성함으로써 미국사회에서 요구받는 타자의식의 고통을 해소하는 것이 당면과제로 남는다. 이러한 현상은 특히 아시아계 소설가들 중에서 인도계 줌파 라히리(Jhumpa Lahiri, 1967-), 중국계 맥신 홍 킹스턴(Maxine Hong Kingston, 1940-)과 애미 탠(Amy Tan, 1952-), 일본계 모니카 소네(Monica Sone, 1919-2011)와 존 오카다(John Okada, 1923-1971), 그리고 한국계 창래 리(Chang-rae Lee, 1965-)의 소설 속의 인물들에게서 명백하게 드러난다. 이민 후속세대 인물들은 미국사회와 문화에 적응함에 따라 이민자로서 부정적 자의식을 극복하고자 한다. 또한 그들은 이민자로서 자의식을 극복해감에 따라 미국사회와 문화를 구성하는 미국시민임을 천명한다. 따라서 그들은 이민자 의식의 소멸과 함께 뿌리 없는 토박이 의식을 갖게 된다.

1. 동화와 차별화의 욕구 사이의 비결정성:
킹스턴의 『여인 무사』와 탠의 『조이 럭 클럽』

1) 환원주의적 오류

미국은 유럽뿐 아니라 아프리카, 중남미, 아시아 지역 등 세계 여러 곳으로부터 모여든 이민자들로 구성된 사회이다. 하지만 미국은 국가의 경제적 부흥과 더불어 내부에 존재하는 소수민족 집단들의 차이를 인식하지 못하는 오류를 범하고 말았다. 유대인, 흑인, 일본인, 중국인 등 미국 내 소수민족들은 바로 소수민족이기 때문에 겪는 소외와 배제의 사회분위기에 직면하지 않을 수 없었다. 특히 미국 내 아시아인들은 이질적인 동양문화로 인해 백인주류의 미국사회에서 외국인 혹은 이국적인 사람들로 간주되어 정치적·경제적·문화적으로 소외된 타자의 영역에 머물러야만 했다. 1965년 이민법의 개정에 따라 미국으로 이민 온 아시아계 미국인의 수가 증가했고, 또 1970년대 후반 두드러지기 시작한 미국과 아시아 국가 간의 정치적·경제적 변화가 일어남에 따라 많은 아시아계 작가들은 아시아인들의 지위를 복원하려는 시도와 더불어 미국인으로서의 삶의 정체성을 확보하고자 노력하였다.

윌리엄 볼하워(William Boelhower)는 그의 「소수민족 삼부작: 문화적 흐름의 시학」("Ethnic Trilogies: A Poetics of Cultural Passage")에서 이민 문학의 구조적 특징을 기억에 의한 구성(Construction), 해체(deconstruction), 그리고 재건(reconstruction)으로 이어지는 세 단계의 구조적 진행에 있다고 보았다(11). 새로운 문화로 이주한 조상들은 자신들의 기억을 통해서 자국문화의 뿌리를 후손들에게 전달하려고 하고, 이러한 전달 과정에서 후손들은 세대적·문화적 거부감을 가지게 된다. 후손들은 전달 받은 문화를 자신들의 관점에서 해체하고, 자성적 비판을 통해서 다시 재건한다. 이 단계에서 자국의 문화는 주류문화와 갈등을 일으키기도 하지만, 조화되거나 융화되어 하나의 새로운 문화로 바뀌게 된다는 것이다. 이러한 문화 구조적 특징은 중국계 미국 여성작가인 맥신 홍 킹스턴(Maxine Hong Kingston)과 애미 탠(Amy Tan)에게 공통적으로 발견된다. 이들은 이민 작가, 소수민족 작가로서 갖는 볼하워가 제시하는 구조적 특징을 가지면서 미국인으로서, 또 여성으로서 자신의 목소리를 낼 수 있는 자신의 정체성을 찾고자 한다.

킹스턴의 『여인 무사: 귀신들에 둘러싸인 소녀시절 회상록』(*The Woman Warrior: Memoirs of a Girlhood Among Ghosts*, 1975)과 탠의 『조이 럭 클럽』(*The Joy Luck Club*, 1989)은 중국의 여성 조상들이 남성우위사회에서 겪은 비극을 기억에 의해 회상하고, 이민 2세대들이 중국계 미국인으로서 겪게 되는 심리적 억압을 작가 자신이 탐색한다는 점에서 동일하다. 어머니 세대가 공통적으로 겪게 되는 경험은 크게 두 가지로 요약될 수 있다. 첫 번째는 20세기 초반 중국 역사와 밀접한 관련이 있는 것으로, 중국에서 경험한 전쟁과 굶주림, 강요된 결혼과 가족관계의 파괴 등이다. 두 번째는 미국 땅에서 경험한 문화적인 소외와 단절, 전통적인 가족관계의 와해, 또 그로 인한 딸들 세대와의 갈등이다. 어머니 세대와는 달리, 이민 2세대들인 딸들은 미국문화에 동화하고자 하는 욕구와 어릴 적 부모들의 교육으로 인한 중국인으로서의 차별화의 욕구 사이에서 갈등하고 방황한다. 이들은 미국과 중국이라는 두 문화를 동시에 살고 있다. 따라서 이들은 중국과 미국문화 모두를 넘나들 수 있는 인사이더이자 동시에 아웃사이더인 것이다(Goellnicht 338). 하지만 이들에게 중국의 가부장적 전통과 현대 미국의 개인주의적 문화는 삶의 구체적 방향을 제공하지 못한다.

킹스턴과 탠이 자신들의 일련의 작품에서 추구하고 있는 것은 결코 중국인으로서의 민족 정체성을 확보하고자 한 것은 아니다. 다시 말해 이들이 시도한 것은 중국의 전통과 관습 그리고 역사로의 환원주의적 복원이 아니다. 이들의 의도는 현재 미국에서 삶을 영위하고 있는 한 개인으로서 정체성을 찾고자 함이다. 이들의 작품 주인공이 중국계로서 자신의 뿌리를 찾는 시도를 한 것은 결코 미국 현실과 관련 없는 것이 아니다. 이들은 그 동안 당연시되어 온 기존의 성적 · 문화적 · 인종적 정의에 끊임없이 의문을 제기하면서, 중국인이면서도 미국인으로서 자신의 정체성을 찾는 일을 자신들의 창작 목적으로 삼았다고 할 수 있다.

국내에서 킹스턴과 탠에 대한 연구는 주로 페미니즘의 관점에서 주인공들의 정체성 획득 여부의 문제, 그리고 주류문화로부터 배척당한 사람들의 저항담론으로 읽는 경향이 지배적이었다. 이는 이들 작가들의 작품에 등장하는 인물들의 정체성을 자국문화로의 복귀와 환원으로 규정한데서 비롯된 것이라 할 수 있다. 물론 이 두 작가는 아시아 출신의 작가들로 다른 소수민족 출신 작가들의 문학적 시도와 동일하게, 자신의 고유한 문화적 전통과 뿌리를 유지하면서 급변하는 미국사회에서 생존해나가야만 하는 정체성 문제를 가장 크게 생각한다. 하지만 이들의 정체성 추구가 단순히 자국문화로의 복귀나 전통의 고수 등으로 이루어지지 않고 있다는 점에 주목할 필요가 있다. 특히 그들의 소설에서 주인공인 이민 1.5세대나 2세대들에게 부모를 비롯한 조상들의 전통적인 관습과 문화적 유산은 오히려 심리적 억압으로 작용한다는 공통점을 부각시킬 필요가 있다.

본 연구는 중국계 미국작가들이 창조하는 주인공들이 미국사회에서 계급, 배경, 전통 그 어느 것에도 구속받지 않고 자유롭고, 평등한 시민이 될 수 있다는 믿음 속에서 자신의 정체성을 찾으려 한다는 점에 주목하여 정체성의 개념에 대한 재정의를 시도해보는 데 목적이 있다. 개인의 정체성은 어떤 고정불변의 본질적 요소를 가지지 않으며, 새로운 경험에 의해서 변화될 수 있고, 그리고 사회적으로 학습될 수 있는 복잡하고 진행 중인 과정이다 (Goellnicht 340). 다시 말해 개인의 정체성은 어떤 특정한 경험 요소들로 귀속될 수 없고, 확정적 단일성을 거부하며, 모든 부분적 경험 요소들의 합 이상이다. 먼저 킹스턴의 『여인 무사』와 탠의 『조이 럭 클럽』의 전체적인 틀과 서술구조를 살펴보고, 이민 2세들이 겪는 정체성의 혼란을 모녀간의 갈등을 중심으로 분석해본다. 그리고 모녀간의 갈등이 단지 자신들이 성장한 문화적 배경뿐만 아니라, 서로 상이한 언어 사용으로 인해 의사소통이 불가능하고 갈등이 더욱 심화되고 있음을 알아본다. 마지막으로 어머니 세대와 딸들 세대의 화해의 과정을 살펴보면서, 단지 딸들의 민족성에 대한 인식과 문화적 전통의 복귀만을 정체성의 핵심으로 보는 환원주의적 오류를 지적해본다.

2) 문화적 체험과 개인의식 사이의 불연속

킹스턴의 『여인 무사』와 탠의 『조이 럭 클럽』은 미국사회에 이민 온 중국여성 1세대와 2세대의 경험에, 특히 모녀관계의 갈등에 초점이 맞추어져 있다. 킹스턴은 자전적 소설인 『여인 무사』에서 킹스턴 자신이기도 한 중국계 미국인 화자와 중국인 어머니와의 갈등을 그리고 있는데, 이 갈등은 서로 간의 문화적 차이에 기인한 것이다. 화자는 자신의 가정사와 중국의 문화적 전통을 이해하고자 시도하나, 현재 미국에서 살고 있는 자신의 모습이 더욱더 중요한 의미를 갖는다. 킹스턴은 『여인 무사』에서 중국인 이민자의 딸로 1950년대 미국에서 성장할 때 얻은 문화적 충돌을 묘사한다. 탠의 『조이 럭 클럽』에서 억압적인 어머니는 중국의 문화, 이데올로기만을 딸에게 강요한다. 하지만 딸의 입장에서 그것은 하나의 심리적 억압으로 작용한다.

탠은 어머니와 딸이 자신들의 과거, 현재, 미래에 대해 한 목소리로 기술할 수 있는 기회를 제공함으로써 모녀간의 갈등을 풀도록 유도한다. 어머니 세대들의 중국에서의 경험과 딸 세대들의 미국에서의 경험이 서로 교차되는 상황이 바로『여인 무사』와『조이 럭 클럽』의 근간을 이룬다.

그러면 먼저 논의의 편의를 위해『여인 무사』와『조이 럭 클럽』의 전체적인 구성과 서술구조를 살펴본다.『여인 무사』는 형식상 자서전이지만, 킹스턴의 실제 체험과 함께 유령에 관한 상상, 전설, 은밀히 전해 내려온 집안의 비밀 등 다양한 이야기를 하나의 소설작품으로 엮어낸 것이다. 작가가 작품의 주인공이 되는 고전적 자서전이 아니라, 계속되는 이야기에 등장하는 다수 인물들과의 관계 속에서 "나"라는 작가적 존재가 구성된다.『귀신들에 둘러싸인 소녀시절 회상록』이란 부제가 시사하듯,『여인 무사』의 서술구조는 킹스턴이 어린 시절 자신의 상상력을 자극하던 모두 다섯 편의 다른 이야기들을 현재 성숙한 작가 의식으로 당시 실제 삶의 실상을 유추하여 이야기하는 형식을 취한다.『여인 무사』는 화자와 어머니를 중심으로 이야기가 이어지는 통일성을 갖지만, 작가는 화자인 자신이나 어머니 그 누구에게도 서술의 절대적 권위를 부여하지 않는다. 어머니의 음성은 화자에게 옛 중국의 전설과 노래를 들려주는 기억의 전달자로 역할을 하고, 이러한 어머니의 기억은 화자 자신의 삶에 대한 새로운 인식의 원천이 된다.

『여인 무사』에는 각각의 이야기마다 다른 인물의 이야기가 다루어진다. 그 첫 번째인「이름 없는 여인」("No Name Woman")은 간통이라는 과오를 범하여 가족 역사에서 삭제된 킹스턴의 고모의 비극을 재구성한 것이다. 「흰 호랑이들」("White Tigers")이라고 제목이 붙은 두 번째 이야기는 작가의 감정 이입이 직접 전달되는 일인칭 서술 양식으로, 중국의 전설적인 여인 무사인 화무란(Fa Mu Lan)의 일대기이다. 화무란과 산토끼가 말없이 나누는 정감과 연민, 그리고 화무란과 그녀의 남편과의 순수한 사랑은 생명의 연결 고리를 감지하는 경험이다. 세 번째 「무당」("Shaman") 편에서는 중국에서 기혼 여성이었음에도 불구하고 의학공부를 계속하여 산부인과 의사가 되었고, 미국 이민 후에는 마흔다섯 살이 넘어 여섯 아이를 낳아 키운 킹스턴의 어머니 브레이브 오키드(Brave Orchid)의 강인한 삶의 편력이 그려진다. 이와는 대조적인 내용을 보이는 네 번째 이야기 「서방궁에서」("At the Western Palace")는 브레이브 오키드와는 달리 소극적인 이모 문 오키드(Moon Orchid)의 현실에 적응하지 못하는 삶이 다루어진다. 그리고 다섯 번째 이야기 「오랑캐의 갈대 피리를 위한 노래」("A Song for a Barbarian Reed Pipe")에서는 미국에서 태어나 미국문화 속에서 성장한 킹스턴과 어머니 사이의 갈등의 요인인 세대 격차와 문화적 차이가 극화되고 있다. 『여인 무사』에서는 모녀간 대립과 화해의 과정 속에 킹스턴의 언어 습득과 작가가 되기까지의 과정이 그려진다.

탠의 『조이 럭 클럽』은 중국과 미국이라는 문화적 차이를 안고 있는 4쌍의 모녀들의 이야기로, 총 16장으로 구성되어 있고, 주인공 8명이 동등하게 2장씩 서술한다. 세대 간ㆍ문화 간의 갈등이 주인공 개개인의 목소리로 독자에게 다양한 시각과 입장으로 전달된다. 다수의 미국 이민 2세들의 작품에서는 이민자 부모들의 모습과 삶이 자식들의 눈을 통해 그려지는 반면에, 탠의 작품에서는 자식들의 미국에서의 삶뿐만 아니라 어머니들의 미국으로의 이민과 미국으로 오기 전 중국에서 보낸 어린 시절의 삶이 실제 경험자인 바로 그들에 의해 묘사된다. 이 소설의 구조적, 서술적 특징은 역사 속에 처해 있는 개개인의 정신적 비극뿐만 아니라 미국으로 이민 와서 겪게 되는 문화적 충격이 끊임없이 표현된다는 점이다. 개개인의 이야기들이 전달하는 것은 "문화적 왜곡으로 파생되는 상처입기 쉬운 인간의 의식이다"(Shear 193). 이 소설은 다른 중국계 미국 소설처럼 "활용 가능한 과거를 찾고자 하는 충동"(Lim 57)을 표현하고 있지만, 일련의 문화적 상실과 새로운 의미 발견으로 구성되어 있다. 탠은 이 작품을 통해 미국과 중국을 대립적으로 보여 주고 있으며, 과연 어떤 삶이 진정으로 의미 있는 삶인지를 찾고자 한다.

『여인 무사』와 『조이 럭 클럽』에서 중국계 미국인들의 정체성 추구는 자신이 속한 중국과 미국이라는 상이한 두 문화의 갈등과 모순을 자신의 내부에서 어떻게 받아들이느냐에 의해 이루어진다. 어머니 세대들은 자신들의 고통을 통해, 그리고 이 고통을 극복함으로서 더욱 강해질 수 있다는 신념을 가진다. 그들은 자신의 딸들이 두 문화, 즉 "중국의 문화와 미국의 문화의 강점을 즐길 수 있는 힘과 그것들을 이용할 수 있는 기회를 갖기를 원한다"(Mistri 251). 하지만 이민 2세대인 딸들은 중국의 전통을 자신들의 자유로운 미국적 사고방식을 제한하고 억압하는 것으로 생각한다.

『여인 무사』와 『조이 럭 클럽』에서, 가족이라는 최소의 사회적 단위 공동체 내에서 중국에서 이민을 온 어머니들이 중국여성으로서의 정체성을 딸들에게 전해 줄 수 있는 방법은 과거를 회상하여 자신들이 경험한 것들을 딸들에게 이야기해주는 것이다. 어머니 세대들은 삶이 급격하게 변화되는 과정에서 생존을 위해서 자기존중, 삶에 대한 심리적 연속성, 그리고 일상적 삶의 연계성을 필요로 했다. 벤 쑤(Ben Xu)는 어머니 세대들의 이러한 심리적 욕구들이 바로 기억의 내러티브(memory narrative)를 필요로 하는 요소라고 다음과 같이 말한다.

바로 이러한 욕구들은 확신을 주는 구조로 이루어진 기억의 내러티브를 필요로 한다. 즉 장르의 이름에 걸맞게 목적과 의도, 그리고 희망과 공포를 갖고 연속성도 갖춘 삶의 이야기에 대한 내러티브를 의미한다. 그들에게 있어서 기억이란 분노, 희망, 생존 본능에 기초하여 사회화된 자아를 형성해 가

는 과정의 표현이다. . . . 조이 럭 클럽 그 자체는 . . . 생존 의식의 구체화
된 표현이고 심리적인 보호 본능을 위한 나름대로의 전략이다. (6)

Such a need requires the assuring structure of memory narrative: life-story
narrative, with the genre's nominal continuity of aims and intentions, and
hopes and fears. Memory is for them a socializing, ego-forming expression of
anxieties, hopes, and survival instinct. . . . the Joy Luck Club itself . . . is
an expression and embodiment of that survival mentality and its strategies
of psychic defense.

하지만 어머니 세대가 딸들 세대에게 중국여성으로서 경험을 들려주는 기억
의 내러티브는 어머니의 입장에서 본다면 과거 상처에 대한 치유를 의미하
지만, 딸들 세대에게는 하나의 심리적 억압으로 작용한다.

『여인 무사』에서 어머니는 중국에서는 여자 아이가 태어나면 죽인다거
나, 소녀를 노예로 판다고 이야기함으로써 여성 경시 사상이 지배적인 중국
문화를 딸에게 전한다. 또한 귀신들로 가득 찬 어머니의 이야기는 화자로
하여금 중국이란 상상도 못할 일들이 일어날 수 있는 곳이라는 공포심을 불
러일으킨다. "부모님께서 '고향'이라는 말을 할 때마다 . . . 나는 중국에 가
고 싶지 않았다. 중국에서는 우리 부모가 나와 내 여동생을 팔아 버릴 것이
고, 아버지는 두세 명의 여자와 결혼해서 계모가 우리 발등에 끓는 기름을
뿌릴 것이다"(99)[1]라고 말하는 화자는 중국을 자신의 문화적 뿌리로 인정하
는 데 매우 회의적이다. 화자는 중국에 비해 미국은 논리와 질서와 단순함
이 지배하는 사회라고 생각한다. 화자는 두 문화를 분리하여 "미국적인 것은

---

1) 『여인 무사』와 『조이 럭 클럽』은 이 글에서 각각 단락을 달리해서 논의되고 있다. 따라서 이
   두 텍스트에서의 인용 문헌을 구분하는데 혼동이 없으므로 각각 괄호 안에 쪽수만 표기함.

정상적인 것이고, 중국적인 것은 기형적인 것이라고 생각한다"(구은숙 241). 따라서 중국문화에서 자신의 정체성을 찾을 수 없는 화자는 미국인으로서의 정체성을 추구하게 된다.

「서방궁에서」에서 킹스턴은 어머니와 이모의 이야기를 통해서 인종과 성차별에서 희생당한 여인의 비극을 고발한다. 재혼한 남편을 찾아 미국으로 온 이모는 남편의 배신과 함께 결국 미국생활에 적응하지 못하고 정신요양원으로 간다. 「이름 없는 여인」("No Name Woman")에서 다루어지는 죽은 고모의 비극이 중국문화의 가부장적 전통이 여자에게 부과하는 횡포라면, 이모의 비극은 인종적, 문화적, 그리고 성적 횡포라는 이중적 상처에서 오는 비극이다(이상란 345). 미국에서 다른 여자와 결혼하여 살고 있는 이모의 남편과 이모를 재결합시키려는 어머니의 의도를 화자는 부정적으로 본다. 다시 말해 화자는 어머니가 자신이 못 누린 경제적 풍요를 의사인 이모의 남편과 이모를 재결합시킴으로써 심리적으로 보상받으려 한다고 생각한다. 화자는 이러한 어머니의 보상심리와 현실과 타협을 잘하는 성격이 유약한 이모의 삶을 통제함으로써 비극적 파멸을 가져오게 한 것이라고 판단한다. 화자는 어머니가 이모로 하여금 옛 남편을 잊고 미국에서 새로운 삶을 살도록 권유하기를 바란다. 화자는 어머니가 이모의 삶에 관여하는 것처럼 자신의 삶에 관여하는 것을 두려워한다.

『여인 무사』에서처럼 『조이 럭 클럽』에서도 미국적인 것을 지향하는 딸들의 세대와 중국적인 것을 지향하는 어머니 세대 사이의 세대 간 문화적 갈등이 존재한다. 모녀간의 갈등은 어머니 린도 종(Lindo Jong)과 딸 웨이벌리 종(Waverley Jong) 사이에 잘 나타나 있다. 어머니 세대가 생각하는 중국적인 특질들이란 무엇을 말하는가? 특히 어머니들이 딸들에게 기대하고 있는 내용은 무엇인가?

내[Lindo Jong]는 미국적 상황이 어떻게 전개되는가를 딸[Waverley]에게 가르쳤다. 여기서는 가난하게 태어났다 하더라도 결코 그것이 지속적인 부끄러움이 될 수 없다. . . . 미국에서는 다른 사람이 너에게 부과한 상황을 유지하라고 할 사람은 아무도 없어.

딸은 이런 것들을 배웠다. 하지만 나는 딸에게 중국인의 특징에 대해 가르칠 수 없었다. 어떻게 부모에게 복종하고 어머니의 마음에 귀를 기울여야 하는가를. 잠재된 기회를 이용하기 위해 자신의 생각을 어떻게 보이지 않게 하고, 자신의 얼굴 뒤편에 감정을 숨기는가를. 왜 쉬운 것들은 추구할 가치가 없는 것인가를. 어떻게 값싼 반지처럼 반짝이지 않게 하면서 자신의 가치를 알고 그리고 그 가치를 빛나게 하는가를. 왜 중국식 사고방식이 제일인지를[가르칠 수 없었다. (289)

I taught her how American circumstances work. If you are born poor here, it's no lasting shame. . . . In America, nobody says you have to keep the circumstances somebody else gives you.

She learned these things, but I couldn't teach her about Chinese character. How to obey parents and listen to your mother's mind. How not to show your own thoughts, to put your feelings behind your face so you can take advantage of hidden opportunities. Why easy things are not worth pursuing. How to know your own worth and polish it, never flashing it around like a cheap ring. Why Chinese thinking is best.

중국인 어머니 린도는 미국에서 낳아 기른 딸 웨이벌리에게 중국의 전통과 가치관을 가르치는 일이 너무나 힘들었다고 토로한다. 더 나아가 린도는 "그 애의 피부와 머리카락만이 중국 사람일 뿐 내부는 완전히 미국제이다. . . . 나는 우리 애들이 가장 좋은 결합, 즉 미국 환경과 중국인의 성격을 함께 갖기를 원했다. [하지만] 이 두 가지가 서로 섞일 수 없다는 것을 내가 어떻게 알 수 있었겠는가?"(289)라고 말함으로써 딸 웨이벌리가 외모와 성격 측면에서 자신과 너무나 다름을 인식한다.

어머니 린도는 딸 웨이벌리가 참가한 체스 시합을 자신의 전투로 여긴다. 린도는 체스 시합에서 기술(skill)과 영리함(smartness)보다 행운(luck)과 속임수(tricks)가 가치가 있고 중요하다고 역설한다. 린도는 체스 시합에서 수단과 방법을 가리지 않고 이기는 것이 생존하는 것이라 주장한다. 하지만 어머니의 생존에 대한 전략은 딸에 의해 인정을 받지 못한다. 딸 웨이벌리는 어머니가 자랑을 하기 위해 그리고 그 모든 영광을 가지기 위해 자신을 이용하고 있다고 비난한다. 어머니 린도는 딸 웨이벌리로 하여금 예측할 수 없는 일을 대비하도록 한 것이며, 다름대로 생존할 수 있는 자생력을 딸에게 키워 주기 위해서였지만, 딸은 이점을 이해하지 못한다. 미국문화에 더 영향을 받은 웨이벌리의 생존전략은 합법적인 사회적 신분 상승, 법률적인 보호, 그리고 능동적인 개인의 선택과 같은 것이기 때문에, 웨이벌리는 어머니 린도의 야비함과 속임수에 입각한 생존전략을 결코 영웅적이지 못하며 부끄러운 중국인의 것으로 받아들인다. 웨이벌리는 어머니의 가르침을 하나의 "전기적 충격"(186)으로 받아들이고, 심지어 어머니를 경멸하기까지 한다.

린도와 같은 많은 중국계 이민 1세대들에게 가장 중요한 문제는 생존하는 것이다. 그녀는 "미국에서 중국인의 얼굴을 갖기가 힘들다"(294)고 느낀다. 그녀는 가난한 이민자였기 때문에 생존하기 위해 자신의 느낌과 감정을 억누르고 속여야만 했다. 그녀는 인종적으로 또는 민족적으로 지배적인 백인에게 반항하는 영웅적 행위를 보이지 않으며, 외부 사람이 자신의 본 모습을 보지 못하도록 위장된 삶을 살아야 했다. 이는 중국계-미국인의 삶의 현주소를 나타내는 것이다.

『조이 럭 클럽』에서, 로즈 슈 죠단(Rose Hsu Jordan)과 안 메이 슈(An-mei

Hsu)와의 관계에서도 세대 간의 갈등이 존재한다. 이 두 모녀는 자기 자신들을 상황의 희생자로 생각한다. 즉 어머니 안 메이는 4살인 막내아들 빙(Bing)의 죽음으로 괴로워하고, 딸인 로즈는 동생의 죽음이 자신에게 책임이 있음을 인식하고 감정적으로 마비된다. 하지만 서로 다른 세대에 속한 이들은 재앙의 두려움을 완화시키기 위해 서로 다른 생존전략에 의존한다. 어머니 안 메이는 최악의 경우를 대비하고 희망에 대한 신념을 유지함으로써 매일 계속되는 재난을 해결하고자 한다. 그녀의 막내아들이 물에 빠져 죽은 후 수년 동안 간직해온 신의 의지에 대한 믿음은 자신의 삶을 인내하는 종교적 믿음일 뿐만 아니라 자기 자신이 희망을 잃지 않도록 하는 생존전략이었다. 비록 안 메이는 딸에게 자신의 의지대로 삶을 선택하도록 했지만, 그녀 자신은 여성의 운명을 있는 그대로 받아들이는 인내의 삶을 산다. 미국이 만들어낸 딸 로즈에게 안 메이의 신에 대한 믿음, 또는 자신의 아들이 죽은 후의 희망은 스스로 만들어낸 운명론자로서의 환상에 지나지 않는 것이었다. 안 메이는 "모든 일이 잘 되도록 해주는 것은 믿음이다"라고 했지만, 딸 로즈는 "어머니가 'faith'의 'th'의 발음을 하지 못하기 때문에 내가 생각하는 것은 단지 어머니가 운명만을 얘기한 것이다"(128)라고 말한다. 망가진 결혼에 환멸을 느끼고 있는 로즈는 믿음을 갖고 남편인 테드(Ted)와 얘기를 해보라는 어머니의 충고를 받아들이지 않고, 주변 사람들과 정신과 의사에게만 의존한다.

독특한 민족적 특징을 갖는 어머니-딸의 관계는 슈(Hsu) 집안뿐 아니라 우(Woos), 종(Jongs), 그리고 클레어(St. Clairs) 집안에서도 발견된다. 특히 징-메이 우는 재능도 없는 자신에게 피아노 레슨을 강요하는 어머니를 향해 다음과 같이 소리친다.

"당신은 제가 아닌 다른 사람이 되기를 원하세요." 나는 흐느껴 울었다. "저는 당신이 원하는 그런 딸은 되지 않을래요." 어머니가 중국말로 소리쳤다. "단지 두 종류의 딸만이 존재한다. 부모님에 복종하는 딸과 자기 마음대로 행동하는 딸이 그것이다. 이 집에서는 복종하는 딸만이 살 수 있다." "그러면 저는 당신의 딸이 되고 싶지 않아요. 당신이 제 엄마가 아니었으면 좋겠어요."라고 나는 엄마에게 소리쳤다. . . . "바꾸기에는 너무 늦었다"라고 어머니가 날카롭게 말했다. 나는 엄마의 분노가 폭발 직전에 도달했다는 것을 느낄 수 있었다. . . . 바로 그때 나는 엄마와 결코 서로 얘기하지는 않았지만, 엄마가 중국에서 잃어버린 어린애들을 생각했다. "차라리 제가 태어나지 않았다면 좋겠어요. 저도 그들처럼 차라리 죽고 싶어요"라고 나는 소리쳤다. (153)

"You want me to be someone that I'm not!" I sobbed. "I'll never be the kind of daughter you want me to be!" "Only two kinds of daughters," she shouted in Chinese. "Those who are obedient and those who follow their own mind! Only one kind of daughter can live in this house. Obedient daughter!" "Then I wish I wasn't your daughter. I wish you weren't my mother," I shouted. . . . "Too late change this," said my mother shrilly. And I could sense her anger rising to its breaking point . . . that's when I remembered the babies she had lost in China, the ones we never talked about. "Then I wish I'd never been born!" I shouted. "I wish I were dead! Like them."

어머니와는 달리 징-메이는 "나는 내가 원하는 어떤 인물이든지 될 수 있다고 생각하지 않았고, 단지 나는 내 자신일 뿐이다"(154)라고 생각한다.

『여인 무사』와 『조이 럭 클럽』에서 어머니와 딸의 유대관계는 더 이상 중국계 딸의 어머니에 대한 의무와 어머니의 딸에 대한 권위를 결정하는 것이 아니다. 이러한 가정에서 딸과 어머니가 공유하는 가정의 모습은 결코 자랑스러운 것이 아니라, 한쪽에 또는 양쪽에 당황스러움을 유발하는 것이다. 하지만 중국인들의 어머니-딸의 관계는 보통의 미국 가정에서처럼 물질적인 차원에 기반을 두고 있는 것은 아니다. 중국의 문화에서 세대 간의 차이가 있는 어머니-딸의 관계는 어머니가 딸에게 해주는 특별한 서비스에 근거한다. 다시 말해 중국의 문화에서 어머니는 딸에게 인생의 극단을 대비할 수 있도록 해주고, 가능하면 딸을 정신적으로 보호하면서 딸이 자신의 마을에서 생존하는 데 필요한 물질적 자원을 제공한다. 하지만 미국에서 중국의 전통적인 어머니의 역할은 축소되어 버린다. 이전에 어머니는 자동적으로 권위를 상징하는 것이었지만, 이제 어머니는 자기 자신에 대해 확신을 갖지 못하고 방어적이며 딸에게 자신의 기준을 강요하기가 힘들게 된다.

3) 언어의 장벽으로 인한 정체성의 위기

호비 바바(Homi Bhabha)는 그의 책 『문화의 거점』(*The Location of Culture*)에서 국가들 사이의 "틈새 공간"(in-between spaces)이란 개념을 제시한다. 이 개념은 국가들 사이에 최종적인 결과물이나 지속되는 시간에 관심을 두는 것이 아니라, 문화적 차이(cultural difference)를 언어화(verbalization)하는 과정에 있는 순간이나 과정에 초점을 둔다. "틈새 공간"은 사회를 규정짓는 행위에 있어 개인 또는 공동체의 자아감(selfhood)의 형성에 전략적 영역을 제공해준다. 이곳은 정체성의 새로운 기호들이 만들어지는 곳이고 협력과 논쟁이 혁신적으로 이루어지는 곳이다(Bhabha 1-2). 사실 이 개념은 바바가 1989년에 출판한 "이론의 수행"(「The Commitment to Theory」)이라는 논문에서 언급한 제3의 영역(The Third Space)에서 발전한 것이다. 바바는 언술 행위를 통한 의미의 생산이라는 관점에서 제3의 영역을 논한다. 그는 "의미의 생산은 경계를 이루고 있는 두 영역들이 제3의 영역의 방향으로 움직여 가는 것을 요구한다. 이때 제3의 영역이란 언어의 일반적인 조건들뿐만 아니라 그 자체로는 의식될 수 없는 행동과 제도적인 전략 내에서 발화의 특정한 함축된 의미를 나타낸다"(Bhabha 36)고 말한다. 다시 말해 바바에게 있어 제3의 영역은 문화적 번역이 수행되는 곳이다. 제3의 영역은 "문화의 의미와 상징들이 근본적인 통일성이나 고정성을 갖지 못하는 곳이다. 다시 말해 동일한 기호도 전용될 수 있고 번역될 수 있으며, 재역사화될 수 있고 새롭게 다른 의미로 읽혀질 수 있다"(Bhabha 37). 제3의 영역은 의미와 관계 구조를 양가적인 과정(ambivalent process)으로 만들고, 이분법적인 사고의 함정을 피할 수 있도록 해주며, 새로운 입장의 등장을 가능하게 해준다. 제3의 영역은 지배적인 문화 헤게모니의 전용에 의문을 제기할 수 있는 새로운 전략을 제공해준다(Lee 106).

그러면 『여인 무사』와 『조이 럭 클럽』과 관련하여 바바의 "틈새 공간" 또는 제3의 영역 내의 발화와 언어에 대한 생각을 좀더 확장시켜 보자. 같은 언어를 사용한다 해도 서로 다른 문화권 내에서 개개의 기표는 각각의 문화권 내에서 묵시적으로 통용되는 문화적 의미가 다르기 때문에 그 의미도 서로 다르게 해석되고 번역될 수 있다. 더군다나 서로 다른 언어를 사용하는 두 문화권 내에서 개개의 기표가 사용된다면 이 기표가 해석되는 과정은 더욱 복잡해진다. 다시 말해 언어적 · 문화적 번역의 수행과정이 두 개의 서로 다른 언어를 사용하는 문화권에서 이루어진다면, 그 개개의 기표들은 각각의 문화권 내에서 의미화 되는 과정에서 각기 다른 의미로 전달된다. 그러므로 두 개의 다른 언어들이 두 개의 다른 문화권 내에서 사용된다면 이러한 의미화 과정은 더욱 더 얽히게 된다. 『여인 무사』와 『조이 럭 클럽』에 등장하는 어머니와 딸들 세대가 처해 있는 문화적 맥락 역시 그들이 경험한 역사적 상황에 따라 차이가 나며, 그들이 각기 사용하는 언어도 상이하다. 다시 말해 중국으로부터 미국으로 이민 온 어머니 세대들은 여전히 중국적인 것에 익숙해 있는 반면, 딸들 세대는 중국적인 것보다는 미국적인 것을 지향한다. 또한 어머니 세대들은 영어를 할 줄 모르며, 딸들 세대들은 중국어를 배우려고 하지 않는다. 그럼에도 불구하고 어머니 세대들은 한결같이 그들이 중국 땅에서 겪었던 경험들을 딸들에게 들려주고자 하며, 그 과정에서 자신들의 여성적 자아가 어떻게 변형, 존속되어 왔는가를 전해주고 싶어 한다. 딸들이 자신들을 이해하지 못한다고 생각하는 어머니 세대는 "두려움과 심리적 상실감에 의해 더욱더 딸들을 통제하려고 한다"(Zeng 3). 그래서 어머니 세대들과 딸 세대들과의 갈등이 더욱 심화되는 것이다.

『조이 럭 클럽』에서 징메이 우가 "내가 영어로 말하면 어머니는 중국말로 대답했다"(23)라고 말하고 있는 것처럼, 어머니와 딸은 서로 다른 언어의 사용으로 의사소통이 단절된다. 미국으로 이민 온 어머니들은 자신의 딸들이 중국어는 물론 영어를 잘하고 문화적, 인종적 차별 없이 미국에서 잘 살아주기를 기대했다. 이러한 어머니의 희망은 백조 깃털에 잘 나타나 있다.

> 그녀는 아주 오랫동안 딸에게 백조의 깃털을 주면서 이것은 하찮게 보일지 모르지만 아주 멀리서부터 나의 소중한 꿈을 담아 가지고 온 것이란다라고 말해주고 싶었다. 이 말을 딸에게 완벽한 영어로 말해 줄 수 있는 날이 오기를 그녀는 꾹 참고 있었다. (3-4)

> For a long time now the woman had wanted to give her daughter the single swan feather and tell her, "This feather may look worthless, but it comes from afar and carries with it all my good intentions." And she waited, year after year, for the day she could tell her daughter this in perfect American English.

하지만 어머니의 꿈을 담아 성장한 딸의 모습은 중국어보다는 영어를 주로 사용하고, 이민 온 민족으로서 겪는 "슬픔보다는 [미국적인] 코카콜라를 더 많이 삼킨다"(3).

사실 어머니 세대들은 미국사회에서 영어를 하지 못하는 것이 곧 문화적 소외와 인종적 차별의 근원이 된다는 것을 자신의 경험을 통해 알고 있다. 탠도 "어머니 언어"(Mother Tongue)라는 글에서 미국에서 영어를 하지 못하는 것 때문에 차별 대우를 받았던 자기 어머니의 경험을 소개한다. 탠의 어머니는 뉴욕의 증권사에게 증권과 관련된 내용을 질문하고 불편 사항을 얘기하고 싶었다. 하지만 영어를 하지 못했던 탠의 어머니는 결국 영어가 가능한 딸의 도움을 받는다. 탠의 어머니가 뒤에서 간단한 어휘로 질문과 불편 사항을 이야기하면 탠이 완벽한 영어로 바꾸어 전달해 문제점을 해결할 수 있었다. 또 탠은 이 글에서 『조이 럭 클럽』이 쓰이기 5일 전, 어머니의 병원에서의 경험을 소개한다. 탠의 어머니는 양성 뇌종양으로 컴퓨터 단층 촬영(CAT)을 받았는데, 병원 측이 그 필름을 분실해 버린 것이다. 완벽한 영어를 구사하는 탠이 직접 나선 후에야 병원 측으로부터 정식 사과와 후속 조치를 받아낼 수 있었다(Tan 42-44). 탠이 자신의 경험에서 얘기하고 있는 것처럼, 이민 1세대들은 영어를 사용하지 못했기 때문에 미국사회에서 많은 어려움을 겪었다. 그래서 그들은 자신들의 2세대들에게 영어를 사용할 수 있도록 했고, 아울러 민족의식을 잃지 않도록 하기 위해 모국어의 사용을 강조한다. 하지만 미국사회에서 적응해 나가야만 하는 이민 2세대들은 자연스럽게 중국어보다는 영어를 상용화하게 된다.

『여인 무사』에서 화자는 나름대로 주체적인 삶을 영위하기 위해 지배적이며 억압적인 어머니의 목소리를 극복하고 자신의 침묵을 깨야만 한다. 화자는 자신의 문화적 뿌리인 중국을 이해하기가 힘들고, 중국어를 포함한 중국의 것들을 강요하는 어머니 때문에 심한 내적 갈등을 겪는다. 킹스턴을 사로잡고 있는 것은 어머니와 딸들 세대의 문화적 · 언어적 차이의 극복이다 (Cook 133). 킹스턴은 곤경에 처한 화자를 통해 중국 고유의 가부장적 전통문화와 미국의 개인주의적 문화의 융합 가능성을 타진해본다. 다시 말해 킹스턴은 중국의 민담, 신화, 그리고 전설 등을 다시 읽고 그것들을 미국사회 또는 미국의 문화적 맥락에서 변형 가공하여 재구성한다(Yuan 293). 어떻게 보면 킹스턴은 바바가 정의한 제3의 영역에서 문화적 번역을 수행한다.

『여인 무사』에서 화자가 겪는 문화적 전치(displacement)는 곧 언어의 상실로 나타난다. 언어에 대한 공포는 그녀가 초등학교에 진학하여 영어로 말해야 했을 때 더욱 심각해진다. 그녀가 급우들 앞에서 말해야 할 때마다 그녀의 단절된 목소리는 마치 "부러진 다리로 달리는 절름발이 동물"(169)이 내는 소리처럼 들린다. 다른 중국 소녀들도 방과 후에 다니는 중국인 학교에서는 큰소리로 떠들지만, 영어만을 사용해야 하는 미국 학교에서는 모두 침묵한다. 리차드 텔레키(Richard Teleky)는 "다수의 여성 이민 작가들은 침묵을 젠더(gender) 문제뿐만 아니라 인종과 민족성과도 연관시킨다. . . . 작가는 침묵의 힘과 언어의 힘 사이에 균형을 잡고자 한다. 침묵은 글을 써가는 과정뿐만 아니라 작가로서 정체성을 확립해 나가는 데 있어 매우 중요한 것이다. . . . 침묵을 변형시키는 것이 목소리 내기의 중요한 한 측면이다"(206-07) 라고 주장한다. 텔레키는 침묵과 목소리 내기, 그리고 개인의 정체성과의 상관관계를 밝힌다. 『여인 무사』에서 화자를 포함한 중국 소녀들이 침묵한다는 것은 곧 여성으로서, 그리고 소수인종으로서 차별과 소외를 경험하고 있음을 간접적으로 드러내 주는 것이다. 그리고 화자가 자신의 목소리를 내고자 하는 것은 곧 자신의 정체성을 찾고자 하는 의지로 볼 수 있다.

『여인 무사』에서 자기 자신의 침묵에 대한 화자의 갈등과 수치심은 학교에서 전혀 말을 하지 않는 같은 반 중국인 소녀를 그녀가 고문하는 사건에 잘 나타나 있다. 말하지 않는 이 소녀는 언어에 대한 어려움을 겪고 있고, "상처입기 쉬운 연약함과 희생자의 부드러움을 대표하는 화자의 또 다른 자아이다"(Kim 205). 화자는 방과 후 이 말없는 소녀를 화장실로 데리고 가서 그녀의 머리를 잡아당기고 꼬집는 등의 신체적 고문을 가하면서 말을 해보라고 강요한다. 화자는 소녀에게 "네가 말하지 않으면 너는 인격도 없어 . . . 너는 사람들에게 인격과 두뇌를 갖고 있다는 것을 알려야 해"(180)라고 소리친다. 화자는 침묵만을 하는 소녀가 자신이 그릇되었다고 여기는 것들, 즉 수동적이고 목소리도 내지 못하고 의지도 약한 몸을 가졌다고 생각한다. 화자가 침묵하는 소녀를 괴롭히는 행위는 마(Ma)가 지적하고 있는 것처럼, "자신[화자]의 이미지를 그대로 거울처럼 반영하고 있는 이 소녀에게 자기 증오를 투영함으로써 [부정적인] 자아를 삭제하고 있는 것"(36)으로 해석 가능하다. 여기서 작가는 언어로써 자신을 표현하는 것, 그리고 자신만의 목소리를 낼 수 있다는 것이 정체성의 획득 여부를 결정하는 중요한 한 요소임을 주장한다.

『여인 무사』에서 자신의 언어를 찾으려는 화자의 노력과 좌절은 그녀의 해독할 수 없는 "무언가에 눌린 오리 같은 목소리"(192)에 잘 나타나 있다. 그녀는 자기의 이야기를 자기의 언어로 풀어내야 한다는 절박함을 느낀다. 마침내 그녀가 어머니에게 자기를 이해할 수 있도록 자신의 내부에 쌓여 있는 생각을 말하려고 하자, 어머니는 화자의 말을 듣기를 거부한다. 자신의 주체성을 언어를 통해 찾아보려는 딸의 긴박한 욕구에 대한 어머니의 무시는 곧 딸과의 정면 대결을 불러일으킨다.

저는 대학에 가겠습니다. 이제 더 이상 중국인 학교를 다니지 않겠어요. . . . 저는 중국인 학교를 더 이상 참을 수 없어요. 애들이 소란스럽고, 야비하며, 그리고 밤새도록 싸우기만 해요. 이젠 어머니의 이야기를 더 이상 듣고 싶지 않아요. 그 이야기들은 논리가 없고, 저를 혼동을 시켜요. 어머니께서는 이야기를 갖고 거짓말을 하셔요. 어머니께서는 어떤 이야기를 말해주시지 않고서도, '이것은 진실된 이야기란다' 또는 '이것은 단지 이야기일 뿐이다'라고 말하세요. 저는 그 차이를 알 수 없어요. 나는 어머니의 진짜 이름이 무엇인지도 몰라요. 무엇이 사실이고 무엇이 어머니께서 만들어낸 것인지 알 수 없어요. 하! 어머니께서는 이제 제가 말하는 것을 중단시킬 수 없어요. 어머니께서 내 혀를 자르려고 했지만 그것은 효과가 없었어요. (202)

I'm going to college. And I'm not going to Chinese school anymore. . . . I can't stand Chinese school anyway; the kids are rowdy and mean, fighting all night. And I don't want to listen to any more of your stories; they have no logic. They scramble me up. You lie with stories. You won't tell me a story and then say, 'This is a true story,' or, 'This is just a story.' I can't tell the difference. I don't even know what your real names are. I can't tell what's real and what you make up. Ha! You can't stop me from talking. You tried to cut off my tongue, but it didn't work.

화자는 마침내 자신의 목소리로 이야기를 하겠다고 어머니에게 저항한다. 화자는 어머니에 대한 격렬한 비판을 한 후에 아무도 자기의 말을 듣는 사람이 없다는 것을 깨닫고 혼돈과 외로움을 느낀다. 어머니는 딸의 공격에 대해 "너는 아직도 어리석구나. 그리고 제대로 듣지도 못해 . . . 농담도 받아들일 수 없니? 너는 농담과 현실을 구분할 줄도 몰라"(202)라고 말한다. 즉 중국인들은 진실로 말하고 싶은 것의 정반대를 이야기하기 때문에 숨어 있는 메시지를 해독하는 것이 얼마나 중요한지 어머니는 강조한다. 따라서 화자는 두 가지 상이한 문화의 모순과 갈등을 스스로 해결할 수 없게 된다.

4) 민족성에만 의지하는 정체성 문제

앞에서 살펴본 것처럼 킹스턴의『여인 무사』와 탠의『조이 럭 클럽』에서 이민 2세대 인물들은 자아의식이 형성되어가는 과정에서 부모들이 요구하는 모국어, 모국 문화, 민족의식에 대한 강요된 가치관과 자신들이 체험적으로 습득하는 언어적·문화적 가치체계 사이에 괴리와 모순을 경험하며, 이로부터 심각한 심리적 갈등을 겪는다. 이민 2세대들이 당하는 심리적 갈등은 실로 다양한 차원에서 이루어지는 문화적 억압으로부터 비롯된다. 그들에게 가해지는 억압의 근원은 첫째, 그들의 부모들이 강요하는 모국 문화에 대한 본질주의적 신념이며, 둘째, 미국사회의 다수를 구성하는 백인들이 동시에 요구하는 동화와 차별화라는 모순된 가치의 실행이다. 그 결과 그들은 자신들이 가정이라는 사적 영역에서 강요받는 자아의식과 사회라는 공적 경험을 통해서 흡수하는 자아의식 사이에 부조화를 경험한다.

일부 환원주의적 비평가들은『여인 무사』와『조이 럭 클럽』에서 딸들이 어머니로 대표되는 과거 중국의 문화에 대한 인식을 갖게 됨으로써 자아를 발견했다고 본다. 물론 어떤 한 개인의 정체성과 그가 속한 문화와 역사는 불가분의 관계이다. 어머니는 자신의 배경 문화와 역사를 대표하는 인물이고, 딸의 성장과 인격 형성에 정신적, 심리적으로 지대한 영향을 끼친다. 이런 존재인 어머니와 딸의 화해는 충분히 딸의 정체성 찾기로 이어질 수 있다. 하지만 이 작품의 주인공들이 문화적·민족적 뿌리를 확인하여 자신들이 미국에서의 삶에서 당하는 혼란과 고통을 극복했다고 할 수 있을까? 결코 그렇지 않다. 물론 딸들은 어머니 세대와 잠정적으로 화해함으로써, 어머니 세대에 대한 저항에서 인정과 묵인으로의 변화는 보인다. 또한 자신은 중국인이며 중국의 전통과 문화의 영향을 받고 성장했음도 인식한다. 하지만 이런 인식과 변화를 성숙한 자아의 성취로 보는 것은 무리가 있어 보인다.

스튜어트 홀(Stuart Hall)은 정체성을 "우리가 누구이고 어디 출신인가"와 같은 고정되고 통일된 개념으로 정의하기보다는 파편적이고 유동적인 과정으로 파악한다"(4). 홀에 따르면 정체성은 변화하는 과정 중에 있는 것이며, 하나 이상의 복수적 의미를 갖는 것이다. 다시 말해 정체성은 어떤 인종이나 민족과 같은 집단적인 규정에 의한 고정되고 불변하는 어떤 것이라기보다는 내면적이고 개인적인 차원에서 변화하고 발전해 나가는 것이다. 정체성은 외적인 재현이 아니라 심리적으로 구성되어지는 것이다. 그래서『여인무사』와『조이 럭 클럽』의 주인공들이 문화적 · 민족적 뿌리를 확인한 것을 그들이 정체성을 획득한 것으로 판단하는 것은 오류이다.

　환원주의적 비평가들은 어떤 개인이 처하는 정체성의 위기가 단지 개인의 인종적 혹은 민족적 조건을 무시하거나 망각하는 데서 비롯된다고 본다. 이러한 경향은 한 개인을 민족적 근원을 통해서만 인식하려는 미국사회 내부의 백인 중심적 시각, 즉 주류 백인사회가 소수민족을 배타적으로 구분하고 차별화하려는 경향을 반영한 것이다. 이런 태도는 한 개인의 정체성을 구성하는 무수한 요소들은 간과한 채 사회가 개인을 오로지 일정한 틀을 통해서만 인식하려는 결과를 낳는다. 예컨대 백인사회가 미국시민권을 가진 '중국계 미국인'을 오로지 '중국계'라는 틀을 통해서만 규정하듯이, 환원주의적 비평가들도 중국인의 혈통을 가진 한 인물이 중국적 뿌리를 인식해 나가는 과정을 그가 정체성을 찾아가는 과정으로 파악한다. 그러나 그 인물에게 '중국계'라는 조건과 '미국인'이라는 조건은 그의 경험을 구성하는 무수한 신체적 · 정신적 요소들 중에서 단지 두 가지 구성 요소들일 따름이다. 사실상 그 두 조건은 그 개인의 정체성을 규정하는 절대적인 조건이 되지 못한다. 정체성에 대한 의식은 철저히 한 개인의 내적인 탐색의 문제이다. 따라서 외적으로 주어진 그 두 조건이 한 개인의 정체성을 규정하는 본질적 요소가 될 수 없다.

그러면 좀 더 자세히 일부 비평가들이 딸들의 민족적 뿌리에 대한 인식을 정체성의 획득으로 오인하는 모녀간의 관계회복을 『여인 무사』와 『조이 럭 클럽』의 텍스트 내에서 살펴보도록 한다. 킹스턴은 『여인 무사』에서 문화적, 세대 간의 갈등을 해소하기 위한 방안으로 어머니로 하여금 딸에게 지혜로운 중국의 조상, 신화, 그리고 전설 등에 관한 얘기를 하도록 한다. 어머니는 딸이 미국사회에서 당당하게 중국인으로서 살아가기를 바라는 마음에서 할머니에 대한 이야기, 여인 무사인 "화무란"(Fa Mu Lan)의 일대기, 그리고 시인 채연의 이야기를 한다.

화자의 할머니에 관한 이야기는 중국 조상들의 삶의 지혜를 단적으로 드러내준다. 화자의 할머니는 중국 오페라를 아주 좋아했다. 도적들이 집에 쳐들어올 위험을 무릅쓰고 할머니는 모든 가족이 오페라에 가야 한다고 주장한다. 아무도 없는 집의 대문을 마치 사람이 있는 것처럼 열어 놓고 가는 할머니의 지혜로 그들은 도적의 침입과 피해를 당하지 않는다. 이 일이 있은 후부터 그들은 걱정 없이 오페라에 자주 다녔다는 이야기를 어머니는 딸에게 전한다. 어머니가 이 이야기를 딸에게 하는 이유는 중국의 조상이 지혜로웠다는 민족적 자긍심을 딸이 갖기를 희망했기 때문이다.

킹스턴은 수동적이고 모든 것을 인내하는 희생자인 "이름 없는 여인"의 이야기와는 대조적으로 여인 무사, "화무란"(Fa Mu Lan)의 일대기를 서술함으로써 강인한 여성의 이미지를 창조한다(Shu 201-02). 여인 무사는 남장을 하고 나이든 아버지를 대신하여 전쟁에 나가 싸운다. 그녀는 마을 사람들을 억압해온 독재자에게 복수하고, 그 독재자의 포로였던 사람들을 해방시킨다. 그녀는 마을의 질서를 회복한 뒤 가정으로 돌아와 한 남자의 아내로서 그리고 한 집안의 며느리로서의 의무를 다한다. 어머니는 모든 고난을 이겨내고 여성의 신체적 한계를 극복하여 당당한 삶을 영위한 여인 무사의 전설을 딸에게 얘기함으로써 딸이 여인 무사처럼 살기를 원한다. 킹스턴이 그리고 있는 화무란은 전통적인 유교적 윤리가 들어있는 민간설화 중의 하나이며, 중국의 영웅·애국주의의 초상(icon)이다. 화무란은 중국문화의 본질적 가치를 나타낸다. 킹스턴은 화무란을 영어로 번역함으로써 중국의 역사를 해체하며, 화무란의 일생을 통해 중국여성의 여성성에 대한 한계와 잠재적 가능성을 탐색한다(Lan 230). 화무란에 대한 얘기를 들은 딸은 "나도 자라서 여인 무사가 되어야만 한다"(20)라고 생각하는데, 이는 "어머니의 얘기가 딸에게 정신적으로 얼마나 영향을 미치고 있는가를 단적으로 보여주는 예가 된다"(Challener 89).

『여인 무사』에서 화자의 어머니는 A. D. 175년의 시인 채연의 이야기를 한다. 채연은 스무 살이 되던 해 야만인에게 포로로 잡혀가 12년간의 귀양살이를 하고 야만인 추장의 두 아이를 낳는다. 밤마다 사막에서 피리를 불며 음악을 연주하는 야만인들은 어느 날 채연의 막사에서 중국에 있는 그녀 가족을 그리워하는 노래가 흘러나오는 것을 듣는다. 비록 그들은 채연의 노래를 이해하지 못하지만 그녀의 목소리에 담긴 애수와 분노를 느낀다. 수년이 지난 후 채연은 포로상태에서 구출되어 중국으로 돌아오지만, 그녀는 포로로 있을 당시 불렀던 노래를 여전히 불렀으며, 이 노래는 중국인에게 "야만인의 갈대피리를 위한 열여덟 줄의 시"라는 노래로 전해 내려온다. 채연이 겪는 포로로서의 삶과 야만인의 땅에서 낳은 아이들과의 의사소통의 어려움은 미국에서 육체적 노동을 해야만 되는 어머니와 어머니의 고통을 모르는 딸과의 힘든 관계에 비교될 수 있다. 채연이 야만인과 자신의 자식들과 화해 한다는 것은 곧 어머니와 화자의 화해를 의미한다. 또한 이것은 곧 중국의 문화를 대표하는 어머니와 미국의 문화를 대변하는 딸과의 화해이므로, 킹스턴이 민족적·문화적 경계를 초월하여 문화 간의 상호이해의 가능성을 지적한 것이다(정은숙 149).

『여인 무사』에서 화자의 어머니는 채연처럼 미국에 이민 와서 고향인 중국을 그리워하며, 아이들에게 들려주는 중국 설화를 통해 중국에 대한 그리움을 달랜다. 하지만 미국에서 태어난 그녀의 자식들은 중국문화에 별로 관심을 갖지 않으며, 채연의 자식들처럼 어머니의 언어를 이해하지 못한다. 물론 작가인 킹스턴은 상이한 두 문화, 즉 중국의 문화와 미국문화의 융합 가능성을 어머니와 딸의 관계회복을 통해 타진하지만, 그것의 성과는 여전히 의문의 상태로 남는다. 과연 서로 이질적인 중국의 문화와 미국의 문화가 공존할 수 있을 것인가와 이민 2세대인 딸들 세대가 미국인으로서의 갈등을 겪지 않고 인종적 차별 없이 당당한 미국시민으로 살아갈 것이라는 문제는 여전히 미결정의 상태로 남게 된다.

킹스턴과 마찬가지로 탠도 역시 자신의 작품을 통해 모녀간의 관계의 회복을 꾀한다. 먼저 잉잉 클레어(Ying-ying St. Clair)와 레나 클레어(Lena St. Clair)의 경우를 살펴보자. 잉잉은 다른 어머니들과는 달리 중국에서도 비교적 부유한 환경에서 생활했다. 또 그녀가 미국에 오게 된 경위도 중국 내의 절망적인 상황을 피해 이민 온 것이 아니라 합법적인 결혼 절차를 통해서이다. 또한 그녀의 내러티브는 자신에게 향하는 내적 독백의 형식을 띠고 있으며, 텍스트 내에서 자신의 여성적 자아를 재발견해 가는 과정을 보여 주고 있는 유일한 인물이다(이소희 120). 그녀는 남편과의 갈등으로 고심하고 있는 딸 레나에게 자신의 결혼생활을 이야기해준다. 이 과정에서 자신이 호랑이해에 태어난 호랑이띠 여자임을 상기하고 자신과 마찬가지로 호랑이해에 태어난 딸에게도 "호랑이 정신"(tiger spirit)을 전해주고자 한다. 동양의 문화에서 호랑이는 사납고 공격적인 동물이기 때문에 신성하게 여겨지기까지 한다. 또한 여성이 호랑이 기질을 타고 났다는 사실은 가부장적 사회에서는 부정으로 받아들여진다. 하지만 잉잉은 자신의 딸이 고통을 이겨내고 강인한 삶을 살았던 『여인 무사』의 여인 무사처럼, 그리고 맹수인 호랑이처럼 살기를 희망한다. 해밀턴(Hamilton)은 "탠이 문화적으로 결정된 믿음이 개인의 정체성을 형성할 수 있다는 강력한 상징으로 중국의 12궁 중의 하나인 호랑이를 사용하고 있다"(130)고 평하는데 설득력이 있어 보인다. 잉잉은 자신이 이제까지 기(chi; 氣)를 기꺼이 포기한 채 혼백으로만 존재해 왔다고 인정하면서도 딸에게만은 자신의 기를 다시 살려 전해주고자 한다.

이제 나는 내 딸에게 모든 것을 말해주어야만 한다. 그 애가 유령의 딸에 불과했다는 것을. 그 애에겐 기(氣)가 없다는 것을. 이것이 나의 가장 큰 수치다. 그러니 어떻게 내가 그 애에게 내 기를 남겨 주지 않고 이 세상을 뜰 수 있겠는가?

그래서 나는 이렇게 하려고 한다. 나는 나의 과거를 한데 끌어 모아 잘 보려고 한다. 이미 일어난 일들을 나는 볼 것이다. 나의 기질을 끊어 버린 고통은 느슨해졌다. 나는 이 고통이 단단해지고 빛나고 더 투명하게 될 때까지 내 손에 잡고 있겠다. 그러면 나의 맹렬함, 나의 황금색 쪽과 나의 검은 쪽이 되돌아 올 것이다. 나는 이 날카로운 고통이 내 딸의 두꺼운 피부를 뚫게 해서 이 애의 호랑이 기질이 풀어지도록 해야겠다. 그 애는 내게 덤벼들 것이다. 이건 두 마리 호랑이의 천성이니까. 그러나 나는 이길 것이고, 그 애에게 내 기질을 줄 수 있을 것이다. 이것이 어머니가 딸을 사랑하는 방법이겠지. (286)

Now I must tell my daughter everything. That she is the daughter of a ghost. She has no chi. This is my greatest shame. How can I leave this world without leaving her my spirit?

So this is what I will do. I will gather together my past and look. I will see a thing that has already happened. The pain that cut my spirit loose.

I will hold that pain in my hand until it becomes hard and shiny, more clear. And then my fierceness can come back, my golden side, my black side. I will use this sharp pain to penetrate my daughter's tough skin and cut her tiger spirit loose. She will fight me, because this is the nature of two tigers. But I will win and give her my spirit, because this is the way a mother loves her daughter.

잉잉이 "물 건너 해안에서 지켜보듯이 하면서 딸을 키웠다"(236)라고 말하는 것처럼, 이제까지 이들 모녀관계 역시 다른 모녀관계들처럼 단절되어 있었다. 하지만 이들 모녀는 자신들 내부에 있는 호랑이 기질을 서로 주고받으면서 여성적인 힘을 강화시키고자 한다.

　『조이 럭 클럽』에서 마작(mah jong) 테이블이 클럽에 모인 사람들의 과거와 현재의 연결 고리 역할을 하듯이, 어머니 자리에 앉은 징 메이는 나이와 문화적 차이로 분리되어 있지만, 가족의 유대와 전통으로 묶여진 미국에서 살고 있는 중국인들의 두 세대를 연결시켜 주는 역할을 한다. 징 메이는 이 작품의 첫 번째 이야기와 마지막 이야기의 서술을 담당하는데, 이 두 이야기는 중국에서 가족의 재결합으로 끝난다. 이는 징 메이뿐만 아니라 은유적으로 이 작품에 등장하는 모든 딸들에게 있어 성숙을 위한 여행, 민족적 각성, 그리고 귀향을 상징한다(Ben XU 14). 다시 말해 징 메이와 중국에서 생존했던 쌍둥이 언니의 결합은 하나의 계시적 역할을 담당한다.

　　우리의 기차가 홍콩의 경계선을 지나 중국의 센젠으로 들어서자마자 나의 느낌이 이상해졌다. 나는 나의 이마의 피부가 따끔거리는 것을 느낄 수 있었고, 나의 피가 새로운 방향으로 흐르는 것을 느낄 수 있었다. 나의 어머니의 말씀이 옳았다. 나는 중국인이 되어가고 있다. (306)

The minute our train leaves the Hong Kong border and enters Shenzhen, China, I feel different. I can feel the skin on my forehead tingling, my blood rushing through a new course, my bones aching with a familiar old pain. And I think, My mother was right. I am becoming Chinese.

징 메이의 흥분은 그녀가 중국인이기 때문에 겪을 수밖에 없었던 모든 경험들을 뛰어넘는 것이다. 그녀는 어머니가 중국에서 태어난 사람은 중국인처럼 느끼고 생각하지 않을 수 없다고 말했을 때, 왜 그녀가 어머니를 이해하지 못했는가를 깨닫게 된다.

> 그녀[징 메이]의 어머니가 이것을 말했을 때 갑자기 DNA의 돌연변이가 발생하여 늑대인간으로 내 자신이 변화되는 것을 볼 수 있었다. 그것은 남몰래 하나의 증후군, 즉 비밀스러운 중국인의 행동들을 만들어 냈다. 가게 주인과 끊임없이 싸우고 공공장소에서 이쑤시개로 이빨을 쑤시고, 색맹처럼 레몬의 노랑색과 옅은 분홍색의 겨울옷을 입는 것들로 해서 어머니는 나를 당황스럽게 했다.
> 하지만 오늘 나는 내가 중국인이 된다는 것이 무엇을 의미하는가를 전혀 몰랐다는 것을 깨달았다. 나는 이제 36세이다. 나의 어머니는 돌아가셨고, 현재 나는 고국을 다시 찾는다는 어머니의 꿈을 간직하고 기차를 타고 있다. 나는 지금 중국을 방문하고 있는 것이다. (306-7)

When she said this, I saw myself transforming like a werewolf, a mutant tag of DNA suddenly triggered, replicating itself insidiously into a syndrome, a cluster of telltale Chinese behaviors, all those things my mother did to embarrass me—haggling with store owners, pecking her mouth with a toothpick in public, being color-blind to the fact that lemon yellow and pale pink are not good combinations for winter clothes.

But today I realize I've never really known what it means to be Chinese. I am thirty-six years old. My mother is dead and I am on a train, carrying with me her dreams of coming home. I am going to China.

『조이 럭 클럽』의 각각의 딸들은 비록 본질에 있어 미묘한 차이가 있고 강도가 다를지라도, 징 메이가 경험한 것과 같은 계시의 순간을 갖고 있다. 딸들이 어머니의 생존의지, 그리고 인내의 삶의 가치와 이유를 깨닫고, 어머니들이 들려준 얘기를 단지 죽은 과거의 행동과 사건의 메아리가 아니라 풍부하고 다양한 의미를 지닌 것으로 듣기 시작한 것은 딸들이 인생의 고통을 겪고 난 다음에 종종 발생한다. 딸들은 한때 자신들의 어머니와 동일시되는 것을 거부했지만, 고난의 삶을 경험하고 나서야 비로소 과거 세대에 대한 인정과 소박한 지혜를 수용하는 입장을 취한다.

사실 비평가들은 『조이 럭 클럽』의 이 장면을 보고 딸들이 미국에서의 정체성을 회복했다고 평가한다. 하지만 어머니의 고국으로의 귀향은 자신의 민족적 뿌리를 인식한 것뿐이지, 개인의 의식과 주변 환경의 유기적 결합 이상이자 복합적인 속성을 지니는 정체성의 획득은 아니다. 미국의 생활 방식에 젖어 있는 징 메이가 언어도 통하지 않는 쌍둥이 자매를 만나 또 다른 갈등을 빚지 않으리라는 보장이 없다. 징 메이의 중국 방문은 앞으로의 삶에 있어 갈등이 배제된 총체적인 정체성의 획득이라기보다는 일시적인 방문에 지나지 않는 것이다. 이런 방문은 말 그대로 "고향 방문"이며, "이방인으로서의 고향 방문"이라는 새로운 고통스러운 인식이 될 위험성이 존재한다(Ben Xu 16).

『여인 무사』와 『조이 럭 클럽』에서 딸들은 어머니들과는 달리 자신들의 선택에 의해 미국인이 된 것이 아니다. 중국의 문화에 대한 신념을 가지고 생활하는 어머니와는 달리 딸들은 중국의 문화를 직접 체험하지 못했기 때문에, 어머니에 의한 중국문화의 강요는 딸들에게 혼란을 야기한다. 딸들은 중국의 문화를 단지 피상적으로만 알고 있을 뿐, 중국문화가 자신들의 정체성을 확립하는 토대가 되지 못한다. 심지어 딸들은 어머니의 과거 경험과는 분리되어 있는 미국인이라는 점을 강조함으로써 자신의 정체성을 확립하고자 한다. 딸들은 중국성(Chineseness)이 자신들이 잘 알지 못하는 중국문화와의 관계에서 의미를 갖기보다는 백인들과의 관계에서보다 의미를 갖는 중국계 미국인(Chinese-Americans)인 것이다.

지금까지 살펴본 것처럼, 미국 이민 2세대인 중국인 딸들은 자신들의 정체성을 획득해 가는 과정에서 부모가 요구하고 중국 사회가 당연시하는 자민족 의식과 자신들이 학교와 사회에 적응하는 데 필요한 영어와 미국문화 사이에 심각한 불일치를 경험한다. 킹스턴의 『여인 무사』와 탠의 『조이 럭 클럽』에서 주인공들이 정체성의 형성 과정에서 겪는 심리적 모순 상태는 그들이 경험하는 바로 이러한 문화적 체험과 개인의식 사이의 불연속으로부터 비롯된다. 이러한 불연속의 결과 그들의 자아의식은 각각 심리적 모순과 비결정성 그리고 경계상태를 드러낸다. 『여인 무사』와 『조이 럭 클럽』에서 주인공들이 겪는 정체성 위기는 그들이 타고난 신체적 차별성 때문에, 그리고 그들이 처한 문화적 이중성 때문에 인식주체로서보다는 인식 대상으로 분류된다. 이 작품들의 주인공들은 정체성 문제에 직면하여 동화와 차별화의 상반된 욕구 사이에서 대혼란을 겪는다.

비평가들은 흔히 중국계 미국인들의 정체성을 다룬 소설을 해석하는 데 있어, 주인공들이 민족적 뿌리에 대한 자기 인식에 이르게 되는지의 여부에 초점을 맞추어 왔다. 다시 말해 정체성과 관련하여 중국계 미국인들이 갖는 모든 문제의 해결 방식은 그들이 무시하거나 망각하고 있다고 여겨지는 민족성이나 모국어를 새롭게 인식하느냐 그렇지 못하느냐의 문제로 국한된다.

그러나 킹스턴과 탠의 소설에서 주인공들이 정체성 문제에 직면하여 당하는 혼란과 고통은 중국의 문화적·민족적 뿌리를 확인하는 것으로 해결되지 않는다. 그들에게 궁극적으로 정체성 문제는 개인적이고 심리적인 주체성의 문제로 나타나며, 따라서 손쉬운 결말이나 해결을 거부한다. 주인공들의 언어적·문화적 경험의 다양한 분화를 과도하게 단순화하여 민족적 유산, 즉 중국의 문화적·언어적 근원을 수용하는 것만을 정체성의 우선적이고도 본질적인 기준으로 삼는 것은 환원주의적 오류라 아니할 수 없다.

중국계 미국작가들에 의해서 탐색되는 개인의 정체성은 사회에 의한 일방적인 규정이나 민족적 근원에 대한 인식을 통해 결정되는 것이 아니라, 한 개인이 체험할 수 있는 무한한 경험적 요소들의 유기적 결합이다. 어떠한 경우든지 간에 한 개인의 정체성은 그가 처한 특수한 환경과 타고난 고유 성격을 통해서 갖게 되는 모든 경험 요소들로부터 생성되는 자신만의 성격, 정서, 사고, 그리고 신념 등 복합적인 요소로 구성되는 자아의식의 문제이다. 그리고 그 정체성은 단순히 다양한 요소들의 집합으로만 이루어지는 것이 아니라, 그 집합 이상의 유기적 작용을 포함하는 '게슈탈트(Gestalt)적인 현상'이다. 어떤 개인의 정체성의 위기가 문제시될 때 부각되는 언어적·문화적·인종적 차이는 그 개인의 경험 내용 자체가 본질적으로 변했다기보다는 그가 처해 있는 상황과 배경이 달라질 때 발생하는 심리적 반응의 변화를 나타낸다. 따라서 정체성 자체에 변화가 일어난 것이 아니라 그 변화를 지각하는 인식이 달라졌을 뿐이다.

■ 이 글은 「동화와 차별화의 욕구 사이의 비결정성 -『여인 무사』와 『조이 럭 클럽』」, 『영어영문학』, 52권 2호(2006): 245-271쪽에서 수정·보완함.

2. 일본계 미국인들의 분열된 자아정체성:
소네의 『니세이 딸』과 오카다의 『노노 보이』

1) 일본계 미국인의 생존전략

2차 세계대전 발발 이후, "부모세대가 가진 일본적인 가치와 주변 친구들로부터 체득한 미국적 이념에 동시에 영향을 받으면서도 자신들은 [미국에서 태어난 엄연한 미국인이라고 생각하고 있던 일본계 미국인 2세인 니세이(Nisei)들"(Yogi, "Japanese" 126)은 수용소에 갇히는 경험을 통해 정체성의 분열을 겪게 된다.[1] 일본계 미국인들에 대한 강제 격리수용은 나치에 의한 유대인 인종차별적 격리수용과 탄압을 상기시키는 것이며, "미국정부가 민주주의를 지키기 위한 전쟁이라는 미명 하에 가장 중요한 민주주의의 근본적 가치를 위반했던 오욕을 남긴 역사적 사건이었다"(Daniels 107). 일본계 미국작가 모니카 소네(Monica Sone, 1919-2011)의 『니세이 딸』(*Nisei Daughter*, 1953)과 존 오카다(John Okada, 1923-1971)의 『노노 보이』(*No-No Boy*, 1976)는 이 수용

---

[1] 이세이(Issei), 즉 일본계 이민 1세대들을 지칭하는 말로, 이들은 1885년부터 1924년까지 하와이나 미국 본토로 이주한 사람들이다. 니세이(Nisei)들은 이민 2세대들을 가리키며, 이들은 대개 1910년부터 1940년 사이에 미국에서 태어난 사람들이다. 일본계 이민 1세대들은 미국시민권을 얻기 힘들었고, 극심한 가난 속에 생계를 이어가야 했으며 미국 주류사회로부터 고립된 삶을 살아야 했다. 반면에 이민 2세대들은 미국에서 태어났기 때문에 미국시민권자였으며, 일본의 관습과 문화보다는 미국생활과 미국적 이념에 훨씬 익숙해져 있는 사람들이다. 어떻게 보면 이민 2세대들은 사실 그들 부모의 조국인 일본과는 거의 무관한 존재들이며, 스스로를 일본인이라기보다는 미국인으로 생각했다. 따라서 이들은 미국정부에 의한 일방적인 일본인 수용에 민감하게 반응할 수밖에 없었다. 스텐 요기(Stan Yogi)의 지적처럼, 니세이들에게 "수용소 경험은 그들로 하여금 인종의 문제와 국가의 개념을 심각하게 회의하도록 만들었다"("Japanese" 126). 따라서 『니세이 딸』과 『노노 보이』는 수용소 격리라는 비인간적 대우를 받았던 니세이들의 분열된 자아를 다룬 작품이다.

소 경험을 재현한 대표적 문학 텍스트이다. 이 두 작품은 어떤 한 인물의 출생 근원이 되는 민족 혹은 인종적 조건을 정체성의 우선적이고도 본질적인 기준으로 삼음으로써 개인에게 가해지는 인권유린을 고발한다. 따라서 본 연구는 개인의 정체성이 인종이나 민족적 근원과 같은 집단적 특성, 혹은 존재론적 조건에 의해서만 결정되는 문제라기보다는 개인적·심리적인 차원의 문제일 수 있으며, 동시에 시간의 흐름 속에 새롭게 생성된 개인의 무수한 경험의 총합으로 구성될 수 있음을 밝히고자 한다.

소네의 『니세이 딸』과 오카다의 『노노 보이』는 2차 세계대전 이후라는 공통의 시대 배경을 가지며, 인종주의의 그늘 아래 정체성의 혼란과 갈등을 겪는 주인공들의 심리적 상황과 그들의 개인의식의 발전 과정을 그린다. 『니세이 딸』은 가즈코 모니카 소네(Kazuko Monica Sone)의 자서전으로, 이 작품은 가즈코 가족이 호텔을 경영했던 시애틀 일본계 공동체에서의 유아기부터 미니도카(Minidoka)의 구금, 그리고 웬델대학(Wendell College)에 진학함으로써 미국에 정착하기까지의 삶을 다룬다. 이 작품은 이민 일본 2세대들이 미국에서의 취업이나 거주에서 맞닥뜨렸던 일본인들에 대한 차별과 편견을 기록하면서, "주인공 가즈코가 내적 갈등, 그리고 가족 간의 충돌과 인종적 갈등을 겪으며 자신의 정체성을 찾아가는 과정을 그린다"(Lim 291). 『노노 보이』는 2차 세계대전 말기에 시애틀을 배경으로, 25세 이민 2세대인 이치로 야마다(Ichiro Yamada)가 미국정부의 미국에 대한 충성을 묻는 질문, 즉 미국 군대에 복무를 할 것인가와 미국에 무조건 충성할 것인가에 대해 이중부정을 함으로써 겪게 되는 심리적 분열과 혼란을 다룬다. 일본계 미국인 2세대들은 다른 소수인종 미국인들과 마찬가지로 일본의 문화와 전통, 그리고 미국사회에 대한 동화 욕구 사이에 방황하며 정체성 분열을 경험한다.

일본계 미국문학으로서의 소네의 『니세이 딸』과 오카다의 『노노 보이』

에 대한 국내 연구는 비록 이루어졌다고는 하나, 한국계·중국계 미국문학에 비해 아직 부족한 편이다. 또한 일본계 미국 이민 2세대들의 삶의 양상을 묘사하는 작가의 시선이 '이중 목소리 담론'(double-voiced discourse)임을 부각시키지 못하고 있으며, 궁극적으로 개인의 정체성은 어떻게 확립되는가라는 근본적 질문을 파고들지 못하고 있다는 인상을 지울 수 없다. 다시 말해『니세이 딸』의 종결 부분에 묘사된 가즈코의 장밋빛 정체성에는 화자를 짓누르는 인종적, 집단적 편견에 대한 강한 거부가 숨겨져 있고, 『노노 보이』의 경우에는 이치로의 절망적 상황만이 제시되는 것은 아니라 희망적 삶에 대한 비전도 함께 제시된다. 따라서 이 두 작품의 외형적 서술보다는 그 배후를 이루고 있는 저자의 숨은 의도에 주목할 필요가 있다. 또한 가즈코처럼 동화주의적 입장을 선택하든, 이치로처럼 저항과 거부의 삶을 선택하든, 일본계 미국 이민 2세대들이 가장 중요하게 생각하는 것은 일본 문화로의 복귀나 무조건적인 미국사회로의 동화가 아니라 미국에서의 주체적·능동적 삶을 위한 한 인간으로서의 정체성 확립문제라는 점을 인식할 필요가 있다.

일부 비평가들은 일본계 미국문학작품 속에서의 이민 2세대들의 정체성 문제를 다룰 때, 일본인의 혈통을 가진 주인공이 일본인으로서의 뿌리를 인식해나가는 과정을 그가 정체성을 찾아가는 과정으로 파악한다. 하지만『니세이 딸』과『노노 보이』의 주인공, 가즈코와 이치로의 정체성 확립은 자국문화로의 복귀와 환원, 또는 조건 없는 미국사회로의 동화라는 단순한 결론으로 이루어지지 않는다. 그 이유는 정체성이 사회적 기준이나 민족의 근원에 대한 인식을 통해서만 결정되는 것이 아니라, 개인적 체험의 유기적 총합이기 때문이다. 일본인 강제수용과 같은 국가권력에 의한 인종적 분류나 이치로의 어머니와 같은 강요된 환원주의, 즉 자국문화로의 복귀에 의해서만 정체성의 문제가 해결되는 것은 아니다. 개인의 정체성의 문제는 사회적 차원에서, 또는 집단적인 특성에 따른 분류로만 인식될 수 없는 문제이다. 민족적·국가적 정체성을 개인에게 국가나 사회의 힘으로 강요하거나 양자택일을 요구하는 것은 인종차별과 인권유린으로 이어질 수 있다.

스튜어트 홀(Stuart Hall)은 정체성을 단순히 "우리가 누구이고, 어디 출신인가?"에 답하는 것 같은 '고정된 존재(being)' 규정을 거부하고, '되어가는 (becoming)', 즉 변화하고 발전하는 과정으로 설명한다(4). 도널드 괼니트 (Donald C. Goellnicht)도 개인의 정체성은 어떤 고정불변의 틀을 갖지 않으며 새로운 경험에 의해 변화할 수 있고, 사회적으로 학습할 수 있는, 복잡하고 진행 중인 과정으로 파악한다(340). 홀과 괼니트의 이러한 주장은 개인의 정체성이 인종이나 소속 집단 또는 외부적 강요에 의해 결정되는 고정불변의 통일체라기보다는 개인에 따라 다양하게 형성될 수 있는 과정적 국면임을 역설한 것이다. 어떻게 보면 정체성에 대한 의식은 철저히 한 개인의 내적인 형성의 문제이다. 따라서 외적으로 주어진 일본계, 혹은 미국인이라는 두 조건이 한 개인의 정체성을 규정하는 본질적 요소가 될 수 없는 것은 당연하다.

한 개인의 자아정체성이 인종이나 집단에 근거한 분류만이 아닌, 그 개인이 체험한 혹은 체험할 수 있는 무한한 경험적 요소들의 유기적 결합에 의해 생성되고 구성된다고 할 때, 폴 리쾨르(Paul Ricoeur)의 '서사적 정체성' (narrative identity) 개념은 시사하는 바가 크다. 따라서 본 연구는 일차적으로 리쾨르의 '서사적 정체성' 개념을 살펴볼 것이다. 이어서 본 연구는 2차 세계대전 발발 이후, 일본계 미국인들에 대한 강제 격리수용의 역사를 문학적으로 재현해낸 소네의 『니세이 딸』과 오카다의 『노노 보이』를 중심으로 이민 1세대와 2세대의 의식구조가 다르다는 사실을 전제로 그들의 인종적·문화적 갈등과 정체성 분열, 그리고 정체성 추구 양상을 추적할 것이다. 또한 본 연구는 소네와 오카다가 2차 세계대전 기간 중 일본인에 대한 격리수용이라는 미국정부의 인종차별정책에 대해 비판적인 입장을 취하다가, 작품의 끝 부분에 가서는 다소 유보적인 입장을 취하는 데, 이는 저자의 의도가 숨어 있는 '이중 목소리 담론'(double-voiced discourse)이자 일본계 미국인의 생존전 략임을 밝힐 것이다.

2) 호명된 인종적, 집단적 정체성

리쾨르는 '서사적 정체성'을 논하면서 '동일성으로의 정체성'(idem; identity as sameness)과 '자기성으로서의 정체성'(ipse; identity as selfhood)을 구별한다. 전자가 시간을 전제하지 않은 고정적 정체성을 뜻한다면, 후자는 시간 속에 서 자기 불변성(self-constancy)을 지니며 타자와의 관계 속에서 확인할 수 있 는 역동적 정체성을 의미한다. '동일성으로의 정체성'은 인종이나 민족과 같 은 존재론적인 조건을 의미하며, 개인의 의지나 선택에 의해 좌우될 수 없는 정체성이다. '자기성으로서의 정체성'은 개인의 의지와 선택이 매개되는 정 체성이기에, 어떤 한 개인이 무수한 경험을 통해 스스로를 확립하고 구축해 나가는 정체성이다. 리쾨르의 독창적 사유는 '자기성으로서의 정체성'을 통 해 구현된다. 이렇게 리쾨르는 정체성의 본질을 양분하여 규명하면서 존재 와 시간, 그리고 자아와 타자의 역학적인 상호관계를 통해 '서사적 정체성'의 본질을 찾고자 한 것이다.

리쾨르에게 있어 자아는 고정되어 있거나 확정적인 것이 아니라 시간과 공간, 환경, 그리고 역사 속에서 끊임없이 변화되고 생성되어 흐르는 유기체 로 존재한다. 따라서 자아정체성을 확립하고자 하는 주체의 행위는 시간과 공간, 환경, 그리고 역사 속에서 타자와의 직·간접적인 상호 관계나 작용을 통해 형성될 수밖에 없다. 리쾨르는 이야기를 구성하는 것이 자아에 대한 인식을 확인하는 것이라고 말한다. 이야기로 재구성되어 서술되는 이야기,

즉 리텔링(retelling)은 타자와의 관계 속에서 자신을 새롭게 해석하면서 자신의 지속적인 성격을 구축하게 된다. 타자와 관계된 사건을 현재 관점에서 재해석하면서 서사적 정체성이 확인된다. 이야기를 재구성하는 플롯의 역할에 의해 한 인물의 불변적인 성격이 구축됨과 동시에 부조화를 이루던 타자와의 관계가 조화를 이루는 관계로 변화된다("Narrative Identity" 189-91).

　　리쾨르에 따르면, 서사적 정체성 개념은 개인은 물론 공동체(community)에도 적용 가능하다. 개인에 대해 '자기성으로서의 정체성'을 말할 수 있듯이, 어떤 공동체에 대해서도 자기성(selfhood) 또는 자기 불변성을 규정할 수 있다. 개인과 공동체는 자신들의 실제 역사가 되는 '서사'를 받아들임으로써 정체성을 구성할 수 있다는 것이다. 리쾨르는 개인 차원의 '자기성으로서의 정체성'의 예를 정신분석학에서 찾는다. 정신분석을 받는 사람은 단편적이고 상호 연결고리가 없는 파편적인 이야기를 전개한다. 분석가는 서술된 이야기에 일련의 수정을 가하여 일괄성과 수용성을 파악하여, 어떻게 한 개인의 삶의 역사가 구성되는지, 그리고 피분석가의 자기성 또는 불변성을 인지한다. 또한 리쾨르는 공동체의 자기성 또는 불변성의 예를 구약성서에 기록된 유대민족의 역사에서 찾는다. 구약성서에서 족장들의 이야기, 이집트를 탈출해서 가나안에 정착하는 이야기, 그리고 다윗 왕조 시대의 이야기, 그리고 유배와 귀환의 이야기 등은 이스라엘 민족의 특성을 반영한다. 성서에 기록된 이야기들은 이스라엘의 고유 역사에 초석이 되는 사건들에 대한 증언으로 간주될 수 있기 때문에, 유대민족이라는 역사적 공동체의 기록이 된다. 유대민족 공동체는 자신들이 생산해낸 텍스트를 수용함으로써 자신들의 정체성을 이끌어낸 것이다(Ricoeur, *Time and Narrative* 247-8). 요컨대 리쾨르에 따르면 서사적 정체성은 외부에 의한 분류나 규정의 개념, 즉 고정된 것이 아니라, 개인 또는 공동체가 자신들에 대해 이야기하는 스토리를 통해 시간과 공간, 환경, 그리고 역사 속에서 자기 스스로를 인식하고 정립하는 것이다.

리쾨르의 '서사적 정체성,' 특히 '자기성으로서의 정체성' 개념을 차용하면, 개인의 정체성은 일정한 틀에 의해 파악될 수 있는 고정된 형태를 갖춘 어떤 것이 아니라, 우리가 자신에 대해 이야기함으로써 스스로 구축해 가는 어떤 것이다. 따라서 정체성은 무정형이며 역동적인 것이 된다. 다시 말해 정체성은 인종과 민족과 같은 존재론적 조건만이 아니라, 개인의 의식과 주변의 환경 또는 타자와의 관계 속에서, 그리고 역사 속에서 무수한 경험을 토대로 형성되고 구성된다는 것이다. 소네의 『니세이 딸』과 오카다의 『노노보이』는 리쾨르의 시간을 전제하지 않은 고정적 정체성인 '동일성으로의 정체성'을 개인에게 강요함으로써 파생되는 인권유린 상황을 고발한 텍스트이다. 달리 표현하면 이 두 작품은 한 인물의 출생 근원이 되는 민족 혹은 인종적 조건만을 개인에게 호명[2]하여 차별하고 배제함으로써 윤리 부재 상황을 묘사하고 있는 텍스트이다.

1942년 2월 19일 일본군에 의한 진주만 폭격 이후 루즈벨트 대통령의 포고령 9066에 의해 약 12만 명의 일본계 미국인들은 강제 격리수용소에 감금 조치되어야 했다.[3] 이 포고령은 워싱턴(Washington), 오리건(Oregon)과 캘리포

---

2) 1.5세대 한국계 미국 학자인 장태한은 "백인들은 . . . 자신들이 백인이라는 인종 의식을 갖지 않는다. . . .백인들은 한 개인으로서의 정체성을 유지할 수 있으나 유색인종들에게는 인종적 정체성만이 부여된다. . . . 소수민족에게는 개인이 될 기회가 주어지지 않으며 인종 또는 민족적 정체성만이 강요된다"(31-32)고 분석한다. 장태한은 유색인종들이 미국사회에서 고유한 개성과 인격을 갖는 한 인간으로서가 아니라 집단으로 분류되고 있는 현실을 인지함으로써 인종 문제가 미국사회에 상존함을 지적한 것이다.

3) 강제 격리수용 명령의 모순성은 '강제 격리수용 대상에 대한 규정'에서 발견된다. 격리 대상으로 "외국인이든 비외국인이든 일본계 조상을 가진자들"이라고 규정되어 있었지만 "일본계 조상"(Japanese ancestry)의 범위는 모호했다. 특히 문제가 된 것은 백인과 일본인 사이에 맺어진 부부와 그에 따른 가족이었다. 미정부는 백인남편과 일본계 부인으로 구성된 가족, 또는 백인여성과 이미 죽었거나 이혼한 일본계 남편과의 사이에서 태어난 자식으로 구성된 가족은 제외시

니아(California), 그리고 아리조나(Arizona) 주 남단에 살고 있는 일본계 미국인 12만 명을 효과적으로 감시하기 위해 캠프에 집단수용한다는 것을 골자로 하는 것이었다(Chang 386). 다시 말해 미국정부는 전쟁 상황이고 적국의 국민인 일본인들이 미국을 위태롭게 하는 첩보행위를 할 수 있다는 가능성 때문에 일본인에 대한 강제 격리수용의 당위성을 역설한다. 하지만 그 바탕에 놓인 실제적인 이유는 일본인에 대한 혐오의 감정에서 비롯된 인종차별이었다.[4] 약 12만 명에 달하는 일본계 미국인들은 학교, 직장, 집으로부터 떠나야 했고, 이는 미국역사상 가장 큰 규모의 추방이었다. 일본계 미국인에 대한 강제수용은 미국역사에 있어 이민자들에게 행해진 탄압 중 가장 강도 높은 것이었다. 2차 세계대전 이후 일본계 미국인에 의해 쓰인 문학작품들 역시 이 수용소 경험으로부터 자유로울 수 없었다. 소네의 『니세이 딸』과 오카다의 『노노 보이』는 이 수용소 경험을 소재로 한, 일본계 미국문학의 대표적 텍스트이다.

『니세이 딸』의 주인공이자 서술자인 가즈코 모니카 소네(처녀 때 성은 Itoi)는 자신의 삶에 대해 리텔링(retelling) 함으로써 자신의 정체성을 확립하고자 한다. 『니세이 딸』는 일본계 미국인 가즈코가 1930년대 시애틀을 배경으로 자신의 어린 시절, 사춘기, 처녀 시절을 서술하고 있는 자서전이다. 가

컸다. 다시 말해 백인 피가 섞인 가정은 격리수용 대상에서 제외된 셈이다(이창신 108). 따라서 일본인에 대한 강제 격리수용은 전쟁 상황에서의 정치적 목적에 의한 필수불가결한 조치가 아니라, 본질적으로 인종차별과 혐오에서 파생된 것이었다.

4) 박진임은 「인종과 자본의 시각에서 일본계 미국문학 읽기 ―존 오카다의 『노노보이』와 모니카 소네의 『니세이 딸들』을 중심으로」라는 논문에서 미국정부가 일본계 미국인들을 강제수용한 직접적인 이유가 인종 증오뿐만 아니라 기득권층인 백인 미국인들의 경제적 이익과 자본의 독점욕 때문이었다는 점을 지적한다(621). 인종차별의 밑바탕에 자본의 문제가 깔려있다는 박진임의 지적은 흥미롭다. 하지만 본 연구는 미국과 일본의 전쟁 상황이라는 정치적 여건을 고려하여 일본인에 대한 미국인 또는 미국정부의 인종적 혐오와 경멸이라는 감정적 맥락에 더 비중을 두고자 한다.

즈코의 아버지는 1904년 법률을 공부할 목적으로 미국에 이민 온다. 시인이었던 그녀의 어머니는 목사의 딸이었다. 따라서 가즈코 부모의 지적 수준은 일반 이민 1세대들과는 많은 차이가 날 정도로 수준이 높았다. 또한 가즈코와 그녀의 어머니의 모녀간 긴밀한 관계 속에 형성된 일본문화에 대한 깊이는 다른 2세대보다 더 깊었다. 가즈코는 아버지가 경영하던 호텔(Skid Road Hotel)에서 자라며, 보다 직접적으로 백인사회와의 접촉을 갖는다. 『니세이 딸』은 시애틀에서 어린 시절, 그리고 2차 세계대전 동안 가족들이 이리저리 옮겨 다니다 아이다호(Idaho)에 마련되었던 수용소에 수용되었던 경험을 사실적인 묘사를 통해 전해준다. 가즈코가 묘사하고 있는 그녀 가족의 미국에 정착하는 과정은 일본계 미국인들만의 경험과 고뇌가 아닌 소수인종 출신 미국 이민자들의 고통스런 이민과 정착 과정의 역사를 그대로 담고 있다.

　백인 주도의 미국사회에서 아시아인들의 백인들과 다른 피부색과 얼굴 모양은 인종적 편견과 차별의 동인이 된다. 하지만 단순히 신체적·문화적 차이로 인해 정체성의 혼란이 야기되는 것은 아니다. 이는 아시아나 아프리카 등의 유색인종으로 구성된 사회에 거주하는 유럽계 백인들이 신체적·문화적·민족적 정체성에 대해 심각한 혼란을 겪지 않는다는 사실에서 알 수 있다. 소수민족들에게 자아정체성의 분열을 일으키는 것은 신체적·문화적 차이 때문만이 아니라 그 차이에 내재된 문화권력(cultural power)의 우열에 대한 의식 때문이다(나희경 11-2). 문화권력의 우세를 의식하는 백인들은 아시아계 집단을 하부계층으로 인식하고 그들을 타자화하며 배제시킨다. 백인들은 아시아계 집단에 심리적 경계선을 긋고 일정한 거리를 유지하려 한다.

　백인과 아시아계 집단 사이에 보이지 않은 거리감이 존재한다는 사실은 『니세이 딸』에서 가즈코 집안이 바닷가 근처에서 집을 구하려 하지만 동양인이라는 이유로 집을 빌려주지 않는 에피소드에 잘 나타나 있다. 가즈코 집안의 막내 스미코(Sumiko)는 겨울만 되면 천식으로 피를 토할 정도로 건강이 악화된다. 그녀의 가족은 아이의 건강을 위해 공기가 좋은 농장으로 아이를 보내고 자신들은 이사를 계획한다. 하지만 이사 갈 집을 구하는 데 어려움을 겪는다. 가즈코 가족을 포함한 거의 모든 일본계 미국인들은 일본이 아닌 미국이 자신들의 나라이자 삶의 터전이라고 생각하지만, 그들은 미국사회에 인종적 편견이 상존함을 일상생활에서 체득한다. 올슨 부인(Mrs. Olson)의 도움으로 집을 구하지만, 가즈코는 미국의 인종적 편견에 절망감을 느끼는 동시에 분노를 토하게 된다.

우리는 종종 절망감을 느꼈고, 살아가면서 편견의 벽에 우리의 머리를 부딪쳐야 할지 어떨지 의아하게 생각한 적도 있었다.

마음의 사적인 세계에서 우리는 분노했고, 부당함에 울어야 했다. 하지만 결국 우리는 우리의 자부심을 삼켰고, 인내하는 법을 배웠다.

정신적인 고통과 투쟁에도 불구하고, 본능은 우리를 이 땅에 묶어 놓았다. 이곳은 우리가 태어난 곳이다. 이곳에 우리는 살고 싶다. 우리는 자유를 맛보았고 민주주의에 대한 용감한 희망을 배웠다. 우리들이 일본으로 돌아가기에는 늦어도 너무 늦었다.[5]

We had all felt despair and wondered if we must beat our heads against the wall of prejudice all our lives.

In the privacy of our hearts, we had raged, we had cried against the injustices, but in the end, we had swallowed our pride and learned to endure.

Even with all the mental anguish and struggle, an elemental instinct bound us to this soil. Here we were born; here we wanted to live. We had

---

5) Monica Sone, *Nisei Daughther* (Seattle: Washington UP), 1979, 124. 앞으로 이 작품에서의 인용은 *ND*로 약칭하여 괄호 안에 쪽수만 표기함.

tasted of its freedom and learned of its brave hopes for a democracy. It was
too late, much too late for us to turn back.

가즈코는 미국에서 태어났고 자신이 미국인이 아니라는 생각을 해본 적
도 없기 때문에 미국사회의 인종적 편견은 수용하기 힘든 현실이었다. 또한
일본으로 돌아가 산다는 것도 현실성이 없었기 때문에, 그녀가 미국이라는
나라에서 생존을 이어가는 한 미국사회의 인종적 편견은 인내하거나 극복해
야 할 조건일 뿐이었다.

미국에서 생활하고 있는 일본계 미국인들은 미국 백인들뿐만 아니라 자
국의 일본인들에 의해서도 이방인 취급을 받는다. 이 점은 가즈코 가족이
아라비아 마루(Arabia Maru) 호를 타고 일본으로 여행했을 때 극적으로 드러
난다. 가즈코 가족은 대나무로 둘러싸인 일본의 할아버지 집을 방문한다. 가
즈코 가족이 길을 지나갈 때마다 동네 사람들이 모여 들여 "이봐, 틀림없이
그들은 미국에서 왔을 거야. 그들은 참 이상하게 옷을 입었네!"(*ND* 96)라고
하면서 수근 거린다. 또한 가즈코와 그녀의 오빠인 헨리(Henry)가 할아버지
집 마당에서 놀고 있을 때면 동네 아이들이 몰려와 일본을 버린 "미국 놈"
(American-jin)이라고 놀려댄다. 일본 아이들의 놀림에 화가 난 헨리는 그들에
게 달려들었고, 오빠가 당하고 있다고 생각한 가즈코 역시 그 무리 중 덩치가
가장 큰 아이의 팔을 물어 버린다. 가즈코 가족은 주변 일본인들이 자신들을
결코 달갑게 생각하지 않는다는 사실을 직감한다. 그들은 일본에서 3개월 동
안 머물면서 일본의 이국적인 섬들을 둘러보고, 일본의 현대화된 도시에 감
명 받고 역사적으로 아름다운 유적지들을 둘러보았지만, 일본에서도 역시 스
스로 이방인이라는 의식을 버릴 수 없었다.[6] 시애틀로 돌아온 가즈코 가족은
그곳 역시 낯설긴 마찬가지고 다른 인종적 혈통을 가진 사람들로 둘러싸인

곳이지만, 그래도 그곳은 자신들이 삶의 터전을 닦아 온 곳임을 인식한다. 가즈코는 일본뿐만 아니라 미국에서도 항상 다른 사람들의 시선을 의식하지 않을 수 없었지만, 미국이 자아의 중심에 위치하고 있음을 인지한다.

소네의 『니세이 딸』과 마찬가지로, 오카다의 『노노 보이』는 2차 세계대전 기간 중 일본계 미국인들의 수용소에서의 경험과 그 이후의 일본계 미국인들의 삶을 다룬다. 일레인 김(Elaine H. Kim)이 지적하고 있듯이, 『노노 보이』는 "일본계 미국인 공동체와 일본계 미국인 한 개인의 정신세계에 가해진 백인들에 의한 인종차별주의 영향을 탐구한 작품이다"(156). 『노노 보이』의 주인공 이치로는 2년간의 수용소 생활과 미국과 일본의 전쟁에 참여를 거부함으로써 2년간 감옥 생활을 한 후 사회에 복귀하지만, 사회에 적응하지 못한다. 그는 일본인/미국인, 개인/집단, 그리고 미국사회로의 동화/자문화 유지와 같은 양극화된 개념들 사이의 회색지대를 탐험하는 경계인이다(Yogi, "Japanese" 137). 오카다는 이 작품에서 오로지 인종과 민족성에 근거하여 정체성을 규정했을 때 개인과 집단이 어떻게 분열되는가를 보여준다.

일본의 진주만 습격이 이루어진 뒤 미국은 일본계 미국인 남성들을 대상으로 미국에 대한 충성을 묻는 질문서에 답하게 한다. 이 질문서의 마지막 두 조항인 27번과 28번의 질문에 부정적인 대답을 한 이들이 '노노 보이'로 지칭된다. 27번 질문은 "당신은 어디에 배치 받든지 전투 의무를 다하여 미

---

6) 가즈코 가족이 일본인임에도 불구하고 일본 사회에 수용되지 못한다는 사실은 가즈코의 동생 겐지(Kenji)의 죽음에도 암시되어 있다. 처음부터 겐지는 "일본의 지진이 두렵다"(ND 86) 하면서 일본 방문을 꺼려했었다. 하지만 가즈코의 엄마는 80살이 다된 할아버지가 손자들을 보고 싶어 한다는 말로 그를 설득하고, 결국 가족 전부가 일본으로의 여행을 하게 된다. 겐지는 6월에 열병으로 사망한다. 결국 가족의 일본 방문은 가즈코에게 자신의 뿌리에 대한 인식보다는 자국민들의 냉대만을 경험하게 되는 계기가 되고, 사랑하는 가족구성원의 죽음이라는 아픔을 안겨준 사건으로 남게 된다.

국 군대를 위해 싸우겠는가?"이다. 그리고 28번 질문은 "당신은 미국에 절대적인 충성심을 증명하고, 미국이 국내ㆍ외 어떤 군대에 의해 공격을 받을 때 미국을 방어할 것을 맹세하는가? 그리고 일본제국, 다른 외국 정부나 권력 또는 기관을 위해 어떤 형태로든지 충성과 복종을 하지 않을 것을 맹세하는가?"(Weglyn 136)이다. 따라서 일본계 미국인들에게 두 질문에 대한 대답 중 '예'는 인종과 민족성을 부인하는 것이 되며, '아니오'는 미국인으로서의 자기 자신을 포기하는 것이 된다. 『노노 보이』의 주인공 이치로 역시 이 두 질문에 대답해야만 했다. 이치로는 이민 1세대인 부모님의 뜻을 거역할 수 없어 27번과 28번 질문에 '아니오'라고 두 번 답함으로써 '노노 보이'로서 감옥에 수감된다.[7] 이는 개인의 정체성을 인종적, 정치적인 것으로만 규정하는 것이며, 국가라는 권위를 이용하여 개개인에게 미국, 아니면 일본이라는 대립된 선택을 강요하는 것이다.

『노노 보이』는 일본이 진주만 공격을 감행한 후 야기된 일본계 미국인들의 위상 변화를 묘사하는 데에서 시작한다. 진주만 공격 이전까지 일본계 미국인들은 다른 소수인종 그룹에 비하여 주류 백인 미국인들에게 훨씬 근접해 있었다. 조안 장(Joan Chang)은 다음과 같은 세 가지 점을 들어 일본계 미국인의 독특한 위상을 언급한다. 첫째, 일본계 미국인들이 코카시안(Caucasian) 미국인과 결혼하는 비율이 다른 소수인종들에 비해 상대적으로 높았다는 점, 둘째, 일본계 미국인들은 자신들이 다른 아시아계 미국인들보다 문화적으로 우수하다고 믿었다는 점, 그리고 셋째, 일본계 미국인들이 중

---

7) 미국에 대한 충성 맹세를 통한 인종적, 국가적 정체성 규정은 일본계 미국인에 대한 수용소 캠프가 해체된 뒤에도 사라지지 않았다. '노노 보이'는 일본계 미국인들 사이에서, 또는 일본계 미국인 문화에서 여전히 논란이 되는 중요한 의미를 지니는 존재였다(Sato 240). 따라서 『노노 보이』는 미국에 대한 충성 맹세를 거부한 이민 2세대 이치로의 내면세계의 혼란과 갈등을 재현하고 있는 작품이다.

국계 일본인보다도 더 일찍 미국에 정착했다는 점 등이 그것이다(379). 조안 장이 지적하고 있는 것처럼, 일본계 미국인들이 다른 아시아계 미국인들보다 더 주류 백인 미국인에 근접해 있었다는 사실에도 불구하고 그들은 2차 세계대전 중 캠프에 수용되어 극심한 인종차별의 대상이 된다. 일본계 미국인들의 분리된 자아정체성은 이 캠프 경험에서 비롯된 것이다.

소네의『니세이 딸』과 오카다의『노노 보이』는 수용소 경험을 다루면서 일본계 미국인들이 겪는 정체성의 혼란과 갈등을 다룬다는 측면에서 공통점을 보여준다. 물론 몇몇 비평가들은 소네와 오카다의 태도가 대조적이라는 점을 지적한다. 소네의 작품은 주어진 고통을 인내하고 감수하며 주류 미국 사회의 흐름에 동화해 가려는 태도를 보이고 있는 반면, 오카다의 작품은 저항과 분노, 그리고 좌절을 거칠게 드러내고 있다는 것이다. 하지만 본 연구는 두 작품의 주요 인물들은 한결같이 자신이 일본계 미국인이라는 사실, 그리고 바로 그것 때문에 차별과 배제를 경험한다고 생각하고 있기 때문에 각기 다른 방식으로, 그러나 공통적으로 분노와 절망을 표출하고 있는 작품이라는 점을 주장한다. 이 두 작품은 각기 다른 방식으로 수용소 경험이라는 상흔(trauma)과 그 후유증을 다루고 있는 것이다(박진임, 「존 오카다」 157). 소네의 작품은 과거 상처를 안으로 수용하면서 인내하는 모습을 통해, 그리고 오카다는 일본계 미국인들에게 행해진 불의에 대한 분노를 직접적으로 드러냄으로써 일본계 미국인들의 오욕의 역사 흔적을 그리고 있는 것이다.

3) 이민 2세대의 분열된 자아

자국의 문화적 전통과 신념이 강한 일본계 미국인 이민 1세대와 달리 이민 2세대들은 자국문화로의 복원이나 환원에 의해 정체성을 획득하지 못한다. 이민 2세대들에게 그들의 부모를 비롯한 조상들의 전통적인 관습과 문화적 유산은 오히려 심리적 억압으로 작용한다. 이들은 자신들이 가정이라는 사적 영역에서 강요받는 자아의식과 사회라는 공적 경험을 통해서 흡수하는 자아의식 사이에 부조화를 경험한다. 또한 그들은 자신들의 정체성이 형성되어가는 과정에서 감각적 경험 요소와 지적 경험 요소 사이에 단절을 경험함으로써 자아분열을 경험한다. 일본계 이민 2세대들인 가즈코와 이치로는 외부적으로 미국사회의 인종과 민족성에 근거한 배척과 멸시를 받을 뿐만 아니라, 이들은 내부적으로 일본계 미국인 공동체 집단 내에서도 가족이나 세대 간에, 그리고 주변 인물과 갈등과 분열을 일으킨다. 이 장에서는 정체성의 문제에 있어 이민 1세대와 2세대의 의식구조가 다르다는 점을 전제로 그들의 심리적 혼란과 정체성 분열을 살펴본다.

『니세이 딸』의 가즈코와 『노노 보이』의 이치로는 일본인 부모를 둔 딸과 아들로 성장하면서 언어, 문화나 관습의 차이에서 파생되는 세대 간의 갈등과 정체성의 혼란을 경험한다. 『니세이 딸』의 가즈코는 6살 되던 해에 자신에게 일본인의 피가 흐르고 있다는 사실을 어머니로부터 전해 듣는다. 영어 사용에 불편함이 없고, 자신을 늘 미국인으로 생각했던 가즈코는 자신이 "머리가 두 개 달린 괴물"(*ND* 5)이 아닌가라는 정체성 혼란에 빠진다. 가즈코는 부모님마저도 일본인이라는 생각을 한 번도 해본 적이 없었기 때문에 더욱 충격을 받는다. 가즈코는 "엉망진창의 이 순간이 있기 전까지 나는 인생이 달콤하고 바람직스런 것이라고 생각했다. 하지만 이제는 더 이상 아니다"(*ND* 4)라고 서술한다. 이는 인종에 대한 의식을 전혀 하지 못했던 가즈코가 일본인 또는 미국인이라는 인종적 분류로부터 파생된 차별과 배제의 삶을 처음으로 인식했다는 사실을 나타낸다.

자신은 미국에서 태어났기 때문에 자신이 일본인이라는 의식을 갖지 않고 생활해오던 가즈코는 일본학교에서의 첫날 교장 선생님과의 면담은 문화적 충격으로 다가온다. 일본학교의 교장 선생님은 허리를 굽혀 인사하도록 요구한다. 교실에서는 항상 꼿꼿하게 앉아 있어야 하며, 책은 책상 위에 똑바로 놓여 있어야 했다. 무엇보다 혼란스러웠던 것은 엄격한 규칙이었다. 가즈코는 일본학교에서의 생활을 지루하고 단조롭게 생각하며, 자신은 역동적이고 자유로운 미국식 학교생활 방식에 더 코드가 맞다고 생각한다.

『니세이 딸』에서 이민 1세대와 이민 2세대의 문화나 관습의 차이로 파생된 세대 간의 갈등은 가즈코의 오빠 헨리와 민니(Minnie)의 결혼 피로연 장면에서 보다 분명하게 드러난다. 미니도카 수용소의 엄격한 규칙 때문에, 헨리와 민니는 많은 사람들을 초대할 수도 없고 그들을 접대 할 음식도 장만하지도 못해 조촐한 차 파티(Tea Party)를 준비한다. 가즈코를 비롯한 이민 2세들은 긴 탁자 위에 장식물을 한두 개 올려놓고, 서서 간단히 먹을 수 있는 케이크와 다과, 그리고 차와 커피 등을 준비하고 손님을 기다린다. 차 파티의 예정된 시간은 오후 2시부터 4시까지였다. 하지만 2시가 넘었는데도 손님들은 나타나지 않았고, 3시가 조금 넘어서자 얼굴을 보이기 시작했다. 이민 2세들은 동양인들이 초대 받은 파티에 정시에 도착하는 것은 어리석은 짓이고, 오히려 늦게 도착하는 것이 자기 절제와 겸손, 그리고 초대한 사람을 배려하는 것이라고 생각한다는 사실을 나중에야 깨닫게 된다. 또한 파티에 도착한 이민 1세대들은 탁자 위에 올려놓은 케이크와 다과, 그리고 차와 커피 등을 취향대로 가져다 먹지 않고, 그냥 그 자리에 서 있거나, 아니면 몇몇 의자에 앉아 있기만 했다. 어쩔 수 없이 가즈코는 차와 커피를 모든 손님들에게 직접 가져다줘야만 했다. 가즈코는 모든 손님들에게 서빙을 하느라 양초에 불을 붙이는 것도 잃어버려, 허겁지겁 100개 가까운 양초에 불을 붙여야만 했다. 이민 1세대들은 파티 장에서 음악이 연주되고 있는 동안에는 서로 말을 하거나 음식을 전혀 먹지도 않아, 연주를 하고 있는 사람들이나 가즈코를 비롯한 이민 2세대들을 당혹스럽게 만들어 버린다. 가즈코는 "동양적인 것들을 서양적인 것에 맞춘다는 것은 엄청난 실수임"을 인지했고, "일본인 손님을 대상으로 하는 미국식 차 파티는 완전히 실패였음"을 깨닫는다(ND 215).

『니세이 딸』의 가즈코처럼, 『노노 보이』의 이치로 역시 외적으로 피부색이 다른 일본인이라는 측면에서 백인들로부터 인종적 편견과 차별을 받으면서도, 내적으로는 세대 간의 갈등이라는 이중고를 겪는다. 세대 간의 단절은 그들이 편하게 사용하는 언어에 잘 나타난다. 이민 1세대들에게 일본어는 모국어로 사용하기에 편한 것이지만, 영어는 외국어로 사용하기에 불편한 것이다. 반면, 이민 2세대들은 일본어보다 영어를 쓰는 것이 더 편리하다. '노노 보이'로서 2년 동안 감옥 생활을 하고 출소한 이치로는 자신을 맞이하는 아버지가 사용하는 일본어가 이상하게 들린다. 이치로는 자신에게서 신체적인 모습 외에 언어를 포함하여 다른 일본인적인 요소를 거의 찾지 못한다.

『노노 보이』에서 이민 1세대와 이민 2세대의 단절은 언어뿐만 아니라, 기본적인 사고체계의 차이에서도 나타난다. 이민 1세대들, 즉 주인공 이치로 부모들의 삶은 다소 단순한 편이다. 이치로의 아버지는, 대부분의 이민자 가정의 가장이 그러하듯 무기력하고 슬픈 인물로, 조용히 자신에게 주어진 길을 걷다 간 사람으로 그려진다. 어머니가 가지고 있는 삶의 전망 또한 지극히 단순하고 소박한 것이다. 어머니의 꿈은 단순히 열심히 일하고 저축하여 약간의 재산을 마련한 뒤 조국으로 돌아가 편안한 삶을 사는 것이다. 어머니는 아들이 공부 이외의 것을 하는 것을 이해하지 못하며, 실제 삶에 있어서 단 돈 1달러를 아끼기 위해 몇 블록의 길을 걸어가는 억척스러움을 보여준다. 이들 이민 1세대들에게 미국은 영토 이상의 의미를 갖지 않는다. 그들은 미국을 '부'의 꿈을 실현해 줄 수 있는 공간으로만 인식한다. 어머니에게 조국이란 처음부터 끝까지 일본뿐인 것이다.[8]

『노노 보이』에서 전쟁 기간 동안 미국정부의 배척과 인종차별을 경험한 이치로의 어머니는 더욱더 일본에 대한 열정적이고 맹목적인 태도를 견지한다. 그녀는 "전쟁에서 승리한 일본군 전함이 [미국에서] 일본 제국에 대한 충성을 지킨 사람들을 태우러 올 것이라는 믿음을 가짐으로써 일본인으로서의 정체성만을 고집하며,"(Yogi, "You had" 65) 전쟁이 끝난 후에도 일본의 패배를 인정하지 못한다. 그녀는 자신과 생각을 같이 하지 않은 사람과는 교류조차 기피하고, 자식에게도 일본 문화와 가치만을 주입하고자 한다. 효도와 충성을 강조하는 내용인 모모타로(Momotaro)의 이야기와 함께 성장했던 어린 시절의 이치로는 가족과 인종적 유산을 자연스럽게 받아들인다. 하지만 전쟁 발발 후, 이치로에게 일본인 혈통이라는 거부할 수 없는 사실은 미국인으로서의 자신의 삶에 방해가 된다. 또한 이치로는 자신이 미국인이라는 점을 강조할 경우 어머니를 포함한 일본적인 것들을 거부해야 되는 모순에 직면한다. 그는 일본인이라는 점만을 강조하여 자신을 옭아매려는 어머니에 대한 심리적 거리감을 느끼고, "가족과 분리된 자아를 확립하고자 한다"(Gribben 32).

이치로는 일본인 아니면 미국인을 선택해야 하는 상황, 즉 배타적이고 이분법적인 선택을 강요하는 사회분위기에 압도당하여 삶의 중심을 잡지 못하고 방황한다. 겐지의 친구 에미(Emi)는 "[지금까지] 일어난 일들을 보면 알수 있듯이 일본계이면서 미국인이 된다는 것은 괜찮지 않아요. 당신[이치로]은 이것 아니면 저것, 둘 중 하나가 되어야만 해요"[9]라고 함으로써 이치로

---

8) 물론 존 오카다는 이민 1세대와 2세대의 가치와 의미를 단순화 하여 묘사하지는 않는다. 겐지(Kenji)의 부모를 비롯하여 자식을 전쟁에 잃고도 미국인으로서 미국에 살기로 결심하는 부모들의 모습과 전쟁에 참여하고 돌아 온 니세이들의 부풀어진 미국인으로서의 자신감/자긍심 등도 작품 속에서 살펴볼 수 있기 때문이다. 하지만 필자는 대부분의 전형적인 이민 가족, 특히『노노 보이』의 주인공 이치로의 자아정체성 분열의 가장 큰 요인으로 작용하는 이민 1세대 부모와의 갈등에 초점을 맞추고자 한다.

가 처한 상황을 단적으로 나타내준다. 그는 부모가 요구하는 일본인으로서의 민족의식에 대한 개념화된 가치관과 자신이 미국사회에서 체험적으로 습득하는 문화적 가치체계 사이에 괴리와 모순을 경험한다. 어떻게 보면 그는 자신이 일본인 후손이라는 생물학적인 외적사실을 거부하고, 현재 미국에서 삶을 영위하고 있는 '미국인,' 더 나아가 한 인간으로서의 자아정체성을 확립하고자 하는 내적욕구가 더 강했다.

일본계 미국인 이민 2세대들은 이민 1세대와의 갈등뿐만 아니라, 자신들의 공동체 집단 내에서도 사고와 가치관의 차이로 갈등을 경험한다. 노보 보이로서 2년 동안의 감옥 생활을 마치고 집으로 돌아온 이치로는 자신의 상태를 "어떤 권리도 행사할 수 없는 침입자"(NNB 1)로 묘사하고, 자신이 감옥에서 나온 것이 아니라 오히려 영원한 감옥에 갇히게 되었다고 생각한다. 이것은 곧 그가 가족뿐만 아니라 친구를 포함한 주변 사람들로부터 진정한 정신적 공감대를 갖지 못했다는 것을 의미한다.

비록 이치로 자신은 미국사회로의 강한 동화 욕구를 가지고 있었지만, 민족의식에 대한 어머니의 강요 때문에 그 욕구를 행동으로 표현할 수 없었다. 하지만 미국사회로의 동화의 길을 선택한 이치로의 동생 타로(Taro)와 그의 친구인 에토(Eto), 불(Bull), 그리고 겐지 등은 '노노 보이'를 선택한 이치로를 배척한다. 친미반일을 확실하게 실천하는 이치로의 동생 타로는 어머니의 요구를 거부하지 못한 형을 겁쟁이라고 간주한다. 타로는 형과 반대로 18세가 되는 생일날, 기다렸다는 듯이 군에 입대한다. 타로는 이치로가 십대인 2세대 집단에게 폭행당하도록 유도하는 것으로 형에 대한 자신의 반감을

---

9) John Okada, *No-No Boy* (Seattle: Washington UP, 1976), 91. 앞으로 이 작품에서의 인용은 *NNB*로 약칭하여 괄호 안에 쪽수만 표기함.

표출한다. 친구 에토는 이치로가 '노노 보이'임을 눈치 채자 그에게 침을 뱉음으로써 그에 대한 적대감을 표현한다.

　전쟁 기간 동안 미국을 위해 싸운 일본계 미국인 불은 유럽계 미국인 여성을 클럽에 동반함으로써 자신이 좀 더 미국사회의 주류에 근접하고 있음을 과시하려 한다. 불은 이치로와 마찬가지로 '노노 보이'였던 프레디(Freddie)를 멸시하고 조롱한다. 불의 거만함에 강하게 저항하려다가 프레디는 자동차 사고로 의미 없는 죽음을 맞이한다. 일본인임을 부인함으로써 미국인이 될 수 있다는 환상에 젖어 있는 일부 2세대들은 자신들의 뜻과 다른 이들에게 집단적 따돌림과 신체적 공격을 가함으로써 인종적 혐오를 드러낸다. 이들의 언행은 일본계 미국인 자신들이 인종적·신체적 특징 때문에 주류 백인문화에 의해 설정된 '사회적 척도'(social standards)에 맞지 않아 자연스럽게 미국인으로 수용되기 어렵다는 불안감을 표현한 것이며, 그들 스스로를 '노노 보이'인 이치로와 차별화하려고 하는 강한 욕구를 표현한 것이다 (Ling 364). 이들의 모습은 개인을 억압하는 집단의 또 다른 모습이다.

　아이러닉하게도 오카다는 『노노 보이』에서 일본계 집단 내부에서의 갈등이 미국정부의 부당한 정책의 결과이고, 전쟁에 참전함으로써 미국에 충성을 보인 인물들도 결국은 희생자임을 주장한다. 이치로의 친구 겐지는 미국에 대한 충성심을 확인하는 두 질문에 '예'라고 대답한 후, 미국을 위해 참전하여 훈장까지 수여 받는다. 하지만 그는 다리 하나를 잃고 수술을 받았지만 결국 죽는다. 겐지처럼 군대에 간 일본계 미국인들은 자신들이 일본인이 아니라는 사실과 미국에 대한 충성심을 보이기 위해 자의가 아니라 타의에 의해 군대에 가야만 하는 힘든 결정을 해야 했다. 또한 참전 후 사회로 다시 돌아왔을 때도 "그들을 대하는 백인들의 태도는 달라진 것이 없었다" (Mcdonald 6). 겐지의 죽음은 미국정부가 일본계 미국인을 필요에 의해 이용한 것뿐이라는 사실을 드러내준다.

요컨대 일본계 미국인 이민 2세대들은 부모세대의 전통적인 자국의 문화와 자신들이 미국에서 생활하면서 체득하게 된 일련의 문화적 경험 사이에서 정체성 혼란을 경험한다. 이들은 부모의 조국인 일본이라는 꼬리표에 의해 일본인으로 인식되어 배척당한다는 사실로 인해 박탈감, 소외, 피해 의식에 사로잡힌다. 『니세이 딸』의 가즈코와 『노노 보이』의 이치로는 자신들이 일본인이라기보다는 미국인이라는 의식이 강했다. 그들은 언어, 문화, 관습의 차이에서 파생되는 세대 간의 갈등을 겪으면서도, 인종주의적 편견이 잔존하는 미국사회에서 소외와 차별적 삶을 영위해야 되는 상황에서 자아분열을 경험할 수밖에 없었다.

4) 차별 없는 공동체의 꿈

『니세이 딸』과 『노노 보이』가 일본계 미국 이민자들의 고통스런 과거 역사와 고뇌를 담고 있고, 언어, 문화, 관습의 차이가 일본계 미국인 2세대인 주인공들의 내적인 갈등을 야기하며, 인종과 집단에 의한 차별과 배제가 강하게 드러난 작품들이라는 점은 분명하다. 하지만 『니세이 딸』과 『노노 보이』의 종결은 "이중 목소리 담론"이다. 즉, 저자가 인종주의에 근거한 차별과 배제가 만연한 미국사회에 대한 강력한 비판의 목소리를 내다가 작품의 끝부분에 가서는 다소 타협적인 목소리, 혹은 입장을 취한다는 것이다. 이는 사회·정치적 이유 때문에 소네과 오카다와 같은 일본계 미국작가들이 주류문화 집단과 타협하려는 전략적 글쓰기를 시도할 수밖에 없었다는 제약적 현실을 반영한다(Ling 363-64).

앞 장에서 살펴본 것처럼, 작품 속 주인공들, 즉 가즈코와 이치로는 자신들이 누구인가라는 문제에 있어 경직된 이원성, 즉 일본 또는 미국, 동화 또는 자국문화의 고수라는 배타적 선택 사이에서 자아분열을 경험한다. 따라서 『니세이 딸』의 끝부분에 묘사된 가즈코의 일본계 미국인으로서의 장밋빛 정체성은 실제가 아니라 아직 성취되지 못한 하나의 신화를 묘사한 것이다. 『노노 보이』의 이치로는 일본인으로서의 뿌리와 미국적 정체성을 쉽게 화해시키지 못하고 고통과 좌절에 직면한다. 하지만 그는 일본계 미국인으로서 미국사회에 대한 희망의 끈을 놓지 않는다. 이 작품들의 조소적이고, 유머러스하고, 혹은 낙관적인 음조는 미국에서 정체성을 의심 받아온 니세이들의 희망, 용기, 그리고 에너지의 근원을 나타낸 것으로, 현재 그렇다는 것이 아니라 미래에 도래했으면 하는 사회에 대한 희망, 즉 차별 없는 공동체의 꿈을 역설한 것이다. 다시 말해 『니세이 딸』과 『노노 보이』 주인공들의 정체성 분열의 원인이 되고 있는 인종/민족 문제가 어떻게 해결될 수 있는지에 대한 구체적 방안의 제시 없이, 작가는 차별과 배제가 없는 미국사회가 도래하기를 염원하고 있다는 것이다.

그러면 먼저 『니세이 딸』의 끝부분에 드러난 가즈코의 장밋빛 정체성을 살펴본다. 가즈코는 일본인 수용소에서 나와 다시 세상에서 생활함으로써 자신을 짓누르는 호명된 인종적, 집단적 정체성을 뛰어넘어 창조적인 자신을 만나는 발전적인 변화를 보인다. 가즈코는 자신을 짓누르는 마비의 상태에서 벗어나 보다 긍정적인 삶의 의지를 피력한다. 이제 가즈코는 자신이 일본인의 피를 이어받았다는 사실에도 전혀 부끄럽지 않고 오히려 자랑스럽게 생각할 정도로 인식의 변화를 겪는다.[10] 일본과 미국, 두 문화 사이에서

---

10) 결코 간과할 수 없는 것은 가즈코의 이러한 인식 변화와 삶의 긍정에 특별한 이유나 계기가 작품 속에 제시되어 있지 않다는 것이다. 가즈코는 수용소의 힘든 생활을 벗어나 사회로 되돌아 온 후, 갑자기 이런 변화된 모습을 보인다. 물론 이것은 작가의 한계로 치부될 소지가 충분하지만, 소수인종 출신 작가로서 생존을 위한 타협이자 전략으로 독해하는 것이 타당할 것이다. 백인 또는 미국사회에 의한 일본계 미국인들에 대한 비인간적 차별의 실상을 고발한 것만

상충되는 갈등도 많았지만 그 경계선상에서 태어난 자신이 고맙기만 하고 자신들을 위해 희생하신 부모님들의 심정까지 헤아리는 넓은 이해심을 가진 사람으로 다시 태어난다.

> 나는 이제 더 이상 일본인의 피가 나에게 흐르고 있다는 것에 분노하지 않는다. 우리들을 위해 너무나 많은 고생을 한 이세이(이민 1세대들 때문에 나는 오히려 그것을(자신이 일본인이라는 사실을) 자랑스럽게 생각한다. 인생에 있어 하나의 가격으로 두 개를 산 것처럼 두 개의 문화 속에서 태어난 것은 좋은 일이다. 내가 생각하기에 가장 힘들었던 부분은 성장 할 때였다. 그 이후 인생은 너무나 재미있고 자극적이었다. 나는 한때 내 자신을 두 개의 머리를 가진 괴물로 여겼다. 하지만 지금은 1개의 머리를 가진 것보다 2개의 머리를 가져서 좋다는 것을 발견했다. (*ND* 236)

> I don't resent my Japanese blood anymore. I'm proud of it, in fact, because of you and the Issei who've struggled so much for us. It's really nice to be born into two cultures, like getting a real bargain in life, two for the price of one. The hardest part, I guess, is the growing up, but after that, it can be interesting and stimulating. I used to feel like a two-headed monstrosity, but now I find that two heads are better than one.

가즈코의 이러한 인식 변화와 삶의 긍정은 자신에게 주어진 삶의 고통을 인내하고 감수하며 주류 미국사회의 흐름에 동화해 가려는 개인적 차원의 삶의 태도일 뿐이다. 다시 말해 정치, 사회, 문화 등의 모든 측면에서 문제가 완전히 해결된 것은 결코 아니다. 가즈코는 당시 동양인이 적었던 미국 중

으로도 작가적 소명은 이룬 것이라 할 수 있기 때문이다.

서부 지방에서 피부색이 다른 이상한 존재로 호기심의 대상이 된다. 중국인으로 오해받은 경험도 한다. 아직 수용소에서 생활하고 있는 부모님들이 밖으로 나올 수 있도록 노력도 해야 했다. 수용소에서 생활하고 있는 가족들의 모습은 쓸쓸하기 짝이 없다. 아버지는 폐렴에 걸렸고 오빠인 헨리는 의학공부를 중단한다. 수용소에서 사회로 돌아온 가즈코는 일본인이기 때문에 직장을 구하기도 힘들다. 하지만 미국에서 태어난 가즈코는 일본으로 돌아가 살 수도 없기 때문에, 어떤 형태로든 미국에서의 생존방식을 찾을 수밖에 없다. 가즈코는 대학으로 돌아가 심리학을 전공하기로 결심함으로써 다시 한 번 삶의 의지를 가져 본다. 항상 자신에 대해 학대하고 괴로워했던 가즈코는 온전한 인격을 지닌 인간으로 다시 태어나고자 한다. 가즈코는 미국 백인사회의 편견과 차별에도 불구하고 자신에게서 강력한 생명의 소리를 들으며 동양인의 눈으로, 동양인의 모습으로 주류사회로 나아가겠다는 결심을 굳힌다. 이런 가즈코의 삶의 태도는 미국에서 삶을 영위해야 되는 소수인종으로서 생존을 위한 잠정적 타협이자 생존전략이다.

『니세이 딸』의 가즈코와 동일하게 『노노 보이』의 이치로 역시, 일본계 미국인으로서뿐만 아니라 한 인간으로서 미국사회에 수용될 수 있기를 갈망하면서 이상 사회를 꿈꾼다. 『노노 보이』의 이치로는 일본인/미국, 개인/공동체 사이의 극단을 체험한다. 이치로는 "법률 앞에서만 미국인인 것은 충분하지 않아. 반쪽짜리 미국인이면서 그 반쪽이 텅 빈 반쪽이라는 것을 아는 것만으로는 충분치 않아. 나는 어머니의 아들도 아니고 일본인도 아니고 미국인도 아니야"(*NNB* 16)라고 주장하면서 부조리한 상황에 대한 자신의 심정을 토로한다. 이치로는 일본과 미국, 둘 중 하나를 선택하도록 강요받는 것 자체가 불합리하다라고 생각한다. 이치로는 '일본인' 또는 '미국인'이라는 극단적인 구분을 강요하지 않는 세계를 원한다(황경희 165).

이치로가 원하는 세계는 그의 친구 겐지가 원하는 '또 다른 세상'과 맥을 같이 한다. 이치로의 친구 겐지는 인종은 없고 단지 사람들만 있는 사회를 꿈꾼다. 겐지는 "내가 어디로 가든지 축배를 들어 줘. 거기에 일본인이나 중국인, 유태인, 흑인, 프랑스인, 폴란드인 등이 없도록 해 줘. 단지 사람들만 있도록 해줘"(165)라고 함으로써 그가 죽은 뒤에 다시 태어나고자 하는 세상을 피력한다. 겐지의 말처럼 인종의 구별과 차별이 없이, 단지 한 인간으로서 개인들이 인식되는 세계는 이 세상에서는 거의 불가능한 이상향일 것이다. 오카다가 『노노 보이』를 통해 끊임없이 인종차별 문제를 환기시키는 이유는 그가 차별 없는 사회가 도래하기를 희망했기 때문일 것이다.

『노노 보이』에서 이치로가 진정 추구하고자 했던 것은 분리와 배타적 선택을 강요하지 않는 삶이다. 그는 "집을 사고 사랑도 할 거야. 그리고 내 아들의 손을 잡고 거리를 걸을 거야. 그러면 사람들이 멈춰 서서 날씨, 축구 그리고 선거에 대해 이야기하겠지. 그리고 난 가족을 데리고 프레디의 가족을 방문할거야"(NNB 51)라고 하면서 미래의 평범한 생활에 대해 상상해본다. 『노노 보이』는 이치로가 화려한 클럽의 불빛과 잡다한 얘기를 나누는 군중들로부터 벗어나 어느 조그만 골목길의 어둠 속을 걸어가는 것으로 종결된다.

> 희미한 희망의 불빛─그것이었던가? 그것은 그곳 어디인가에 있었다. 그이치로는 그것을 눈으로 볼 수도 없었고, 말로 표현할 수는 없었지만 그 느낌은 상당히 강렬했다.
> 그는 생각하고 탐색하면서, 그리고 생각하고 또 깊이 음미하면서 걸었다. 그는 미국의 일부라고 할 수 있는 어느 조그만 동네의 골목길 어둠 속에서, 자신의 마음과 가슴 속에 끊임없이 구체화되는 막연하고 흐릿한 약속의 암시를 쫓고 있었다. (NNB 250-51)

A glimmer of hope—was that it? It was there, someplace. He couldn't see it put it into words, but the feeling was pretty strong.

He walked along, thinking, searching, thinking and probing, and, in the darkness of the alley of the community that was a tiny bit of America, he chased that faint and elusive insinuation of promise as it continued to take shape in mind and in heart.

이치로는 자신의 마음속 깊은 곳으로부터 솟아오르는 희망의 단서를 좇는다. 이치로는 자신이 속한 두 개의 공동체, 즉 일본 문화와 미국문화와의 유대감을 회복하여 일본계 미국인의 정체성, 더 나아가 한 인간으로서의 자아정체성을 회복해야 함을 깨닫는다. 이치로의 이런 모습에 대해 스텐 요기는 "일본계 미국인의 공동체와 미국사회를 하나로 묶어 상처를 치유하고자 하는 작가의 낙관론적인 희망을 드러낸 것이다"("You had" 74)라고 규정한다. 하지만 이치로는 대다수의 일본계 미국인들처럼 일본의 전통적인 문화유산과 그것의 가치를 주장하는 부모세대와 미국사회에 속하고자 하는 개인적 욕망 사이에서 혼란과 분열을 경험했다. 이런 상태의 이치로가 『니세이 딸』의 가즈코와 마찬가지로 너무나 쉽게 특별한 계기 없이 미국사회에 대한 희망을 갖는다는 점은 조금은 어색해 보인다.

요컨대 한국계를 포함한 아시아계 미국작가들에 대한 국내 연구는 주로 정체성의 문제로 작품의 주인공들이 민족적 뿌리에 대한 자기인식에 이르게 되는지의 여부에 초점이 맞추어져 있다. 다시 말해 정체성 혼란을 겪는 주인공이 자신들의 문화적·민족적 뿌리를 확인하여, 그 문화적 전통과 뿌리를 수용함으로써 혼란을 극복하고 모든 문제를 해결할 수 있게 된다는 것이다. 하지만 자국의 문화적 전통과 신념이 강한 이민 1세대와 달리 미국 이민 2세들은 자국문화로의 복원이나 환원에 의해 정체성 문제에 직면하여 당하는 혼란과 고통을 극복하지 못한다. 오히려 이민 2세대들은 한 인간으로서 미국에서의 주체적·개인적 현재 삶을 추구함으로써 자아정체성을 찾으려고 한다. 정체성 문제에서 이민 1세대와 2세대의 의식구조는 이렇게 다르다. 또한 이민 2세들이 인종이나 민족적 뿌리에 근거한 정체성, 즉 리쾨르의 '동일성으로의 정체성'이 아니라 '자기성으로서의 정체성'을 추구한다는 것은 어떤 한 개인의 정체성이 고정적인 것이나 불변의 객체가 될 수 없다는 사실을 반증한다. 따라서 개인의 자아정체성은 인종이나 집단에 의한 규정만이 아니라, 시간의 변화에 따라 그 개인이 체험한, 혹은 체험할 수 있는 무한한 경험적 요소들의 유기적 결합에 의해 생성되고 구성된다는 리쾨르의 '서사적 정체성' 개념은 설득력을 갖는다.

개인의 정체성이 무수한 경험의 총합이고 시간의 변이에 따라 새롭게 생성된다는 관점을 수용할 때, 그 정체성 문제를 다루는 작가의 태도 역시 중요하다. 다시 말해 2차 세계대전 발발 이후, 일본계 미국인, 특히 이민 2세대들의 심리적 혼란과 갈등, 그리고 그들의 분열된 자아정체성을 다루고 있는 소네의 『니세이 딸』과 오카다의 『노노 보이』를 분석함에 있어 미국정부 또는 미국사회에 대한 작가의 태도에 주목할 필요가 있다는 것이다.

분명 소네와 오카다는 일본계 미국인에 대한 강제수용과 같은 일련의 인종차별 정책과 미국사회분위기에 강한 거부의 메시지를 전달한다. 하지만 소네는 『니세이 딸』에서 일본계 미국인들의 차별과 배제의 삶의 실상을 서술해 놓고, 결말은 미국사회로의 동화를 선택한다. 다시 말해 『니세이 딸』의 주인공 가즈코는 미국사회에 완전히 동화된 자신의 모습을 가정하면서 삶의 희망을 피력한다. 동일한 차원에서 오카다는 『노노 보이』에서 2차 세계대전 중 일본인에 대한 미국정부의 인종차별 정책에 대해 비판적인 입장을 취하다가, 작품의 끝부분에 가서 이치로가 미국사회로의 귀속을 선택하도록 함으로써 스스로 한계를 드러낸다. 하지만 '이중 목소리'를 낼 수밖에 없었던 작가의 입장에 동조하여 보다 긍정적 평가를 한다면, 일본계 미국인 2세인『니세이 딸』의 가즈코와『노노 보이』의 이치로는 일본인/미국인, 개인/집단 사이의 극단을 체험하고, 정체성의 분열을 일으켰기 때문에 '일본인' 또는 '미국인'이라는 인종 혹은 집단적 구분보다는 차별 없는 공동체로서의 다문화적이며 포용적인 미국사회의 모습이 현실화될 수 있기를 희망했다고 볼 수 있을 것이다.

■ 이 글은「일본계 미국인들의 분열된 자아 정체성: 모니카 소네의『니세이 딸』과 존 오카다의『노노 보이』를 중심으로」, 『현대영미소설』, 21권 2호(2014): 131-156쪽에서 수정 · 보완함.

3. 의사소통의 부재를 넘어 가족애의 복원: 라히리의 『질병의 통역사』와 리의 『가족』

1) 미국시민으로서의 주체적 삶

소수민족 작가들의 문학적 재현은 소수민족 구성원들과 작가가 미국사회라는 자신들에게 비우호적인 환경 속에서 위기에 처한 자신들의 정체성을 구축하려는 과정에서 생겨난 것이다. 유럽계 미국인들로부터 비가시적인 차별과 배척은 비백인계 소수민족들에게 심리적 고통과 정체성의 혼란을 초래했으며, 그것은 다시 자신들의 민족성에 대한 재인식으로 이어졌다. 하지만 소수민족 작가들의 민족의식도 다른 모든 정신적 요소와 마찬가지로 역동적인 인식주체들이 변화하는 환경 속에서 겪게 되는 경험의 가변적인 산물이다. 따라서 그들의 민족의식은 특수한 사회적·심리적 조건 하에서 변화되고 소멸되거나 혹은 재생되기도 한다. 특히 소수민족 이민 후속세대들은 자신들의 경험과 동떨어져서 존재하는 본국의 민족의식에 대한 회복보다는 미국이라는 새롭고 특수한 상황에서 겪게 되는 자신들의 정체성 위기 극복에 더 관심을 갖는다. 그들은 미국문학이 지속적으로 이어진 이민 문학 혹은 소수민족 문학을 흡수함으로써 이루어진 것이라는 사실에 주목하여 문화다원주의를 주장한다. 그래서 그들은 자신들도 엄연히 미국시민권을 가진 미국인으로서의 주체의식을 가지며, 자신들도 역시 미국 주류 문학의 한 부류임을 역설한다. 이런 현상은 인도계 소설가인 줌파 라히리(Jhumpa Lahiri, 1967-)와 한국계인 창래 리(Chang-Rae Lee, 1965-)의 소설에서 명백하게 드러난다.

이 글의 목적은 인도 벵갈(Bengali) 출신의 부모를 둔 2세대 인도계 소설가인 라히리의『질병의 통역사』(Interpreter of Maladies, 1999)와 한국계 소설가인 창래 리의『가족』(Aloft, 2004)를 분석하는 데 있다. 이 작품의 주인공들에게 민족에 대한 의식이 어떤 사회·심리적 조건에서 형성되는가, 그리고 자국민들이 가지고 있는 배타적인 민족의식이 아닌, 자국민과는 근본적으로 다른 '동화된 주체의식', 달리 표현하면 미국에서 살고 있는 소수민족 출신의 '미국인'으로서의 시민의식을 어떻게 획득하게 되는가를 조명할 것이다. 라히리와 창래 리는 자신들의 작가로서의 지위가 '인도계', '한국계'라는 별도의 외연에 의해 규정되는 데 거부감을 표시한다. 이들에게 '인도계', '한국계'라는 소수민족적 규정은 자신들의 작품세계에 무의미하다. 라히리와 창래 리가 민족성에 대해 유동적인 태도를 보이는 이유는 그들이 미국 내의 소수민족 작가로서 본국의 국민들이 갖는 민족의식과는 확연히 다른 민족의식을 가지고 있기 때문이다. 이 글은 라히리와 창래 리에게 현재 중요한 문제는 인도 사람이나 한국 사람이 본국에서 갖는 민족성이나 민족의식의 회복이라기보다는 미국에 살고 있는 미국시민으로서의 주체적 삶임을 지적하는 데 그 목적이 있다.

라히리와 창래 리 사이에 젠더, 문학적 표현 기법 등의 차이가 있음에도 불구하고, 이들을 아시아계 미국작가로 묶어 다루게 된 데에는 이 두 작가에 관류하는 하나의 흐름을 발견할 수 있고, 이들이 추구하는 것이 동일하다고 판단했기 때문이다. 즉 이들은 인도 또는 한국의 전통과 문화, 그리고 민족의식만이 아니라 인간 삶의 보편적인 문제, 즉 물질 중심 사회에서의 인간성 회복 문제, 개인과 개인 또는 문화와 문화 사이의 의사소통 문제, 그리고 바람직한 가족애의 복원 문제로까지 자신들의 작품의 주제를 확장시켜 단지 인도계 미국작가 또는 한국계 미국작가라는 외연을 넘어 전략적인 차원에서 미국작가임을 지향하고, 소수인종 출신의 작가라는 편협한 비평을 깨고자 한다.

2) 번역 오류와 의사소통 부재로 인한 갈등과 오해

노엘레 윌리엄스(Noelle Brada-Williams)는 라히리가 『질병의 통역사』[1]를 단지 서로 다른 작품들의 단편 모음집이 아니라 "서로 유기적 연관을 갖는" 하나의 작품으로, 그리고 작품들끼리 대화가 이루어지도록 구성하고 있다고 판단한다(453). 『질병의 통역사』 중 「센 부인의 집」("Mrs. Sen's")에서 센 부인이 고향에 대한 향수병에 시달리고 미국문화와 단절되어 있다는 점은 「피르자다 씨가 저녁 식사에 왔을 때」("When Mr. Pirzada Came to Dine")의 릴리아(Lilia)의 어머니와 「세 번째이자 마지막 대륙」("The Third and Final Continent")의 말라(Mala)의 미국문화로의 적응과 동화에 대비된다. 「섹시」("Sexy")에서 아내 몰래 바람피우는 남편은 「질병의 통역사」의 불륜의 연애 관계로 아들을 낳은 다스(Das) 부인에 대한 묘사와 균형을 이룬다. 또 「피르자다 씨가 저녁 식사에 왔을 때」에서 릴리아는 너무나 쉽게 미국 아이들과 하나가 되지만, 「섹시」에서 묘사되고 있는 딕시트(Dixit)의 아이들은 인도 이민 후속세대로 미국 사회에서 차별과 배제의 생활을 영위한다. 「진짜 수위(두르완)」("A Real Durwan")에서는 인도인들의 공동체가 부정적으로 묘사되지만, 「비비 할다의 치료기」("The Treatment of Bibi Haldar")에서는 인도인 공동체가 긍정적으로 묘사

---

1) 라히리의 『질병의 통역사』는 2000년 퓰리처 상(Pulitzer Prize), 2000년 펜/헤밍웨이 상 (Pen/Hemingway Award) 수상작으로 『뉴요커』(New Yorker) '올해의 소설'(Best Debut of the Year)로 선정된 작품이다. 라히리는 미국으로 이민 온 인도인들의 삶과 그들이 갖는 문화적 충돌과 정체성 상실, 그리고 가족 또는 남녀 간의 사랑과 사랑의 상실에 대한 이야기를 단편 9편에 걸쳐 풀어낸다. 이 단편집의 모든 이야기에는 인도 문화와 사람들이 관련된다. 몇몇 단편들은 인도를 배경으로 하며, 그 외의 단편들에서도 인도의 현실이 주요 인물들의 현재 미국에서의 삶에 영향을 미친다. 라히리는 영국에서 태어난 뒤 미국에서 성장하면서 실제로 자신의 뿌리인 인도와 미국, 두 문화 사이에서 적응하기 힘들었던 자신의 체험을 바탕으로 주로 작품을 썼다. 라히리는 여성작가 특유의 사물을 묘사하는 섬세한 눈을 가졌으며, 아름다운 문체를 사용하여 삶의 잔잔한 진실을 보여준다.

된다. 『질병의 통역사』의 첫 번째 작품, 「잠시 동안의 일」("A Temporary Matter")이 아들의 죽음으로 인해 이혼 위기에 처한 부부에 대한 이야기라면 마지막 작품인 「세 번째이자 마지막 대륙」은 중매 결혼한 두 부부가 서로에 대한 사랑을 쌓고 아들을 낳으며 미국사회에 정착하는 힘든 이민 과정이 묘사된다. 이렇게 볼 때 라히리가 『질병의 통역사』의 여러 단편들을 단순한 나열이 아니라 유기적 연관을 갖는 것으로, 다시 말해 상황과 인물들끼리의 대비 또는 대화가 이루어지도록 재현하고 있다는 윌리엄스의 지적은 설득력이 있어 보인다.

윌리엄스의 지적은 주로 『질병의 통역사』의 구조적 틀과 작품의 배열 순서에 근거를 둔 것이다. 또한 많은 비평가들은 이민자들의 전위 의식(sense of displacement)에 초점을 두고, 『질병의 통역사』의 단편들의 공통된 주제에 주목한다. 바수뎁과 안가나 카크라밧티(Basudeb and Angana Chakrabarti)는 라히리 소설의 등장인물들은 "특정한 장소와 문화에 속하면서 동시에 이방인이라는 의식을 가지며," 라히리는 "파괴된 결혼"을 다룬다고 주장한다(24-25). 에쉬토쉬 듀베이(Ashutosh Dubey)는 『질병의 통역사』는 이민 1세대들의 힘들었던 이민 경험을 다루면서, 이민 2세대들의 사랑, 인간관계, 그리고 의사소통과 관련된 감정적 투쟁 문제를 다룬다고 주장한다(25). 이들 비평가들의 공통된 지적은 라히리가 이민자들의 경험을 다루면서 개인과 개인, 집단과 집단, 그리고 문화와 인종간의 의사소통의 부재 또는 문화적 코드에 대한 번역의 오류로 파생된 갈등과 오해를 다룬다는 점이다. 더 나아가 그녀는 갈등과 오해를 극복하기 위한 하나의 해법으로 감성의 회복과 사랑, 그리고 가족애의 복원 문제를 제시한다.

라히리와 마찬가지로 창래 리는 자신의 세 번째 작품, 『가족』에서 가족이라는 사회의 최소 단위를 토대로 인간관계에 있어 신뢰와 믿음의 가능성,

그리고 의사소통의 부재로 야기된 오해와 갈등을 분석한다.[2] 창래 리는 1995년 첫 소설『원어민』(*Native Speaker*)과 1999년 말에 발표한『제스처 라이프』(*A Gesture Life*)를 통해 주류사회에서 벗어나 이방인으로 살아갈 수밖에 없는 존재의 정체성에 대한 고민을 적나라하게 보여준다.[3] 하지만『가족』에서는 그의 이전 두 작품들과는 달리 특정 국가로부터 이민 온 사람들이 미국사회에서 적응하면서 겪는 갈등이라기보다는 어느 정도 미국사회에 정착한 사람들의 보편적인 인간 문제를 다룬다. 다시 말해 창래 리는『가족』에서 은퇴한 50대 후반의 남성, 제리 베틀(Jerry Battle) 일가의 삶을 조명하면서 가족 간의 갈등, 더 나아가 인간과 인간의 갈등, 개인과 사회의 갈등, 그리고 그 갈등의 해소와 극복에 초점을 맞춘다.

　『가족』에 등장하는 인물들은 대부분 앵글로색슨계는 아니지만, 이민자로서 미국사회에 어느 정도 적응한 인물들이다. 어떻게 보면 그들은 미국의 주류사회에 편입된 인물들로, 그들은 자신들의 출신 국가나 사회적 배경 때문에 소외되거나 배척당하지 않는다. 이 작품의 화자 역시 이태리계 미국인으로서 몇 대 째 미국에서 살아온, 물질적으로 사회신분상 안정적인 인물로 설정된다. 창래 리는 미국사회에 어느 정도 뿌리를 내린 인물들을 작품에

---

2) 창래 리는『가족』의 한국판 서문에서 "이 작품은 현대 가족생활의 기쁨과 어려움, 그리고 제약에 관한 소설"이며 "가족이라는 문제 자체가 어느 나라 어느 문화에서건 늘 중심적인 문제로 여겨져 왔다"고 이야기 한다. 이는 창래 리가『가족』에서 소수인종과 다수 인종간의 갈등이나 주변부와 중심부와의 집단 간 갈등으로 인한 정체성 문제가 아니라, 의사소통과 상호이해의 부족으로 인한 갈등, 그리고 삶의 의미를 깨닫지 못하는 보편적인 개인의 삶의 문제를 다루겠다는 의지를 표명한 것이다.

3) 창래 리는『원어민』에서 이민 1.5세대인 헨리 박(Henry Park)이라는 주인공을 통해 미국사회에서 이민자로서 겪는 정체성의 혼란과 미국사회로의 동화 문제를 제시한다.『제스처 라이프』에서 창래 리는 이민 1세대인, 한국에서 태어난 일본인인 프랭클린 하타(Franklin Hata)의 굴곡이 있는 삶과 의붓딸인 서니(Sunny)와의 갈등을 서술함으로써 소수민족 이민자들의 정체성 문제와 이민 세대 간의 갈등 문제를 주로 다룬다.

등장시켜 그들이 살아가면서 겪는 내적 갈등에 초점을 둠으로써 미국사회 전반에 대한 성찰을 시도한다.

『가족』에서는 서로 다른 민족적 배경을 갖는 다양한 인종, 그리고 남녀의 결혼을 통한 인종적 혼혈 보여준다. 화자인 제리와 나이 들어 정신 착란 증세를 보여 양로원에 들어가 있는 아버지는 이탈리아 출신 이민자이다. 사고인지 자살인지 분명하게 밝혀지지 않았지만 명을 달리한 제리의 아내 데이지 한(Daisy Han)은 한국계이다. 가족의 사업을 물려받은 아들 잭(Jack)과 대학에서 문학을 연구하는 딸 테레사(Theresa)는 제리와 데이지 사이에 낳은 자식들이다. 잭과 테레사는 자신들이 혼혈이라는 사실을 전혀 인식하거나 의식하지 않는다. 제리가 한때 좋아했으며 지금도 여전히 좋아하고 있는 리타(Rita)는 푸에르토리코(Puerto Rico) 출신이다. 테레사의 남자친구로 작가인 폴(Paul)은 데이지 한과 마찬가지로 한국계이다. 제리의 아들 잭의 아내인 유니스(Eunice)는 독일계이다. 이렇게 창래 리는 『가족』에서 현대 미국사회를 잘 대변해주는 다인종 가족을 등장시켜 그들의 갈등과 오해, 그리고 화합과 이해의 과정을 다룬다. 하지만 『가족』에서는 "테레사의 포스트모더니즘적 시각에 의한 문학 비평가로서의 비판을 제외하고, 흑백 논리에 근거한 인종 문제가 제시되지 않는다"(Case 26). 다만 제리를 중심으로 한 가족관계에서 파생된 일상적인 문제가 주테마가 될 뿐이다. 이는 창래 리가 인간보편적인 문제에 대한 접근을 시도함으로써 자신에게 주어지는 평가, 즉 한국계 미국작가라는 고정된 틀을 벗어나 미국작가로서의 위치를 확고히 하고자 한 것이다.[4]

---

4) 『제스처 라이프』가 출판된 직 후 1999년 9월 30일, 『시사저널』에 실린 인터뷰에서 창래 리는 "나는 영어로 글을 쓰는 작가이다. 아마 이 사실이 나를 영어권 작가, 또는 미국작가가 되게 한 셈이다. 그러므로 나는 미국 정서를 가지고 한편으로는 미약하나마 한국 정서를 가지고 소설을 쓴다. . . . 나는 한국에서 살아본 적도 없고 한국은 이곳과 상당히 다른 곳이라고 알고 있다"(성우제 107) 라고 말한다. 이는 창래 리가 한국적인 것을 소재로 사용하지만 특정 민족이나 인종

창래 리의 『가족』와는 달리, 라히리의 『질병의 통역사』에는 주로 인도계 미국인들이 등장한다. 라히리는 『질병의 통역사』 중 「센 부인의 집」, 「피르자다 씨가 저녁 식사에 왔을 때」, 그리고 「세 번째이자 마지막 대륙」에서 이민자들의 삶에서 특징적으로 나타나는 고립과 외로움, 그리고 희망을 묘사한다. 사실 대부분의 아시아인들의 미국으로의 이민은 자발적인 것이었다. 자신의 경제적 부의 축적과 개인의 성공이라는 꿈, 즉 아메리칸 드림을 안고 미국으로의 이민을 선택했던 것이다. 하지만 그들은 문화적 차이와 인종적 배제로 인한 극도의 소외감을 갖지 않을 수 없었다. 다시 말해 그들은 백인 사회와 문화에 대한 동경과 개인적 꿈의 성취라는 희망을 갖고 미국으로의 이민을 선택했지만, 심리적 좌절감과 미래에 대한 불안 심리가 결합된 정체성 혼란을 겪지 않을 수 없었다. 그러면 이 세 단편을 중심으로 인도 이민자들의 미국사회로의 정착 과정을 살펴보고, 개인과 개인, 집단과 집단, 문화와 문화, 그리고 이민 1세대와 이민 2세대 사이의 사고와 문화적 차이, 의사소통의 부재로 파생된 고통과 심리적 좌절의 상황을 분석해본다.

라히리는 "내가 나이를 더 먹어 가면 갈수록, ─비록 여러 측면에서 피상적인 것이지만─나의 부모님으로부터 정서적 망명 상태(sense of exile)를 물러 받았다는 느낌을 갖는다"(A Reader's Guide 2)고 고백한다. 이는 라히리가 미국에서 30여 년 동안 살아왔지만, 여전히 이방인이라는 느낌을 가지고 있으며 정서적 망명 상태에 있음을 피력한 것이다. 라히리에게 이 망명 상태의 느낌은 소설 창작의 문화적·심리적 바탕을 이룬다. 「센 부인의 집」에서 주인공 센 부인은 라히리와 마찬가지로 정서적 망명 상태에 놓여 있다. 센 부인이 미국에서 좋아하는 것이란 두 가지밖에 없다. 하나는 인도의 가족으

을 초월한 보편적인 작가임을 천명한 것이다.

로부터 오는 편지이고, 또 하나는 싱싱한 생선들이다. 센 부인은 인도에 남아 있는 가족들로부터 혹시나 소식이 오지 않을까 하여 우편함에 집착한다. 또 그녀는 인도에 있을 때 늘 그랬던 것처럼 싱싱한 생선을 통째 사 가지고 와서 내장을 꺼내고 토막을 내는 일을 자신이 직접 한다. 센 부인은 인도식 요리를 함으로써 인도에 대한 향수를 달랜다. 센 부인에게 음식 준비는 "그녀 자신의 주체성뿐만 아니라 그녀의 인종적 정체성과 관계되고, 다른 이들과 관계를 맺는 그녀의 [유일한] 능력이 된다"(Laura Williams 74). 다시 말해 가정주부로서 센 부인이 잘 알고, 할 수 있는 일은 요리하는 일이고, 이 행위를 통해 자신의 존재 가치를 인정받고자 하며 정체성을 확립하고자 한다.

센 부인이 미국 이민자로서 새로운 환경, 즉 미국생활에 적응하지 못하고 인도의 문화와 미국문화 사이에서 갈등하고 좌절한다는 사실은 그녀가 운전을 잘 하지 못한다는 데에서 극명하게 드러난다. 어떻게 보면 자동차 운전은 미국생활에서 가장 기본적인 것이고, 미국의 물질문명을 상징하는 것이다. 센 부인이 자동차를 운전해야만 하는 이유는 다른 것이 아니라 인도의 식생활 습관, 즉 신성한 생선 때문이다. 그녀는 자신의 고향 인도와 이어주는 살아 있는 끈인 싱싱한 통 생선을 사기 위해 서툰 운전을 강행하지만, 유일한 말상대였던 엘리엇(Eliot)을 차에 태운 상태에서 길가의 전봇대를 들이받는 사고를 내게 된다. 이 사고를 계기로 엘리엇은 더 이상 센 부인의 집에 올 수 없게 돼 버린다. 센 부인은 몸만 미국으로 옮겨왔지 넋은 인도에 둘 수밖에 없었다. 그녀는 인도의 문화와 미국문화 사이에 너무나 큰 간격이 존재함을 인지했기 때문에 이주민으로서 문화적 충돌과 외로움을 겪을 수밖에 없었다.

라히리는 "동화는 개인이 동화하고자 하는 욕구를 가지고 동화가 이루어질 수 있도록 허용했을 때 이루어지는 것이다. 개인이 그 동화에 저항했을 때 그 개인은 영원히 이방인으로, 그리고 두 문화의 중간지대에서 주변부에 남게 된다"(Nityanandam 65)고 본다. 센 부인은 미국문화에 동화하고자 하는 욕구나 갈망보다는 인도에 살고 있는 가족에 대한 그리움 때문에 정서적으로 단호하지 못했고, 인도식 생활 습관을 더 추구한다. 따라서 그녀는 「피르자다 씨가 저녁 식사에 왔을 때」에서 파키스탄 내전 속에 가족을 고국에 두고, 대학의 방문 교수 자격으로 미국에 와 있는 피르자다 씨와 동일한 외로움과 난처함에 처하게 된다. 피르자다 씨는 머나먼 이국, 즉 미국에서 살고 있으면서 자신들의 고국인 인도를 그리워하고 가족들을 걱정한다. 어떻게 보면 그들에게는 미국에서의 삶보다는 인도에서의 삶이 우선이었다.

하지만 「센 부인의 집」의 엘리엇과 「피르자다 씨가 저녁 식사에 왔을 때」의 릴리아는 상황이 다르다. 미국에서 백인의 부모로부터 태어난 엘리엇은 센 부인의 유별난 복장과 부엌에서의 복잡한 일에 극도의 호기심을 갖는다.[5] 다시 말해 센 부인이 미국으로 이민 온 인도인으로서 인도의 전통과 관습을 버리지 못하고 미국문화와의 충돌을 경험하듯이, 어린 엘리엇 역시 엄마와는 다른 센 부인으로부터 문화적 충격을 경험한다. 센 부인은 자동차 사고로 큰 충격을 받고 미국에서의 생활 자체에 적응하지 못할 것 같은 느낌을 주나, 엘리엇은 베이비 시터인 센 부인과의 이별을 별 문제없이 이겨내고 미국 사람으로서 성장할 것 같은 느낌을 준다.[6] 「피르자다 씨가 저녁 식

---

5) 「센 부인의 집」은 비록 3인칭 관찰자 시점에서 서술되지만 일련의 사건들은 11살 먹은 엘리엇의 시각에서 독자에게 전달된다. 소년 엘리엇의 눈에 비친 오후 시간 동안의 센 부인은 항상 인도 여인의 전통 복장인 사리를 입고, 머리 한 가운데 가리마를 하고, 주홍색 파우더를 바른 채 인도 여인들이 즐겨 쓰는 바이킹족의 배 뱃전 같이 생긴 큰 칼로 야채를 자르는 모습뿐이다. 엘리엇은 센부인의 이런 모습은 직장 생활을 하는 엄마와는 너무 다르다고 생각한다.
6) 「센 부인의 집」의 마지막 부분에서 엘리엇은 직장에서 걸어온 엄마의 안부 전화에 괜찮다고 대답한다.

사에 왔을 때」의 릴리아도 미국에서 태어난 인도계 미국인 2세대이기 때문
에 이민 1세대들이 걱정하는 고국의 상황과는 상관없이 학교에서 "미국의
독립전쟁을 공부했고 명분 없는 조세 정책의 부당성을 배우며 독립선언서의
구절들을 암기한다."[7] 릴리아는 인도인 아버지와 피르자다 씨가 야야 칸
(Yahyah Khan)이라는 장군의 정책을 개탄하며 토론하는 것을 보고 "두 분은
내가 알지 못하는 음모와 내가 이해하지 못하는 재앙을 토론했다"(IM 31)고
서술한다. 이민 2세대인 릴리아는 이민 1세대들의 고국에 대한 관심과 열정
을 이해할 수 없다. 「피르자다 씨가 저녁 식사에 왔을 때」에는 고국의 정치
적 혼돈 상황에 대해 안절부절 못하는 이민 1세대의 모습과 고국의 상황과
는 전혀 상관없이 할로윈 데이(Halloween Day)를 즐기는 이민 2세대의 대비가
첨예하게 이루어진다.

「센 부인의 집」의 센 부인과는 달리, 「세 번째이자 마지막 대륙」에서는
세 대륙, 즉 인도와 영국, 그리고 마지막으로 미국으로 이민와서 온갖 어려
움을 극복하고 마침내 한 미국시민으로서 자립을 하게 된 이민 1세대의 수
난과 고통의 역사가 묘사된다. 이 작품의 주인공이자 화자인 '나'는 문화적
차이를 극복하고 미국사회에 적응하기 위해 모든 노력을 다한다. 그에게 있
어 미국에서의 생활은 영국에서의 생활과는 또 다른 삶이었다. 영국에서의
힘든 생활을 화자는 "나처럼 무일푼인 벵갈 출신의 총각 몇 명이 . . . 한 방
에 서너 명이 기거하면서 단 하나뿐인 냉수 변기를 공동으로 사용했다. 계
란 카레를 돌아가면서 요리했고 신문지 깔린 식탁에서 손으로 그 음식을 집
어 먹었다"(IM 173)라고 서술한다. 화자의 영국에서의 생활상은 다름 아닌 이

---

7) Jhumpa Lahiri, *Interpreter of Maladies* (New York: Houghton Mifflin, 1999), 32-33. 앞으로 이
    책에서의 인용은 *IM*로 약칭하고, 괄호 안에 쪽수만 표기함.

민자들의 힘든 생활 그 자체라 할 수 있다. "북아메리카의 생활 속도는 . . . 영국과는 너무 달랐기"(IM 174) 때문에, 미국에서의 생활 역시 결코 만만한 것은 아니었다. 화자가 미국이라는 낯선 곳에서 유일하게 인간적 접촉을 갖게 된 계기는 일주일에 8달러를 내고 취사는 금지된 자취집에서 백 살이 넘는 크로프트 부인(Mrs. Croft)과 함께 지내면서 부터이다. 이 부인은 "달에 미국 깃발이 꽂혔어!"(IM 179)라는 자신의 말에 "대단하다"(IM 179)라는 댓구를 해주기를 바라는 비정상적인 할머니였다. 하지만 이 할머니가 화자에게는 유일한 말 상대자였고, 외로움을 달래 줄 유일한 수단이었다. 이 할머니와의 삶을 통해 화자는 서서히 미국사회에 정착하게 된다. 그는 점차 "미국인들은 왼쪽이 아니라 오른쪽 길로 운전을 하고, 리프트를 엘리베이터라 부르고 . . . 그리고 콘플레이크, 햄버거, 그리고 핫도그를 먹는 일 등"(IM 174-75)에 익숙해진다. 화자가 겪는 일련의 경험을 통해 라히리는 "어떤 한 개인이 이국 땅에서 생존하기 위해서는 변화가 필요하며, 개인에게 강제적인 의무가 요구됨을 강조한다"(Nityanandam 53). 화자인 '나' 역시 인도인보다는 미국인으로서의 삶을 영위하기 위해 사고의 변화를 꾀하며 인내의 삶을 영위했기 때문에 미국에 정착할 수 있게 된다.

라히리는 「세 번째이자 마지막 대륙」에서 화자와 그의 아내 말라가 상호 이해를 통해 부부로서 사랑하게 되고, 인도인으로서 미국사회에 동화되는 과정을 비교적 상세히 서술한다. 화자는 인도의 전통 관습에 따라 중매를 통해 말라와 결혼을 한다. 말라는 "인도의 전통과 문화에 [완전히] 젖어있는 여성"(Noor 366)이라는 측면에서 또 다른 센 부인이다. "신부의 예의를 표시하려는 듯 머리 위에 단정하게 둘러쳐져 있는 사리"(IM 191)를 한 아내의 모습, 그리고 손으로 음식을 먹는 그녀의 습관, 그리고 그가 외식하자고 했을 때 마치 파티에 가는 것처럼 옷을 차려입는 아내의 모습은 인도인의 모습이

거의 사라진 화자에게 충격을 준다. 심지어 화자는 미국에서 "적응하지 못한 유일한 것은 아내 말라였다"(*IM* 190)라고까지 고백한다. 비록 그들은 함께 침대를 쓰고 있었지만, 완전히 다른 세계를 점유하고 있었다. 그녀는 이별하게 된 가족들에 대한 생각으로 항상 우울했고, 침대 옆에 누워 있는 화자는 미국에서의 새로운 삶에 대한 기대로 부풀어 있다. 그녀는 과거에 대한 생각으로, 그는 미래에 대한 생각으로 정신이 없었다. 인도에서 미국으로 시집온 말라와 어느 정도 미국생활에 적응한 화자의 경험은 라히리의 부모세대, 즉 이민 1세대가 경험했던 것과 동일하다. 이민 1세대에게 연간 기념일은 그들의 고국과 관련이 되어 있지만, 점차 시간이 흐름에 따라 가정은 '그곳(인도)에서 이곳(미국)'으로 바뀌게 된다. 자신이 태어난 땅, 인도는 이제 이국적인 땅이 될 것이고, 새롭게 정착한 땅인 미국이 새로운 조국이 된다. 화자는 자신이 인도 사람일뿐만 아니라 미국시민임을 다음과 같이 역설한다.

> 우리는 이제 미국시민이다. 비록 우리는 몇 년에 한번 캘커타를 방문하여 끈으로 죄는 파자마와 다질링 차를 가져오지만, 우리는 여기서 늙기로 결정을 했다. . . . 말라는 더 이상 사리를 머리 위로 틀어 올리지도 않고 밤에 부모님 생각으로 울지도 않는다. 하지만 때때로 아들 때문에 운다. 그러면 우리는 케임브리지로 차를 몰고 가 아들을 만나보고, 주말을 함께 보내기 위해 아들을 집에 데리고 오기도 한다. 그러면 그는 우리와 함께 손으로 쌀을 집어 먹고 벵갈어로 말한다. 하지만 종종 걱정스러운 것은 우리가 죽고 난 후 그가 이렇게 하지 않으리라는 것이다. (*IM* 197)

> We are American citizens now. . . . Though we visit Calcutta every few years, and bring back more drawstring pajamas and Darjeeling tea, we have decided to grow old here. . . . Mala no longer drapes the end of her sari

over her head, or weeps at night for her parents, but occasionally she weeps
for our son. So we drive to Cambridge to visit him, or bring him home for
a week-end, so that he can eat rice with us with his hands, and speak in
Bengali, things that we sometimes worry he will no longer do after we die.

이민 1세대의 또 다른 고통의 원인은 자식들의 교육과 성장이다. 이민 2
세대에 해당되는 화자의 아들은 인도의 전통과 관습에 별 관심이 없고, 학교
생활에도 잘 적응하지 못한다. 화자인 '나'의 아들이 학교에서 겪는 심리적
좌절감은 유색 이민자들에 대한 미국사회의 보이지 않는 차별과 배제 때문
이다. 화자의 아들은 내적 갈등과 소외, 더 나아가 정체성 상실의 위기상황
을 아버지인 화자에게 호소한다.[8] 화자는 "아버지도 세 대륙을 건너뛰며 살
아남았는데 네가 극복하지 못할 일은 이 세상에 아무 것도 없다. 우주비행
사는 영웅이지만 달에 몇 시간 밖에 머물지 못했다. 하지만 나는 이 신세계
에 거의 30년을 머물렀다"(IM 197-98) 하면서 처음 미국으로 건너왔을 때의
고독과 고통을 아들에게 상기시켜 준다. 화자는 세 개 대륙을 넘나들며 이
민자의 서글프고 외로운 삶을 극복하고 미국에 정착했기에, "평범해보일 수
있겠지만 . . . 상상을 초월하는 삶"(IM 198)을 살아왔다고 자부한다. 화자가
살아온 삶은 비록 개인적인 삶이지만, 새로운 문화에 갈등하고 새로운 환경
에 적응하기 위해 고뇌하는, 이민자 모두의 보편적인 삶이었다.

　　라히리는 인도의 문화와 미국의 문화 사이에 근본적인 차이가 있는 것이
아니라 단지 문화적 현상의 차이일 뿐이며, 이 두 문화는 의사소통의 오류만

---

8) 「피르자다 씨가 저녁 식사에 왔을 때」에 묘사된 이민 1세대와 이민 2세대의 관계는 의사소통의
부재로 인해 그 간극이 크게 드러나지만, 「세 번째이자 마지막 대륙」에서는 세대 간 대화가 이
루어져 상호이해의 통로가 마련된다.

존재함을 역설한다. 라히리는 단편 소설집의 제목과 동일한 「질병의 통역사」라는 단편에서 언어 번역에 있어 오류의 가능성, 그리고 인종적 차이보다는 문화적 차이로 파생된 오해를 다룬다(Lewis 219). 이 작품의 주인공인 46세의 카파시(Mr. Kapasi)는 젊은 시절 사람들과 국가들 사이의 갈등을 해결하고 그 자신이 양측의 입장을 모두 이해하여 까다로운 쟁점을 원활하게 풀어줄 수 있는 외교관이나 통역사가 되고 싶었다. 하지만 그는 현재 의사와 말이 통하지 않는 환자의 고통을 의사에게 전달하는 일을 주로 하고 있으면서 간간히 관광가이드의 역할을 한다. 그는 이민 2세대 인도계 미국인 다스(Das) 가족을 인도의 다양한 유적지로 안내하는 동안, 남편과의 관계가 소원해져 있는 다스 부인에게서 미묘한 사랑의 감정을 느낀다. 하지만 그가 느끼는 다스 부인에 대한 사랑은 오해로부터 비롯된 것이었다. 다스 부인은 지난 8년 동안 숨겼던 자신의 비밀, 즉 두 명의 아들[로니(Ronny)와 보비(Bobby)] 중 보비가 현재 남편의 자식이 아니라 다른 사람의 자식임을 카파시에게 밝힌다. 다스 부인은 자신의 비밀을 털어 놓음으로써 단지 마음의 위로를 받고 싶었을 뿐이었다. 하지만 카파시는 이것을 다스 부인이 자신을 특별하게 생각하고 있다고 오해한다. 또 다스 부인은 단지 기념사진을 보내주기 위해 카파시의 주소를 물은 것뿐인데, 카파시는 다스 부인이 남편 몰래 자신에게 연락을 하고자 하는 것으로 잘못 해석한다. 작가는 다스 부인과 카파시의 미묘한 사랑의 감정에 대한 오해9)를 통해 언어의 번역에 있어 오

---

9) 모든 진실은 여행 도중 보비가 원숭이의 습격을 받고, 어른들이 이 아이를 구하는 과정에서 밝혀진다. 다스 부인이 놀란 보비를 끌어안고 그의 머리를 빗어 주고자 핸드백에서 빗을 꺼내게 되는데, 그 과정에서 카파시의 주소가 적힌 종이쪽지가 바람에 날려가 버린다. 카파시가 꿈꾸던 사랑은 백일몽에 불과했던 것이다. 다스 부인에게 있어 카파시의 연락처는 현재의 삶, 다시 말해 아이들에 대한 사랑에 비하면 아무것도 아니었다. 다만 카파시는 다스 부인에게서 자신에 대한 사랑의 감정이 불타오르고 있는 것으로 착각 했던 것뿐이다.

류에 대한 가능성, 문화적 코드에 대한 해석이 서로 상이할 수 있음을 암암리에 보여준다.

의사소통의 부재 문제는 『가족』의 주인공 제리의 삶에도 잘 나타나 있다. 제리는 이태리계 미국인인데, 가업인 조경업을 하다 조기 은퇴한 남자로, 지적이지는 않지만 섬세한 성격의 소유자다. 그는 나름대로 경제적 부를 획득했지만, 가족과의 관계에서 단절감과 소외를 느낀다. 한국계 미국인인 아내 데이지가 사망한 후, 제리는 힘들게 아들 잭과 딸 테레사를 키운다. 하지만 성년이 된 아들 잭은 무리한 사업 확장으로 부도 위기에 처하고, 아시아계 미국작가인 폴과 결혼 예정인 딸 테레사는 임신했지만 비호지킨 림프종이라는 중병에 걸리고 만다. 더군다나 아내가 죽은 후 오랜 세월 동안 제리의 여자 친구였던 리타는 부자인 변호사와 결혼해 그를 떠난다. 표면적으로 별 문제가 없어 보이던 제리의 삶에 서서히 균열이 생기기 시작한다. 제리는 "지상에서의 폭풍우 치는 삶보다도 혼자만의 비행을 즐김으로써 삶을 도피하고자 한다"(Case 26). 제리의 비행은 이 세계로부터의 "조용히 사라지고 싶은"[10] 그의 욕망을 간접적으로 충족시켜 준다. 하지만 비행도 일시적인 것이어서 지상으로 귀환할 수밖에 없는데, 거기에는 그가 눈을 감아버리고 싶은 현실이 엄연한 실체로 자리한다. 그리고 그 현실은 그의 존재를 조금씩 붕괴시킨다.

제리가 내적으로 외로움과 삶의 회의를 느끼는 근본 원인 중 하나는 가족들과 전혀 의사소통을 하지 못해 인간적 유대관계를 맺지 못하고 있기 때문이다. 제리가 자신의 가족과 대화가 단절되어 있다는 점은 다음의 에피소

---

10) Lee, Chang-rae. *Aloft* (New York: Riverhead Books, 2004). 22. 앞으로 이 책에서의 인용은 *A*로 약칭하고, 팔호 안에 쪽수만 표기함.

드에 잘 나타난다. 제리는 경비행기를 구입한 후 첫 비행을 나가기 전, 불현듯 가족들의 목소리가 그리워진다. 그는 "그들[자식들]이 이룬 것과 그들의 인성에 대해 아주 자랑스러워하고 있으며, 그들이 어렸을 때로 다시 돌아갈 수 있다면 좋겠고, 내가 늙게 되더라도 그들에게 짐이 되지 않을 것이며, 리타의 생일과 휴일에는 그녀에게 꼭 전화하라는 말을 덧붙일 생각"(A 5)으로 자식들과 통화를 시도한다. 하지만 딸과 아들은 전화를 받지 않았고, 녹음된 음성사서함만이 그의 전화에 답을 한다.

> 테레사의 영문과 사무실에서는 그녀의 목소리 대신 어디에서나 똑같이 들리는 음성 사서함의 목소리가 들려왔고, 나는 겨우 한동안 소식을 못 들었다는 말과 함께 무슨 일이 있는 건 아닌지 물었을 뿐이다. 그 다음엔 잭의 음성 사서함 목소리를 들었는데, 이번에는 그의 목소리로 되어 있었다. 하지만 그 목소리는 너무 사무적이고 아득하게 들려 나는 퉁명스럽고 호전적인 제 3자의 목소리로 그에게 메시지를 남겼다. (A 5).

> Theresa's English Department voice-mail picked up, not her voice but the ubiquitous female voice of Central Messaging, and all I could manage was to say I hadn't heard from her in a while and wondered if anything was wrong. Next I got Jack's voice-mail, this time Jack's voice, but he sounded so businesslike and remote that I lef. a message for him in the voice of Mr. T, all gruff and belligerent . . .

제리는 가족 간에 진심어린 감정을 전달할 기회를 좀처럼 갖지 못한다. 노인 복지 시설에 수용되어 있는 아버지, 행크 배틀(Hank Battle)과의 통화에서도 상황은 마찬가지이다. 그의 아버지는 "엄청난 비용을 지불하면서도 자신은 개똥과 같은 취급을 받고 있다"고 푸념하며 "평생 동안 일한 결과가

. . . 비행기 기내식 같은 식사를 하고, 손바닥에 문신한 남자 간호사들이 엉덩이를 닦아주는 것이야(A 6)"라고 제리를 닦달한다. 제리와 그의 아버지는 부자간의 유대나 애정이 결여되어 있다. 제리는 "자식으로서의 의무를 소홀히 한 것은 아니지만 의무를 넘어서서 뭔가를 한 적도 없었다"(A 7)고 고백한다. 이것은 작가가 진정한 대화를 통한 유대와 애정이 결핍된 현대 미국 가정, 또는 사회의 실상을 단적으로 드러낸 것이다.

창래 리는 현대 미국사회의 과학 기술의 발달이 인류에게 물질적 풍요와 편리함을 가져다주었지만 가족뿐만 아니라 사람과 사람 사이의 관계에도 근본적인 변화를 가져 왔다고 본다. 과학 기술의 발달로 인해 현대인들은 기계나 전자 시스템을 통해 의사소통을 하게 됨으로써 인간적인 접촉과 유대를 갖지 못하게 된 것이다. 『가족』에서 제리는 다음과 같이 얘기한다.

> 어디에 있건 즉각적으로 연결되는 이 새로운 천년에, 사람들은 실제로 의사소통을 하기보다는 서로에게 메시지를 남길 뿐이라는 생각이 문득 들었다. 이 이상한 즉흥적인 행위를 통해 우리는 서로에게 미안하다는 얘기를 하고, 상황 바깥에 있는 것처럼 보이는 자신들에 관한 얘기들을 하는 것이다. 그러다가 마침내 누군가와 연결되면, 사람들은 서로에게 서툴 수밖에 없거나, 서로에게 너무 많은 희망을 기대 하거나, 또는 실망하게 되어 차라리 연락하지 않는 것이 더 나을 수도 있다고 생각한다. (A 7-8)

It occurred to me that in this new millennial life of instant and ubiquitous connection, you don't in fact communicate so much as leave messages for one another, these odd improvisational performances, often sorry bits and samplings of ourselves that can't help but seem out of context. And then when you do finally reach someone, everyone's so out of practice or too hopeful or else embittered that you wonder if it would be better not to attempt contact at all.

작가는 제리를 통해 인간적인 접촉과 유대의 부족, 그리고 소통 부재의 문제를 제시함으로써 "현대 미국사회에 대한 기민하고도 신랄한 비판을 행한다"(Seaman 627).

현대 미국사회는 심원한 다양성과 문화적 다원주의로 특징지어진다. 이 다양성은 '정상적 시민의 모델'(models of normal citizen)에 의해 무시되었거나 억제되었다. '정상적 시민모델'의 개념은 어느 정도 경제적 부를 가진 이성애자인 백인 남성의 특성에 기초한다. 따라서 정상적 모델에서 이탈되는 사람은 배제, 주변화, 침묵화의 대상이 되었다. 소수민족 집단은 종종 서구 민주주의로의 진입이 거부되었고, 설사 허용되었다 하더라도 시민이 되기 위해서는 미국사회로의 동화가 요구되었다(장동진 455-56). 라히리와 창래 리가 묘사하고 있는 인도인 또는 한국인들은 미국사회에 적응하고 정착하기 위해 자신들의 전통적 삶의 양식을 포기해야만 했고, 그 과정에서 문화적 충격과 내적 갈등을 겪지 않을 수 없었다. 하지만 오늘날 이전에 소외되었던 집단들은 이들이 단순히 인종, 문화, 성(gender), 또는 성적 취향이 소위 정상적 시민과 차이가 난다고 해서 침묵해야 한다거나 주변적 존재로 취급되거나 또는 비정상적 존재로 규정되는 것을 결코 받아들이지 않는다. 이들 다문화주의자들은 주류사회와는 다른 그들만의 독특한 문화적, 종교적, 인종적, 언어적, 민족적 정체성을 주장하며 다양성과 차이점을 역설한다. 라히리와 창래 리는 다문화주의자적 입장을 취하면서 서로 이질적인 문화와 문화, 그리고 인간과 인간 사이의 번역 오류와 의사소통의 부재는 인간의 삶에 있어 끊임없는 갈등과 오해를 창출한다는 점에 주목한다. 이들은 하나의 문학적 시도로, 라히리는 『질병의 통역사』에서 주로 인도의 전통문화와 미국문화

사이에서 문화적 코드의 상이점으로 인한 갈등을, 창래 리는 『가족』에서 사회 구성체의 최소 단위인 가정에서 구성원들끼리의 의사소통의 부재로 파생된 하극상을 다루면서 그 해결 방안을 모색한다.

3) 사랑과 감성을 매개로 한 가족애의 복원

현대 문명은 어떻게 보면 인간적 접촉과 유대가 가장 긴밀하다고 할 수 있는 가족의 분열을 가져왔다. 가족은 감성과 사랑의 핵심 주체라 할 수 있을 것이다. 가족은 서로 사랑하는 청춘 남녀가 단순히 성적인 욕망과 열정에 의해 결합되는 것이 아니라 상대방에 대한 존중과 상호이해를 통해 하나가 되는 공동체이다. 하지만 물질문명이 발달하고 사회가 복잡해짐에 따라 점차 가족이 분열되고, 어떻게 보면 가장 가까운 사람이 서로 상처를 주는 상황이 발생한다. 라히리와 창래 리는 미국사회가 안고 있는 근본적인 문제, 즉 다양한 인종과 다양한 문화로 파생되는 오해와 갈등, 그리고 급격한 사회 변화에 따른 물신주의를 극복하기 위한 하나의 해법으로 이성과 논리보다는 감성과 사랑을 주장한다.

라히리의 「비비 할다르의 치료기」, 「섹시」, 「잠시 동안의 일」, 그리고 「축복 받은 집」에는 인도에서 미국으로 이민 온 사람들의 미국사회로의 동화 과정에서 겪는 어려움이 묘사되지는 않는다. 이 단편들은 인간 삶의 본질적 측면, 즉 남녀 간의 사랑과 갈등, 의사소통을 통한 상호이해, 그리고 가족애의 복원 문제에 접근을 시도한 작품들이다. 다소 장황할 수 있겠지만, 다양한 상황과 입장에 처한 남녀 관계 또는 부부관계의 양상을 규명해본다는 차원에서 작품의 내용을 간단히 언급할 필요가 있다.

「비비 할다의 치료기」에서는 비비할다라는 여성의 원인을 명확히 알 수 없는 오랜 질병과 그 병이 낫기까지의 과정이 희화적으로 묘사된다. 그녀

가족과 동네 사람들은 애정을 가지고 여러 가지 치료법을 그녀에게 적용시켜 보았지만, 그녀 병은 결코 호전되지 않는다. 최종적으로 "남녀 관계가 그녀의 피를 진정시켜 줄 것"(*IM* 162)이라는 결론이 나오게 된다. 결국 알 수 없는 자에 의해 남겨진 비비할다의 혈육이 그녀의 치료약이란 사실이 밝혀진다. 비비할다의 병에 대한 과학적 접근은 결코 그녀의 병을 치료할 수 없었다. 그녀의 육체적 고통과 정신적 아픔을 치료할 수 있었던 것은 사랑으로 결실을 맺은 자식이었다. 작가는 인간 삶에 있어 중요한 것은 이성과 논리보다는 남녀의 성적 욕망의 분출인 성적 관계와 같은 감성적인 부분에 있음을 간접적으로 제시한다.

「섹시」에서 유부남과 사랑에 빠진 주인공 미란다(Miranda)는 현재의 사랑을 지속할 것인가 말 것인가를 두고 내적 갈등을 겪는다. 하지만 그녀는 친구 락스미(Laxmi)의 조카인 일곱 살짜리 꼬마, 로힌(Rohin)의 순수한 마음을 통해 삶의 진실을 깨닫는다. 로힌은 섹시라는 말을 "잘 알지도 못하는 사람을 사랑한다는 뜻"으로 이해하고, "그게 바로 우리 아빠가 한 짓이에요. . . . 아빠는 잘 알지도 못하는 사람, 섹시한 사람 옆에 앉았어요. 그래서 우리 엄마 대신 그 여자를 사랑하는 거예요"(*IM* 107-08)라고 하면서 가정을 버린 아빠를 비난한다. 로힌의 이 말에 미란다는 자신이 순수한 사랑이 아니라 단지 성적인 욕망과 열정 때문에 잘 알지도 못하는 유부남과 관계를 지속하고 있는 것은 아닌가, 그리고 자신 때문에 다른 가정이 파괴된 것은 아닌가라는 생각을 하게 된다. 어린아이들의 단순하고 직접적인 사고가 때로는 인생의 복잡한 문제를 해결할 수 있는 열쇠가 될 수 있음을 작가는 암시한다.

「섹시」가 불륜적인 사랑에 빠진 한 젊은 여성의 갈등이었다 한다면, 「잠시 동안의 일」과 「축복 받은 집」은 정상적으로 결혼한 부부의 갈등과 화해가 다루어진다. 모두에 실린 첫 단편 「잠시 동안의 일」은 눈보라로 전선이 끊기는 바람에 정전이 되면서 서로 소원했던 두 부부가 다시 사랑의 불을 지피는 이야기이다. 두 젊은 부부의 불화가 시작된 것은 6개월 전 쇼바(Shoba)가 유산을 했을 때부터였다. 남편 슈쿠마르(Shukumar)는 집에서 쉬고 있는 아내에게 방해될까 두려워 자신이 좋아하는 레코드판을 틀기를 주저했고, 가족이 함께 할 수 있는 주말을 더 이상 기다리지도 않았다. 이들 부부는 서로 입과 마음의 문을 닫고 살았던 것이다. 하지만 이들은 정전으로 인해 촛불을 켜놓고 함께 저녁을 먹는 과정에서 그 동안 마음속에 묻어두었던 이야기들을 한 가지씩 꺼내놓는다. 어둠 속에서 이들은 유년시절의 추억과 상대방이 모르게 저질렀던 일들, 실수들, 그리고 서로 사랑에 빠지게 된 이야기들을 하게 된다. 마침내 남편은 "우리 아이는 남자 아이였어. . . . 애의 피부는 갈색보다는 적색에 가까웠어. 머리에는 검은 털이 나 있더군. . . 손가락은 꼭 말아 쥐고 있었어. 당신이 밤중에 잘 때 그러하듯이"(IM 22)라고 말하면서 자신이 숨겼던 비밀을 얘기한다. 남편은 아내가 비밀로 숨기고자 했던 유산한 아이에 대해 알고 있었고, 아내를 위해 그 사실을 모른 척 했을 뿐이었다. 결국 이 두 부부는 자식을 잃은 슬픔 때문에 괴로워했고, 서로의 상처를 더 깊게 하는 것은 상대를 할퀴는 손톱이 아니라 침묵임을 깨닫는다. 작가는 소박한 젊은 부부를 통해 인간관계에서 상호이해를 위한 적극적인 대화가 필요함을 역설한다.

「축복받은 집」의 주인공 산지브(Sanjeev)는 나름대로 경제적 부를 축척했고 건강한, 어떻게 보면 완벽한 노총각이었다. 그러던 그가 높은 카스트 지위를 가진 아름답고 똑똑한 신부 트윙클(Twinkle)을 맞이한다. 산지브가 정적이고 이성적인 사람이라면 트윙클은 즉흥적이고 감성적인 사람이다. 이 둘은 결혼 후 장만한 집을 청소하면서 하나씩 가톨릭 성물들을 어떻게 처분할 것인지로 다투게 되는데, "힌두교 집안에서의 가톨릭 성물은 개인적, 정신적 진공상태를 만들어낸다"(Bess 127). 이 혼란은 「센 부인의 집」에서 센 부인이 길거리에서 자동차 사고내고 경험했던 언어적 모멸감과 유사한 것이다. 가톨릭 성물을 어떻게 처리할 것인가에 대한 문제로 파생되는 두 부부의 갈등은 두 사람이 종교적, 문화적 의미를 교환하여 서로 이해하고 자신을 상대방에게 이해시킬 수 있는 기회를 앗아가 버린다. 하지만 지극히 이성적인 삶을 살아왔던 산지브는 트윙클의 즉흥적이고 감정적인 측면에 처음엔 불쾌감과 불편함을 느끼지만, 집들이를 하는 과정에서 트윙클이라는 존재의 필요성을 깨닫게 된다. 트윙클이 가톨릭 성물들을 너무나 사랑했기에 오히려 산지브는 성물들에 대해 일종의 질투심을 느꼈던 것이다. 이제 갓 결혼 한 두 부부는 일시적으로 문화적 차이와 사고방식 때문에 서로 고통을 감수해야 했지만, 서로 배려하는 마음과 사랑을 가짐으로써 개인을 성숙시키고 서로 이해할 수 있는 희망을 본다. 라히리는 이 두 부부의 갈등과 잠정적 화해를 통해 서로 이질적인 문화와 단체도 이해와 화해의 실마리를 찾을 수 있음을 암시한다.

　라히리와 마찬가지로 창래 리 역시 현대를 살아가는 남녀의 사랑과 갈등, 가족애의 복원 문제를 작품화한다. 『가족』에 등장하는 다양한 부부관계를 분석함으로써 인간관계에서 발생될 수 있는 오해와 갈등, 그리고 그것의 해결 방안을 모색해본다. 『가족』에는 여러 세대의, 그리고 여러 유형의 부부관계가 등장한다. 이 작품에 등장하는 각각의 부부관계는 세대별로 많은 차이점을 보인다. 작품 속에 등장하는 세대 중 가장 윗세대[11]에 해당되는 행

---

11) 작품 속에 등장하는 가장 윗세대인 행크는 엄밀하게 말하면 이민 2세대이다. 제리의 할아버지는 이탈리아에서 이민 온 후 "배틀 브라더스 벽돌과 회반죽"이라는 회사를 대공황 때 설립한다. 이 회사는 제리의 아버지와 삼촌들에게 성공적으로 대물림되었고, 제리를 거쳐 지금 현재는 제리의 아들인 잭에 의해 운영되고 있다. 따라서 제리의 할아버지는 이민 1세대, 행크는 이민 2세대, 제리는 3세대에 해당되고 잭과 테레사는 이민 4세대에 해당된다. 창래 리는 이렇게

크-논나 부부는 모든 집안의 권력이 남성에 존재하는 전형적인 가부장제에 해당되는 부부이다. 그 다음 세대인 제리-데이지 부부는 권력이 남성에게 편중되어 있다는 점에서 윗세대와 비슷한 양상을 띠지만, 제리가 가부장적 권위에 절대적 맹신을 하지 않고 있으며, 여성인 데이지가 무언의 저항을 시도한다는 점에서 과도기적 부부관계이다. 또한 법적인 부부관계가 아니라 동거가족의 형태인 제라-리타의 관계도 존재한다. 이민 4세대인 잭-유니스 부부와 폴-테레사 부부는 권력이 남성과 여성에게 동등하게 부여된 가장 현대적인 부부관계이다. 어떻게 보면 이들 부부는 이태리계 이민 후속세대라는 의식보다는 자신들이 미국인이라는 의식이 강한 부부이다.

그러면 먼저 가장 윗세대에 해당하는 행크-논나 부부를 살펴본다. 제리의 아버지 행크는 그야말로 가부장적 가치를 내면화하고 있는 인물이다. 그는 가족들에게 퉁명스럽고 단호한 행동을 보인다. 그가 이런 태도를 갖는 것은 "[자녀들에게] 교육적으로 좋다고 생각해서라기보다는 가장 나이 든 사내이자 가장으로서의 자기 입지를 과시하기 위한 것"(A 72)이다. 또한 그는 자신의 가치를 다음 세대인 제리에게도 물려주려 한다. 논나는 "자신이 그 [행크]를 결코 떠날 수 없으며, 진정으로 다시 인생을 시작할 수 없다는 것을 알고 있었기 때문에 가능한 한 삶을 복잡하게 영위하려고 하지 않음"(A 115)으로써 스스로 남성에 의한 지배를 당연시 한다. 이렇게 논나가 남편의 권위적인 태도에 저항하지 않고 자신의 위치나 입장을 수용해 버렸기 때문에, 이 들 부부에게는 문제가 발생되지 않았다. 하지만 제리와 데이지 부부는 상황이 달랐다. 데이지가 무언의 저항으로 스스로 죽음을 선택했기 때문에

이민 후속세대를 작품 속에 등장시킴으로써 단지 이민자의 문제만이 아니라 인간이 삶을 영위하면서 갖게 되는 보편적인 문제로까지 작품의 폭을 확장시키고 있다.

이들의 부부관계는 파괴된다.

제리의 아내 데이지는 억압적이고 권위적인 시아버지와 남편으로부터 아무런 삶의 의미를 찾지 못한다. 데이지는 한국 여성으로 동네의 다른 젊은 어머니들과 다를 바 없이 집과 아이들을 돌보고, 요리를 하거나 각종 청구서를 처리하는 평범한 가정 주부였다. 제리는 아버지의 영향으로 남성은 집안에서 권위적이어야 하며 사회에서는 경제 활동에 전념하면 된다는 생각을 가지고 있었기 때문에, 아내 데이지의 외로움과 고충을 이해하지 못한다. 데이지의 불만은 평화롭고 즐겁던 가든파티 장에서 표출된다. 데이지는 뜨거운 기름이 자신의 발등에 떨어진 상황에서도 비명을 지르지 않고 기름이 가득 찬 프라이팬을 뒤집어 테이블을 때리는 행동을 한다. 제리는 다음과 같이 데이지를 회상한다.

> . . . 하지만 그녀가 밤에 잠들지 못하고, 혼자 술을 마시고 새벽 2시에 잠옷 차림으로 동네를 배회하는 것을 보면 약간 걱정이 되었다. 그럼에도 나는 골프를 치고, 한가한 시간 대부분을 밖에서 보내는, 내가 아는 많은 젊은 가족들보다 우리가 훨씬 낫다고 생각했다. . . . 그런 다음 그녀의 신용카드를 자르고, 수표책을 빼앗았으며, 일주일마다 식료품과 가스비, 그리고 그 밖의 잡다한 것들에 드는 돈을 최소한으로 현금으로 주었다. 누구든 상상할 수 있겠지만 데이지는 그러한 조처에 불만이었다. 내가 그렇게 한 것은 아버지의 제안이자 지시를 따른 것이었다. (A 104)

> . . . though she worried me a little with her insomnia and solo drinking and 2 A.M. neighborhood walks in her nightgown I figured I was still way ahead of a lot of other guys with young families I know, who were already playing the field and spending most of their free time away from the house. . . . then cut up her charge cards and take away her bank passbook and

start giving her the minimum cash allowance for the week's groceries and sundries and gas. As you can imagine, Daisy wasn't exactly pleased with the arrangement. It was a suggestion/directive from Pop.

데이지의 기행에 대해 남편인 제리는 아내에 대한 애정 있는 판단을 하지 못한다. 그는 가부장적인 신념에 차있는 아버지의 충고대로 데이지에게 경제적 제약을 가함으로써 그녀의 행동을 규제하려고 했다. 이것은 일시적인 해결책이 될 수 있었지만, 결국엔 데이지를 죽음으로 이끌게 된다. 따라서 일부 학자들은 "제리를 살인자, 성적 약탈자, 또는 범죄자"(Smith 124)로까지 규정하지만, 제리가 데이지의 죽음 이후 지속적으로 데이지를 회상한다는 측면에서 이것은 너무 지나친 규정이다. 하지만 제리가 자기 아내와의 진실 된 대화를 시도하지 않았다는 점, 그리고 자기 아내를 성적 대상이나 도구가 아닌 한 인간으로 받아들이지 못해 데이지의 정신 장애를 가속화시켰다는 점에서 제리는 데이지 죽음에 도덕적 책임을 면하기 어렵다(Case 26).

데이지를 대하는 제리의 태도는 리타와의 관계에서도 지속된다. 리타는 데이지의 죽음 이후 제리의 아이들을 키우는 데 헌신적인 역할을 했고, 제리에게 정신적 위안이 되어 주었다. 하지만 제리는 리타를 결혼을 통해 정식으로 아내로 받아들이지 않았고, 그의 필요에 의해 단순 동거로 관계를 유지한다. 데이지는 죽음이라는 극단적인 방법을 동원해 자신의 삶의 출구를 찾지만, 리타는 과감히 오랜 연인인 제리를 떠난다. 다시 말해 데이지와 리타는 제리에 대해 대응하는 방식이 달랐다. 리타가 이런 결단력을 보인 것은 데이지와의 성격차이 때문이기도 하지만, 보다 근본적인 원인은 리타가 경제력을 갖고 있었기 때문이다. 버지니아 울프(Virginia Woolf)가 『자기만의 방』(A Room of One's Own, 1929)에서 여성의 경제력이 남성으로부터 독립할 수 있는 조건이 된다고 역설했던 것처럼, 리타는 전업 주부로 경제적 수입이 없었던 데이지와는 달리 간호사라는 자신의 직업을 가지고 있었다. 리타는 남성에게 여성이 단순히 필요한 도구나 수단이 아니라 인격을 갖는 존재임을 각인시키는 여성상으로 제시된다.

이민 4세대에 해당되는 잭과 유니스 부부, 또는 폴과 테레사 부부는 지배-복종의 가부장적 부부관계가 아니다. 잭과 유니스 부부관계에서 잭은 유니스의 의견을 존중하고 남성의 고유 영역으로 여겼던 사회활동에 유니스가 참여하는 것도 당연하게 생각한다. 테레사와 폴 부부는 가정에서 남성과 여성의 성역할의 구분이 특별히 없고, 사회활동도 오히려 폴보다는 테레사가 더 적극적으로 한다. 폴의 직업12)이 소설가라는 특이성 때문인지는 몰라도 테레사의 병이 밝혀진 후 폴이 가사 노동을 전담하기도 한다. 이들 이민 4세대 부부는 남녀를 떠나 자신에게 관계된 일을 스스로 결정하고, 동시에 책임도 스스로 지려는 태도를 보인다. 유니스는 한때 고가의 미술품들을 사들여 집안을 화려하게 치장하기를 좋아했고, 자녀 교육에 있었어도 비싼 과학 실습 도구를 직접 구매하는 등 사치와 낭비가 심했었다. 하지만 잭이 잘못된 사업 운영으로 재정적으로 파탄이 나자 소설 전반에 걸쳐 묘사된 그녀의 성향과는 다르게 경제적 어려움을 극복하기 위해 원래 살았던 화려한 집을 세놓고 제리의 집에서 같이 생활함으로써 더 나은 미래를 위해 준비한다. 유니스는 경제적 여유가 있었을 때 사치와 낭비가 심했다는 부정적인 측면뿐만 아니라 어려워진 가정 경제를 스스로 타결하겠다는 긍정적 측면에 이르기까지, 당당한 미국 여성의 전형으로 그려진다. 테레사는 출산을 하게 되면

---

12) 이 작품에서 폴은 한국계 미국 소설가로 등장한다. 제리는 폴에 대해 "아시아인이면서 미국인이라는 끔찍할 정도로 모순되고 복잡한 상황에서 자신을 찾는 문제에 대해 글을 쓰는 작가"(74)로 평가한다. 이는 창래 리가 자신의 모습을 투영시켜 묘사한 것으로 볼 수 있다(Cowart 16).

죽음의 위험을 감수해야 한다는 사실을 알면서도 출산을 강행한다. 남편인 폴과 그녀의 아버지 제리는 출산을 하겠다는 테레사의 의사를 바꾸지 못한다. 이렇듯 이민 4세대에 해당하는 부부는 경제활동에 있어 남녀 구별이 없으며, 의사결정 과정에 개개인의 의사가 존중되는 가장 현대적인 부부의 모습을 보인다.

미래에 태어날 아이를 위해 기꺼이 자신이 죽을 수도 있는 위험을 감수하겠다는 테레사의 결단은 제리로 하여금 그에게 있어 자식들이 어떤 존재인가를 다시 한 번 생각케 한다. 제리는 아내를 잃은 후, 자식들로부터 진정한 존경을 받지도 못했고, 전술한 바와 같이 그들과 진정한 유대관계도 갖지 못했다. 사실 제리는 자식들의 성장에 크게 간섭하거나 개입한 적이 없었다. 제리는 자신의 이런 태도가 때로는 자식들에게 그저 무관심이나 애정이 없는 것으로도 비춰질 수 있다는 것을 미처 깨닫지도 못했다. 제리가 "잭과 함께 테레사는 분명 내가 내 인생에서 일군 최고의 존재이다"(A 246)라고 독백하는 것을 보면, 분명 제리는 자녀들에 대해 커다란 애정을 가지고 있었다. 하지만 그는 이 애정을 자식들에게 표현하지 못했고 그로 인해 자녀들과의 사이에 벽만 생겼던 것이다. 제리는 테레사를 자신의 비행기에 태우고 비행을 하던 날 "이상한 성취감"(A 219)을 느끼는데, 이는 아버지로서 딸에게 무언가 해줄 수 있다는 마음으로부터 비롯된 것이다. 테레사는 본능적으로 자신의 목숨보다도 미래에 때어날 자식을 먼저 생각함으로써 제리가 자신의 삶을 변화시킬 수 있는 계기를 마련해준다.

테레사의 결단은 제리로 하여금 자신과 가족의 상황을 긍정적으로 변화시켜야 한다는 욕구를 갖게 한다. 제리는 이제 잭의 사업을 단지 관망하던 자세에서 벗어나 적극적인 도움을 주고자 한다. 그는 전처인 데이지가 힘들어 정신적 착란을 걸쳐 죽음을 선택할 수밖에 없었던 일련의 과정들을 방관

했던 것과는 달리, 현재의 연인 리타를 이해하려고 하며, 그녀의 마음을 되돌리기 위해 최선을 다한다. 제리의 이런 태도의 변화는 온가족이 함께 모여 살 수 있는 긍정적인 결말을 가져온다. 작품의 결말 부분에서 제리는 "나는 가끔 사라지고 싶고, 아주 멀리 날아가고 싶었지만 그럴 수 없었다. 아니, 어쩌면 이제는 그런 짓을 하지 않을 것이다"(A 340)라고 말한다. 또한 그는 "우리는 싫든 좋든 서로에게 위탁되어 서로의 손에 남게 되었고, 따라서 어쩌면 우리에게 요구되는 것은 서로를 내버려두지 않는 것뿐이다"(A 315)고 고백한다. 이는 작품의 서두에서 가족 간의 의사소통의 부재로 가족 간의 유대는 물론 삶의 의미마저 상실해 혼자만의 비행을 즐겼던 제리가 상황 개선을 위해 적극적인 태도 취하겠다는 의지를 피력한 것이다. 그는 가정에서 군림하는 가부장적인 태도를 버리고 상호 의사소통을 시도하며, 상대방을 배려하는 사람이 될 것임을 다짐한다.

라히리의 작품은 "[인도] 이민자들의 경험이라는 제한된 한계를 넘어 보다 넓은 인간의 문제로까지 확장된다"(Noor 366). 라히리는 인도의 전통과 문화만이 아니라 인간의 본질적인 삶의 문제, 즉 물질 추구의 사회에서 인간성 회복, 의사소통의 문제, 그리고 진정한 사랑과 바람직한 가족애의 복원 문제까지 작품 주제의 폭을 확장시키고 있다. 이것은 라히리에 대한 평가, 즉 단지 인도계 미국작가라는 편협한 비평적 시각을 깨는 것이며, 또한 창래 리의 작품세계에도 동일하게 적용된다. 창래 리는 『가족』에서 다인종, 다혈통으로 구성된 한 가족을 모델로 삼아 현대 미국인들의 구체적인 삶의 실상을 다룬다. 어떻게 보면 가장 가까운 사람인데도 불구하고 의사소통이 이루어지지 않아 서로 갈등하고 오해하는 상황이 부모와 자식 간에, 남편과 아내 사이에서 빈번하게 일어난다. 제리 베틀 집안을 단지 한 가정이 아니라 현대 미국사회 또는 국제 사회, 그리고 서로 이질적인 문화로까지 확장하여 해석 가능하다. 창래 리는 『가족』에서 서로 이질적인 개인과 단체가 공존과 화목을 도모하기 위해서는 적극적인 대화의 참여와 열린 마음, 그리고 상대방의 입장을 이해하려는 노력이 요구됨을 역설한다.

라히리와 창래 리가 재현하는 문학은 미국사회에서 생존해 나가는 소수민족으로서 자신들이 당하고 있는 비가시적 차별과 배척으로부터 생겨난 심리적 상처를 치유하고 정체성의 위기를 극복하여 미국사회, 즉 다인종·다민족 사회에서 자신들의 안정된 생존을 담보하는 것이다. 라히리는 『질병의 통역사』에서 주로 인도 출신의 미국 이민 1세대뿐만 아니라 이민 2, 3세대들의 미국에서의 삶을 다룬다. 라히리는 자신에게 인도의 캘커타(Calcutta)는 "내가 가족들과 함께 종종 방문했던 곳이기 때문에, 꽤 잘 알고 있는 곳이다. 내가 성장 했던 뉴잉글랜드(New England)와는 너무나 다른 거대하고 거칠며 매력적인 이곳으로의 여행은 일찍부터 세계와 다른 사람들에 대한 나의 인식을 형성시켰다"(*A Reader's Guide*, 2)고 말한다. 그 결과 그녀의 소설에는 전통적인 인도 이름, 음식, 조리법, 의상 등의 다양한 인도 문화 요소들이 구체적으로 묘사되고 그것들이 그녀의 소설의 인물들과 배경의 분위기를 구성한다. 하지만 여기서 주목해야 할 것은 단순히 그녀가 인도의 전통과 문화로의 복원만을 주장하지는 않는다는 점이다. 비록 자신이 인도계 미국인으로서의 인도의 전통과 문화의 영향 받았지만 그것은 단지 그녀의 글쓰기의 소재에 불과했던 것이다. 그녀 작품의 주인공들 중 그 어떤 이도 그들의 조국으로의 귀환을 고려하지 않는다(Nityanandam 60). 그녀는 인도 출신의 이민자들의 삶뿐만 아니라 물질 중심의 미국사회에서 인간성 회복, 의사소통 문제, 그리고 진정한 사랑과 바람직한 가족애의 복원 문제까지 작품 주제의 폭을 확장시킨다.

『질병의 통역사』가 라히리의 첫 작품임을 감안하면, 창래 리에 비해 라히리는 그래도 아직 인도에 뿌리를 두고 작품을 창작했다고 할 수 있다. 하지만 창래 리는 『가족』에서 제리의 아내인 데이지와 테레사의 남편인 폴의 등장을 제외하면 그 어디에도 창래 리가 한국계라는 흔적을 찾아볼 수 없다. 창래 리는 『가족』에서 한국계 이민사회가 아닌 중산층 백인사회를 배경으로 다양한 인종이 사랑과 결혼으로 결합하여 자식을 낳음으로써 인종적 혼혈이 이루어졌고, 그들이 미국에서 삶을 영위하는 과정에서 겪게 되는 일상적인 문제에 접근함으로써 다문화로 이루어진 미국사회 자체를 분석한다. 라히리와 창래 리는 민족적 전통문화의 가치를 새롭게 인식한다. 하지만 이들은 기존의 민족적 구분점을 통해 자신을 옛 기원으로 환원시키려는 것이 아니다. 미국에서 작품 활동을 하고 있는 미국작가로서 그들은 그들의 부모가 가지고 있고, 부모세대가 그들에게 강요하는 민족주의와는 그 성격과 종류에 있어서 다른 새로운 종류의 자아의식을 갖는다. 그들이 취하는 근본 입장은 본국의 배타적인 민족의식의 재확립이 아니라 이민 온 나라, 즉 미국에서의 생존이다. 스스로 이민자 의식의 쇠퇴와 소멸을 주장하고, 자신들은 이미 완전히 미국사회에 동화된 미국시민임을 표방함으로써 '뿌리 없는 토박이 의식'을 갖는다.

■ 이 글은 「아시아계 미국 작가: 이민자 의식의 소멸과 뿌리 없는 토박이 의식」, 『현대영미소설』, 17권 2호(2010): 181–209쪽에서 수정 · 보완함.

4. 외상적 기억이 남긴 상흔의 치유: 리의 『항복자들』

1) 외상적 기억

외상(trauma)은 내부 또는 외부에서 오는 너무 강력한 자극으로 인해 인간 정신이 갑자기 붕괴되거나 고장을 일으키는 현상을 가리키는 정신의학(psychiatry) 용어이다. "갑작스럽거나 재난적인 사건의 압도적인 경험"(Caruth, *Unclaimed Experience* 11)에 의해 인간 의식의 보호막이 깨어지고, 자아는 압도되어 중재 또는 통제력을 상실한다. 외상적 사건을 경험한 자아는 무의식으로 자신의 경험을 억압하지만, 과거의 '외상적 기억'(traumatic memory)은 일정한 시간이 흐른 후에도 사라지지 않고 예고 없이 반복적으로 주체의식의 표면으로 떠오른다. 따라서 외상적 기억은 자아의 감정 균형을 파괴하고, 자아는 분열된다. 창래 리(Chang-Rae Lee, 1965-)의 『항복자들』(*The Surrendered*, 2010)은 이러한 외상의 문제를 문학적으로 잘 형상화하고 있는 작품이다. 이 작품들에 등장하는 주요 인물들은 과거의 외상적 기억으로 인해 "강렬한 두려움, 무력감, 통제 상실, 정신적 붕괴의 위협을 경험한다"(Herman 33). 본 연구는 『항복자들』을 중심으로 과거의 외상적 사건, 또는 그 기억이 어떻게 등장인물들의 현재 삶에 침투하여 죄책감을 불러일으키며, 자아를 분열시켜 고립과 단절을 초래하는지를 살펴본다. 나아가 본 연구는 창래 리가 '인간 상호간의 소통, 이해와 공감, 그리고 사랑'을 외상을 치유하고 극복하는 방안으로 제시하고 있음을 밝히려고 한다.

창래 리는 『항복자들』에서 전쟁과 폭력이라는 최악의 환경에서 살아남은 주인공들의 삶에 외상적 기억이 어떤 영향을 미치는지 보여준다. 창래 리는 준(June Han), 실비(Sylvie Tanner), 그리고 헥터(Hector Brennan)의 삶을 통해 그들이 각기 다른 방식으로 전쟁과 그 기억에 대응하는 이야기를 들려준다. 준은 오래전 자신의 눈앞에서 피 흘리며 죽어가는 동생들을 뒤로 하고 살기 위해 무작정 달려 피난 기차에 올라탐으로써 광기 어린 생존 본능을 보여준다. 실비는 만주의 선교사촌에서 일본군에 의해 자행된 집단학살과 부모님의 죽음에 대한 기억으로 마약에 의존하는 삶을 영위한다. 헥터는 어버지의 죽음에 대한 책임감과 전쟁에서 목격한 동료와 포로들의 처참한 죽음에 대한 기억으로 인해 내일이 없는 사람처럼 체념의 모습으로 일관한다. 어떻게 보면 이들은 치열하고 냉혹한 인간 생존 현실의 '항복자들'이다.

『항복자들』에 대한 개별적 국내 연구는 기본적으로 이 작품이 직접적으로 전쟁을 다루고 있는 작품들이 아니기 때문에 전쟁소설이 아니라는 전제에서 출발한다.[1] 하지만 팀 오브라이언(Tim O'Brien, 1946-)은 "진정한 전쟁이야기란 결코 전쟁에 관한 것만이 아니며, 오히려 전쟁소설은 사랑과 기억에 관한 것"(*The Things They Carried* 81)이라고 주장한다. 또한 브로스만(Brosman)은 "전쟁문학(war literature)이 삶에 대한 맹목적 충동과 모순, 그리고 인간의 공포와 죽음의 문제를 다루기 때문에 심리학적, 도덕적, 사회적, 그리고 미학적

---

1) 창래 리의 『원어민』(*Native Speaker*, 1995)와 『제스처 라이프』(*Gesture Life*, 1999), 그리고 『가족』(*Aloft*, 2004)는 주로 미국으로의 이민을 선택한 자들의 '동화의 문제'와 '정체성의 혼란,' 그리고 '인종 갈등 문제'라는 주제로 활발하게 연구된다. 반면에 『가족』 이후, 단지 이민 작가라는 편협한 평가를 뛰어 넘어 그에게 미국 중견 작가로서 자리를 확고하게 해준 그의 네 번째 작품 『항복자들』에 대한 연구는 노은미의 「폭력의 기억: 『항복자』에 나타난 저항의 심리학」과 신혜정의 「이창래의 『더 서렌더드』: 집단적 외상 인식과 치유 가능성 모색」, 그리고 진주영의 「호모 사케르의 윤리: 창래 리의 『제스처 라이프』와 『항복한 자』 연구」 등이 있다. 본 연구는 창래 리의 『항복자들』이 전쟁을 직·간접적으로 체험한 등장인물에 대한 외상 서사라는 점을 전제로, 현대 외상학자들의 견해에 근거하여 피폐해진 등장인물들의 삶의 양상과 작가가 문학적으로 제시하는 치유과정 혹은 치유 메커니즘을 분석할 것이다.

기능이 존재함"을 역설한다(96). 팀 오브라이언과 브로스만의 주장에 따르면, 전쟁문학 혹은 소설은 단순히 독자의 흥미를 끌기위한 폭력적인 행위에 대한 묘사나 작가의 필요에 의한 이념에 대한 역설만이 들어있는 것은 아니라는 것이다. 이들은 전쟁도 인간의 역사이자, 삶의 한 영역이기 때문에 궁극적으로는 인간 삶의 의미를 재성찰하는 서사가 될 수 있음을 주장한다. 팀 오브라이언과 브로스만이 전쟁문학, 혹은 소설의 의미와 기능을 확대해석하고 있는 것처럼, 『항복자들』은 이들이 규정한 새로운 전쟁 서사의 전형을 보여준다. 따라서 본 연구는 이 작품의 등장인물들이 한국전쟁의 아픈 그림자로부터 벗어나지 못한다는 측면에서, 이 작품은 전형적이면서도 형태를 달리하는 전쟁소설이며, '외상 후 스트레스'를 다루고 있는 '외상 서사'임을 주장한다.

　본 연구는 창래 리의 『항복자들』을 중심으로 외상적 기억으로 인해 자아가 분열되고 사회로부터 고립과 단절을 경험한 이들의 피폐해진 삶의 양상을 현대 외상학자들의 견해에 따라 분석할 것이다. '외상 후 스트레스 장애'(Post-Traumatic Stress Disorder: PTSD)뿐만 아니라 캐플랜(E. Ann Kaplan)의 '가족 외상,' 리샤 맥칸(I. Lisa McCann)과 로리 펄만(Laurie Anne Pearlman)의 '간접 외상'(vicarious traumatization), 루르만(T. M. Luhrmann)의 '침묵 외상(quiet trauma),' 그리고 데이드르 베렛(Deidre Barrett)의 '일상적 외상'(common trauma) 등의 개념들이 활용될 것이다. 또한 본 연구는 외상 치유 방안에 대한 학자들의 견해를 바탕으로 작가로서 창래 리는 과거의 외상적 기억이 남긴 상흔에 대한 서사를 통해 '인간 상호간의 소통, 이해와 공감, 그리고 사랑이 외상 치유의 방법'임을 주장한다는 점을 밝히려고 한다. 『항복자들』에서 준, 실비, 헥터가 공유하는 『솔페리노의 회상』(A Memory of Solferino)이라는 작품 속 책의 의미와 준이 자신의 죽음이 임박했음에도 불구하고 헥터와 함께 떠났던 이탈리아 솔페리노로의 여행의 의미를 부각시켜 볼 것이다.

2) 외상의 양상

지그문트 프로이트(Sigmund Freud, 1856-1939) 정신분석 이론에서 "정신적 외상은 전쟁의 경험, 자연적 재해 또는 테러리스트의 공격, 성폭행 또는 개인들이 그들의 삶이나 정신적인 통합이 위협받는 것을 두려워하는 일련의 경험"(Freud 221)이다. 따라서 정신적 외상은 인간 정신의 정상적인 방어기제가 작동하지 못할 정도로 충격적인 사건, 즉 전쟁, 유태인 학살, 원자탄 투하처럼 평범한 경험의 영역을 크게 벗어나는 사건들로 인해 강박적 기억의 형태로 해당 사건을 계속 경험하는 병리현상을 의미한다. 프로이트는 이를 '반복강박'(compulsion to repeat)이라고 부른다. 자크 라캉(Jacques Lacan, 1901-1981)은 주체 형성 과정에 "실재와의 만남"이라는 근원적 외상이 존재한다고 본다 (55). 라캉은 외상적 사건이 언어적 재현 체계인 상징계의 밖에 위치한다고 본다. 정신적 외상은 언어적 재현 체계와 질서를 교란시키고 붕괴시키는 특징이 있으며, 외상적 기억은 관념과 언술의 체계를 통해 재현될 수 없다는 점에서 통상적인 기억이나 회고와는 다르다. 그것은 정상적인 의미화 체계에서 벗어나 파편화, 분절화, 불구화된 형태의 기호들을 끊임없이 의식의 표면에 떠오르게 한다(권영희 27).

프로이트의 정신분석학 이후, 주디스 허먼(Judith Herman)은 19세기 말 여성 히스테리 연구, 1차 세계대전이 야기한 '셸쇼크'(shell shock) 혹은 '전쟁 신경증'(combat neurosis) 연구, 그리고 최근에 급격하게 대두된 가정 폭력, 특히 성폭력 문제 연구 등으로 정신적 외상에 대한 연구 범위를 확대한다. 허먼은 정신적 외상 연구가 19세기 후반의 민주주의의 도래, 20세기 초반의 전쟁, 그리고 20세기 후반의 여성해방과 같은 정치적 변화에 의존하고 있음을 지적하면서, "공적이고 사적인 세계 사이, 개인과 공동체 사이, 그리고 남성과 여성 사이의 연결을 회복"(Herman 2-3)하는 치유과정도 역시 설명한다. 여기서 허먼은 참전군인, 강간 생존자, 가정 폭력 피해 여성과 아동, 양심수, 강제수용소의 생존자의 직접적인 외상 경험을 주로 다룬다. 미국에서는 1970년대에 월남전 참전용사들의 분노와 외상 후 스트레스가 미국사회에 표면화되었고, 1980년에는 '외상 후 스트레스 장애'(Post-Traumatic Stress Disorder: PTSD)에 대한 공식적인 진단이 『정신 질환의 진단과 통계 매뉴얼 III』 (*Diagnostic and Statistical Manual of Mental Disorders III*)에 등장한다(Caruth, *Unclaimed Experience* 130). 1990년대 초 걸프전과 2001년의 9.11 사태, 그리고 이어진 이라크 전쟁 등으로 기존 외상 연구에 새로운 방법론이 등장한다.

　　대중매체를 통해 미국에서의 9.11 사건을 간접적으로 경험한 캐플랜(E. Ann Kaplan)은 『외상 문화』(*Trauma Culture*, 2005)에서 "거대한 재난들─홀로코스트, 히로시마 원자폭탄 투하사건, 중국혁명─이 아닌 . . . '가족 외상'이라고 부르는 것, 즉 상실, 버림, 거부, 배신의 외상"(19)을 언급한다. 캐플랜은 홀로코스트와 2차 세계대전의 외상 연구대상으로서 피수용자나 참전 군인이 아닌, 그 주변인이 겪어야 할 고통에 주목한다. 캐플랜에 따르면 대학살과 전쟁의 피해자는 죽어 사라졌지만 죽은 피해자에 대한 죄책감과 이에 대한 공포를 느끼며 매일 살아가는 가족, 연인, 친구들이 엄연히 존재한다는 것이다. 가족, 연인, 친구들은 피해자에 대한 안타까움에서 오는 고통뿐만 아니라 자신의 상실의 아픔을 제대로 드러내지 못하는 이중적인 고통을 감당해야하는 상황에 처하게 된다는 것이다. 캐플랜은 '가족 외상'을 언급함으로써, 주요 사건의 직접적인 피해자뿐만 아니라 피해자 주변인들이 갖는 외상에 대해서도 주목해야 함을 주장한다.[2]

---

2) 캐플랜은 9.11 테러의 직접적인 피해자가 존재하겠지만, 그 사건과 아무런 연고가 없고 거리상 멀리 떨어져 있는 사람들도 역시 간접적인 외상을 경험한다는 점을 지적한다(*Trauma Culture* 2). 9.11 테러 발생 직후 참담한 현장을 직접 목격한 이웃이나 구조 활동을 했던 소방대원, 경찰

캐플랜과 마찬가지로 리샤 맥칸(I. Lisa McCann)과 로리 펄만(Laurie Anne Pearlman)은 '간접 외상'(vicarious traumatization)에 대해 언급한다. 이들은 과거 외상적 사건의 피해자를 치료하는 전문가마저도 자신의 환자와 동일한 정도의 외상을 경험을 할 수 있다는 점을 지적한다. 외상적 사건의 피해자의 진술을 듣게 된 전문가는 "피해자의 기억을 내면화 하여 일시적으로 또는 영구적으로 자신의 기억 시스템이 바뀌 버리는 역설적 상황을 경험한다." 전문가마저도 "특별한 콘텍스트나 의미없이 [외상 환자와 동일한] 파편화된 외상 이미지가 떠올라 정신적 붕괴를 경험"하며, 슬픔이나 불안, 그리고 분노를 느낄 수 있다는 것이다(McCann & Pearlman 142-42). 극단적인 경우, 치료 전문가도 "거대한 자연의 힘과 극단적인 인간의 폭력에 대한 무력함, 우울증, 또는 절망"을 경험하여 자존감을 잃을 수도 있다(McCann & Pearlman 139). 캐플랜의 '가족 외상,' 그리고 리샤 맥칸과 로리 펄만의 '간접 외상'은 전쟁 혹은 테러와 같은 과거 충격적인 사건의 직접적인 피해자뿐만 아니라, 외상 피해자 주변인들의 고통에도 관심을 가져야 된다는 점을 지적한 데 의의가 있다.

루르만(T. M. Luhrmann)은 어떤 사건들은 극적이며 영혼을 파괴할 정도의 위력을 지니지만, 또 다른 경우엔 '가족 외상'처럼 말로 표현할 수 없으며 굴욕적인 감정을 느끼게 하는 사건들도 있음을 지적하며, 이 '가족 외상'을 '침묵 외상'(quiet trauma)(198)이라고 부른다. 데이드르 베렛(Deidre Barrett)은 일부 학자들이 일상생활에서 벌어지는 사건들에 대해 '외상'이라는 용어를 사용하기를 꺼려하는 것에 대해 지적하면서, 개인의 안전을 파괴하는 슬픔, 비탄, 충격, 심지어 심기를 불편하게 하는 꿈도 외상의 일종으로 간주해야 한다고

관, 그리고 대중매체를 통해 그 사건을 전해들은 사람들도 직접적인 피해자와 동일한 정도의 정신적 충격을 받을 수 있다는 것이다. 캐플랜은 과거 충격적인 사건의 직접적인 피해자뿐만 아니라 간접적인 피해자까지 외상의 영역을 확대한다.

주장하고 이를 '일상적 외상'(common trauma)(5)으로 명명한다. 참전 군인의 외상을 중점적으로 다루고, 또 이에 대한 치유의 과정을 설명한 허먼의 의도를 이해한 캐플랜, 리샤 맥칸과 로리 펄만, 루르만, 그리고 데이드르 베렛은 외상 연구를 보다 더 심화시키는 한편 외상 연구를 거대 담론에서 일상의 담론으로 끌어내려 정치적 시각보다는 개인적 시각으로 접근한다.

프로이트와 라캉, 허먼의 정신적 외상뿐만 아니라 캐플랜의 '가족 외상,' 리샤 맥칸과 로리 펄만의 '간접 외상,' 루르만의 '침묵 외상,' 그리고 데이드르 베렛의 '일상적 외상'의 개념에서 알 수 있는 것처럼, 현대적 의미로 외상은 아우슈비츠나 각종 전쟁터처럼 특수한 시간적 · 공간적 사건뿐만 아니라 일상생활에서 "평범한 인간의 경험 범주"를 벗어나는 경험으로 정리할 수 있다(Heberle 10). 외상은 예기치 못한 일이나 공포와 관련된 사건과의 대면이기에 기존의 지식체계로는 접근 불가능하고, 일정한 시간이 흐른 후에도 끊임없이 생생하게 외상경험자의 의식으로 떠오르는 것이기에 이성적이고 논리적인 문제가 될 수 없다. 외상적 사건은 발생되었던 그대로 의식에 의해 통합될 수 없기 때문에 과거에 대한 완전한 이야기가 되는 "서사 기억"(narrative memory)이 될 수 없다. 외상경험자에게 특정한 이미지, 사고, 악몽, 그리고 회상의 형태로 반복적으로 나타나며, 그 사건에 대한 회피기제로 기억 상실을 유발하는 외상은 특정한 사건의 불가해성에 의해 구성되는 역사적 진실이다(Caruth, *Trauma: Explorations in Memory* 153). 따라서 문학 작품에서 이루어지는 '외상 서사'(trauma narrative)는 전쟁, 가난, 식민지화, 가정 폭력과 같은 대재난의 결과가 개인의 정신에 미친 영향에 대한 개인화된 반응 방식(personalized responses)의 서술이며, 외상의 직 · 간접 피해자의 개인적 이야기, 즉 외상 경험을 서술하는 행위가 된다(Vickroy, x).

외상적 기억이 외상경험자에게 끼치는 가장 큰 영향은 개인에게 "혼란스럽고 고통스러운 변화"(Heberle 13)를 초래한다는 점이다. '외상 후 스트레스 장애'의 다양한 증상은 크게 과각성(hyperarousal), 침투(intrusion), 억제 (constriction)의 세 범주로 구분된다. 과각성은 "외상 전에는 없었던 각성 반응"을 지칭하며, 수면 장애, 과민한 반응, 극렬한 분노, 지나친 경계심, 그리고 집중력 장애를 일으킬 수 있다. 침투는 "외상을 반복적으로 재 경험하는 증상"이다. 외상 경험자는 외상에 대한 기억이 예고 없이 그의 의식 속으로 침투되기 때문에 정상적인 생활을 영위하지 못한다. 억제는 일종의 회피기 제로서 "외상과 연관되는 생각, 느낌, 상황을 지속적으로 회피하는 것을 말하며, 외상적 중요 사건을 기억할 수 없는 것"도 해당된다. "시간에 대한 개념이 바뀌게 되고," 외상 경험자가 목격한 사건은 현실에서는 도저히 일어날 수 없는 사건으로 생각한다. 또한 외상 경험자는 "충격적 사건이 자신에게는 일어나지 않았으며, 다른 사람에게 일어난 사건을 자신이 목격한 것으로, 그리고 눈을 뜨면 곧 사라질 악몽으로도 생각한다"(Herman 35-47).

이렇게 다양한 증세를 보이는 외상 경험자는 감정의 균형을 잡지 못해 심각한 대인장애를 겪는다. 따라서 이들은 사회로부터 고립과 단절의 삶을 살게 된다. 외상 경험자들은 "안전한 세상, 자아에 대한 긍정적 가치, 질서가 잡힌 세계" 등에 대한 믿음이 붕괴된다(Herman 51). 이러한 믿음의 붕괴는 자아분열을 일으킨다고 허먼은 다음과 같이 지적한다.

> 외상을 겪는 사람은 자아에 대한 기본 구성에 손상을 입는 고통을 당한다. 그들은 자기 자신, 다른 사람, 그리고 신에 대한 신뢰를 잃어버린다. 모욕과 죄책감, 무력감을 경험함으로써 이들의 자존감은 공격당하게 된다. 욕구와 공포의 강렬하고 모순적인 느낌은 친밀한 관계를 맺는 능력을 위태롭게 한다. 외상 이전에 형성되었던 정체성은 되돌릴 수 없이 파괴된다. (56)

Traumatized people suffer damage to the basic structures of the self. They
lose their trust in themselves, in other people, and in God. Their self-esteem
is assaulted by experiences of humiliation, guilt, and helplessness. Their
capacity for intimacy is compromised by intense and contradictory feelings
of need and fear. The identity they have formed prior to the trauma is
irrevocably destroyed.

허먼이 언급하고 있는 외상에 대한 경험자들의 증세는 창래 리의 『항복
자들』에 등장하는 주요 인물들에게서 그대로 나타난다. 이 작품에 등장하는
주요 인물들은 자아를 붕괴시킬 정도의 과거, 또는 현재의 충격적인 사건의
직·간접적인 피해자들이다. 그러면 좀 더 자세히 이 작품에 등장하는 인물
들의 외상적 삶의 실상을 살펴보면서, 작가가 외상적 기억이 남긴 상흔의 치
유를 문학적으로 어떻게 모색하는지 분석해본다.

3) 피맺힌 기억의 그림자

창래 리의 『항복자들』에 등장하는 인물들이 품고 있는 각자의 기억이
남긴 상처는 자아를 분열시켜 고립과 단절을 초래한다. 일반적인 기억은 과
거 경험을 단순히 "이야기하는 행위"이지만, 외상적 기억들은 "언어화되지
못하고, 정적(static)이다"(Herman 175). 외상적 기억은 기억하는 주체에 의해
가공(process)되지 못하기 때문에, 병적 증상으로 노출되거나, 혹은 예기치 못
한 형식의 감정으로 표출된다(노은미 62).

창래 리는 『항복자들』에서 과거에 충격적인 사건을 경험한 세 주인공,
준, 실비, 그리고 헥터의 외상으로 인한 피폐한 삶을 그린다. 그들에게 전쟁
과 관련된 과거의 기억은 잊고 싶어도 잊을 수 없는 잔인한 굴레로 작용한
다(신혜정 377). 그 기억은 그들이 평범한 삶을 이끌어가지 못할 정도로 그림

자처럼 그들을 따라다닌다. 준은 피난길에서 동생을 사실상 버렸던 기억에서 벗어나지 못한다. 전쟁이 발발한 후 부모를 모두 잃은 준은 열한 살 나이에도 불구하고 어린 쌍둥이 동생을 이끌고 발 디딜 틈 없는 피난열차에 오른다. 하지만 열차가 급정거하는 바람에 동생들이 선로로 떨어지게 된다. 준은 여동생 희수(Hee-Soo)가 그 자리에서 즉사하고, 남동생 지영(Ji-Young)은 열차바퀴에 두 다리가 절단되는 절박한 상황을 목격한다. 준은 기차에서 뛰어내려 다친 지영을 데리고 기차를 타려 하지만, 어린아이로서 다리를 잃은 남동생을 안은 채 기차를 따라 잡을 수는 없었다. 둘이 함께 기차를 타는 것이 불가능하다는 것을 눈치 챈 지영은 "누나, 나는 괜찮아"[3]라며 누나를 보내준다. 어린 남동생의 모습을 뒤로 한 채 준은 생존을 위해 기차를 향해 필사적으로 달린다. 동생을 버릴 수밖에 없었던 피난길 열차 장면은 준의 기억에 잠재되어 끊임없이 해명을 요구하는 '원초적 장면'(primal scene)으로 남게 되고, 스스로를 용서하지 못하는 피맺힌 외상적 기억으로 자리한다. 열차 사건 이후 준은 어린동생의 목숨을 담보로 해서 자신이 생존했다는 죄책감으로 괴로워하며 광기어린 생존 본능에 집착한다.

실비는 만주에서 사랑하는 이들이 죽어가는 것을 눈앞에서 본다. 실비는 선교사로 활동하던 부모님과 비넷(Binet) 부부, 럼(Lum) 부부 등과 함께 만주에서 지낸다. 실비에게 그 시절은 추위와 배고픔으로 육체적으로는 힘들었지만 사춘기 실비가 가정교사 벤자민 리(Benjamin Li)에게 첫 사랑을 느끼는 즐거운 추억도 간직했던 시기였다. 하지만 1934년에 만주에 쳐들어온 일본군은 실비가 머물던 선교사 촌을 급습하여, 국민당 요원으로서 스파이 일을 해왔던 영국 국적의 중국인 가정교사 벤자민 리를 색출하기에 이른다. 중국인 가

---

3) Chang-Rae Lee, *The Surrendered*, New York: Riverhead Books of Penguin Group Inc., 2010, 31. 이 작품에서의 인용은 *S*로 약칭하여 괄호 안에 쪽수만 표기함.

정교사를 끝까지 보호하려던 실비의 부모님은 실비가 보는 앞에서 일본군들에게 처참히 총살당하고, 실비는 14세 소녀의 몸으로 일본군에게 유린당한다. 일본군의 만행은 실비에게 끔찍한 기억으로 남았고, 실비는 그날의 기억으로 인해 자신의 존재 이유를 상실한다. 부모님을 비롯한 사랑하는 이들의 죽음 장면이 자주 떠오름으로써 그녀의 정신세계는 마비된다. 실비는 한국에서 명목상 테너목사 부인으로서 고아원에서 아이들에게 성경을 가르치고 남편의 선교활동의 조력자 역할을 하지만, 그녀는 자신을 지탱하기 위해 "발목에 선명한 바늘 자국들"(S 150)이 날 정도로 마약에 의존하는 삶을 살게 된다.

헥터가 방랑자로서의 삶을 살게 된 것은 아버지의 죽음과 한국전쟁에서 만난 북한군 소년 병사의 죽음에 대한 기억이다. 술주정뱅이 아버지를 집으로 데리고 오는 일을 담당했던 헥터는 자신의 일에 회의를 느껴, 잠시 아버지 곁을 떠나 동네 한 여인의 집에서 밤을 보낸다. 그 사이에 그의 아버지는 만취된 상태로 물에 빠져 죽음을 맞는다. 아버지의 죽음과 함께 헥터에게 각인된 또 다른 외상은 전장에서 만난 북한군 소년 병사의 죽음에 대한 기억이다. 한국전쟁에 참전한 헥터는 열다섯 살 남짓한 북한군 소년 병사를 죽이라는 명령을 받게 된다. 헥터는 적을 죽이지 않으면 자신이 죽을 수 있는 전쟁 상황이라고는 하지만, 이미 동료 병사들의 구타로 피투성이가 되었고, 귀도 멀어 저항 의지도 없어 보이는 어린 소년 병사를 죽일 필요까지 있을까라는 의구심을 갖는다. 결국 헥터는 그 소년 병사를 한 명의 존엄한 인간으로 생각했기에 차마 그를 죽이지 못한다. 헥터는 그 소년 병사가 살아남을 수 있도록 자신의 수통을 건네며 멀리 떠나라고 종용한다. 그렇지만 소년 병사는 헥터의 수류탄을 뺏어 터트림으로써 스스로 목숨을 끊어 버린다. 헥터는 아버지의 죽음에 대한 자책과 전쟁에서 목격한 처참한 죽음에 대한 기억으로 괴로워하며, 낮에는 고아원에서 봉사하면서도 밤에는 순간적인 쾌락과 술에 빠지는 자포자기적인 이중적인 삶을 영위한다.

준과 실비, 헥터가 가지고 있는 과거 사건의 충격, 즉 외상적 기억들은 그림자로 남아 끊임없이 그들의 의식을 지배하고, 삶을 오염시킨다. 이들은 한 순간에 옆에 있던 사람이, 또는 사랑하는 사람이 죽어가는 지옥과 같은 상황을 경험했던 것이다. 따라서 이들은 기억이 남긴 상흔 때문에 그 누구도 평범하게 살아가지 못한다. 그들은 과거 충격적 사건에 얽매어 있기에 그들의 자아는 분열되고, 그들의 삶은 고립되고 단절될 수밖에 없다. 그들에게 있어 삶은 행복한 이상이 아니라 피하고 싶은 잔인한 현실인 것이다.

4) 이해와 공감을 통한 상흔의 치유

창래 리의『항복자들』에서 폭력이 난무하는 전쟁이나 그와 유사한 과거의 충격적 사건을 경험한 이들은 마음의 균형을 잡지 못하고 자아분열의 고통을 경험한다. 창래 리의『항복자들』에 등장하는 인물들의 과거 충격적인 사건에 대한 상흔이 큰 만큼, 작가의 그 상흔에 대한 치유의 모색도 치열하다. 허먼은 외상의 치유는 "관계를 바탕으로 할 때 이루어질 수 있으며, 고립 속에서는 일어나지 않는다"(133)고 지적한다.[4] 상호 믿음과 인간관계가 회복되었을 때 외상 경험자는 자신의 고통을 타인에게 알릴 수 있게 된다. 타인과의 이해와 공감을 통해 외상 경험자는 외상을 경험하기 이전의 느낌을 회복하려는 "외상 사건 재구성 단계"에 들어 갈 수 있으며, 궁극적으로는 "삶의 흐름을 재생"할 수 있게 된다(Herman 176-77).

---

[4] 허먼은 "외상 생존자가 다른 사람과 새로운 관계를 맺었을 때, 외상 경험으로 인해 손상되고 변형된 심리적 기능, 즉 신뢰, 자율성, 주도성, 능력, 정체성, 친밀감 등의 인간으로서의 기본 역량을 회복 할 수 있다"(133)고 본다. 원래 외상이 이 관계의 파괴로부터 파생된 것이기 때문에, 외상의 극복도 역시 이 관계의 정립으로 가능하다고 본 것이다.

로리 빅로이(Laurie Vickroy)는 『최근 소설에 나타난 외상과 생존』(*Trauma and Survival in Contemporary Fiction*, 2002)에서 외상 문학의 윤리적, 치유적 기능을 역설하면서 '외상에 대한 글쓰기'(writing about trauma)는 개인적, 또는 집단적 치유, 그리고 증세의 완화를 가져올 수 있다고 주장한다(8). 더 나아가 빅로이는 "외상 경험은 인간 경험의 보편적, 본질적 요소로서 죽음과 대면하는 것"(223-24)이기에, 외상 경험자의 자아 창조의 시도는 주체로서 자아 절멸에 저항하는 행위라고 다음과 같이 주장한다.

> 궁극적으로 외상 경험은 죽음과 대면하는 것과 연관된다. 외상은 전쟁이나 수용소 캠프와 같은 즉각적인 위험일 뿐만 아니라, 사랑하는 사람의 죽음, 마비, 또는 무시되거나 지워진 개인의 정체성과 같은 주체 죽음의 상황일 수 있다. 때때로 죄의식의 결과로 죽은 자에 대한 헌신이 있을 수 있다. 외상 피해자는 깊은 후회 또는 외상에 대한 생생한 기억을 간직하고자 하나, 이것은 그들을 반영구적인 외상 상태로 빠져버리도록 만들어 버린다. 상징화와 환상을 통해 일시적인 정체성을 설립하고자 하는 시도는 주체로서 자기 절멸에 저항하는 상징적 형태가 된다. 비록 환상적인 것이지만 외상에 대한 통제[또는 치유의 전략은 동일한 목적으로 기능한다. (223)

> Ultimately, experiences of trauma involve a confrontation with death. Sometimes it is an imminent danger, as in war or a concentration camp, but it can also involve situations of subjective death: loss of a loved one, numbing, or having one's identity disregarded or effaced. Sometimes there is an allegiance to the dead as a result of guilt, remorse, or longing to keep the memory of them alive, but this also keeps one immersed in traumatic stasis. Attempts at self-creation, establishing some provisional identity through symbolization and fantasy, are symbolic forms of resisting one's annihilation as a subject. Strategies of control, even if illusionary, serve the same purpose.

빅로이는 외상에 대한 규명을 시도하고 있을 뿐만 아니라, 외상에 대한 서술은 자아정체성을 확립하고자 하는 시도이며, 자아 절멸에 저항하는 행위이자 생존을 추구하는 행위임을 역설한다. 빅로이는 "외상에 대한 문학 작품을 쓰는 작가에게 가장 큰 보상은 그들의 작품이 외상 경험을 갖고 있는 독자들의 치유에 도움이 되고, 새로운 정보를 제공하고 있다는 점을 깨닫는 것"이라고 주장한다(20). 빅로이에 따르면 외상 경험을 직접 서술 또는 전달하는 피해자는 자신의 입장 또는 그 사건의 원인과 상황에 대한 분석을 할 수 있는 기회를 갖으며, 외상 경험을 읽거나 듣는 사람들은 외상 피해자와 고통을 나누는 감정적 교류를 가져 외상을 유발하는 상황을 다시 만들지 않겠다는 공유된 의지를 가질 수 있다는 것이다.

허먼과 빅로이의 주장을 종합해보면, 외상을 경험한 이들에게는 죽음에 저항하는 삶의 욕구와 그 외상을 다시 직면하여 극복하고자 하는 용기가 필요하고, 사회적 측면에서는 집단의 이해와 공감, 대화를 통한 다면적 인간관계의 형성에 치유의 방안이 있다는 것이다. 허먼과 빅로이의 외상 치유의 방안들은 창래 리의 『항복자들』에 문학적으로 잘 형상화되어 있다. 작가는 과거의 충격적 기억이 남긴 상흔을 말하기나 글쓰기를 통해 서사화하는 일은 치유를 위한 한 방안이 될 수 있음을 역설한다. 작가는 외상적 기억이 남긴 상흔을 입어 자아가 분열되고 고립과 단절을 경험한 이들은 '인간 상호간의 소통, 즉 대화를 통한 이해와 공감, 그리고 사랑'에 의해 치유될 수 있다고 주장한다.

어떻게 보면 외상은 "일생에 걸쳐 지속적으로 영향을 끼치기에," "완전한 회복이란 불가능 할 수도 있다"(Herman 211). 하지만 잊고 싶은 과거의 고통을 직시하고 이야기함으로써 정신적 위안을 받을 수 있고 자신의 삶을 좀 더 나은 상태로 이끌 수도 있는 것이다. 자신의 고통스러운 과거의 기억이나 숨기고 싶은 자신의 비밀을 타인과 공유한다는 것은 이미 그것 자체만으로도 상당한 용기가 요구된다. 이 용기를 갖게 됨으로써 외상 경험자는 수동적, 부정적 삶의 태도를 버리고, 적극적·긍정적인 삶의 태도를 가질 수 있다. 이는 과거의 고통스러운 경험이 계속 뇌리에 남아 현실에서 자신의 삶의 일부분이 되어 버린 상황과의 절연(Herman 203)을 의미하며, 동시에 과거와는 다른 새로운 모습으로 재탄생하게 된다는 것을 의미한다.

『항복자들』에서 외상 치유의 실마리는 준, 실비, 헥터가 공유하여 서로의 아픔을 이해하는 계기가 된 『솔페리노의 회상』이라는 작품 속 책과 준이 자신의 죽음이 임박했음에도 불구하고 헥터와 함께 떠났던 이탈리아 '솔페리노로의 여행'이다. 그러면 이 점을 좀 더 자세히 규명해본다.

과거의 피맺힌 기억으로 인해 피폐한 삶을 영위했던 창래 리의 『항복자들』의 세 인물 준, 실비, 헥터에게도 자신들의 상흔들을 치유 할 수 있는 계기는 제공된다. 그 첫 번째 계기는 『솔페리노의 회상』이라는 작품 속 책을 세 인물이 공유한다는 것이고, 둘째는 준과 헥터가 자신들의 아들, 니콜라스(Nicholas)를 찾아 이탈리아 솔페리노로 여행한다는 사실이다. 각기 서로 다른 과거의 외상을 가지고 있던 세 인물이 『솔페리노의 회상』이라는 책을 공유하여 자신들이 겪었던 과거의 충격적 사건의 결과가 동일하다는 것을 발견함으로써 서로 이해하고 공감할 수 있게 된다. 또한 준과 헥터가 함께 이탈리아 솔페리노로 여행함으로써 돌이키기 싫은 과거와 직면하여 스스로를 용서함으로써 치유의 가능성을 확인한다. 특히 헥터는 솔페리노 언덕의 교회(Chapel of Bones)에서 준의 최후를 지켜줌으로써 준과 헥터는 진정한 인간적 소통을 하게 된다.

과거 외상을 경험했던 세 인물, 준, 실비, 헥터가 공유했던 것은 실비의 손때가 묻은 『솔페리노의 회상』이라는 책이다. 이 책은 장 앙리 뒤낭

(Jean-Henry Dunant)이 이탈리아 북부의 솔페리노 지방에서 벌어졌던 전투를 세세히 묘사하면서, 참담한 죽음에 붙인 사색과 증언들을 모아놓은 것이다. 소설 속의『솔페리노의 회상』은 전쟁 기억이 남긴 상흔을 품고 사는 인물들의 강력한 언어적 상징물로 기능한다. 각 인물들은 이 책을 통해 각자의 상흔을 치유하고 극복할 수 있는 계기를 갖는다. 실비에게『솔페리노의 회상』은 만주의 선교사촌에서 일본군에 의해 자행된 집단학살과 부모님의 죽음에 대한 기억을 대변해준다. 실비는 뒤낭의 책을 반복해 읽음으로써 자신에게 일어난 과거의 비극을 이해하려고 한다. 비록 그녀는 과거의 충격적인 사건으로부터 도망치기 위해 때로는 극단적인 성행위와 마약에 의존하지만,『솔페리노의 회상』을 읽음으로써 심리적 고통을 이겨내고, 마음의 위안을 찾는다.

『솔페리노의 회상』에서 묘사되는 전쟁의 참상은 헥터 자신이 경험한 전쟁과 죽음 그 자체였다. 이 책의 첫 장을 보았을 때, 헥터는 "차가운 발톱이 폐부를 할퀴어 숨을 찢는 것과 같은 고통을 느끼는 데, 이 느낌은 곧 마비와 같은 정지로 대체된다. 그것은 회상이나 생각을 위한 정지가 아니라, 그가 이미 죽어버린 것과 같은, 아니 존재하지 않은 편이 더 나았다고 느껴지는 '자기지우기'(self-erasure)"(S 147)의 경험이었다. 헥터가 실비의 책을 읽는 독서행위는 폭력의 기억을 대면하는 의식에 동참함을 의미한다. 헥터는 실비 역시 자기와 동일한 죽음과 같은 고통을 감내하며 생존하고 있다는 사실을 깨닫는다. 헥터는 이 "연약하고 . . . 병약한 . . . 옥색 눈빛을 가진 . . . 여인인 실비에게 . . . 어떤 개인적인 고난과 재난이 있었기에 이 전쟁이야기가 이토록 어두운 그늘을 드리고, 잠 못 들게 했는가"(S 147)라고 독백한다. 이는 헥터가 실비의 말할 수 없는 개인적 고통을 이해하고 그녀와 정신적으로 소통하게 되었다는 증거이다(노은미 64).

준이『솔페리노의 회상』을 직접 간직하게 된 것은 고아원 화재 때였다.

준은 자신이 실비에게 입양되지 못할 것이라는 절망감과 실비와 헥터의 애정행각으로 인해 겪게 된 혼란과 질투 때문에, 고아원에 불을 낸다. 결국 걷잡을 수 없게 된 불은 아이들을 구하러 온 실비를 죽음에 이르게 하고, 실비의 시체와 함께 이 책이 표지가 검게 그을린 채 발견된다. 준에게 『솔페리노의 회상』은 마치 성서와도 같이 사랑과 삶, 그리고 죽음의 비밀을 담고 있는 책이었기에, 준은 이 책을 평생 간직한다. 이 책은 한국전쟁 이후 뉴욕에서 골동품 상인으로 일하던 준이 위암 말기 판정을 받은 후, 뉴욕에서의 삶을 정리하고 이탈리아 솔페리노로의 여행을 감행하는 동인이 된다. 준은 한때 참혹한 전쟁터였던 솔페리노의 현장을 직접 찾아 전쟁과 폭력, 그리고 죽음의 문제를 생각한다.

준과 헥터의 솔페리노로의 여행은 이들이 과거의 충격적 외상으로부터 벗어날 수 있는 단초를 제공한다. 준이 이탈리아 솔페리노로 여행한 표면적인 이유는 유럽으로 떠난 아들 니콜라스(Nicholas)를 찾아 나선다는 것이었다. 하지만 준이 아들인 니콜라스를 찾는다는 것은 오래전에 헤어진 그의 생부인 헥터을 생각한다는 의미도 된다. 그래서 헥터와 동반한 준의 솔페리노로 여행은 누구에게도 말할 수 없었던 고통스러운 기억으로의 여행을 암시한다. 니콜라스의 죽음이 밝혀지면서 준은 다시 한 번 좌절하지만, 니콜라스를 매개로 준은 헥터에게 자신의 마음을 열어놓는다. 준은 헥터와 함께 여행하는 동안, 마치 고해성사와도 같이 기억속의 장면들을 끄집어내어 얘기한다. 준은 고아원에서 지냈을 때 실비와 헥터가 밀회하는 장면들을 보고 얼마나 질투했고, 실비에 대한 그녀의 동경과 사랑이 어느 정도였는지 설명한다. 준은 고아원 화재 때 실비의 죽음에 자신이 직접 연루되었다는 사실도 고백한다. 그래서 솔페리노로의 여행은 실비에 대한 기억과 참회가 뒤섞인 행위이면서, 세 인물 준과 실비, 그리고 헥터가 전쟁의 기억을 공유하여 서로의 아픔을 이해하는 소통행위이다.

창래 리는 외상이 외상 경험자들의 주체적 의지에 따라, 그리고 주변 인물들과의 상호이해와 공감을 통해 극복되어지고 치유 될 수 있음을 주장한다. 『항복자들』에서는 세 인물, 즉 준, 실비, 헥터가 『솔페리노의 회상』이라는 책을 통해 과거 전쟁과 폭력의 기억에 직접적으로 대면 할 수 있었다. 이 인물들은 다른 사람들 역시 자기와 동일한 고통을 감내하며 생존해 왔다는 사실을 깨닫고, 상호이해와 공감을 하게 된다. 외상 경험자에게 최선의 치유는 과거 외상 사건과 직접적으로 대면하고자 하는 삶에의 용기와 이해와 공감을 밑바탕으로 한 인간관계 구축에 있다. 이는 비단 외상 경험자에게만 해당되는 것이 아니라, 타인과의 관계가 단절되어 고독한 삶을 살아가는 현대인들에게도 해당되는 일이다. 팀 오브라이언과 창래 리는 수많은 충격적 사고와 사건이 발생하고 있는 현 상황에서 인간에게는 고난과 수난에 직접 대면하는 삶에의 용기가 요구되고, 고립과 단절을 극복하기 위해서는 소통을 통한 공감과 이해, 그리고 사랑이 필요함을 역설한다.

지금까지 주로 미국으로의 이민을 선택한 사람들의 동화 문제와 정체성의 혼란, 그리고 인종 갈등 문제들을 다루었던 한국계 미국작가, 창래 리를 최근 작품인 『항복자들』을 중심으로 "외상이 남긴 상흔의 치유"라는 주제로 분석해보았다. 창래 리는 『항복자들』에서 한국전쟁을 모태로 전쟁에 대한 외상 서사(trauma narrative)를 전개한다. 문학 작품에서 외상 서사는 전쟁 또는 폭력과 같은 과거의 충격적 사건, 즉 외상이 개인과 집단의 의식에 미친 영향을 탐구하면서 외상의 직·간접 피해자의 개인적 이야기를 풀어내는 행위이다. 따라서 창래 리는 외상을 경험한 이들의 고통과 좌절, 무기력함, 정신적 혼란 등을 생생하게 묘사한다.

더불어 창래 리는 외상을 극복하고 치유하는 방안 역시 제시한다. 외상은 "모든 것을 변화시켜 버리는 경험(transformative experience)이기에, 그 변형을 경험한 외상 경험자는 과거의 순수한 자신의 모습으로 완전히 돌아갈 수 없다"(Tal 119). 따라서 어떤 의미에서 외상에 대한 완전한 치유는 근원적으로 불가능한 것일 수 있다. 창래 리의 『항복자들』에서 준이 마지막 숨을 거두는 상황에서 그녀의 의식 속에 떠오른 것은 준이 죽어가는 동생의 손을 놓고, 필사적으로 달리는 열차에 몸을 실은 장면에 대한 회상이었다. 이는 준이 죽는 순간에도 이 비극적인 상황을 놓지 못했다는 증거이다.

하지만 외상은 외상 경험자들의 주체적 의지에 따라, 그리고 주변 인물들과의 상호이해와 공감을 통해 극복되고 치유될 수 있다. 『항복자들』에서는 세 인물, 즉 준, 실비, 헥터가 『솔페리노의 회상』이라는 책을 통해 과거 전쟁과 폭력의 기억에 직접적으로 대면 할 수 있었다. 이 인물들은 다른 사람들 역시 자기와 동일한 고통을 감내하며 생존해 왔다는 사실을 깨닫고, 상호이해와 공감을 하게 된다. 또한 준이 마지막 숨을 거두면서 자신의 고통의 원인이었고 자신의 삶을 결정지었던 열차장면을 회상한다는 것은 준이 죽는 순간까지 고통과 상처, 그리고 죄의식을 다스리며 치열하게 삶을 살아왔다는 반증이 된다. 기억이 남긴 상흔과 치열하게 싸워 온 준의 삶은 그 존엄성을 인정받기에 충분하다. 요컨대 외상 경험자에게 최선의 치유는 고난과 역경을 이겨내고자 하는 삶에의 용기와 이해와 공감을 밑바탕으로 한 인간관계 구축에 있다. 이는 비단 외상 경험자에게만 해당되는 것이 아니라, 타인과의 관계가 단절되어 고독한 삶을 살아가는 현대인들에게도 해당되는 일이다. 바로 여기에 창래 리의 외상에 대한 문학적 형상화 작업의 의의가 있다.

■ 이 글은 「외상적 기억이 남긴 상흔의 치유: 팀 오브라이언의 『칠월, 칠월』과 이창래의 『항복자들』을 중심으로」, 『현대영미소설』, 22권 2호(2015): 247-269 쪽에서 이창래의 『항복자들』에 대한 부분을 발췌하여 수정·보완함.

5. 혼종성의 역동성: 리의 『만조의 바다 위에서』

1) 바바의 혼종성

호미 바바(Homi K. Bhabha)는 기존 문화 개념의 근본적 탈안정화를 지적한다. 그는 문화에 대해 "문화적 변형이 이주(migration), 이산(diaspora), 전위(displacement), 재배치(relocation) 등으로 인해 초국가적 차원으로 이루어져 . . . 단일 국가, 민족, 또는 진정한 민족전통에 대한 자연스럽고 통합된 담론, 그리고 문화적 독자성에 대한 뿌리박혀 있는 신화를 찾는다는 것은 쉬운 일이 아니다"(172)라고 단언한다. 더 나아가 바바는 서로 이질적인 두 문화가 상호교류와 교배를 통해 변화되고 발전된 역동적인 혼종성(hybridity)5)의 문화로 변용될 수 있다고 주장한다. 바바는 무엇보다도 배제와 부정의 전략에 의해

---

5) 이 용어는 원래 자연과학에서 식물이나 동물의 두 분리된 종을 교배한 결과 도출된 잡종을 의미하는 용어였지만, (탈)식민주의와 제국주의 담론 안에서 그 의미가 확대되어 논의된다. 물론 식민주의자들은 식민지 경영의 결과 생성되는 문화적, 인종적, 그리고 언어적 혼종성에 부정적이고 경계적인 태도를 견지한다. 또한 민족주의자와 순수혈통주의자 역시, 혼종성은 곧 오염이며 타락이고 위협적인 것으로 생각한다. 하지만 역설적으로 기존의 경계를 넘어서는 혼종성은 바로 그 속성 때문에 잠재력과 새로운 가능성을 지닌 것으로 해석될 수 있다(이경란 82). 바바의 혼종성의 공간, 제3의 공간은 우선 세계가 1세계와 3세계라는 이분법적 도식으로 양분될 수 없다는 인식에서 출발한다. 1세계와 3세계를 대칭적으로 놓을 때 1세계는 3세계가 아닌 것이 되고, 3세계는 1세계가 아닌 것이 된다. 다시 말해 1세계에는 착취당하고 핍박받는 집단이 배제되고, 3세계에는 지배하고 억압하는 집단이 배제된다. 그러나 3세계가 언제나 어디서나 착취당하고 핍박받는 집단만으로 구성된 것도 아니고, 1세계가 지배자의 위용만을 자랑하는 것은 아니다. 3세계 역시 권력관계에 의해서 첨예하게 분할된 공간이며 1세계 역시 범지구화가 야기한 대량의 이주로, 자민족 출신이 아닌 수많은 집단들이 거주하는 곳이다. 다시 말해 바바는 주변집단 내에도 권력투쟁과 연관된 많은 집단이 있으며, 모든 집단을 고정된 범주로 단일화 된 집단으로 범주화하는 것은 문제가 있다고 본다. 따라서 바바는 두 문화가 겹쳐지는 혼종성의 공간을 저항과 전복성이 발휘되는 공간으로, 제 3의 가능성이 생성될 수 있는 잠재태의 공간으로 재해석한다.

228 ● 이민자 의식과 토박이 의식: 미국 소수민족 소설을 중심으로

그 소속이 모호해진 공간을 번역의 공간으로 부상시킨다. 바바는 고정관념이나 이데올로기가 만들어놓은 울타리 내에 머물 때만 자기 집단으로 간주하고, 그렇지 않을 때 가차 없이 타자로 추방시켜 버리는 암묵적으로 중심과 주변을 분할하는 견고한 정치적·심리적 벽을 부수고, 그 사이의 틈새를 읽고자 한다. 이 틈새의 공간이 바로 제3의 공간, 그리고 중심과 주변이 겹쳐지는 혼종성과 혼합주의의 공간으로 역동적인 교섭과 변화가 이루어지는 무한한 잠재력을 지닌 공간이다(김용규 51). 따라서 바바의 혼종성은 중심, 기원, 본질에 대한 동화나 거부 자체가 아니라, 동화 혹은 거부의 과정에서 나타나는 다양한 방식의 전유나 이행, 틈입과 공존의 구체적 방식이다. 문화적 다양성과 차이를 억누르지 않고 그 사이의 간극으로부터 역동적 의미를 생산하는 '혼종성'은 억압적 동일화에 저항하기 때문에 문화적 풍부함을 제공할 수 있다.

바바의 혼종성 혹은 제3의 공간의 가능성이 잘 부각된 텍스트는 창래 리(Chang-rae, Lee)의 『만조의 바다 위에서』(On Such a Full Sea, 2004)이다. 이 작품은 백인 혹은 주류 지배계층과 문화에 대한 강력한 대항서사로 읽기가 가능하고, 작가는 백인 혹은 주류 지배문화에 단지 부정과 거부의 몸짓만이 아니라 생존을 위한 전략적 차원에서 문화적 혼종성의 긍정적 의미 부각을 통해 과거 상처를 치유하고, 주체적 삶의 가능성을 모색한다. 물론 이 작품에 등장하는 주인공들의 갈등, 혼란, 상처, 그리고 치유에서 호미 바바가 말하는 "혼종성" 혹은 그 긍정적 의미가 도출되는 것은 아니며, "주체적 삶의 가능성 모색"이 직접적인 혼종성의 역동성은 아닐 것이다. 하지만 이 작품은 중심부 문화에 대한 주변부 문화, 그리고 지배문화에 대한 종속문화의 대항 혹은 탈식민화의 욕구가 강력히 피력되고 있고, 주변부 문화와 종속문화 역시 중심부와 지배문화에 못지않은 문화적 역동성과 창조성을 갖고 있음을 보여준다. 따라서 본 연구는 작가가 자신의 작품을 통해 온갖 형태의 이분법적 논리를 비판하고 해체하면서 새로운 형태의 틈새적이고 혼종적인 전략을 구사하고 있음을 역설할 것이다.

　리는『만조의 바다 위에서』에서 인종적으로 혼종인 인물들, 이민자, 소수자, 그리고 주류문화와 비주류문화의 충돌을 경험한 이들의 삶을 다룬다. 리는 이 작품에서 신중국에서 비모어(B-Mor) 구역으로 이주를 선택한 중국계 이민 집단의 삶을 토대로 경제적 여건에 의한 사회 계층의 분화, 그리고 문화적 차이와 갈등이 심화된 미국의 미래사회를 그린다. 이 작품에서 묘사되는 미래사회는 인구를 조절하기 위하여 건강, 위생, 식품을 관리할 뿐만 아니라 주민들의 생물학적 특성들을 수치화·통계화하고 질병을 예측 관리한다. 하지만 지배계층인 차터(Charter) 연합이 해결하지 못한 유일한 문제는 C-질환이다. 차터 연합은 비모어 노동자들의 건강을 체계적으로 관리하고 C-질환 치료법을 개발하기 위하여 매년 모든 주민의 혈액검사 결과를 기록하고 분석한다. 어느 날 갑자기 레그(Reg)를 납치해 간 이유는 그가 예외적으로 C-질환에 대한 면역력을 갖고 있다는 혈액검사 결과가 나왔기 때문이며, 판을 제약회사가 소유하려고 하는 이유도 그녀가 임신하고 있는 레그의 아기 때문이다. 제약회사들은 판의 뱃속에 들어 있는 레그의 아이를 실험대상으로 연구하여 C-질환 치료법을 개발하여 막대한 부를 축적하려고 한다. 리는 C-질환의 면역 항체가 지배계층인 차터구나 극빈자 층인 자치구(counties)도 아닌 비모어 이민자 집단에서, 그리고 그중에서도 원주민과의 혼혈인 판의 남자 친구 레그와 판의 배 속에 들어 있는 아이에게 있다는 점을 암시함으로써 미래사회를 구원할 대안으로 혼종성을 제시한다.

　물론 인종적 혼종, 혹은 두 문화 사이에 낀 주체들의 갈등과 고뇌, 그리고 그것의 극복이 바바가 말하는 혼종성의 긍정적 의미의 전부는 아닐 것이다. 하지만 이 작품에는 타집단·타문화에의 개방과 교류, 문화적 충돌, 정체성 획득 및 주체적 삶을 위한 경계 가로지르기, 지배문화에 대한 저항과 거부, 인종 혹은 문화적 혼종성의 상황, 그리고 삶의 치유와 가능성의 문제가 제시되고 있다는 점을 고려하면, 바바의 혼종성은 시사하는 바가 크다. 다시 말해 바바의 혼종성이 지배와 권력이 일방적으로 관철되는 것을 거부하고, 주변과 틈새를 읽고자 하는 전략, 그리고 또 다른 삶의 가능성의 모색이라 한다면, 이 작품은 백인의 문화와 지배계층에 대한 대안/대항 서사로 읽기 가능하며, 혼종성의 역동적 의미 및 가능성이 잘 부각된 텍스트로 볼 수 있을 것이다.

리의 『만조의 바다 위에서』에 대한 국내외 연구는 상대적으로 아직 많은 연구가 이루어지지 않고 있지만, 미래의 암울한 사회를 그린다는 측면에서 디스토피아 소설로, 혹은 중국계 이민자들의 디아스포라적 상상력 측면에서, 그리고 일인칭 복수화자라는 서술기법에 대해 연구된다.[6] 이들 연구들은 나름의 논리와 설득력을 갖고 있지만, 리를 포함한 미국 소수인종출신의 작가들의 가장 근본문제, 즉 '문화적 갈등과 충돌, 그리고 문화 융합과 혼종이 여러 층위에서 끊임없이 일어나는 현대 혹은 미래 미국사회에서의 생존의 문제'를 부각시키지 못하고 있다는 인상을 준다. 작품의 경향에 따라 달라질 수 있겠지만, 대부분의 미국 소수인종출신 작가들의 근본적 글쓰기 전략이 문화적 갈등과 충돌, 그리고 그것으로부터 파생된 개인 혹은 집단의 생존 위기, 더 나아가 그것의 극복이라는 점에 주목할 필요가 있다.

본 연구는 호비 바바의 혼종성의 개념을 분석의 이론적 틀로 활용하여, 『만조의 바다 위에서』가 인간 삶의 구원 가능성을 문화적 차이를 교섭하고

---

6) 이런 경향의 대표적인 연구로는 김진경의 「「디스토피아에서의 디아스포라적 상상력: 『만조의 바다 위에서』 연구」, 『미국소설』. 22.3(2015): 65-93.]과 Lee, Ji Eun의 ["Collective We and the Communal Consciousness of Diaspora identity in Chang-rae Lee's *On Such a Full Sea*", 『미국학』 37.2 (2014): 217-40.] 등이 있다.

차이의 간극을 뚫고 들어가며 역동적으로 의미를 생산하는 혼종성의 공간에서 찾을 수 있음을 역설하는 텍스트임을 밝혀보는 데 목적이 있다. 어떤 한 문화에 대한 절대적인 믿음과 정신적 고착화는 타 문화를 무조건적으로 배척하는 폭력적 상황을 도출시킬 수 있고, 문화적 풍부함을 배제하는 행위이다. 다시 말해 다양한 집단과 문화가 섞여 있는 상황에서 배타적으로 자신들만의 고유한 문화를 고집하는 것은 궁극적인 문제 해결이 될 수 없고, 갈등과 불화만을 초래할 수 있다는 것이다. 따라서 리는 자신들의 작품을 통해 이분법과 획일화를 거부하고, 새로운 문화적 가능성에 대한 상상력과 열린 자세, 그리고 문화와 문화 사이의 간극, 즉 혼종성의 공간에 대한 새로운 인식의 필요성을 역설한다는 점을 지적할 것이다.

2) 타집단, 타문화와의 접촉 및 충돌

리의 『만조의 바다 위에서』의 중국계 이민자들의 미국문화로의 진입 혹은 접촉은 자발적 의지에 의한 이주로부터 비롯된다. 이들은 환경오염으로 더 이상 생존이 불가능한 모국을 떠나 미국의 버려진 마을을 보수하여 정착한다. 그럼에도 불구하고 이들은 피부색과 경제적 제반 여건에 의해 비모어 구역에 모여 살며, 빈곤층, 또는 난민이나 망명자 수준의 생활에 머물 수밖에 없었다. 이들은 "사회의 모든 규칙이 뒤바뀌어 있고, 온전한 인간으로 취급 받지 못하며, 그 사회의 언어를 말할 수 없어 모든 행동양식과 관습을 이해할 수 없고, 때로는 위험하기까지 한"(Kachka 인터뷰) 상황을 경험한다. 이런 관점에서 리의 『만조의 바다 위에서』는 백인 혹은 지배계층에 대한 대안/대항 서사이며, 자의이든 타의이든 한 개인, 혹은 공동체가 자신들의 생존과 정체성을 위협하는 상황에 직면하게 된 이야기, 그리고 그 상황의 극복 방안을 모색하고 정체성 및 주체성의 회복을 추구한다.

『만조의 바다 위에서』는 미국사회 내에서 계급과 사회구조의 문제가 전면에 부각된다. 이 작품에서는 경제적 부에 의해 계급이 설정되고 거주구역이 분리되는 극단적 미래 미국사회의 모습이 그려진다. 이 미래사회는 특권층이 모여 살며 타구역으로부터의 진입이 엄격히 제한되는 차터구와 차터구가 필요를 하는 신선한 물고기와 식품들을 생산함으로써 그 대가로 의료서비스와 물 등 필요한 자원들을 제공받는 시설구 비모어, 그리고 약육강식의 폭력이 난무하는 무법지대인 자치구로 나누어진다.

차터구와 비모어는 담으로 엄격히 구분되고, 정문도 달라 다른 구성원의 출입이 철저히 통제된다. 차터구와 비모어에서 자치구로의 하향이동은 경제적 실패나 정치적 추방에 의해 언제든지 일어날 수 있지만, 비모어와 자치구에서 차터구로의 상향이동은 거의 불가능하다. 비모어 거주민들은 차터구의 상향이동을 꿈꾸지만 그것의 가능성은 희박하다. 비모어 거주민이 차터구로 진입하기 위해서는 일 년에 한번 차터구에서 주관하는 시험에서 극상위에 들어야만 한다. 비모어 사람들은 정책적·제도적 불평등에 대해서는 의문을 갖지 않으며, '모범적 소수계'로 "모델 마이너리티 신화"(model minority myth)[7]에 호도된다. 이들은 시험에서 좋은 성적을 거두어 차터구로 이동하는 극소수의 사람들을 영웅으로 생각하고 기념비도 세워준다. 일단 차터구로 진입하는 비모어 출신의 소수는 가족들과의 인연조차 끊고 살아가기 때문에 두

---

7) 언론인 윌리엄 피터슨(William Petersen)이 1996년 뉴욕타임스 매거진 기고에서 처음 쓴 용어이다. 미국 내 아시아인들이 열심히 일하고, 교육수준이 높고, 경제적으로도 윤택한 삶을 영위하는 성공적인 집단으로 소수계의 모범이 된다는 뜻으로 사용된다. 그러나 미국 내 아시아 이민자들을 '모범적 소수계'로 전형화 하는 것이 사실을 반영하기보다는 오히려 근거 없는 사회적 통념이라는 의미에서 차라리 신화(myth)에 가깝다는 인식과 주장이 꾸준히 제기된다. 일견 아시아인들을 추켜세우는 말로 그럴듯하게 들리지만, 모든 아시아인들을 성공적인 인종집단으로 스테레오타입화 하는 이 용어 사용의 이면에는 대부분의 아시아들이 직면하고 있는 사회·경제적 곤경들이 정책적·제도적 시스템이 아닌 개인의 노력 부족 때문이라는 정치적 전략, 혹은 함정이 숨겨져 있다.

구역간의 개인적 연결점은 존재하지 않는다.

판은 비모어 구역의 가장 뛰어난 잠수부였기 때문에, 어떻게 보면 비모어에서의 삶에 만족하고 살아갈 수 있었을 것이다. 하지만 판은 유목민처럼 수조와 같이 폐쇄된 비모어 사회를 벗어나고자 한다. 그렇다면 판이 비모어 구역을 떠날 수밖에 없었던 이유는 무엇인가? 판이 비모어 구역을 떠나게 된 첫 번째 이유는 비인간화되고 기계화된 폭압적인 지배규율에 의해 끌려가 행방불명된 그녀의 남자친구이자 임신한 아기의 아버지인 레그를 찾기 위해서이다. 판은 레그와의 소박하지만 행복한 미래를 꿈꿨다. 판은 지배세력에 의한 개인 삶의 규제와 통제의 상황에 분노한다. 판은 비모어 지역을 이탈함으로써 유목적 주체[8]로서 지배문화세력에 대항하고, 차터구와 자치주에 대한 여행을 통해 그 문화적 차이를 인식한다.

두 번째 이유는 남자 친구 레그를 대신하여 정신적 위안을 주었었던 어린 조셉(Joseph)의 죽음이다. 조셉은 비록 나이는 어렸지만 성숙했고, 레그의 어린 친구이기도 해서 많은 것을 서로 공유할 수 있었다. 하지만 조셉은 비모어 지역에 갑자기 내린 폭우로 사망한다. 아이들 부모는 재배시설에서 일을 하고 있었고, 아이들은 공원 입구 근처의 저지대에 새로 생긴 얕은 연못 주변에서 놀고 있었다. 비가 내리자 불어난 개울에서 흙탕물이 흘려 넘쳤고, 천여마리의 물고기들이 수면으로 마구 뛰어 나왔기 때문에 아이들은 신나서 어쩔 줄 몰라 했다. 하지만 갑자기 내린 비로 물이 불어나게 되고,

---

8) 로지 브라이도티(Rosi Braidotti)의 유목적 주체(nomadic subject)는 "기존의 범주들과 경험의 층위들을 돌파하고 가로지르며 사유하는 주체"를 의미한다. 브라이도티에 따르면 유목주의는 유목적인 민족과 문화의 경험으로부터 영감을 받은 것이긴 하지만, 보다 구체적으로 말하면 "사회적으로 코드화된 사유방식과 행동방식에 안착되기를 거부하는 비판적 의식을 지칭한다"(5). 유목적 주체는 단지 세계를 떠돌아다니는 여행자의 의미가 아니라, "경계의 비고정성을 날카롭게 인식"하여 경계를 흐트러뜨리며 관습을 해체하는 주체를 표상한다(36). 유목적 주체는 이분법적 경계의 안-사이(in-between)공간을 새로운 형태의 주체성을 탐색할 수 있는 영역으로 삼는다.

파이프 속으로 빨려 들어간 조셉의 남동생 친구를 구하려다 조셉은 파이프 중간에 걸려 사망한다. 조셉은 축구선수로 미래가 촉망되던 소년이었고, 판과는 몇 차례 함께 잠수도 했던 사이였기 때문에 판의 비통함은 더욱더 컸다. 또한 판은 단순 폭우로 인해 조셉과 같은 어린이들의 꿈을 키워주지 못하고 사망케 한 비모어 지역의 한계에 환멸을 가질 수밖에 없었다.

세 번째 이유는 판이 분명히 비모어 사람들과는 달리, "흔히들 지혜라고 부르지만 일종의 유행을 타지 않는 시각, 즉 현재의 혼란에 . . . 구애받지 않고 사물과 사람, 그리고 사건을 볼 수 있는 어린아이가 지니고 있는 능력"[9]을 소유하고 있었기 때문이다. 판은 "자신을 억누를 사람이 아니었고, . . ." "전적으로 믿었던 목표를 향해 순수함뿐만 아니라 집중력과 열정으로 나아가는, 진정한 예술가처럼 자신의 계획을 추구하는 사람이었다"(O 182).

네 번째 이유는 판이 다른 보통 사람들과 다른 상상력을 가지고 있었다는 점이다. 비모어 사람들은 자신들이 살고 있는 지역을 못 떠난 이유는 "경계 너머의 세상을 한 번도 경험해보지 못했고," "우리 생각이 뻗어 나갈 수 있는 거리는 제한적"이라 생각했기 때문이다(O 127). 그들은 자신들의 조상들이 그랬던 것처럼 현실에 집착했지만, 판은 그 틀을 뛰어넘었던 것이다.

리도 인터뷰에서 판은 "조용하고 겸손하며 육체적으로 왜소하지만, 위험이 도사리고 있는 세계로 모험을 계속하면서 보여 준 인내와 끈질김으로 주위 사람들의 상상력을 사로잡는"(Leyshon 인터뷰) 능력을 가지고 있다고 밝힌다. 판의 이러한 능력은 퀴그(Quig) 세위(Sewey), 엘라이(Eli), 말라(Mala), 미스 캐시(Miss Cathy)와 그녀의 아가씨들, 비크(Vik)와 베티(Betty) 등 자치구와 차터구를 막론하고, 그녀를 만나는 모든 사람들을 매혹시키고 그들의 관습적 사고를 해

---

9) Lee. Chang-rae. *On Such a Full Sea* (New York: Riverhead Books, 2014), 4. 앞으로 이 책에서의 인용은 *O*로 약칭하고 괄호 안에 쪽수만 표기함.

체시켜, 기꺼이 그녀를 돕도록 만들어 버린다. 따라서 그녀는 차터구와 비모어 구역, 그리고 자치주의 사람들, 혹은 그들의 문화적 갈등과 충돌을 극복하고 조화로운 공존을 도모할 수 있는 유목적 주체, 혹은 가능성으로 제시된다.

3) 정체성 및 주체성 확립을 위한 경계 가로지르기

『만조의 바다 위에서』의 판은 자신의 삶의 주된 공간이었던 비모어 구역을 벗어난다. 판은 폐쇄된 비모어 사회를 뛰어넘어 자치구와 차터구로의 경계를 가로지르는 여행을 함으로써, 일부 사람들의 삶에 변화를 가져오기에 기존 세계를 변혁할 수 있는 잠재력을 담보하며, 새로운 변화를 도출시킬 수 있는 동인이 된다. 판은 주어진 현실에 안주하지 않고 삶의 출구를 찾기 위해, 그리고 주체적 삶을 영위하기 위해 자신의 경계를 뛰어 넘은 것이다.

이주와 혼종성의 사회적 가능성에 대하여 비린더 칼라(Virinder S. Karla)와 라민더 카우르(Raminder Kaur), 그리고 존 허트닉(John Hutnyk)은 "혼종화의 주체가 되는, 끊임없이 이동하는 군중이 방랑자의 비범함과 모든 곳으로 이동하려는 욕망을 가지고 낡고 새로운 모든 영역과 국경을 깨부술 능력이 있다면, 이주는 자본주의에 대항하는 투쟁의 최전선이 될 것"(135)이라고 주장한다. 이들의 견해에 따르면, 셀리나와 타요, 그리고 판은 바베이도스 이민사회와 미국, 혹은 미래사회에서 방랑자, 혹은 이방인 신분이다. 하지만 이들은 자신을 찾고자하는 의지가 있었기에 비범함을 지니며, 이들의 정체성 회복과 주체적 삶을 영위하기 위한 '끊임없는 이동'은 백인사회 혹은 지배계층에 대한 대안/대항 서사로 읽을 수 있다.

『만조의 바다 위에서』의 판은 주관적인 사고나 편견에 의해 왜곡된 말이 아니라, 실제 행위, 즉 경계 넘나들기를 통해 자치구나 차터구의 구체적 삶의 실상을 파악한다. 자치구는 그녀가 듣던 대로 환경오염에 노출되고 물자와 의료시설의 부족으로 열악한 상황에 처해있는 곳이다. 이곳은 차터구와 비모어로부터 추방당한 사람들과 거기서 태어난 사람들이 법과 규율 없이 약육강식의 원리에 의해 움직이고 있는 곳이다. 하지만 그녀는 이곳이 완전히 황폐한 곳이 아니라 숲이 남아 있으며, 무엇보다 비모어와 달리 독서와 대화, 그리고 자유에 대한 갈망과 상상력이 남아 있는 장소라는 것을 알게 된다. 판이 비모어의 정문을 나선 첫날부터 머물게 되는 퀴그의 시설은 다른 정착지와 마을과 시설에 관한 이야기들을 공유하는 일종의 교차로 역할을 담당한다. 그녀는 사람들이 편입되거나 모방하고 싶어 하는 지배계층인 차터구가 물질적 풍요에도 불구하고 끝없는 부의 추구와 경쟁 때문에 결코 이상적인 장소가 아님을 알게 된다.

유목적 주체로서 판이 끊임없이 이주와 경계를 넘나들지만, 그녀의 내면 심리와 의식의 변화가 직접적으로 독자에게 전달되지 않고, 비모어 이민사회의 '우리들'(we)이라는 일인칭 복수화자(the first person plural)에 의해 전달된다는 점은 주목할 필요가 있다. 스스로를 이주 공동체로 규정한 비모어의 복수화자는 때로는 제한된 시점으로 때로는 전지적 시점으로 마치 연극무대의 코러스처럼 판의 여정을 따라가며 그녀의 모험을 서술한다. 그래서 모린 코리건(Maureen Corrigan)과 앤서니 커민스(Anthony Cummins)와 같은 일부 비평가들은 이 복수화자에 대해 부정적 견해를 피력하기도 한다.[10] 하지만 작가 리

---

10) 모린 코리건(Maureen Corrigan)은 복수화자가 "기도문을 읊조리는 것과 같은 평범한 서술을 하고 있고," 판이 주로 "외부 시선에 의해 묘사되기 때문에 [독자가 그녀의 내면세계 혹은 심리적 변화를 알 수 없기에] 모호한 암호(cipher)로만 남아 있을 뿐"이라고 주장한다(Web Page). 앤서니 커민스(Anthony Cummins)도 "리는 판의 이야기를 비모어 집단의 기억으로부터 나온 불안전한 민화(folk tale)처럼 구성한다. . . . 차라리 3인칭을 고수하는 편이 더 나았을 것"이라고 주장한다(Web Page). 비모어 구역에 갇혀 사는 이들 복수화자가 자신들의 경계 밖 자치구와 차터구에서 벌어지는 판의 모험을 서술하거나 판의 심리와 꿈까지도 묘사함으로써 시점의 엄격성을 훼손한다는 점을 고려하면, 이들 비평가들의 견해는 설득력을 갖는다. 하지만 작가 리

는 한 인터뷰에서 "이런 복수의 목소리는 일단 세워놓기만 하면, 그 시점을 제한하는 어떤 규칙도 없다. 모든 관점들이 유연하지만 이 관점은 훨씬 더 유연하다"(Leyshon 인터뷰)라고 함으로써, 이 복수화자에 대한 매우 긍정적인 시각을 드러낸다. 더 나아가 그는 "『만조의 바다 위에서』가 '이야기'(tale)인 것만큼이나 '이야기하기'(telling)에 관한 것"이라고 고백한다(Leyshon 인터뷰). 이것은 마치 실코와 같은 미국 원주민작가들이 백인들의 억압으로 삭제된 부족의 역사를 작품에서 '이야기하기'를 통해, 백인성에 의문을 제기하고 왜곡된 역사를 바로잡아 개인 혹은 집단적 정체성을 찾고자 하는 시도와 동일하다. 또한 복수화자에 의한 판의 경계를 넘나드는 여정의 서술이 "'이야기'(tale)인 것만큼이나 '이야기하기'(telling)에 관한 것"이기 때문에, 판의 모험에 대한 서술은 단순한 사실의 기록이라는 차원을 넘어 구전 설화나 전설의 경계까지 올라갈 수 있는 개연성을 갖는다.

판은 중심인물로서 복수화자의 '이야기하기'의 대상이자, 복수화자의 심적 변화의 촉매제가 된다(김진경 83). 마을 사람들은 직접 혹은 간접적으로 얻은 판의 여정을 따라가며, 다시 말해 "만일 우리가 그녀였다면 어떻게 했을까"(O 47)라는 생각을 하며 인식의 변화를 겪는다. 판의 여정을 따라가던 비모어 화자들은 수동적이고 순응적인 태도를 버리고 자신들의 삶의 변화를 꾀하고자 한다. 다시 말해 비모어 화자들은 시야의 확장과 깨어남을 경험한다. 그들은 자신들이 살고 있는 구역이 "아주 귀한 사치품만 없을 뿐이지 잘 먹고 잘 자고 모든 것이 탈 없이 잘 돌아가는 사회였기에 상상력이 따로 필요 없는 사회라고 생각했다"(O 37). 그러나 레그가 차터구로 소환되고, 그를 찾아 판이 이곳을 떠나게 됨으로써 변화가 일어난다. 레그를 석방하라는 저

가 밝히고 있듯이, 이런 서술전략은 의도된 것임을 주목할 필요가 있다.

항의 벽화들이 생겨나고, 차터구가 필요를 하는 물품을 성실하게 공급하던 사람들의 태도에도 변화가 일어난다. 어떤 부부는 수조를 집에 설치하고 물고기를 따로 빼돌리기도 한다. 이는 체제 순응과 사회 규율에 입각한 공동생활의 기반이 흔들이고 있음을 나타낸다. 이런 의미에서 판은 비모어 사람들의 변화와 발전의 이야기를 추동시키는 역할을 담당하며, 유목적 주체로서 경계를 흐트러뜨리며 관습과 고정된 사고를 해체하는 주체를 표상한다.

4) 삶의 치유와 가능성

리는 폐쇄적이고 배타적인 자기들만의 문화적 경계를 뛰어 넘어 교섭하고 타협하는 혼종성의 긍정적 가치를 부각시켜 삶의 치유를 도모하고 가능성을 제시한다. 『만조의 바다 위에서』를 혼종성의 측면에서 분석할 때 중요한 의미가 있는 에피소드는 켈런 아저씨와 벽화에 관한 이야기다. 이야기꾼 켈렌 아저씨(Uncle Kellen)는 역사 속에 묻혀 있는 비공식적 이야기를 되살려낸다. 그는 차터구와 자치주, 그리고 비모어를 오가며 물건들을 나르는 트럭운전사이다. 그는 자신이 조부모한테서 들은 초기 이민자들의 이야기를 당시 어렸던 비모어 화자들에게 전해준다. 그가 조부모한테 들은 얘기는 신중국 이민자들이 도착하기 전, 미국 원주민들이 비모어 구역에 살고 있었다는 사실이다. 그는 미국 원주민에게도 나름대로 비모어 구역을 재정비하여 건설할 기회가 주어졌다면, 미국 원주민들은 자치구로 내몰리지 않았을 것이라고 단언한다. 켈렌 아저씨는 최초로 문화 횡단을 감행한 자로, 그리고 이야기꾼으로 억압으로 지워진 소수자들의 역사를 다음 세대에게 구전으로 전해주는 역할을 수행한다. 하지만 간질환과 당국의 소환으로 그의 아내 버지니아가 원주민의 피가 섞여있음이 드러나 친족들이 곤란한 상황에 처하게 되자, 그는 비모어에서 영원히 사라져 버린다. 켈렌 아저씨가 차터구와 자치주, 그리고 비모어의 경계를 넘나들고 원주민과의 혼혈과 연관된다는 점은 혼혈의 피가 섞인 레그의 아이를 임신하고 경계를 넘나드는 판의 모습과 유사하다.

『만조의 바다 위에서』에서 이야기꾼 켈렌 아저씨의 비공식적 이야기가 하나의 대안 역사가 될 수 있는 것처럼, 레그가 사라진 후 자주 등장하는 레그의 석방을 요구하는 벽화들은 지배계층이 비모어 거주민들에게 부과한 정치·사회적 억압에 대한 대항 서사이다. 이 벽화는 비모어의 규율을 전달하는 스크린과 첨예하게 대비된다. 공식적인 역사 기록 뒤에 켈렌 아저씨의 비공식적 이야기가 묻혀 있는 것처럼, 이 벽화는 억압을 거부하는 비모어의 비공식적인 내면의 소리이다. 비모어 사람들은 공식적 역사와 규율 뒤에 가려진 그들의 삶과 소망의 이야기를 벽화를 통해 담아내며, 그들의 고난의 삶을 견디어낸다.

차터구의 미스 캐시(Miss Cathy)의 집에서 애완용으로 갇혀 사는 아시아계 아가씨들이 만들어내는 벽화 역시 문화적 혼종성의 긍정적 측면을 부각시키는 매개체로, 그리고 대안/대항서사로 읽을 수 있는 여지를 제공한다. 아시아계 일곱 명의 아가씨들이 그려내는 벽화는 전체적 기획 없이 자발적이고 즉흥적인 조각들로 뒤섞여 있다. 벽화의 조각들은 서로 이질적인 내용을 담고 있으면서도 교묘하게 교섭 및 통합되어 역동적인 의미를 생산해낸다. 이 벽화에는 비좁은 기둥을 따라 아시아계 일곱 명의 아가씨들이 가족과 헤어지거나 그 가족을 잃어버린 장면, 그들이 미스 캐시 집에서 일하기 위해 세네카(Seneca)로 건너온 장면, 새로운 여자애들이 하나씩 도착하는 장면, 말라(Mala)와 함께 일한 여자애가 나중에 나머지 여자애들과 함께 지내기 위해 캐시 양의 스위트룸으로 올려 보내지는 장면 등이 삽입되어 있다. 비모어 화자는 "이 장면들은 경계나 혹은 다른 틀로 나뉘어져 있는 것이 아니라 사방으로 다른 그림들과 놀랍게 섞여 들어갔다. 배경이나 형상이 그 다음 장면의 구조로 자연스럽게 짜여 들어가 결국 전체가 끊임없는 본능적인 물결로 넘실거리는 듯 했다"(O 250)라고 서술한다. 이것은 마치 서로 다른 시간과 공간 속에서, 사람들이 서로 다른 내용을 벽화 속에 그려 넣었지만, 그 벽화의 조각들이 자연스럽게 녹아들어 하나의 거대한 의미구조를 만들어내는 것과 같은 상황이다. 경계와 틀로 나뉘지 않고 연결되어 바다의 파도처럼 살아 출렁이는 이 벽화의 조각들은 혼종적 의미를 생성한다. 호미 바바가 명명했던 혼종화가 이루어지는 '제 3의 공간'이라 할 수 있다.

또한 미스 캐시 집의 벽화는 일곱 명의 아가씨들과 판이 처한 상황에 대한 대안/대항 서사로 읽혀질 수 있다. 복수화자가 서술하고 있듯이, 벽화의 목적은 "[비모어 사람들에게] 영감을 주고 선동하고 기념하고 의문을 던지고 비판하며, 우리에게 일어난 일과 일어났어야 하는 일들을 그리는 것"(O 292)이다. 따라서 벽화는 일정한 틀이나 형식없이 삶의 열망을 담을 수 있기에 다소 위협적이고 전복적인 것이 될 수 있다. 따라서 벽화의 메시지를 읽어내는 일은 "오랫동안 품어온 비밀을 공유하는 것"(O 292)이 된다. 미스 캐시 집의 일곱 명의 아가씨들과 판이 극히 개인적인 일, 혹은 비밀을 공유함으로써, 그들 사이에 상호교감과 소통이 이루어지고 집 벽화에 판의 남자 친구 레그와 오빠 리웨이(Liwei)의 모습, 그리고 그들을 찾아 가는 판의 여정이 첨가된다. 벽화 속에 그려지는 판의 여정을 바라보는 비모어 화자들 역시 판과 비밀을 공유하며, 판에 대해 해석하고 재현함으로써 자신들의 개인 혹은 집단적 삶의 방식을 다시 생각하는 기회를 갖는다.

판의 여정이 아직 끝나지 않았고, 아직 완성되지 않는 벽화라는 사실은 이 작품의 종결에 잘 드러나 있다. 판은 일곱 소녀들의 도움을 받아 미스 캐시의 집을 탈출함으로써 마침내 비모어 지역에서 차터구로의 신분 상승을 이룬 오빠 리웨이를 만나게 된다. 리웨이는 판에게 가족으로서 누구보다도 더 큰 도움을 주겠다고 약속한다. 하지만 C-질환과 관련된 거부반응 제어제 (antirejection drug)에 대한 자신의 연구 결과물을 사려고 했던 제약회사가 C-질환 면역력을 가진 레그의 생체연구에 더 큰 관심을 보이며 최종적 계약체결을 머뭇거리자, 재정적 파산 위기를 모면하기 위해 레그의 아이를 임신하고 있는 누이동생 판을 제약회사에 팔아넘긴다. "이익과 위대함"(Profit and Greatness, 350)이라는 의미의 성공지향적인 이름을 가진 리웨이는 차터 지역에 입양된 후, 냉혹한 경쟁사회인 차터의 생활방식을 학습하여 임신한 동생의 몸마저 거래 대상으로 봤던 것이다. 리웨이는 자신의 경제적 부를 위해 가족마저도 버리는 타락한 인물로 제시된다.

판은 리웨이에 억눌려 살아가는 부인 베티(Betty)와 차터구의 의사이지만 경쟁적 생활방식을 거부하는 비크(Vik)의 도움으로 리웨이의 계략으로부터 벗어난다. 다시 레그를 찾아 정처 없이 떠나는 판의 모습과 함께 『만조의 바다 위에서』는 열린 결말로 마무리된다.[11] 판은 폐쇄되고 수동적인 이민자들의 비모어 사회를 뛰어넘어 극빈자들이 모여 사는 자치구를 거쳐, 경제적 측면에서 대자본을 소유한 부유층이자 정치적 측면에서 관리자층인 차터구로의 문화적 경계를 가로지르는 여행을 감행했다. 그녀가 어떤 특별한 문화적 혼종성을 창출해 냈다고 할 수는 없지만, 그녀는 각 구역별로 문화적 갈등과 차이를 인식했으며 고정된 인식과 사고에 사로잡혀 있는 사람들의 변화의 동인이 된다. 따라서 판은 유목적 주체로서 경계를 넘고 거기서 발견되는 갈등과 차이의 충돌을 통하여 간극을 발생시키며, 그 간극을 통해 새로움을 창출해내는 여행을 했다고 할 수 있다. 어떻게 보면 판이 새로운 여행을 떠

---

11) 비모어의 복수화자들은 판에게 "서두르지 마, 판/ 잠시 머물러 있어/ 우리가 길을 찾을게/ 우리 때문에 돌아올 필요는 없어"(O 407)라고 하면서 판의 여행을 지원하겠다는 결의로 그들의 서사를 마무리 짓는다.

나는 열린 공간이 새로운 삶의 가능성을 배태하는 혼종화의 공간이라 할 수 있을 것이다.

요컨대 리의『만조의 바다 위에서』는 혼종성의 역동성과 가능성을 타진하는 텍스트이다. 판의 정체성 혹은 주체성 회복을 위한 경계를 가로지르는 여정을 고려하면 이 작품은 백인의 문화, 혹은 경제적 구분에 의해 계층화된 지배계층에 대한 대안/대항서사로 읽힐 수 있다.『만조의 바다 위에서』의 경우 삶의 미래는 절대적 부와 경제적 풍요의 차터구 세계로의 욕망이 아니라 새로운 가능성에 대한 상상력과 열린 자세, 그리고 자발적이고 즉흥적으로 그려나가는 벽화처럼 새로운 의미를 생성시키는 혼종성의 공간에 있었다. 리는 개인, 혹은 공동체가 자신들의 생존을 도모하고 정체성을 위협하는 상황의 극복, 혹은 주체적 삶의 확립 방안으로 문화적 혼종화 과정에 대한 수용을 통한 삶의 도전과 변화임을 역설한다.

미국 내에서 여러 소수민족들이 처한 사회적 조건과 그들의 의식, 그리고 백인문화와의 접촉과 충돌, 문화적 갈등으로 인한 정체성의 혼란 등의 문제에 대한 관심은 자연스럽게 바바의 혼종성의 개념에 대한 관심으로 유도되고, 실제로 바바의 이론들은 유용한 분석의 틀을 제공한다. 하지만 바바의 문화적 혼종성의 개념이 포스트식민 사회의 사회적 불평등에 대한 구체적 분석이 결여되어 있다는 비판을 받고 있다는 점 또한 주목할 필요가 있다. 아리프 딜릭(Arif Dirlik)은 혼종성이 언어적이고 담론적인 차원만 강조함으로써 담론 너머에 존재하는 제도적 차원에 대한 인식이 미흡하며, 그 결과 혼종성 내부의 힘들 간의 불균등한 관계들을 놓치고 있다고 비판한다(65). 딜릭의 바바에 대한 비판은 바바의 혼종성에 대한 주장이 혼종성을 구성하는 문화 집단 간, 혹은 그 문화 집단 내부의 긴장과 차이, 혼종화 내면에 작동하는 불평등한 현실적 권력 관계에 대한 설명이 미흡하다는 점에 근거한다.

하지만 이러한 비판에도 불구하고 자본과 문화의 세계화가 가속화되는 현 상황에서 바바의 제3의 공간, 혹은 틈새 공간에 대한 사고의 유용성은 결코 간과될 수 없다. 따라서 혼종성의 역동적 공간의 잠재성과 가능성을 인식하고 그 공간을 주도적으로 이끌 행위자의 주체성 확립의 문제를 탐구하는 것이 리의 『만조의 바다 위에서』의 주된 작업이라 할 수 있을 것이다.

■ 이 글은 「혼종성의 역동성: 마샬의 『갈색 소녀, 갈색 사암집』과 실코의 『의식』, 그리고 리의 『만 조의 바다 위에서』를 중심으로」, 『현대영미소설』, 24권 3호(2017): 99–128쪽에서 리의 『만조의 바다 위에서』에 대한 부분을 발췌하여 수정·보완함.

제4장

유대계 미국작가
민족의식 내재화/토박이 의식의 획득

다민족·다문화의 동화를 위한 도가니에 포함될 수 있었던 마지막 민족
인 유대인들에게 이민자 의식은 자연스럽게 미국인 의식 혹은 내국인 의식
으로 전환된다. 그럼에도 불구하고 민족종교와 전통에 대한 그들의 강한 집
착 때문에 그들의 내면에는 주류의식과 소수민족의식이 공존한다. 유대계
미국인들은 아프리카계 미국인과는 달리 억압받고 소외된 주변문화권에서
부상하여 미국문화의 주류에 자연스럽게 동참했을 뿐 아니라 점차 그 문화
의 대변인이 되어가고 있다. 이는 미국사회에서 경제적 부의 획득과 사회적
지위의 상승과 관계가 있다. 하지만 그들에게 미국사회로의 동화를 끈질기
게 거부하고 민족적 자의식을 유지하려는 경향이 존재한다는 점은 결코 간
과될 수 없는 사실이다. 이는 수난의 유대역사와 결코 무관하지 않으며, 단
일민족으로서 유대교라는 정신적 주춧돌이 존재하기 때문이다.

유대인들은 역사, 정치적으로 "대학살"이라는 비극적 과거와 이스라엘
전쟁을 비롯한 끊임없는 아랍권과의 분쟁으로 민족절멸의 위기의식을 가질

수밖에 없고, 문화적으로 신으로부터 선택받은 민족이라는 선민사상과 유대교라는 철저한 실천 율법을 가지고 있는 민족이다. 이러한 역사, 정치적, 문화적 특이성을 가지고 있는 민족이기에 미국으로 이민 온 유대인들은 경제적 부의 획득과 사회적 지위의 상승에도 불구하고 미국사회에서 여전히 소수민족의식을 버리지 못한다. 유대인들은 여전히 자신들의 민족종교와 전통에 대한 강한 집착을 보인다. 그래서 유대인들은 민족성 보존의 당위성과 미국사회에서의 동화의 필요성 사이의 갈등을 겪지 않을 수 없다. 유대 출신 미국작가들은 과거 역사와 유대 문화에 어떻게 접근하느냐, 유대민족의식을 어느 정도까지 수용하여 내재화 하느냐, 그리고 과거의 삶과 현재 미국에서의 삶 중 어디에 주안점을 두느냐에 그 차별성을 드러낸다.

미국사회로의 동화와 민족성의 유지 사이에 겪게 되는 내적 갈등이 때로는 세대 간의 가치관의 차이로, 또 때로는 경제적 성공을 이룩한 계층과 그렇지 못한 계층 간의 시각의 차이로 나타난다. 그럼에도 불구하고 그들 모두에게 내면 깊숙이 간직된 민족적 자의식은 여전히 자신들이 처한 현실의 고통을 치유하기 위한 향유처럼 작용한다. 대부분의 유대계 미국 소설가들의 작품은 자신들의 민족 집단의 삶에 나타나는 현실적 갈등과 그 저변을 흐르는 민족적 자의식을 작품의 주제로 삼는다. 에이브라함 칸(Abraham Cahan, 1860-1951)은 미국 땅으로 이주해 와서 갖은 고통과 수난을 이겨내며 경제적 성공을 거둔 이들, 또는 성공을 이루지 못한 이들의 삶에 주목한다. 필립 로스(Philip Roth, 1933-2018)는 유대인의 정신적 유산의 상속을 강요하는 이민 1세대 부모와 와스프(WASP) 사회에서 느끼는 소외감으로 정신적 방황을 경험하는 이민 후속세대들의 갈등을 그린다. 그리고 신시아 오직(Cynthia Ozick, 1928-)은 유대 문화와 미국 주류문화와의 융합과 타협을 거부하고 고유한 유대민족의식의 고양을 촉구한다.

정체성의 위기, 민족의식의 소멸, 그리고 동화의 욕구 사이의 갈등은 로스의 경우엔 더욱 심화된다. 로스는 벨로우나 맬러머드가 유대인의 수난을 묘사한 것과는 달리, 민족적으로는 유대인이지만 미국문화에 완전히 동화한 유대인 2세와 3세들이 부친의 편협한 유대주의, 유대적 전통, 유대적 미덕에 반항하는 모습을 그리면서, 빠르게 변화되고 있는 사회 속에서, 그들이 진정한 자아를 찾는데 어려움을 겪는 고통을 묘사한다. 『포트노이의 불평』(*Portnoy's Complaint*, 1969)이 그 대표적 예이다. 로스는 전통적인 유대인의 모습보다는 현대사회에서 갈등하는 유대인을 그린다. 로스는 미국 유대인들의 유대적 자아의식, 유대 전통문화와 미국문화 사이의 문화적 갈등 문제와 정체성 혼란 문제에 천착한다.

로스는 결코 유대인의 입장을 변명하고 옹호하는 자리에 서지 않고, 유대사회와 와스프(WASP)사회의 부정적인 면과 긍정적인 면을 냉철하고 사실적으로 묘사하면서, 때로는 도덕적인 진지성과 아울러 풍자적인 시각을 보여준다. 이러한 로스의 작품 경향은 인종과 사회 계층의 구조적 갈등 문제, 그리고 한 개인의 삶에 절대적 힘을 행사하는 역사와 자기만의 주체적 삶을 욕망하는 개인과의 충돌 문제로 확대된다. 개인이나 집단의 정체성은 이들을 둘러싸고 있는 사회구조나 역사적 환경과의 관계 속에서 구성되기 때문일 것이다. 로스는 유대인이라는 민족의식을 내재화시켜 자신은 엄연한 미국인이라는 토박이 의식, 혹은 주체의식을 획득한 현대 미국 유대인의 모습이나 미국의 역사와 사회 그 자체를 작품의 대상으로 삼는다.

1. 주체 재현의 서술기법: 필립 로스의 『카운터라이프』와 『샤일록 작전』

1) 내적 분열이 투영된 모순적 서술

필립 로스의 『카운터라이프』(*The Counterlife*, 1986)와 『샤일록 작전』 (*Operation Shylock*, 1993)의 서술은 점진적인 내용 전개나 흥미 유발적인 것은 결코 아니다. 하나의 이론이나 주장이 제시되고 나면 거기에 대립되는 주장이나 이론이 제시되고 또한 심한 갈등과 논쟁이 함께 서술된다. 이 두 작품은 린다 허천(Linda Hutcheon)이 언급한 "혼합되고 복합적이며 모순된 속성이 동시에 존재하는 포스트모던적인 소설"(20)이다. 료타르(Jean-Francois Lyotard)도 "텍스트는 쓰여진다. 포스트모던 예술가가 만들어내는 작품은 이미 설정된 규칙에 의해 통제되지 않고, 텍스트나 작품에 친숙한 카테고리에 의한 결정론에 의해 판단되지는 않는다"(81)고 포스트모던 소설을 규정하는데 로스의 소설도 이러한 특징을 갖는다.

『카운터라이프』와 『샤일록 작전』의 수사학적으로 뛰어남은 로스가 극히 사적인 개인의 문제에 대한 작가의 활용과 변용 및 왜곡에서부터 시오니즘, 반유대주의, 아랍권과의 갈등 등 보다 넓은 영역의 문제에 이르기까지 많은 문제들을 다양하고도 모순적인 관점에서 내적 분열이 투영된 서술을 하고 있다는 점에 있다. 『카운터라이프』에서 주커만이 자신의 작가적 상상력을 발휘해 한 개인의 애정문제나 성적 불능의 문제를 언급하고 나면, 다른 인물들도 역시 자신의 입장에서 주커만과는 서로 상반되는 서술을 거침없이 행한다. 이러한 것은 시오니즘과 반유대주의 문제에 있어서도 마찬가지이다. 즉 슈키 엘카난(Shuki Elchanan), 모르데카이 리프만(Mordecai Lippman)의 과격한 시온주의자로서의 삶이 제시되고 나면 주커만의 시오니즘에 대한 비판적인 사고가 서술된다. 또한 반유대주의 문제에 있어서도 서로 상반된 주장과 견해가 동시에 제공된다. 『샤일록 작전』에서도 유대인의 수난의 역사, 현재 이스라엘에서 발생한 사건, 그리고 아랍권과의 이념의 대립과 무력 충돌 등 보다 현실적이고 정치적인 문제에 대한 극히 상반된 진술이 동시에 병치된다. 이는 로스가 '이것 아니면 저것'(either/or)이라는 이분법이 아니라 동일한 사건에 대한 다양한 견해가 있을 수 있다는 다원성을 인정하고 있다는 것을 의미한다.

본 연구의 목적은 로스의 『카운터라이프』와 『샤일록 작전』을 중심으로 포스트모던적 상황에서의 주체 재현의 문제를 다루는 데에 있다. 본 연구는 이 두 작품에서 활용되고 있는 포스트모던적 소설 기법들을 점검하면서, 로스의 이 작품들은 저자 자신의 내적 분열과 투쟁을 극화한 작품임을 주장하고자 한다. 다시 말해 로스는 이 작품들을 통해 비록 자신이 미국작가로서 높이 평가 받고 경제적으로도 성공했지만, 유대 출신 작가라는 거부할 수 없는 존재론적 상황 속에서 자아와 유대민족의 역사, 그리고 조국 이스라엘의 현실에 대한 재고를 시도하고 있음에 주목하고자 한다. 먼저 작가 특유의 상상력을 활용하여 독자를 당혹시킬 만큼 주인공 네이선 주커만(Nathan Zuckerman)과 다른 등장인물들의 현재 삶, 그리고 그 현재 삶과 상반되고 대립되는 가상의 삶을 그려내고 있는 『카운터라이프』를 살펴본다. 그리고 저자인 로스 자신마저도 하나의 소설 소재가 되고 있고, 내적 분열의 한 형태로서의 더블(double)이 활용되고 있는 『샤일록 작전』을 살펴본다. 그리고 이 두 작품에서 로스가 유대인의 정체성 문제를 어떤 식으로 재현하고 있는가를 종합적으로 규명해본다.

2) 반복과 역전에 의한 서술

『카운터라이프』의 서술은 반복과 역전으로 이루어진다. 어떤 사건이 서술되고 난 후 그 사건과 완전히 상반된 서술이 이루어진다. 이 작품은 5장으로 구성되어 있다. 1장은 바젤(Basel), 2장은 쥬디어(Judea), 그리고 4장은 글로스터셔(Gloucestershire)로 이 장들은 장소의 이름이고, 3장은 어로프트(Aloft), 5장은 크리슨듬(Christendom)으로 보다 일반화된 공간이다. 장소와 공간의 이동에 따른 사건들이 서술된다. 하지만 각각의 장들은 서로 '상반된 삶들이 제안하는 삶'에서 파생된 심리 상태의 서술이다. 1인칭 서술이 주를 이루고 있지만 때로는 3인칭으로 서술되다가 다시 1인칭으로 재서술되는 양상을 띤다. 또 화자가 전달한 이야기 속에서 죽었던 사람이 다음 장에서 다시 살아나 앞의 내용을 뒤집는 이야기를 하기도 하고, 화자 자신도 죽었다가 다시 살아나 자기주장을 펴기도 한다. 그래서 헬리오(Halio)는 『카운터라이프』는 "중심 플롯이 없고 이야기의 새로운 시작만 있을 뿐이다"(Halio 181)라고 평하는데 설득력이 있어 보인다.

로스는 『카운터라이프』에서 그 모든 것의 판단을 독자에게 유보하는 서술전략을 사용한다. 다시 말해 로스는 『카운터라이프』의 내용을 정리하고 기술되는 사건을 파악하고 최종적인 가치 판단을 내리는 것은 독자에게 전적으로 남겨둔다. 이 작품의 화자이자 주인공인 주커만은 주변 사람들의 삶을 마치 실제 자신이 체험하고 경험했던 것처럼 상상력을 발휘해 서술한다. 그는 자신이 현재 당면한 문제나 이루지 못한 욕망을 타인의 삶을 통해 거꾸로 비춰 봄으로써 자아분열을 극복하고자 시도한다. 그는 자아의식과 현존재로서의 자신의 모습이 일치되지 않을 때 끊임없이 새로운 가상의 삶을 상상한다. 그래서 『카운터라이프』는 종결을 유보하며 끊임없는 삶의 가능성으로 남게 된다. 독자는 끊임없이 주커만이 상상한 가상의 삶을 추적하면서 그 삶에 대한 질적 평가를 시도함은 물론, 앞으로 주커만에게 가능한 새로운 삶을 상상하면서 독서 행위를 하게 된다. 이런 측면에서 『카운터라이프』는 포스트모던적 서술기법이 십분 활용되어 창작된 소설이라 할 수 있다.

『카운터라이프』는 주커만의 자기 동생 헨리(Henry)에 대한 명상으로 시작된다. 헨리는 심장병을 치료하기 위해 먹은 약 때문에 성적 불능에 빠진다. 주커만은 헨리가 자신의 성적 불능상태에서 벗어나기 위해 몸부림치는 정신적 갈등을 세세하게 묘사한다. 이 묘사는 이탤릭체로 10페이지 정도 계속되는데, 바로 그때 헨리가 주커만에게 전화를 하게 돼 그 명상은 종료된다. 헨리가 주커만에게 전화를 할 때까지의 서술은 주커만의 내면세계에 대한 묘사이지만, 이후 전화를 했던 헨리의 목소리는 사라지고 갑자기 헨리의 장례식에 대한 묘사가 이루어진다. 장례식을 준비하는 과정에서 헨리의 부인 케롤(Carol)은 자신의 남편에 대한 송덕문을 읽어주기를 주커만에게 바라지만, 주커만은 그 부탁을 거절한다. 케롤은 자신의 남편은 이미 죽었기 때문에 형제간의 싸움은 더 이상 의미가 없다고 항변한다. 이렇듯 이 소설은 끊임없는 싸움과 서로 화해할 수 없는 등장인물들의 관점을 보여준다.

사실 주커만과 헨리의 갈등은 『카운터라이프』보다 이전 소설, 『무책임한 주커만』(Zuckerman Unbound, 1981)에 잘 나타나 있다. 『무책임한 주커만』에서 동생 헨리는 치과의사로서 유복하고 단란한 가정생활을 즐기고 있다. 헨리는 원래 연극배우지망생이었지만, 배우라는 직업을 선택함으로써 예술가로서 실패할지도 모르는 위험을 감수하지 않는다. 그는 아버지의 뜻에 따라 그리고 "지각 있는 중산층으로서 현실과 타협하여 치과의사라는 적당한 직업을 선택한다"(Cooper 191). 부모의 입장에서 본다면 헨리는 유대정신의 실천가이자 계승자이다. 또한 헨리 자신도 그렇게 자부한다. 헨리는 주커만에게 삶의 성실성, 책임감, 그리고 자제심은 어디로 가버렸으며, 유대 도덕, 유대 인내심, 유대 지혜, 그리고 유대가정은 하나의 장난감에 불과한 것이냐고 따진다. 그는 주커만에게 자신의 작품을 위해서는 그 어떠한 행동도 할 수 있는 사람이고 아주 기본적인 인간의 의무감도 모르는 무책임한 사람이라고 공격한다. 더욱이, 헨리는 아버지 장례식을 치른 후 서로 헤어질 때, 주커만이 쓴 선정적인 소설 『카노프스키』(*Carnovsky*)때문에 아버지가 두 번이나 쓰러졌으며 결국은 아버지가 빨리 돌아가시게 된 근본적인 원인이 됐다고 주장한다. 헨리는 주커만에게 아버지를 죽인 "개자식 같은 놈"(*Zuckerman Unbound*, 397)이며 양심도 없는 철면피라고 공박한다. 그러면서 그는 주커만에게 소설 가운데에 묘사된 등장인물들이 가족과 주위사람들에게 어떤 나쁜 결과를 초래할지를 생각해본 적이 있느냐고 따진다. 『무책임한 주커만』에 제시됐던 주커만과 헨리의 갈등이 『카운터라이프』에서도 역시 거론된다.

동생 헨리뿐만 아니라 주커만은 장례식에 모인 다른 가족들과도 갈등이 심하다. 가족들은 주커만에 대한 편견을 버리지 못한다. 특히 처남인 쉬미 커쉬(Shimmy Kirsch)는 주커만과는 완전히 상반된 속성을 가진 인물이다. 커쉬는 야만적이고 원시적이고 가족 중 가장 멍청하기 이를 데 없는 인물이다. 그는 세상 물정을 모르는 순진한 가족을 속이는 탐욕스런 인물이다. 하지만 유대사회의 입장에서 본다면 다행스런 일이지만, 그는 여전히 유대교적 금기사항에 사로잡혀 있는 인물이다. 커쉬는 주체적이고 능동적인 가치 판단 능력이 부족하며, 그 모든 것을 성공하기 위한 삶의 기회로 생각할 뿐이다. 커쉬의 본질적 속성을 모르는 가족들은 작가로서 주커만의 작품들을 의심하고 유대인에 대한 모욕으로 오히려 주커만을 비난할 뿐이다.

주커만은 어떻게 하는 것이 진정한 유대인이 되는 것이고, 어떻게 하는 것이 인간이 되는 것인가 그리고 어떻게 하는 것이 남자가 되는 것인가에 대한 많은 문제들로 고민한다. 이 문제는 로스의 다른 소설의 주인공들을 사로잡았던 것처럼, 주커만도 역시 이 문제에 사로잡힌다. 개인의 권위는 어디에 존재하는가? 자기 자신과 자신의 예술세계에 충실한 것이 개인의 의무인가, 그렇지 않으면 다른 이들로부터 자극받고 영향을 받아 주체성을 상실하는 것이 올바른 길인가? 『남자로서의 나의 인생』(*My life as a Man*, 1974)과 『책임 있는 주커만과 삼부작』(*Zuckerman Bound: A Trilogy & Epilogue*, 1985)에서처럼, 주커만은 작가로서 예술적 세계에 대한 하나의 의문을 제기한다. 자기 자신에 충실할 것인가와 다른 사람들에 대한 의무로서 현실과 타협할 것인가에 대한 갈등이 주커만의 내부에 존재한다. 전통적 유대사회는 주커만에게 유대인의 전통과 역사를 고수하고 옹호하는 입장을 취해야만 된다고 요구한다. 하지만 유대인에 대한 대학살을 직접 경험하지 못한 주커만에게는 유대인의 과거 역사보다는 현재 자신의 삶이 보다 중요하다는 생각이 든다. 자신의 문학에 대한 열정을 버릴 수 없는 주커만으로서는 이상과 현실의 괴리를 느끼지 않을 수 없다.

주커만은 동일한 사건을 전혀 달리 해석하는 상황에 직면한다. 주커만, 헨리, 캐롤(Carol), 그리고 마리아(Maria)는 각각 자신의 이야기 장에서 『카운터라이프』의 서술을 담당하고, 그들은 또한 다른 사람들의 언급에 대해 상반된 서술을 하거나 그들의 견해에 대해 재해석을 한다. 네 명의 주된 등장인물들을 제외한 다른 인물들이 중간에 끼어들어, 자신들의 개인적인 삶의 역사뿐만 아니라 현대 유대인의 상황에 대한 견해를 노출하기도 한다. 각각의 등장인물들은 자신만의 독특한 어법이나 억양으로 자신들이 즐겨 사용하는 용어들로 자신들의 얘기를 서술한다. 모든 사람들은 주커만이 쓰고 있는 책의 수정과 개작을 원한다. 그래서 이 작품에서의 등장인물들은 작가의 의도에 따라 수동적으로 움직이는 꼭두각시가 아니라 작가와 대등한 위치를 차지하는 능동적인 주체이다. 이런 점들은 『카운터라이프』가 작가의 창작 과정을 솔직하게 드러내 주는 소설임을 입증한다.

『카운터라이프』에서 서로 반대되는 상황이 설정되지 않고 한 가지 상황이 계속되는 경우는 없다. 주커만의 작가로서의 자기몰입은 자기 자신을 잃게 만들어버리며, 심장의 부담을 덜어 주기 위해 반드시 그가 먹어야만 하는 약은 그를 성적 불능상태에 빠지게 한다. 주커만의 동생 헨리의 경우도 마찬가지이다. 헨리는 오랜 동안의 성적 불능상태에서 무기력한 삶을 영위하느냐, 그렇지 않으면 죽을 수도 있지만 만약 성공하게 되면 자신을 성적 불능상태로 빠뜨린 지긋지긋한 심장 약을 먹지 않아도 되고 자신의 조수이자 정부인 웬디(Wendy)와 매일 오랄 섹스도 할 수 있는 삶에 대한 선택의 기로에 서 있다. 헨리는 남성으로서 활기찬 삶을 살기 위해 수술을 선택하지만 결국 사망하게 된다. 각각의 상황들은 서로 상반된 삶을 선택하기 위한 전제로서 그 기능을 하게 된다. 이 점은 로스가 현실을 다층성의 공간으로 인식하고 있다는 것이며, 삶을 "끊임없는 연속선 상"(306)[1]에서 파악하고 있다는 말이 된다.

로스는 헨리가 수술을 선택하지 않고 이스라엘로 이주하여 시온주의자로서의 삶을 선택했을 때의 상황을 2장인 쥬디어 장에 배치한다. 헨리에게 있어 이스라엘로의 이주는 활기차고 생명력이 있는 자아를 제공해준다. 이스라엘에서의 시온주의자로서의 헨리의 삶은 분명 뉴져지에서의 성적 불능, 그리고 무기력한 삶과 대비되는 헨리의 카운터라이프이다. 이스라엘에서의 헨리의 삶은 "모든 것이 대문자로 쓰이는 삶이다"(Baumgarten & Gottfried 216).

---

1) 『카운터라이프』와 『샤일록 작전』은 이 글에서 각각 장(chapter)과 단락을 달리해서 논의 되고 있다. 따라서 이 두 텍스트에서의 인용문헌을 구분하는데 혼동이 없으므로 각각 괄호 안에 쪽수만 표기함.

하지만 주커만은 헨리의 시온주의자로서의 삶을 긍정적으로 보지 않는다. 즉 주커만은 헨리가 자신의 뜨거운 성적 욕망에도 불구하고 성적 불능이 됐고, 케롤과의 결혼에 대한 의무감 때문에 가정을 버릴 수도 없는 상황에서 과거와의 급격한 단절을 꾀하고 자신의 인생을 바꾸고자 한 것으로 판단한다. 주커만은 헨리가 자신의 정체성과 인종적·종교적·국가적 정체성과 구별하지 못하는 오류를 범하고 있음을 지적한다. 비록 주커만이 헨리를 비판하고 있지만, 유대인으로서의 정체성 규정문제는 끊임없이 주커만의 내적 갈등의 원인이 된다.

주커만의 시야(angle of vision)에 의해 헨리, 케롤, 슈키 엘카난, 모르데카이 리프만, 지미 루스티히(Jimmy Lustig) 등 다른 등장인물들의 입장과 견해가 독자에게 전달된 후, 이제 다른 등장인물들의 시야에 의해 주커만 자신에 관한 내용이 서술된다. 그것은 주커만이 이스라엘에서 극단적, 공격적 시오니즘을 경험하고 난 뒤의 일이다. 이제 『카운터라이프』는 급격한 변화를 갖는다. 헨리처럼 주커만 자신이 성적 불구로서 살아가야 되느냐 그렇지 않으면 자신의 생명을 담보로 심장 수술을 받고 마리아와 행복하고도 성적 쾌락을 만끽 하는 삶을 사느냐의 선택 문제에 봉착한다. 이제 『카운터라이프』의 무대는 현재 주커만이 살고 있는 맨하탄(Manhattan)으로 옮겨진다. 주커만보다 17살이나 아래인 마리아는 어린 딸을 한 명 가지고 있고 주커만의 위층에 살고 있다. 그녀의 남편은 영국 외교관으로 부와 사회적 명성을 누리고 있지만 마리아를 전혀 사랑하지 않는다. 마리아와 주커만이 처음으로 만난 곳은 엘리베이터 안이었다. 주커만은 수동적이고 섬세하고 영국적인 영어 억양으로 이국적이고 미묘한 분위기를 자아내는 마리에게 사로잡혀 버린다. 각각에게 있어 서로 카운터러브(counterlove)로써 현재 남편과 아내에게서는 결코 느낄 수 없는 그런 사랑이었다. 수년간 주변의 사건들을 글로 옮기면서 자신의 삶으로부터 자신이 벗어나 있다는 두려움을 느꼈던 주커만은 수술하기로 결심한다. 하지만 주커만 역시 헨리와 마찬가지로 사망하고 만다.

헨리가 선택의 기로에 서있을 때 주커만이 서술을 떠맡았던 것처럼, 이번에는 헨리가 서술을 떠맡는다. 헨리도 주커만과 마찬가지로 주커만의 장례식에서 고인을 떠나보내면서 읽는 송덕문을 자신은 쓸 수 없다고 생각한다. 헨리를 왜곡하여 그려내고 있는 소설가 주커만에 대한 생각 없이 더 이상 생활할 수 없는 헨리의 사고와 느낌이 서술된다. 주커만의 예술적 소양을 신뢰할 수 없었던 헨리는 자신의 10년 전 마리아와의 애정행각이 기록된 일기장을 발견한다. 헨리가 동생으로서 형인 주커만에게 얘기했던 그 모든 것이 그 일기장 속에 들어 있었다. 주커만이 죽은 후 이 원고의 출판은 헨리의 현재 케롤과의 결혼생활을 파괴시켜 버리게 될 것이다. 주커만이 살아 있을 때 쓰고 있었던 『카운터라이프』에 자신의 극히 사적인 문제가 하나의 소설 소재로 활용되고 있는 것을 직접 목격한 헨리는 이미 죽어 버린 형인 주커만에 대한 작가로서 그리고 형으로서의 배신감을 느끼지 않을 수 없었다. 전술한 바와 같이 두 형제는 변형되고 왜곡된 선입견을 가질 수밖에 없었다.

『카운터라이프』은 어떤 단일한 확실성보다는 상상력의 위대한 힘을 확인하고 삶의 다양한 가능성을 구가하는 소설이라 할 수 있다. 이 소설의 주인공, 주커만은 삶의 대한 회의와 고뇌에도 불구하고, 그에게는 여전히 삶의 가능성과 카운터라이프가 존재한다. 현기증을 일으킬 정도로 급격하게 변화되고 있는 미국사회, 점점 더 과격해지고 있는 이스라엘에서의 시오니즘, 그리고 자신도 모르게 마음 속 깊은 곳에 숨어 있는 유대성 사이에서 방황하고 때로는 쾌락주의에 빠져 있지만, 주커만은 스스로의 삶을 개척 해야만 한다. 오랄 섹스에 사로잡혀 있으나 시온주의자로 다시 태어난 뉴저지의 치과의사 헨리, 유대인이고 작가인 주커만, 활발한 성격의 야구선수이자 하시디

즘(Hasidism, 1750년경 폴란드에서 일어난 유대교 신비주의의 한 종파)적인 비행기 납치자 루스티히, 미국에서 추방당했고 유대인 정치 활동가인 리프만, 냉소주의적 지성인이자 유대인 애국자인 엘카난―이 모든 등장인물들은 어떻게 보면 주커만이 선택할 수 있는 삶의 가능성의 한 부분이다. 여기서 로스는 고정되고 편협한 사고에 의한 자기 정의가 불가능함을 주장한다.

주커만이 『카운터라이프』에서 보여주는 것은 성적 욕망, 죽음, 그리고 자아분열 속에서도 자신의 본 모습을 찾고자 하는 욕구를 견지하면서 예술적 상상력의 도움으로 마치 연기자가 자신에게 맡겨진 역을 무대 위에서 재현하는 것처럼 여러 사람의 삶을 대응적으로 구현하는 것이다. 주커만은 끊임없이 가상의 삶을 만들어내는데, 주커만의 가상의 삶은 그의 자아를 단일한 자아가 아니라 복수적인 자아로 확장시켜 준다(Shostak 1991, 201). 그래서 주커만이 지향하는 것은 다원적인 자아라 할 수 있다. 이것은 세계와 나를 깨달음에 있어서 자아로부터 출발하여 자기반성으로 끝나는 것이 아니라, '내 속에 있는 타자'를 인식하는 방법이다. 이는 자아를 객관화시키는 것이다. 주커만은 폐쇄된 자아가 아니라 열린 자아를 인식의 출발점으로 삼아 개인의 주체성을 확보하고자 한다.

3) 문학적 장치로서의 더블

앞 장에서 우리는 『카운터라이프』의 서술상의 특징들을 살펴보면서 화자이자 주인공 주커만이 유대 출신 미국작가로서, 그리고 남성으로서 건강한 삶과 능동적인 삶을 추구하고 있음을 살펴보았다. 이 장에서는 『샤일록 작전』을 살펴보도록 한다. 『샤일록 작전』에는 『카운터라이프』에서 제기된 문제들이 좀 더 확대되고 심화된다. 왜냐하면 로스가 『카운터라이프』에서는 주로 가정 문제―좀 더 구체적으로 말하면 주커만과 헨리의 갈등 문제―에서 출발하여 주커만이 한 개인으로서 당면한 삶의 문제를 점검하고 있다 한다면, 『샤일록 작전』에서는 좀 더 범위를 확대하여 이스라엘의 역사와 정치적 현실, 그리고 아랍권과의 갈등 문제로까지 확대시키고 있기 때문이다.

로스는 『샤일록 작전』에서 더 이상 축소될 수 없는 개인적인 자아가 역사와 접촉한 상황, 개인이 갖는 도덕적 의무, 그리고 문화적 정체성의 문제를 보다 강도 있게 다룬다. 『샤일록 작전』의 화자이자 주인공인 '필립 로스'(Philip Roth)[2]는 이스라엘의 정보단체, 즉 모샤드(Mossad)의 스파이로 유대인의 이산(Diaspora)을 옹호하고 조작하는 이를 찾아내는 활동을 한다. 이 작품에서 로스는 유대인의 정체성 문제, 즉 이산한 유대인으로서 한 개인이 갖는 주체성의 문제를 가정, 사회, 국가 그리고 이념의 문제와 관련하여 제시한다.

『샤일록 작전』은 소설과 현실의 경계가 무너진 구조를 가지고 있다. 로스는 이 작품의 서문(Preface)에서 "나는 이 작품을 저널에서 가져왔다. 이 작품은 50대 중반에, 그리고 1988년 초에 내가 실제로 경험했던 일들에 대한 사건의 기록이다"(13)라고 서술한다. 이는 『샤일록 작전』이 단순히 하나의 상상력의 산물로만 이루어진 것이 아님을 밝힌 것이다. 하지만 로스는 작품의 끝에 "독자를 위한 메모"(Note to the Reader)를 첨가하여 "이 작품은 소설작품에 불과하다. . . . 이 고백은 모두 거짓이다"라고 얘기한다. 로스는 이렇게 모순적인 서술을 사용함으로써 허구성과 진실성의 결합과 해체를 지향한다.

---

2) 로스는 『샤일록 작전』에서 자신의 이름과 동일한 '필립 로스'를 등장시켜 소설 속 인물 '필립 로스'와 자기 자신을 연결시킨다. 또한 이 소설의 화자이자 주인공인 '필립 로스'의 더블(double)로 '필립 로스'를 등장시킨다. 그래서 이 작품을 쓰고 있는 저자 필립 로스와 이 작품의 화자인 '필립 로스,' 그리고 더블로 등장하는 '필립 로스'를 구별하기가 힘들고 도대체 누구의 견해와 주장인가를 식별하기가 결코 쉽지 않다. 필자는 앞으로 혼돈을 피하기 위해 『샤일록 작전』의 화자인 필립 로스는 '필립'이나 '작중 인물 필립 로스'로, 이 화자의 더블인 필립 로스는 피픽(Pipik)이나 더블로, 그리고 저자인 필립 로스는 로스로 표기하기로 한다.

로스는 『샤일록 작전』에서 자신마저도 하나의 소설 소재가 되는 전략을 취한다. 로스는 이 작품이 자서적인 독백으로 읽혀지기를 원한다. 물론 이것은 이 작품의 부제목, 즉 "고백"에서도 알 수 있다. 그래서 독자는 단순한 플롯을 정리해본다는 차원에서 어떤 사건이 과연 일어났는가, 일어나지 않았는가에만 매달리게 된다. 즉 독자는 단지 화자인 필립 로스뿐 아니라 로스가 정말로 정신적인 분열을 경험했는가, 자신의 이름을 사용하는 똑같이 생긴 인물을 만났는가, 모샤드를 위해 비밀스러운 임무를 수행했는가라는 사실적 측면에 매달린다는 것이다. 하지만 이 소설에 등장하는 필립 로스, 그리고 심지어는 이 책의 겉표지에 쓰인 저자 로스마저도 자신의 상상력에 의해 창조된 인물이다(Shostak 1997, 729). 로스의 이러한 서술전략은 주체적 자아를 논증적으로 구축해나가는데 유용한 도구가 된다.

『샤일록 작전』에서 로스는 문학적 장치로서의 더블의 개념을 차용한다. 더블에 대한 심리학적 정의는 '자아와 관련된 망상적인 잘못된 정체성'(Delusional Misidentification Syndrome involving the Self)이다. 물론 이것은 정신질환자들의 사례 연구를 통해 분석된 결과이다. 더블은 대개 어떤 한 사람의 수용될 수 없는 욕망의 투사이다. 더블은 바로 이 욕망을 가지고 있는 사람에게만 보인다. 더블이 자신의 무의식적인 욕망을 분출시킬 때 그는 점차 편집광(paranoid)적이 된다(Rank 27). 『샤일록 작전』의 필립도 자신의 더블의 정체를 끊임없이 밝히고자 한다.

사실 문학적 주제로써 또는 문학적 장치로써의 더블은 로스의 독창적인 것만은 아니다. 피요도르 도스토예프스키(Fyodor Dostoevsky, 1821-1881)의 「더블」("Double")과 니콜라이 고글리(Nikolay Gogol, 1809-1852)의 「코」("The Nose")와 같은 작품이 이미 존재하기 때문이다. 하지만 『샤일록 작전』에 등장하는 더블은 고글리와 도스토예프스키의 더블과 조금 차이가 있다. 그 차이는 필

립이 자신의 더블을 인식하는 방법에 있다. 도스토예프스키와 고글리의 등
장인물들은 자신들의 더블을 파괴적이고 공격적인 성애의 재현으로 보지만,
필립은 더블을 자신의 약하고 비이성적인 측면의 재현으로 본다. 필립은 자
신의 더블에게서 이상하고 비논리적이며 편견에 사로잡힌 성격, 즉 자신의
아프고 어두운 측면을 보게 된다. 저자 로스는 1987년 무렵 수술로 인한 정
신적 좌절을 경험하는데, 더블은 로스가 경험했던 정신적 분열의 산물처럼
보인다(Safer 164). 로스는 이 작품의 화자와 변형된 자아 사이에 지속적인 긴
장이 유지되도록 한다. 단어와 어구들, 그리고 장면들이 반복되고 서로 얽히
게 된다.

필립의 더블이 필립의 이름을 도용하여 사용한다는 것은 필립의 자아를
훔친 것이고, 그것은 하나의 위협으로 작용할 수 있다. 그리고 그것은 궁극
적으로는 필립의 죽음을 의미할 수 있다. 그래서 화자인 필립 로스는 또 다
른 필립 로스의 합당성을 거부하는 노력의 일환으로 자신의 더블을 모세 피
픽(Moishe Pipik)3)으로 명명한다. 여기서 우리는 개인의 정체성을 언어학적
시스템의 범위 안에서 찾을 수 있다고 주장하는 에밀리 벤베니스트(Emile
Benveniste)의 의견을 살펴볼 필요가 있다. 그는 대명사 I와 You의 독특한 의
미를 연구하면서 I와 You의 상관관계를 구명해내고자 한다.

언어는 . . . 주체의 가능성이다. 왜냐하면 언어는 언제나 주체의 표현에 적
합한 언어학적인 형식들을 포함하고 있기 때문이다. 그리고 담론(discourse)
은 구체적인 사례들로 이루어지기 때문에 주체의 등장을 촉발시킨다. 어떤

---

3) 원래 모세 피픽(Moishe Pipik)을 글자 그대로 번역하면 '모세의 배꼽'으로 번역되는데, 이디쉬
(Yiddish)어로는 '말썽을 부리는 조그만 아이'의 의미를 갖는다. 피픽에게 힘을 상실한다는 것은
자신의 정체성을 상실한다는 것을 의미하기에 필립은 자신의 더블에게 약간은 조롱적인 이름을
붙인 것이다.

면에서 언어는 각각의 화자가 담론을 행사할 때 자기 자신에게 적합하도록 맞추기 때문에 '공허한 형식'을 지향한다. 발화자는 자기 자신을 I로, 파트너를 You로 규정함으로써 그 '공허한 형식'과 자기 자신을 연관시킨다. (Benveniste 227)

Language . . . the possibility of subjectivity because it always contains the linguistic forms appropriate to the expression of subjectivity, and discourse provokes the emergence of subjectivity because it consists of discrete instances. In some way language puts forth "empty" forms which each speaker, in the exercise of discourse, appropriates to himself and which he relates to his person at the same time defining himself as *I* and a partner as *you*.

벤베니스트는 주체가 언어로 구성된다는 포스트모던적 사고를 갖는다. 자아는 발화(utterance)를 통해 타자와 구별되는 어떤 것이다. 로스가 주목하는 것은 바로 자아가 타자로, 타자가 자아로 되어가는 과정이다. 로스는 연속되는 사건과 경험을 서술함으로써 필립이 되어가고, 필립은 필연적으로 자신의 더블을 인식하지 않을 수 없다. 다른 이가 되고자 하는 보편적인 충동을 느끼지 않을 수 없다. 『샤일록 작전』의 화자인 필립은 자신이 할 수 있는 유일한 것은 언어의 힘을 행사하는 것이라는 것을 인지한다. 또한 화자인 필립은 자기 자신을 본질적인 것으로 복원시키고자 한다(Shostak 1997, 730).

소설가로서 행세를 하는 피픽은 이산한 미국 유대인을 나타낸다(Shostak 1997, 736). 그는 "이산주의: 유대인 문제에 있어 유일한 해결책"이라는 제목으로 킹 데이비드(King David) 호텔에서 강연회를 갖는데, 그는 유럽에 근거지를 두고 있는 유대인들은 이스라엘을 떠나 폴란드(Poland)나 다른 유럽 지역으로 이주해야 된다고 주장한다. 다시 말해 그는 중동지역에서의 유대인에 대한 두 번째 대학살을 피하기 위해 유대인의 이산을 옹호하면서 새로운 지역에서의 유대인들의 재정착의 필요성을 역설한다. 그래서 그는 미국에 동화된 유대인에 대한 신념과 믿음 역시 유지한다. 이것은 전통적 유대인들의 입장에서 본다면 유대민족의 역사를 거부하는 것이고, 반유대주의이고 불합리한 것이다.

그렇다면 로스가 『샤일록 작전』에서 주인공을 자신의 이름과 동일한 사람을 등장시키고, 그리고 그 인물이 또 다른 더블과 직면케 하는 것은 무엇때문인가? 이것은 소설 속 등장인물의 창조를 통해 다양한 입장과 견해를 고려해보고, 자신의 삶의 활기는 물론 자신의 정체성을 되찾고자 하는 작가의 의도적인 전략이다. 비평가 토마스(D. M. Thomas)도 "로스의 더블은 그에게 아무리 용기 있고 독립심이 강한 유대작가마저도 결코 허용될 수 없는 영역을 탐험케 해준다. . . . 그[필립]는 이스라엘에서 자신의 더블로 하여금 진보적인 여행을 하게 할 정도로 영리하다"(20-21)라고 주장한다.

『샤일록 작전』에서 소설 속 작가인 필립, 그림자에 해당되는 피픽, 그리고 실존인물 필립 로스 등은 다면적이고 변화무쌍한 현실(reality)을 반영한다. 이 세 인물은 어떻게 유대적 자아를 규정할 것인가라는 문제와 직접적으로 연관된다. 이 유대적 자아 규정문제는 결코 유대민족의 역사와 분리될 수 없는 것이기에, 우리는 로스가 수난의 유대민족의 역사 속에서 개인의 정체성을 어떻게 확립하고자 하는 가를 살펴볼 필요가 있다. 사실 유대인의 역사는 유대인으로 하여금 실제로 일어났던 사건 자체는 물론 다른 사람이 아닌 바로 자신의 삶에 일어났던 사건에 더욱 민감하게 만들었다. 게리 브로드스키(Garry M. Brodsky)도 "현대의 유대인은 이민자로서 그리고 박해로부터 도망친 이민자들의 후손으로서 역사에 있어 아주 특별한 느낌을 갖는다"(251)고 주장한다. 한 사람의 삶이 역사의 흐름 속에 놓여 있다는 의식은 로스의 다른 어떤 소설보다도 『샤일록 작전』에서 지배적이다.

『샤일록 작전』에서 가변적인 존재론적 자아, 흐르는 역사에 있어 자아를 어떻게 규정할 것인가의 문제는 존 뎀젠주크(John Demjanjuk)의 재판 장면에 잘 나타나 있다. 이스라엘 유대인에 의해 제기된 도덕적 문제의 해결, 그리고 "언젠가 우리는 정의를 실현시킬 수 있을 것이다"(140)라는 유대적 열망의 충족은 바로 법정 그 자체에 의해 상징화된다. 뎀젠주크 재판은 유대인의 끔찍한 역사, 즉 대학살의 재연이다. 이 재판은 유대인 수용소에서 비인간적인 만행을 자행했던 인물, 즉 이반(Ivan the Terrible)에 대한 역사적 심판이기에, 결코 현재 생존하고 있는 유대인의 정체성 문제와 무관하지 않다. 사건의 전말은 다음과 같다. 현재 오하이오(Ohio)의 자동차 제조 노동자로 일하고 있는 뎀젠주크는 유대인 수용소였던 트리블링카(Treblinka Death Camp)에서 가스실 간수로 일했던 이반으로 의심받는다. 트리블링카의 생존자들은 뎀젠주크가 가스실의 간수로 일을 했고, 수천 명의 유대인들을 죽이기 전에 고문을 했던 이반임을 강력하게 주장한다. 하지만 뎀젠주크의 변호사는 뎀젠주크와 이반은 서로 완전히 다른 인물임을 주장한다. 변호사는 트리블링카 수용소의 생존자들의 증언은 가치가 없으며, 뎀젠주크는 열심히 일하고 교회에도 잘 나가는 노동자로 법도 잘 준수하는 모범적인 미국시민임을 주장한다. 뎀젠주크 자신도 "나는 당신들이 말하는 그런 끔찍한 인물이 아닙니다. 저는 무죄입니다"(50)라고 주장한다. 재판에 대한 현실적 사실들과 수용소의 생존자들의 증언이 이 작품의 주인공과 그 더블 사이에 놓이게 된다. 하지만 『샤일록 작전』에는 뎀젠주크가 진정 이반인가의 진위가 밝혀지지 않고 종결된다.

뎀젠주크의 재판에 대한 로스의 묘사와 범죄심리학자인 윌엄 와거너 (Willem Wagenaar)의 묘사를 비교해보는 일은 과연 로스의 상상력이 무엇을 소설화시켰는가를 아는 데 도움을 준다. 하지만 그러한 비교는 역사적 사실에 대한 설명이 다르다는 것만을 부각시킬 수 있다. 다시 말해 그 재판에 대한 목격자나 리포터들이 자기 자신들의 내러티브를 만들어낼 수 있고 사건의 재현에 있어 메타-히스토리(meta-history)를 창조할 수 있다. 와거너는 자신의 뛰어난 저서에서 그 사건에 대한 조사 과정에서 파생된 문제들을 다음과 같이 설명한다. 엘리아후 로젠버그(Eliahu Rosenberg)는 1947과 1948년에 이반의 죽음을 목격했다고 증언한다. 하지만 1988년 재판에서 로젠버그는 자신의 처음의 진술은 거짓이었다고 함으로써 증언을 번복한다. 그는 "그것은 꿈이었어요. 제가 현실이 되기를 강하게 원했던 욕망이 꿈이 된 것뿐입니다. 이제 저는 이반이 여전히 살아 있다는 사실을 알고 있습니다"(Wagenaar 105)라고 말한다. 로스도 『샤일록 작전』에서 로젠버그의 모순된 증언을 사용한다. 『샤일록 작전』에서도 로젠버그는 1945년에 이반이 2명의 거리의 유대 소년들에 의해 살해당했다고 자신의 회고록에 서술한다. 하지만 1988년 로스의 로젠버그는 자신의 회고록에 쓴 것은 단지 다른 사람들로부터 들었던 이야기이고, 자신이 직접 이반의 죽음을 목격한 것은 아니라고 법정에서 증언한다. 나아가 로스의 로젠버그는 실존인물과 동일하게 이반을 죽이고자 하는 욕망이 처음 자신의 진술에 동기가 됐다고 얘기한다(293). 실존인물 로젠버그의 사실적 증언과 『샤일록 작전』의 등장인물 로젠버그의 가상의 진술은 사람이 어떤 현실에 적응하기 위해 서술구조를 어떻게 만들어내는가를 보여준다. 이 재판은 역사와 현실에 대한 다양한 견해가 있을 수 있다는 포스트모더니즘의 기본적인 토대를 반영한다.

『카운터라이프』에서와 마찬가지로 로스는 『샤일록 작전』에서도 어떤 한 가지 입장을 취하거나 명확한 주장을 하지 않는다. 다시 말해 로스는 끊임없이 서로 완전히 상반되는 견해를 마치 우주왕복선처럼 왕래한다. 『샤일록 작전』은 필립의 많은 더블적인 행동에 의해 구축되고 건설된다. 즉 자아가 되는 것과 타자가 되는 것, 주체를 건설할 수도 있고 주체 자체를 피할 수도 있고, 피픽을 추구하거나 그를 거부하는 일, 자신의 더블을 피픽으로 명명하거나 그를 필립 로스라고 부르는 일, 담론으로서 자아를 유희하거나 그것을 본질로써 하는 일, 단어로서 현실을 열정적으로 묘사하거나 언어를 거부하는 일, 어떤 확고한 의미를 주장하거나 의미의 부재를 밝혀내는 일 등이 그 것이다. 『샤일록 작전』에서 로스는 "이곳이나 저곳이 아니라 눈에 띄게 혼돈스런 중심점"(116)에서 자기 자신의 권위를 주장하기도 하고 스스로 거부하기도 한다. 이것은 로스가 주체를 정립해 나가는 과정에서 겪는 딜레마의 간접적인 표현으로 볼 수 있다.

4) 이데올로기적 양극성과 유대성의 재현

로스가 『카운터라이프』와 『샤일록 작전』에서 의도하는 바는 자아를 새롭게 변모시키는 방안을 탐색하기 위한 시도라 할 수 있다. 로스는, 유대인 수난의 역사는 결코 재구성하거나 간과할 수 없는 역사적 사실이지만 복잡하고 다원화된 현대사회에서 삶을 영위해야 되는 이산한 유대인(모든 인간)은 충만한 삶을 살기 위해 자아를 재창조할 필요성이 절실함을 주장한다 (Rubin-Dorsky 93). 그래서 그는 자신의 작품을 통해 과거 유대인의 대학살 (Holocaust)에 대한 고통스러운 되새김, 현대를 살아가는 유대인의 정체성에 대한 정의 문제, 아직도 해결되지 않고 분쟁이 끊이지 않고 있는 이스라엘과 아랍권 국가들과의 갈등, 그리고 미국과 이스라엘에서의 유대인 책임 문제 등을 다루는 것이다.

『카운터라이프』와 『샤일록 작전』에는 등장인물들의 대립뿐만 아니라 인종적 측면에서의 이데올로기적 양극성이 제시된다. 이데올로기적 측면에서

『카운터라이프』에서 주목할 만한 것은 주커만과 마리아와의 관계를 통해 영국에서의 반유대주의 문제가 제시된다는 점이다. 『카운터라이프』에서 주커만이 반유대주의를 느끼게 된 첫 번째 계기는 영국에서 마리아와 함께 크리스마스 예배에 참석했을 때이다. 유대 집안에서 유대교적 전통 규범의 교육을 받고 자란 주커만은 "처녀에 의한 예수의 탄생은 하나의 저속한 조작이며, 성모 마리아와 그리스도의 부활은 가장 어리석은 어린이의 발상에 지나지 않는다"(259)고 생각한다. 왜냐하면 유대교는 예수의 존재 자체마저도 부정하기 때문이다. 두 번째 계기는 아직 태어나지 않은 주커만의 아들을 놓고 할례를 할 것인가 말 것인가의 문제로 마리아와 그녀의 가족들과 갈등을 겪었던 때이다. 주커만의 입장에서 본다면 "자신의 아들에 대한 할례는 자신과 동일한 피를 나눈 가족과 유대인의 역사를 묶어주는 [성스러운] 행위"(Wilson 53)로 당연한 것이지만, 아내와 그녀의 가족들은 극구 반대하면서 야만적인 행위로까지 생각한다. 위선과 편견으로 가득한 영국 귀족 사회와 주커만은 서로 대립하지 않을 수 없다.

『샤일록 작전』에서의 이데올로기적 양극성은 시오니즘(Zionism)과 PLO(Palestinian Liberation Organization, 팔레스타인 해방 기구)에 의해 제시된다. 스마일즈버거(Smilesburger)는 『카운터라이프』의 시온주의자인 엘카난과 리프만처럼 극단적인 극우주의자이다. 스마일즈버거는 정열적으로 작중 인물 필립에게 이스라엘을 보호하기 위해 모샤드가 팔레스타인보다 뛰어나야 된다고 주장하면서, 이스라엘은 아랍인(Arabs)들을 신뢰할 수 없고 그들을 쫓아내야 한다고 주장한다. 스마일즈버거는 유대인들을 이스라엘 밖으로 이송해야 한다고 주장하는 피픽을 옹호하는 반시온주의자 유대인에 대한 정보를 수집하기 위해 "샤일록 작전"의 필요성을 주장한다. 스마일즈버거는 피픽의 대의명분이 이스라엘의 안전을 위협한다고 주장한다.

우리는 여기서 로스의 시오니즘에 대한 생각을 살펴 볼 필요가 있다. 시오니즘은 한마디로 신으로부터 선택받은 민족으로 유대민족이 갖는 자긍심이다. 시오니즘의 입장에서 보면 이스라엘은 위대한 땅으로의 이주라는 역사적 사실로부터 생성된 국가이다. 그래서 시오니즘은 유대민족의 수난의 역사 속에서도 자기들을 지켜낼 수 있었던 민족적 힘이었다. 이스라엘의 정치적 현실, 즉 아랍권과의 대립에 있어서도 시오니즘은 물리적 힘과 독자적인 주체성을 역설한다. 하지만 로스는 시온주의자들의 행동이 너무 과격하고 무모하다고 생각한다. 그래서 로스는『카운터라이프』에서 자신의 분신이라 할 수 있는 주커만으로 하여금 헨리의 카운터라이프로서의 삶을 합법화시켜주고 정당화시켜주는 시오니즘의 삶을 반대하는 입장을 취하게 한다.『카운터라이프』에서 주커만은 시온주의자들의 시도가 오히려 반유대주의를 낳을 수 있다는 점을 지적한다. 주커만은 극단적 시온주의자들의 전쟁과 총이 마침내 문화적으로 풍부한 이스라엘을 대체하게 되지는 않을까 우려하는데, 이는 극단적 시오니즘에 대한 로스의 간접적인 견해로 볼 수 있다.

　　또한 로스는『샤일록 작전』에서 시온주의자들의 주장과 완전히 대립되는 아랍권의 주장도 시온주의자의 주장과 동등하게 제시한다. 조지 자이드(George Zaid)가 바로 그 인물이다. 자이드는 팔레스타인의 입장을 대변한다. 그의 주장은 유대인에 대한 팔레스타인해방기구의 증오로 규정할 수 있다. 그는 아랍인들이 독립된 국가를 가져야된다는 필요성을 역설한다. 자이드는 "이스라엘은 힘에 의해 건설되었고 힘에 의해 유지되는 나라, 그리고 자신의 도덕적 정체성을 상실했다. 유대인들은 가혹하게 대학살을 획일화 하여 대학살에 대한 자신들의 마땅한 주장을 버렸다"(135)고 주장한다. 로스는 자이드의 강압적인 분위기와 이스라엘 정보단체 요원인 스마일즈버거의 전망을 대조시킨다. 시온주의자인 스마일즈버거는 공개적으로 "유대 국가를 만들기 위해 우리[유대인]는 우리의 역사를 배반했다. 기독교인들이 우리들에게 한 것처럼 우리는 팔레스타인들에게 한 것뿐이다. 구조적으로 그들[팔레스타인] 을 경멸할 수밖에 없었고, 그들을 우리에게 종속된 타자로 만들 수밖에 없었다"(350)는 사실을 인정한다. 이것은 로스가 유대인으로서 시오니즘 자체를 부정하는 것은 아니지만, 극단적 폭력으로 모든 문제의 해결하려는 태도는 경계하고 있다는 말이 된다.

『샤일록 작전』에서 아랍권의 입장을 대변하는 자이드, 유대민족의 극우주의자 스마일즈버거, 그리고 피픽의 이산주의는 필립으로 하여금 자신을 유대인으로서 어떻게 정의할 것인가의 문제와 직면케 한다. 필립은 자기 자신의 운명을 이스라엘 유대인으로서 건강하고 강력한 이미지에 내던질 것인가, 그렇지 않으면 이산한 유대인의 전형적인 특징인 "자기 의심, 자기 증오, 소외, 그리고 신경증적인 측면이 있는"(125) 무모한 사람인 피픽과 함께 머물 것인가의 문제에 직면한다. 필립이 이스라엘에 도착했을 때, 이스라엘 호텔 로비에서 한 고등학교 학생이 필립에게 대담하게 접근하여 "국가와 유대인의 정체성 중 . . . 무엇이 먼저입니까? 당신의 정체성의 위기에 대해서 말씀해주십시오"(268)라고 말을 하는데, 이는 바로 이러한 선택의 문제를 대변하는 것이다. 이는 『카운터라이프』에서의 각각의 등장인물들이 자신의 삶을 선택하는 것과 동일선상에 있는 것이다. 『샤일록 작전』에서 로스는 이산주의와 시오니즘, 역사적 이산과 자발적인 재분산, 이스라엘과 아랍의 대조를 통해한 개인이 자아를 그려낼 수 있는 힘을 어떻게 갖게 되는가, 그리고 한 개인이 문화적 주변인으로서가 아니라 미국인으로, 동유럽인으로, 그리고 이스라엘 시민으로 각각의 독특함과 개성을 가지고 자신을 어떻게 규정할 것인가의 문제를 탐구한다.

지금까지 인종적 측면에서, 그리고 이데올로기적 측면에서의 반유대주의 문제, 시오니즘을 살펴보고, 유대적 자아를 규정하고자 하는 로스의 시도를 파악해보았다. 그렇다면 로스는 유대성을 어떻게 재현해내고 있는가? 이 점을 좀 더 자세히 밝혀보도록 한다. 유대성의 재현 문제는 전술한 바와 같이 『카운터라이프』보다는 『샤일록 작전』에 보다 강도 있게 제시된다. 『샤일록 작전』에서 유대성의 재현 문제는 바로 필립이 행하고 있는 "샤일록 작전"에 함축되어 있다. 서구의 담론에서 유대인의 특징은 바로 셰익스피어 (Shakespeare)의 연극, 『베니스의 상인』(*The Merchant of Venice*)에 등장하는 샤일록(Shylock)의 이미지에 의해 규정되어 왔다고 해도 무리는 아니다. 작중 인물 서포즈닉(Supposnik)도 "세상의 청중들에게 샤일록은 마치 엉클 톰(Uncle Tom)이 미국의 자유정신에 있어서의 화신인 것처럼 유대인의 화신이다"(274) 라고 말한다. 유대인의 입장에서 본다면 샤일록은 유대적 자아의 혐오스러운 이미지이다. 물론 그것은 다른 사람에 의해 유대인에 가해져 만들어진 이미지다. 블룸(Harold Bloom)이 제안하고 있는 것처럼 "만약 필립의 진짜 더블이 피픽이라기보다는 유대적 자아 증오의 구현체인 샤일록이라 한다면, 유대인을 표현하고자 하는 많은 시도에 있어 '샤일록 작전'은 유대인의 자기 증오에 대항하는 임무인 것이다"(48). 로스는 필립으로 하여금 유대적 양심에 따라 샤일록의 이미지에 대한 저항으로써 다양한 자아 - 변신의 작전을 행하도록 함으로써 유대성의 본질에 대한 접근을 시도한다.

　'유대인은 샤일록이 아니다'라고 말하는 것은 여전히 '유대인이 어떤 사람이다'라고 확실하게 말하는 것은 아니다. 피픽의 이산주의, 그리고 어떻게 보면 잔인한 시오니즘에 의해서도 본질적인 유대인의 모습을 찾을 수는 없는 것이다. 다시 말해 다양한 결과를 낳는 역사, 특히 이산 상태에서 유대인이 유대인으로서의 정체성을 구축하기는 힘들다는 것이다. 그래서 유대인의 주체성을 드러낼 수 있는 자아 재현의 필요성이 요구된다. 로스에게 있어

세속적인 이산한 유대인은 자기 자신과의 동의와 합일에 의해 자기 자신들을 개념화시킨다. 비록 로스가『샤일록 작전』의 에필로그로 "말들은 일반적으로 사물들을 망칠 뿐이다"라는 랍비적인 문구를 사용하고 있지만, 말들은 현실을 거부할 수 있는 우리가 가지고 있는 유일한 무기이고, 우리들의 언어적 활용의 매개체이다. 단어는 로스로 하여금 소설의 형식으로 유대인이 되는 것을 주장할 수 있게 해준다. 결국 로스는 스스로 증오하고 소외되었고 신경질적일지라도 유대인으로서 급변하는 역사 속에서 자신의 소설 창작을 통해서 유대적 자아를 확립하고자 하는 욕구를 갖는다고 하겠다.

요컨대,『카운터라이프』와『샤일록 작전』이 주체와 서술 문제에 대한 당대의 논쟁에 큰 기여를 하고 있는 것은 본질주의, 재현, 그리고 역사성의 문제를 대화론적인 측면에서 탐구하는 방식에 있다. 로스는 마치 많은 사람들이 서로 중첩되는 사건을 경험하고, 그 사건에 대해 나름대로의 판단을 하는 것과 같은 양상을 만들어낸다. 로스는 뛰어난 언어 구사를 통해 하나의 서술이 자연스럽게, 그리고 한 가지 입장을 대변할 수 있게 하고 있다. 로스는 마치 아주 심한 수다쟁이처럼 자아를 재현시키는 여러 가지 가능성과 방식을 제시하면서 그 모든 것을 이야기화시켜 버린다. 그래서 로스가 마치『샤일록 작전』의 스마일즈버거가 말하는 것처럼 "너무나 말을 많이 하고, 또 하고, 언제 멈춰야 할지 모르는 유대인"(332)을 닮은 연기자로 변신하는 것도 전혀 이상하지 않다. 로스는 자아와 세계의 경계를 뛰어넘어 해방되고, 아무런 입장을 취하지 않으면서 모든 가능한 입장을 수용하는, 그리고 비슷한 수많은 상들을 다층적인 재현의 가능성으로 포용하는 포스트모던 작가이다.

■ 이 글은 「필립 로스의 주체 재현의 서술기법 ─『카운터라이프』와『오퍼레이션 샤일록』을 중심으로」『영어영문학21』, 17권 2호(2004): 109-131에서 수정·보완함.

2. 개인, 인종, 그리고 역사의 불협화음: 필립 로스의 『미국에 대한 음모』

1) 사고 실험

　필립 로스의 『미국에 대한 음모』(*The Plot Against America*, 2004)는 허구와 사실의 경계를 허물고 역사적으로 구성된 사회에 대한 의미를 탐구하거나 새로운 의미를 만들어내는 시도, 즉 '사고 실험'(thought experiment)을 시도한다는 측면에서 '포스트모던 역사소설'이고, 서술기법상 '풍자'라는 문학적 기법이 활용된 매우 특이한 작품이다. 이 점에 착안하여 본 연구는 탈구조주의적인 입장에서 역사의 상상적 창조와 복원을 지향하는 포스트모던 역사소설에 대한 규명을 시도한다. 그리고 본 연구는 로스가 『미국에 대한 음모』에서 1940년대 미국이라는 역사적 공간 속에서 한 인간으로서의 개인의 삶, 그리고 '보이지 않는 질서' 속에서 반유대주의가 파편으로 남아 있는 상황, '보이는 질서' 속에서 백인과 흑인의 인종 갈등 문제, 나아가 국가권력의 어두운 측면에 대한 면밀한 분석을 시도하면서 이데올로기에 종속된 배타적인 삶이 아니라 타인에 대한 상호이해와 존중의 미학을 추구한다는 점을 밝히는 데 그 목적이 있다.

　『미국에 대한 음모』는 1940년 미국 33대 대통령 선거에서 공화당 후보인 찰스 린드버그(Charles Lindbergh)가 프랭클린 루스벨트(Franklin Roosevelt)를 누르고 대통령에 당선되었다면 미국의 역사가 어떻게 전개되었을까를 가정한다. 로스는 『미국에 대한 음모』에서 가상의 역사를 상상하면서, 그 역사 속에서 삶을 영위하는 개인, 또는 한 유대가정의 수난과 역경의 삶을 묘사한다. 작품 속에서 린드버그는 미국이 아돌프 히틀러(Adolf Hitler)의 나치즘을 옹호함으로써 유럽의 전쟁 소용돌이를 피할 수 있다는 명분을 내세워 아이러니컬하게도 미국 대통령에 당선된다. 대통령에 당선된 린드버그는 노골적으로 반유대주의 정책을 펼친다. 린드버그의 전쟁을 반대한다는 대의명분은 그에게 모든 것을 할 수 있게 해준다. 그는 유대인들이 소유한 재산을 국유화하고, 또 그들을 집단적으로 강제 이주시키는 등 파시스트적인 정책을 펼친다. 로스는 이 작품에서 『사실: 소설가의 자서전』(*The Facts: A Novelist's Autobiography*, 1988)과 마찬가지로 자전적 요소를 활용하여 반유대주의 문제와 인종적 차별을 받는 개인이 역사 속에서 어떤 갈등과 불협화음을 갖게 되는가를 점검한다.

개인이나 집단의 정체성은 이들을 둘러싸고 있는 사회 구조나 역사적 환경과의 관계 속에서 구성된다. 『미국에 대한 음모』에서 나치즘과 파시즘, 그리고 그 이데올로기에 사로잡힌 일부 정치가들의 권력 남용은 작중 인물 허먼 로스(Herman Roth) 가족에게 고통과 좌절의 삶을 불러온다. 백인이 아니라 유대인이라는 거부할 수 없는 존재론적 이유 때문에, 허먼 로스 가족구성원들은 인격을 갖는 개인으로서 존중받는 대신 반유대주의라는 집단적 이데올로기에 의해 그 존재가 인식되고 구축되며, 무의식적 군중행위에 의해 배제와 차별의 삶을 살게 된다. 미국의 흑인들이 제도적 차원에서 또는 '보이는 질서' 속에서 차별을 받고 살았다 한다면, 유대인은 '보이지 않는 질서' 속에서 차별과 배제의 삶을 영위한다. 허먼 로스 가족구성원들은 근원성과 창조성을 가지지 못하며, 불연속적이고 무목적적이며 일관성 없는 정부 방침에 의해 재편되고 인격을 갖는 인간이 아니라 하나의 도구로 전락한다. 이들은 더 이상 '안정적이고 통일적이며 스스로 결정할 수 있는 심리적 실체'가 아니고 타의에 의해 유동적으로 분류되는 수동체가 된다.

지금까지 로스의 소설이 다양한 시도와 변신의 과정을 통한 개인적 정체성의 탐색이라면,『미국에 대한 음모』는 더 이상 환원될 수 없고, 거부할 수 없는 인종적 정체성과 개인적 정체성의 합일점과 분리점, 그리고 역동하는 미국사회와 역사에 대한 새로운 접근과 평가이다.『미국에 대한 음모』는 작가의 상상력으로 구성된 가상의 역사적 공간을 전제하고 있기 때문에 이 작품은 포스트모더니즘 역사소설이다. 린다 헛천(Linda Hutcheon)은 포스트모더니즘 역사소설을 "역사기술학적 메타 픽션"(historiographic metafiction)이라고 명명한다. "역사와 허구가 인간의 구축물이라는 데 대한 이론적 자의식"(Hutcheon 5)을 가지고 역사를 재창조하는 소설이 포스트모더니즘 역사소설이라는 의미이다. 이 소설은 전통적인 역사 기술 방법, 즉 연대기적 사건 중심의 서술에 대한 반성을 요구하면서, 전혀 새로운 관점에서 역사를 기술하려고 한다. 실제로 존재했던 역사적 사건에 대한 대체물로서 환상적 역사를 창조하거나, 이미 밝혀진 역사적 사실들을 의도적으로 변형하여 역사적 사실의 진위 여부를 모호하게 처리한다. 이런 '사고실험'을 통해 역사의 임의성을 부각시키고, 저자의 필요에 의해 전략적인 차원에서 새로운 역사를 구축해가는 소설이 포스트모던 역사소설이다.

    본 연구는 먼저 로스의 문학의 특징이 버너드 맬러머드(Bernard Malamud, 1914-1986), 솔 벨로우(Saul Bellow, 1915-2005), 그리고 로스로 이어지는 유대 문학의 단순한 부흥이 아니라 다인종, 다문화사회인 미국사회에서 다원적 공존과 상호존중을 추구하는 문학임을 주장하고자 한다. 이 점을 밝히기 위해 로스의 가장 최근 작품인『미국에 대한 음모』를 포스트모던 역사소설로 규정하고 이 소설의 제반 특징들을 비평 이론가들의 견해를 바탕으로 검토할 것이다. 또한『미국에 대한 음모』와 로스의 이전 소설과의 관련성과 상이점들을 점검하면서 유대적 자아 및 개인의 정체성, 더 나아가 극단적 인종주의에 근거한 국가권력 남용의 병폐를 살펴볼 것이다.

『미국에 대한 음모』에서 로스가 말하고자 했던 "미국에 대한 음모"는 개인이 주체적 자아를 창조해나가는 데 걸림돌이 되는 것들, 즉 미국사회에서 반유대주의적 시각, 인종간의 갈등, 극단적 이데올로기에 맹종하는 소수 지배계층의 국가권력의 남용과 그들의 진실과 역사왜곡임을 밝힐 것이다. 결론으로 로스는 체제정복이나 사회참여를 유도하는 선동적인 입장이 아니라 가상의 역사적 공간의 창조와 허구적 사건을 통해, 다시 말해 '사고실험'을 통해 개인의 자유와 행복이 무시되는 상황을 제시함으로써, 하나의 문학적 시도로 삶의 현실에 대한 반성과 각성을 촉구하고 도덕적 당위성을 피력한다는 점을 주장할 것이다.

2) 가상의 역사

로스의『미국에 대한 음모』는 과거 역사에 존재하지도 않았고, 현실에도 있을 수 없는 상황이나 사건을 작가의 상상력을 발휘해 설정하고, 그 설정된 상황이나 사건에서 파생될 수 있는 다양한 양상들을 전략적인 차원에서 묘사한다는 측면에서 '사고실험'적 소설이며, 포스트모던 역사소설이다. 로스는 이 작품에서 1940년 미국 33대 대통령 선거를 둘러싼 정치적 상황을 상상력을 발휘하여 미국의 역사를 새롭게 구성하고 그 가상의 역사 속에서 파생될 수 있었던 상황, 즉 나치즘에 근거한 반유대주의 정책, 흑백간의 인종 갈등 문제, 그리고 개인의 자유와 행복을 최고의 가치로 생각하는 미국적 민주의의에 역행하는 일부 정치인들의 반인륜적 만행과 도덕적 타락 등을 묘사한다.

로스는『미국에 대한 음모』에서 1927년 세계 최초로 대서양을 단독 비행으로 횡단하여 국민적 영웅이 되었고, 후에 그의 아들이 납치당해 살해당함으로써 국민적 동정심을 받는 실존인물인 찰스 린드버그(Charles Lindbergh,

1902-1974)를 등장시킨다. 로스에 의해 재 서술된 역사에서 공화당 대통령 후보로 선임된 린드버그는 자신의 비행기, 즉 "스피릿 오브 세인트 루이스"(Spirit of St. Louis)호를 타고 뉴욕의 롱아일랜드(Long Island)에서 미국 대륙을 횡단하여 공화당 전당대회가 열리고 있는 로스앤젤레스(Los Angeles)에 낙하산 강하용 복장을 하고 등장한다. 그의 이런 극적인 등장은 대중들의 인기몰이에 충분했다. 나아가 그는 전쟁을 두려워하는 미국의 일반 시민들의 심리를 이용하여 루스벨트가 독일과의 전쟁을 불사하고 있다고 역설한다. 루스벨트와 그의 추종자들은 미국의 안녕과 평화, 그리고 복지보다는 유대인들의 소원대로 나치 독일과의 적대관계를 유지하려 한다고 매도한다. 그는 세계대전에 미국이 관여하지 않기 위해서는 독일의 히틀러 정권과 대화와 협상을 해야 한다고 주장한다. 아이러니컬하게도 전쟁을 피할 수 있는 방법이 있다는 정치 지도자의 발언은 설득력을 갖게 되고, 그는 마침내 미국의 33대 대통령에 당선된다.『미국에 대한 음모』는 파시즘적 지도자가 정권을 잡았을 경우 소시민들의 삶, 특히 미국에 살고 있는 유대인의 삶은 어떻게 전개되었을까를 가정한 소설이다.

어떻게 보면 역사에 대한 기록과 역사 소설은 둘 다 우리가 과거라고 생각하는 사건을 재구성하고 의미체계를 만들어가는 작업이다(정덕애 192). 전통적인 역사가들은 역사는 과거에 발생했던 사건들에 대한 명확한 기록이라는 입장을 고수하지만, 포스트모던 역사가들은 어떤 사건의 역사적 기록이 권력을 쟁취한 자들에 의해 서술될 여지가 충분하기 때문에 일반 대중이 인식하고 있는 역사는 하나의 허구일 가능성이 농후하다고 생각한다. 따라서 "역사에 대한 서술은 소설쓰기와 같은 서술법칙과 관습을 갖게 된다"(Bradbury 236). 포스트모던 역사 소설가들은 역사와 소설, 모두 하나의 담론을 형성할 수 있으며 과거 사건의 의미는 과거에만 묶여 있는 것이 아니라고 생각한다. 포스트모던 역사소설은 과거 사건들을 현재의 관점에서 재조명하여 해석하고, 새로운 역사적 사실로 만들어가는 재현 행위이다. 따라서 포스트모던 역사소설이 가장 중시하는 부분은 어떤 사건이 어떤 방식으로 서술되고 묘사되는지에 관한 문제, 즉 서사성 문제이다. 포스트모던 소설에서는 파스티시(pastiche)나 패러디(parody) 수법이 활용되고, 저자 자신의 권위는 희석되고, 그의 서사는 파편화된다. 이렇게 작가는 스스로의 서사를 파편화시킴으로써 역사적 사건에 대해 의문을 제기하고, 어떤 사건의 발생에 대한 원인, 그리고 타당성과 신빙성을 자의적으로 부각시킨다.

『미국에 대한 음모』에서 시도되고 있는 역사의 허구화는 소설이 현실을 구성하는 하나의 방식, 즉 언어를 통한 세계의 모방이라는 전통적 담론을 해체하는 것이다. 오히려 소설은 역사를 허구화함으로써 언어를 통해 새로운 세계를 만들어낸다(원철 101). 역사의 허구화는 우리에게 제시되는 역사적 사건들을 자연적이고 명백한 것으로 받아들이는 관습적 인식을 반성케 한다. 역사소설을 쓰는 작가는 허구의 세계에서 게임과 판타지(fantasy)를 통해 자유롭게 역사적 사건의 의미를 탐구하고 그 사건의 실제적 의미를 구축해 나간다. 브래드버리(Malcom Bradbury)는 포스트모던 역사소설가들에 대해 다음과 같이 이야기한다.

미국작가들이 과거와 현재의 역사를 다시 봄으로써, 그들은 익살스럽고 파괴적인 정신으로 역사를 대하게 되었다. 그들은 사실과 상상력의 애매모호한 경계, 공식적인 기록과 창조된 허구, 그리고 널리 대중에게 알려진 기호와 사적인 상징을 넘나들면서, 역사적 사건을 세밀히 살피고 중요한 부분에 주목하여 역사를 다시 서술하고 우리에게 친숙한 사실주의적 개념을 훼손시키다. 종종 그들은 조롱적인 텍스트(mock-text)을 만들어낸다. 그들은 '사실들' 혹은 실제들을 공상화시키고, 등장인물을 희화화함으로써, 객관적 세

계를 정반대의 대안적인 초현실적 의식에 종속시켜버린다. (Bradbury 201)

As American writers looked again to history, past or present, they played with it in a parodic and disruptive spirit, rewriting public legend, teasing the dream and the flag, playing at the ambiguous border between fact and imagination, official record and invented fiction, public sign and private symbol, thereby undermining familiar concepts of realism. Often their writing acquired the quality of mock-text, fantasizing actuality, cartooning character, and subjecting the objective world to a surrealist awareness of alternatives, opposites, and oppositions.

역사가 하나의 허구이고, 허구로 창조된 역사가 기록된 역사보다 더 진실할 수 있다는 생각은 상식적인 언어관, 즉 언어가 하나의 명확한 의미를 전달할 수 있다는 믿음을 비켜서는 것이다. 실제 역사 기술에 사용된 언어는 권력을 쟁취한 자들의 사심이 투영될 수 있기 때문에 가치중립적일 수 없다. 언어는 다양한 구성 과정을 통해 다양한 서사를 만들어낼 수 있고, 절대적인 서술이 아닌 이상 의문이 제기될 수 있는 여지는 충분하다. 허구로 창조된 역사 기술에 사용된 문학 언어 또한 하나의 담론의 도구가 될 수 있다. 언어의 의미가 절대적일 수 없다는 사실은 소설이 전통적 서사에서 벗어나 자의식적인 허구로 탈출할 수 있는 근거가 된다.

포스트모던 역사소설의 발생 근원을 19세기 말 니체(Friedrich Nietzsche, 1844-1900)에서 시작하여 20세기 탈구조주의(poststructuralism), 그리고 신역사주의(New Historicism)에 이르는 서구 지성사에서 찾을 수 있다. 니체는 서구 문화의 중심적 이데올로기를 형성했던 기독교적 세계관에 맞서 절대적 주체인 "신은 죽었다"고 선언함으로써 시대의 반항아가 된다. 니체의 선언은 서구문화를 분할해온 이분법적 구조의 해체를 의미했다. 나아가 그는 서구문화의 원동력을 주체적이고 권위적인 힘을 의미하는 '권력에의 의지'(will to power)로 형상화한다. 여기에서 '권력에의 의지'는 절대적인 힘이 아닌 상대적 주체들의 다원적 운동방식으로 생성되는 힘의 양식이다(Nietzsche 333-4).

이러한 니체의 급진적 다원주의는 데리다(Jacques Derrida, 1930-2004)에 이르러 해체론의 동력을 제공한다(Spivak 35). 데리다는 구조주의 언어학자 소쉬르(Saussure, Ferdinand De, 1857-1913)의 언어에 대한 이분법적 사고를 해체하려고 했던 탈구조주의자이다. 데리다에 따르면 글 또는 텍스트는 절대적 진리나 확정되고 고정된 의미가 있는 공간이 아니다. 그것은 끊임없이 생성, 삭제, 재생되는 지시어들의 놀이 공간이다. 데리다는 지시어들의 상대적 결합 방식을 '다르게 하기'(differing)와 '유보하기'(deferring)를 의미하는 '차연' (différance)이라는 사유문법으로 표현한다.

니체에서 데리다로 이어지는 담론은 신역사주의의 역사 텍스트에 대한 탈정전 개념의 출발점이 된다. 신역사주의자들은 모든 역사 텍스트는 개인적·집단적 인간 주체, 즉 어떤 세계 내에서 권력을 쟁취한 승리자들에 의해 취사선택된 기록이라는 입장을 취한다(전수용 159). 루이 몬로즈(Louis A. Montrose) 역시, '텍스트의 역사성'(the historicity of texts)과 '역사의 텍스트성' (the textuality of history)을 언급함으로써 불변의 진리를 담고 있는 절대적 역사(the History)가 권력 집단의 이데올로기를 반영하는 하나의 텍스트임을 주장한다(20). '텍스트의 역사성'이란 의미는 문학 텍스트가 가치중립적인 언어 구조물이 아니라 시대와 장소, 그리고 문화와 이데올로기에 종속된 것이고, 그것이 쓰이고 읽혀지는 과정에서 현실과 역사에 참여하는 사회적 생산성을 갖는다는 것이다. '역사의 텍스트성'이란 의미는 역사가 기록된 담론의 형태로만 존재하고 기록자의 시각에 따른 "보전과 삭제라는 미묘한 사회적 과정"

에 의해 매개될 수밖에 없기 때문에 우리가 완벽하고 진실한 과거에 접근하는 것은 거의 불가능하다는 것이다. 이런 신역사주의자들의 견해는 신성하고 불변하는 절대적 진리로서의 역사 개념에 대한 회의를 불러일으켰고, 역사 자체도 소설과 마찬가지로 허구적인 것이 될 수 있다는 포스트모던적 역사소설의 동인으로 작용한다.

『미국에 대한 음모』는 1940-42년 사이의 미국역사에 일어날 수도 있었던 상상의 역사(imaginative history)가 주 소재가 된다. 이 작품은 작가의 상상력에 의해 구축된 과거 사건을 다루고 있기 때문에, 현실에서는 결코 일어날 수 없는 사건을 다룬다는 측면에서 하나의 우화(fable)이자 환타지(fantasy)이다. 또한 『미국에 대한 음모』는 싱클레어 루이스(Sinclair Lewis, 1885-1951)의 『그것은 여기서는 일어날 수 없다』(*It Can't Happen Here*, 1935), 조지 오웰(George Orwell, 1903-1950)의 『1984년』, 맬러머드의 『신의 은총』(*God's Grace*, 1982)의 경우처럼 전체주의 또는 파시즘이 국가권력을 장악한 상황을 그린다는 측면에서 정치적 알레고리(political allegories)이다. 루이스, 오웰, 그리고 맬라머드가 가까운 미래에 일어날 수 있는 상황을 제시하고 있다고 한다면, 이 작품은 소콜로프(Sokoloff)가 지적한 것처럼, 미국역사에서 발생할 수도 있었던 "What if"의 상황을 묘사한다(306). 루이스, 오웰, 그리고 맬라머드가 먼 미래사회에서 상상의 인물들을 작품 속에 등장시킨 반면, 로스는 자신의 아버지 허먼 로스(Herman Roth), 어머니 베스(Bess), 형인 샌디(Sandy), 그리고 1940년 당시 7살인 자기 자신을 상상의 역사 속에 투입시킴으로써 그 역사를 개인적 경험의 차원으로 끌어내린다.

따라서 『미국에 대한 음모』에서 한 사람의 삶이 역사의 흐름 속에 놓여 있다는 의식은 로스의 다른 어떤 소설보다도 지배적이다. 게리 브로드스키(Garry M. Brodsky)는 "현대의 유대인은 이민자로서, 그리고 박해로부터 도망친 이민자들의 후손으로서 역사에 있어 아주 특별한 느낌을 갖는다"(251)고 주장한다. 게리 브로드스키가 지적하듯이, 유대인의 수난의 역사는 유대인으로 하여금 실제로 일어났던 사건 자체는 물론, 다른 사람이 아닌 바로 자신의 삶에 일어났던 사건에 더욱 민감하게 만들었다. 『미국에 대한 음모』의 작중 인물 허먼 로스는 비록 자신이 외모나 생물학적인 차원에서는 유대인이지만, 다른 유럽계 백인과 마찬가지로 미국으로 이민해서 삶을 영위하고 있는 엄연한 미국인임을 주장한다. 로스는 『미국에 대한 음모』에서 단지 유대인적 관점에서가 아니라 미국인의 관점에서 상상력에 의해 구성된 역사에 접근을 시도한다.

로스는 『미국에 대한 음모』에서 어디까지가 역사적 사실이고 어디서부터 역사가 상상력에 의해 구성되는가의 문제를 밝히기 위해 후기(Postscript)로 「독자를 위한 메모」("Note to the Reader")를 첨가한다. 『미국에 대한 음모』의 중요 등장인물인 프랭클린 루스벨트, 찰스 린드버그, 월터 윈첼(Walter Winchell), 헨리 포드(Henry Ford) 등과 큰 비중을 차지하지 않는 인물, 즉 찰스 코플린(Charles E. Coughlin) 목사, 메이어 란스키(Meyer Lansky), 프랭크 코스텔로(Frank Costello) 등에 이르기까지 비교적 상세히 인물들의 행적을 적어놓고 있다. 이 후기는 물론 이 소설에 대한 독자의 이해를 돕기 위한 로스의 배려이다. 하지만 로스는 이 후기의 첫 문장에서 "『미국에 대한 음모』는 상상력에 의한 허구"(364)임을 분명히 밝히고 있다. 이는 앞 장에서 살펴본 『샤일록 작전: 고백』(Operation Shylock: A Confession)에서와 동일하다. 로스는 『샤일록 작전』의 「서문」에서 "이 작품은 50대 중반에, 그리고 1988년 초에 내가 실제로 내가 경험했던 일들에 대한 사건의 기록이다"(Roth, Operation Shylock 13)라고 서술해 놓고, 작품의 끝에 「독자를 위한 메모」("Note to the Reader")에서는 "이 작품은 소설작품에 불과하다. . . . 이 고백은 모두 거짓이다"(Roth,

Operation Shylock 340)라고 말한다. 로스는 이렇게 모순적인 서술을 사용함으로써 린다 허천(Linda Hutcheon)이 언급한 "혼합되고 복합적이며 모순된 속성이 동시에 존재하는 포스트모던적인 소설"(20)을 창조한다. 로스가 이렇게 모순적인 서술을 하는 이유는 포스트모던적 세계를 반영하기 위한 것이다. 상상력을 통해 구성된 리얼리티가 실제 사건을 뛰어넘어 더 큰 신빙성을 갖는 상황이 도출된 것이다. 따라서 로스의 『미국에 대한 음모』는 허구성과 진실성의 결합과 해체를 지향한다 하겠다.

3) 반유대주의 또는 인종주의

로스가 『미국에 대한 음모』에서 포스트모던 역사소설이라는 서사적 프레임을 이용함으로써 분석하려고 했던 문제는 반유대주의, 또는 미국에 만연된 인종주의 문제이다. 로스는 백인과 유대인의 관계가 지배와 피지배의 이분법적 관계라기보다는 유대인 역시 고단한 이주의 역사를 가진 미국시민이라는 차원에서 상호 주체적 관계임을 역설한다. 즉 미국문학 전반에서 유대 문학은 더 이상 주변에 머물러 유대성만을 고집하는 좁은 의미의 민족 문학이 아니라 미국의 다원적 구조의 문학 풍토 속에서 그 독자적 주체성이 인정되어야 한다는 것이다.

미국에서 1960년대에 흑인 민권운동이 일어나기 전까지 흑인에 대한 차별은 공공연한 것이었다. 어떻게 보면 흑인에 대한 차별은 짐 크로우(Jim Crow) 법안4)과 같은 예에서도 알 수 있는 것처럼, 법률적 · 제도적 차원에서

---

4) 이 법은 1876년부터 1965년까지 공공장소에서 흑인과 백인의 분리와 차별을 규정한 것이다. 이 법은 '프레시 대 퍼거슨'(Plessy V. Ferguson) 사건으로 더욱 공고히 실행된다. 1896년 루이지애나에서 흑인 승객이 열차의 백인 칸에 탑승 한 뒤 다른 칸으로의 이동을 거부한 사건이 발생한다. 이 사건은 연방 대법원까지 상정되어 열띤 공방이 펼쳐진다. 연방 대법원은 '분리하되 평등'

이루어졌다는 측면에서 '보이는 차별'이었다. 하지만 미국 안에서 유대인의 경우는 '보이지 않는 차별'이었다. 유대인은 흑인들처럼 흑인 전용의 학교나 기차, 술집을 이용해야만 하는 정도의 인종차별을 받은 것은 아니다. 하지만 로스는 최근 대학에서 아시아 출신 학생들의 입학을 제한하는 '할당제' (quotas)처럼 대학과 전문학교에 유대인의 입학을 제한하는 관행이 있었다는 사실을 상기시킨다. 눈에 보이지는 않지만 여전히 인종주의에 근거한 차별 과 배제가 미국사회에 상존한다는 것이다. 이것은 『미국에 대한 음모』에서 허먼 로스 가족이 호텔 방을 배정받지 못하고 쫓겨나게 되는 상황으로 극화 된다.

프란츠 파농(Frantz Fanon)은 "식민주의는 기본적으로 인종의 드라마"(40) 라고 말함으로써 식민지 상황에서는 인종이 사회적 갈등의 핵을 이루고 있 다는 점에 주목한다. 식민지 사회가 사라진 오늘날 파농이 지적한 지배자와 피지배자의 이분법적 경계는 무너졌다고 하지만 그가 의미한 인종의 역학 관계는 지속되는 것으로 보인다. 과거 노예제도와 식민지 시대의 근간이었 던 인종주의는 그 명백한 모순과 부조리에도 불구하고 오늘날 전혀 수그러 들지 않고, 자본주의와 문화제국주의의 헤게모니에 편승하여 그 잠재된 힘 을 과시한다. 다인종사회 혹은 다문화사회임을 자부하는 미국에서 아직도 인종 문제는 폭탄의 뇌관처럼 민감한 문제이다. 다른 인종에 비해 스스로가

(separate but equal)이라는 애매한 평등의 원칙이 위헌이 아니라는 판결을 내린다. 짐 크로우 법은 모든 공공기관에서 흑백의 분리를 의무화 하도록 했으며, 교묘히 흑인을 차별하는 수단이 된다. 이후 1954년 브라운 대 토피카 교육위원회(Brown v. Board of Education) 재판에서 연방 대법원이 공립학교에서의 차별은 위헌이라는 판결을 내리자 이 법의 폐지가 가속화 된다. 이 법은 1964년 민권법과 1965년 투표권 법으로 인해 실질적인 효력을 상실한다. 미국 흑인의 역 사 또는 이와 관련된 법안에 대한 자세한 것은 John Hope Franklin and Alfred A. Moss, Jr.,의 *From Slavery to Freedom: A History of African American*과 김형인의 「미국 흑백인종주의의 특 성과 변천」을 참조.

나 사회적 위치에 의해 결정되는 경향이 강하기 때문에, '유대적 자아'는 결코 유대민족의 역사와 분리될 수 없다. 따라서 로스는 미국 또는 인류의 역사 속에서 유대인의 상황과 위치를 점검해 볼 필요성을 느꼈을 것이다.

로스의 '유대적 자아'에 가장 중요한 핵심은 유대민족 내에서의 유대 전통과 문화의 고수가 아니라 미국이라는 공간에서 한 인간으로서의 삶이다. 『미국에 대한 음모』이전의 로스의 작품들 역시 이런 맥락에서 이해가 가능하다. 『미국인의 전원』(*American Pastoral*, 1997)과 『나는 공산주의자와 결혼했다』(*I Married a Communist*, 1998), 그리고 『인간의 오점』(*The Human Stain*, 2000)은 20세기 중반의 미국사회, 그리고 그 사회 속에서 유대인 또는 한 개인으로서 살아가면서 겪게 되는 삶의 편린들을 작품화한다. 『미국인의 전원』에서는 1960년대의 급격한 사회 변화가 뉴저지의 한 가정에 어떤 영향을 끼치게 되었는가, 그리고 완강한 테러리스트인 딸 메리(Merry)와 조용한 가정에서의 평화로운 삶을 추구하는 아버지 스웨드(Swede)의 갈등을 묘사한다. 『나는 공산주의자와 결혼했다』에서는 1950년대 미국을 배경으로 매카시즘의 희생자의 삶을 묘사한다. 이 작품의 주인공, 아이라 린골드(Ira Ringold)의 삶은 공산주의와 매카시즘의 추종자들에 의해 완전히 붕괴되어 버린다. 『인간의 오점』에서는 빌 클린턴(Bill Clinton) 대통령과 모니카 르윈스키(Monica Lewinsky)의 섹스 스캔들을 배경으로, 대학 관리인인 젊은 여자와 사랑에 빠진 아테나 대학(Athena College) 고전문학 교수인 콜먼 실크(Coleman Silk)에 대한 사회의 도덕적 규탄을 다룬다. 이 세 작품은 편협한 가치관, 획일적인 규범만을 강조하는 사회가 자율적인 삶을 살기를 원하는 개인을 어떻게 규제하는가, 그리고 "역사의 냉혹한 힘이 개인을 어떻게 통제하고 무자비하게 속박하는가, 또한 개인이 예기지 못한 사건, 우연히 일어난 일, 상상할 수 없는 대참사와 같은 보이지 않는 공포(terror of the unforeseen)에 의해 어떻게 파괴되어가는가"(Cowley 48)를 묘사한다.

『미국에 대한 음모』에는 앵글로 색슨 계열의 백인에 대한 인종학적 우위를 강조하면서 보다 계획적인 차원에서 반유대주의 정책을 펼치는 린드버그 대통령과 그의 추종자들, 그리고 허먼 로스와 같이 미국은 서로 다른 인종, 서로 다른 종교를 가진 이들이 선의를 가지고 평화롭게 살고 있는 나라라는 낭만적 이상주의를 가진 이들의 첨예한 갈등이 대립된다. 『미국에 대한 음모』에서 프랭클린 루스벨트를 누르고 대통령에 당선된 린드버그는 전략적인 차원에서 미국이 유럽의 전쟁 소용돌이를 피해 경제 성장을 지속함으로써 세계에서 경제적 우위를 점할 필요가 있다는 점을 역설한다. 더 나아가 그는 미국이 자국의 국민의 안녕과 복지를 꾀하기 위해서는 히틀러의 나치즘을 옹호할 수밖에 없다고 주장한다. 반면에 허먼 로스와 같은 인물은 미국은 민주주의라는 확고한 토대 위에 세워진 나라라는 확고한 믿음을 갖는다. 허먼 로스는 자신의 주변 사람들에게 "자 이제 우리의 동맹국은 아돌프 히틀러(Adolf Hitler)이다. 그들은 어떤 일이든지 그들 마음대로 할 수 있을 것이라 생각한다. . . . 그것은 백악관으로부터 시작되었다"[5]라고 하면서 파시즘적인 정치노선을 택하고 있는 린드버그 대통령에 대한 비난의 목소리를 높인다. 허먼 로스 가족이 링컨 기념관(Lincoln Memorial)에 방문했을 때,[6] 오히려 주변 사람들은 린드버그 대통령에 대해 칭송을 하며 허먼 로스를 두고 "허풍쟁이 유대인"(loudmouth Jew)이라고 혹평한다. 허먼의 애국적 이상주의와 민주주의의 기본 개념인 인간 평등을 무시하는 린드버그 대통령과 그의 추종자들, 그리고 일

---

5) Philip Roth, *The Plot Against America*, (New York: Houghton Mifflin Company, 2004), 65. 앞으로 이 책에서의 인용은 괄호 안에 쪽수만 표기함.

6) 허먼 로스와 그의 가족들은 린드버그가 대통령에 당선되자 미국의 수도 워싱턴(Washington, D.C)으로의 가족 여행을 떠난다. 이들은 링컨 기념관을 비롯한 여러 유적지를 돌며 미국적 민주주의에 대한 자신들의 신념이 틀리지 않았음을 확인하고자 한다.

반 미국시민들의 대조적 배치는 '냉소적 유머'(dark humor)을 만들어낸다.

린드버그 대통령의 반유대주의 정책은 확실한 법률적 근거 없이 유대계 미국인들의 삶을 제약하고 구속한다. 허먼 로스와 그의 가족들은 자신들이 유대인이라는 사실 때문에 호텔에서 숙박을 거부당한다. 허먼 로스 가족이 링컨 기념관을 방문한 후 사전에 예약해둔 호텔로 되돌아왔을 때, 호텔 매니저는 다른 사람이 방을 예약해버렸기 때문에 허먼 로스 가족은 호텔을 떠나야 된다고 말한다. 매니저의 태도는 분명 반유대주의적인 태도이다. 하지만 로비에 있는 다른 손님들은 도움을 제공하기는커녕, 허먼 로스 가족을 보고 킬킬 웃기만 한다. 허먼 로스는 경찰을 불러 호텔 측의 부당한 처사를 시정해주기를 원한다. 허먼 로스는 출동한 경찰관에게 링컨 기념관에 있던 게티즈버그 연설(Gettysburg Address)의 한 구절, 즉 "모든 인간은 평등하게 창조되었다"란 말을 의미 있게 인용하면서 호텔 측의 부당함을 하소연한다. 하지만 경찰관은 "모든 호텔 예약이 동등하게 창조되었다는 것을 의미하지는 않는다"라고 하면서 "미리 떠나라 . . . 나의 인내심이 한계에 도달해 당신을 쫓아내기 전에"(70-71)라고 말한다. 허먼 로스 가족은 당황하지 않을 수 없었다. 허먼 로스가 "그들[백인들]은 꿈속에 살고 우리[유대인]는 악몽 속에 살고 있다"(76)고 말한 것처럼, 유대인은 백인중심사회에서 영원한 이방인(outsider)이라는 의식을 갖지 않을 수 없었다.

린드버그와 그의 추종자들은 보다 철저하고 계획적으로 반유대주의 정책을 펼친다. 그들은 반유대주의의 일환으로 "OAA"(Office of American Absorption)이라는 기구를 설립하고, "Homestead 42"라는 프로그램을 실행한다. 이 프로그램이 실행되었을 때 허먼 로스는 "OAA에서 [Homestead 42라는 프로그램을] 발표한 목적은 서로 종교가 다른 소수민족들에게 주류 미국사회에로 참여와 협조를 구하는 것이었다. 하지만 1941년 봄에 OAA가 심각하게 관심을 가지고 있는 소수민족은 바로 우리 유대인이었다"(85)고 신랄하게 비판한다. 허먼 로스의 지적처럼 "Homestead 42"는 유대인과 그들이 속한 단체들로 하여금 정치 사회적 영향력을 발휘하지 못하게 하고, 유대인들의 단결력, 특히 국가 선거에 영향을 미칠 수 있는 응집력을 와해시키기 위해 유대가족들을 집단 이주시키는 프로그램으로 변질되어 버린다.

OAA는 유대가족 출신의 고등학교 학생들을 위한 "Just Folks"라는 프로그램도 운영한다. 이 프로그램은 여름에 유대가족 출신의 고등학생을 미국의 중심지에 있는 기독교 가정의 농장에 보내 집단생활을 하도록 하는 프로그램이다. 이 작품의 서술자인 필립(Philip)의 형인 샌디(Sandy)도 이 프로그램에 참여한다. 샌디는 담배 농장에서 일하는 법을 배우고 전통적인 유대 관습에 의해 금기시해온 음식들인 베이컨, 햄, 돼지고기, 소시지 등을 먹게 된다. 사실 미국에서 태어났고 또 미국의 생활 방식에 적응하고 있는 학생의 입장에서 본다면 베이컨, 햄, 돼지고기, 소시지 등의 음식은 당연히 엄마가 준비해주었으면 하는 음식들일 것이다. 하지만 전통적인 유대교에서는 이런 음식들은 인간에게 탐욕을 불러일으킬 수 있는 음식이라 하여 엄하게 금한다. 결국 린드버그 행정부가 행하고 있는 "Just Folks"라는 프로그램은 유대인의 입장에서 본다면 학생들의 성장과 학습에 도움이 되는 건전한 프로그램이 아니라 유대 전통과 관습에 대한 탄압이자 문화적 차원의 말살정책인 것이다.

로스는 『미국에 대한 음모』에서 행정부의 반유대주의 정책으로 인해 허먼 로스 가족같이 고통과 인내의 삶을 영위하는 유대인의 모습을 그리면서도 권력과 부를 쟁취하기 위한 기회주의자인 벤젤스도프(Rabbi Bengelsdorf) 랍비와 그의 아내 에블린(Aunt Evelyn)과 같은 위선적인 유대인의 모습도 묘사한다. 벤젤스도프 랍비는 린드버그와 그의 추종자들의 환심을 사기 위해 유대 단체들로 하여금 재정착 프로그램, 즉 "Homestead 42"을 따르도록 촉구하고 유대인들이 자신들의 지평을 넓히기 위해서는 유대인 게토(ghetto)를 떠날 필요가 있음을 역설한다. 린드버그가 히틀러의 잔인함을 따르려고 한다는 유대사회의 공포를 완화시키기 위해 이 랍비는 유대인에 대한 미국의 OAA 프로그램은 나치의 경우와는 완전히 다르다고 역설한다. 그는 "[나치 독일의] 뉘른베르크(Nuremberg) 법률은 유대인들의 시민권을 박탈했고, 그들이 국민의 권리를 배제하기 위해 모든 것을 할 수 있도록 해버렸다. 내가 린드버그 대통령에게 촉구한 것은 유대인들이 그들이 원하는 만큼 국민으로서의 삶을 영위할 수 있도록 하기 위해 유대인들이 참여할 수 있는 프로그램을 시작하라는 것이었다"(111)라고 오만적인 발언을 한다.

필립의 이모이기도 한 에블린은 벤젤스도프 랍비와 마찬가지로 권력과 부를 쟁취하기 위해 혈안이 되어 있는 기회주의자이다. 그녀는 벤젤스도프 랍비와 함께 정부의 OAA프로그램을 관리 운영한다. 이들은 대통령의 사회 개혁 프로그램에 참여하는 것을 대단한 기쁨으로 생각한다. 그녀의 아파트를 방문한 필립에게 그녀는 정부가 주최하는 연회에서 "아주 매력 있는 신사"인 "독일 장군인 리벤트로프(Mr. von Ribbentrop)와 춤을 췄다"(213)고 자랑스럽게 얘기한다. 그녀는 필립이 "Homestead 42" 프로그램에 참여하면, 필립이 얼마나 많은 혜택을 얻을 수 있을 것인가를 마치 유혹하듯이 설득한다. 그녀는 필립에게 "[Homestead 프로그램에 참여하는 행위는] 유대 소년 그 이상이 되는 방법이란다. . . . [너는] 너무나 무서워 게토를 떠나지 못하는구나"(216)라고 말한다.

로스는 벤젤스도프 랍비와 에블린을 그들에게 합당한 처벌을 가함으로써 그들을 작품으로부터 퇴장시킨다. FBI는 랍비가 린드버그 영부인(Mrs. Lindbergh)에게 영향력을 행사함으로써 정부에 반하는 음모를 꾸몄다는 죄로 랍비를 체포한다. 물론 랍비는 무죄였다. 에블린은 FBI가 자신의 남편을 체포했다는 사실을 알고 숨기 위해 친언니인 베스(Bess)의 집에 오지만, 베스는 그녀를 거절해버린다. 친형제로부터 배척을 당한 에블린은 어쩔 수 없이 언니 집 지하실에 숨어 지내지만, 거의 미친 상태가 되어버린다. 그녀는 "린드버그와 그의 세계관을 숭배함으로써 미국 전역을 광란의 장소로 변형시킨 맹신에 자기 자신을 내던져 버린 것이다"(352). 벤젤스도프 랍비와 에블린은 로스의 이전 소설의 등장인물, 즉 『유령작가』(*The Ghost Writer*)에서 네이선 주커만(Nathan Zuckerman)에게 자기 가족과 다른 유대인들을 모욕하는 글을 쓰지 말라는 편지를 쓴 보수주의자 레오폴드 와프터(Leopold Wapter) 판사, 『인간의 오점』에서 정치적 공정성(political correctness)에 사로잡혀 대학에서 동료마저 배신한 델펀 렉스(Delphine Roux), 그리고 『나는 공산주의자와 결혼했다』에서 클레어 블룸(Claire Bloom)처럼 자기 남편을 모욕하고 비방하는 책을 쓴 이브 프레임(Eve Frame) 등과 동일선상에 있는 인물들이다. 이들은 모두 겉과 속이 다른 위선적인 인물들로 자기 자신의 안위와 이득만을 생각하는, 어떻게 보면 로스가 가장 혐오하는 인물들이다. 로스는 이 인물들을 스스로의 모순에 빠지도록 설정함으로써 그들을 노골적으로 조롱한다.

　로스는 『미국에 대한 음모』에서 파시스트적인 린드버그 정권이 들어선 이후, 유대인들이 겪는 정체성의 대혼돈을 어린 서술자인 필립의 생각과 시각을 통해 독자에게 전달되도록 구성한다. 이는 이념적인 틀에 고정되어 있지 않고 감수성이 풍부한 어린아이의 시선을 통해 반유대주의의 하극상을 보다 극적으로 드러내려 하는 작가의 의도가 숨어 있는 전략이다. 『미국에 대한 음모』의 서술자인 어린 필립은 평소에 자기 자신, 가족, 종교, 그리고 조국에 대해 가지고 있던 평화로운 의식은 완전히 전복되어 버렸다고 생각한다. 그와 그의 유대가족은 1940년이 되기 전까지 자신들은 미국에서 삶을 영위하는 유대인이며, 자신들의 조국은 미국임을 당연하게 생각했다. 턱수

염을 기른 어떤 이방인이 "팔레스타인(Palestine)에 유대인들이 집단적으로 살 수 있는 국가적인 고향을 건설하기 위한 기부금"(4)을 그의 부모님에게 요청 했을 때, 필립은 "우리는 3세대 동안이나 [미국에서 살았고] 우리의 조국을 가지고 있었다. 나는 매일 아침 학교에서 국기에 대한 맹세를 하곤 했으며 . . . 우리의 조국은 미국"(4-5)이라고 생각한다. 필립은 "세계와 평화를 유지 하고 있는 미국에서, 미국의 도시에서, 미국의 학교에서, 미국 부모의 아이 로서 내가 그동안 당연하게 생각해 오던 개인적인 안전을 완전히 상실해 버 렸다"(7)라고 한탄한다. 어린 필립은 "린드버그가 대통령이 아니었고, 내가 만약 유대인의 자손이 아니었다면 어떠했을까"(1)라고 생각한다. 다음은 필 립이 유대인이면서 보험 판매원인 자신의 아버지와 켄터키(Kentucky)에 있는 농장에서 담배 농사로 성공하여 찬양을 받은 기독교인 모히니(Mr. Mawhinney) 를 비교한 내용이다.

나의 아버지가 할 수 있었던 것의 모든 것은 보험을 판매하는 것이었다. 모 히니 씨가 독립 혁명 때 싸웠고, 이 나라를 설립 했으며 야생 황무지를 개척 하면서 인디언을 정복했고, 흑인을 노예화시켰다가 해방시켜 줬으며, 또 흑 인을 소외시킨 오랫동안 권력을 잡고 있었던 다수당의 당원이자 기독교인 이라는 것은 말할 것도 없었다. [그는] 개척지에 정착한, 착하고, 깨끗하고, 열심히 일하는 수백만 기독교인 중의 한명이었다. . . . 그는 법률을 제정하 여 지배하고, 그들이 필요할 때 명령을 내리는 사람이었다. 반면에 나의 아 버지는 단지 유대인일 뿐이었다. (93-94)

All my father could do was sell insurance. It went without saying that Mr. Mawhinney was a Christian, a long-standing member of the great overpowering majority that fought the Revolution and founded the nation and conquered the wilderness and subjugated the Indian and enslaved the Negro and emancipated the Negro and segregated the Negro, one of the good, clean, hard-working Christian millions who settled the frontier . . . the men who laid down the law and called the shots and read the riot act when they chose to—while my father, of course, was only Jew.

어린 필립은 자기 아버지는 단지 유대인이라는 존재론적인 사실 때문에 미국사회에서 보이지 않는 차별을 받았고, 경제적 부를 축적할 수 있는 기회마저 갖지 못했다고 생각한다. 그는 자신과 가족이 유대인이기 때문에 자신들의 나라인 미국에서 외계인 취급을 받는다는 의식을 갖는다. 필립은 자기 자신이 역사로부터, 그리고 유대인이 되어야만 한다는 사실로부터 벗어나고 싶었다. 필립은 "나는 내가 했던, 그리고 하지 않았던 모든 것들로 부터 도망치고 싶다. 그래서 아무도 알지 못하는 소년으로 새로운 출발할 것이다" (346)라고 말한다. 반유대주의적 사회분위기는 어린 필립에게도 견디기 힘들고 고통스러운 것이었다. 미국 행정부의 반유대주의 정책은 유대계 미국인들로 하여금 정체성 혼란을 가속화시킨다.

로스에게 유대성은 재난도 불행도 아니고, 자부심을 가질 어떤 성취도 아니며 오히려 동맥이나 정맥처럼 아주 자연스러운 것이다. 한 사람이 유대인으로 태어났다는 사실은 본인이 선택할 수 있는 문제가 아니라 존재론적 차원에서 본인에게 부여된 것이기 때문에 차별이나 배제를 받을 타당한 이유가 될 수 없는 것이다. 하지만 로스는 파농이나 듀보이스와 같은 흑인 민족주의자들의 경우처럼 반유대주의자들에 대한 반감과 혐오, 나아가 유대민족의 전통문화에 대한 복원과 인종적 유대만을 강조하지는 않는다. 로스는 극단주의자들의 이데올로기가 권력과 결합되었을 때 야기될 수 있는 위험한 상황에 대해 너무나 잘 인식하고 있었다. 사실 유대민족의 수난의 역사가 대표적인

한 예이다. 다인종적 · 다문화적 미국사회에서 생물학적 요소를 근거로 특정한 인종의 우월성을 주장하고, 그들이 갖는 전통과 문화만을 최고의 것으로 생각하는 인종주의, 또는 자문화 우월주의는 악순환, 즉 인종차별의 심화와 배타적인 정책들을 양산할 뿐이다. 로스는 자신의 작품을 통해 다양한 인종과 문화가 혼종하는 미국사회에서 상호존중과 공존의 필요성을 역설한다.

4) 이데올로기에 종속된 국가권력

로스는 『미국에 대한 음모』에서 다양한 정치적 이데올로기가 대두됨으로써 혼란이 가중됐던 1940년대 가상의 미국역사 속에서, 앞 장에서 살펴본 반유대주의 및 인종주의 문제뿐만 아니라 자유로운 삶을 영위하기를 원하는 개인과 극단적 이데올로기에 종속된 국가권력과의 갈등 문제 역시 분석한다. 로스의 이전 소설, 즉 『우리 패거리』(Our Gang, 1971)와 『프라하의 야단법석』(The Prague Orgy, 1979) 역시 개인과 국가권력 사이의 불협화음에 관한 내용을 다룬다. 『미국인의 전원』과 『나는 공산주의자와 결혼했다』 그리고 『인간의 오점』이 주로 개인과 사회의 갈등이 주테마였다는 사실을 상기하면, 『미국에 대한 음모』는 이 모든 갈등, 즉 개인, 인종, 그리고 역사의 불협화음을 한데 아우르는 오케스트라와 같은 작품이고, "이전 작품들을 잘 조화시킨 성숙된 작품이다"(Posnock 272).

국가권력 또는 역사가 개인의 삶을 규제하고 통제하는 상황을 묘사한다는 측면에서 『우리 패거리』와 『프라하의 야단법석』은 『미국에 대한 음모』와 맥을 같이한다. 로스는 『우리 패거리』에서 리처드 닉슨(Richard Nixon) 행정부의 도덕적 타락, 재집권을 향한 야욕, 국민에 대한 정치인의 거짓과 기만, 전쟁마저도 자기들의 권력유지 수단이 되고 있는 현실, 집권자의 언론조작, 그리고 정치권력이 국민 개개인의 삶을 억압하고 생존마저 위협하고 있는 현실 등을 풍자한다. 스티븐 웨이드(Stephen Wade)가 지적하고 있듯이 "『우리 패거리』는 미국의 정치적 현실에 대한 토론과 논쟁을 담고 있는 에피소드로 구성되어 있으며, 로스는 왜곡, 법석 떠는 희극적 상황, 환상, 그리고 패러디적인 방법을 동원하여 미국의 현실 자체에 접근을 시도한다"(72-73). 로스에게 60년대 후반과 70년대 초반 미국의 상황은 유대인에 대한 대학살을 상기시키는 것이었다. 나치정권이 서슴지 않고 자행한 6백만 명의 유대인 학살은 "암흑 속에 감추어진 채 아무 말도 못하고 [가장 지독한] 고통을 당해야만 했으므로 어디에서나 느낄 수 있으나 실제로는 어디에서도 볼 수 없는 숨겨진 상처"(Shechner 240)였다. 로스도 이 아프고 쓰라린 상처의 악몽에서 벗어날 수 없었다. 그래서 그는 미국의 사회적 상황을 바탕으로『우리 패거리』에서 정치적・사회적 억압이 개인의 삶을 규제하고 통제하는 상황을 풍자했던 것이다.

또한 국가체제에 의한 정치권력의 억압이 잘 드러난 작품은『프라하의 야단법석』이다. 로스는『우리 패거리』에서 다소 공격적인 풍자라는 문학적 기법을 활용하지만,『프라하의 야단법석』에서는 비교적 주인공의 경험을 통한 사실주의적 입장에서 현실을 고발하는 입장을 취한다.『프라하의 야단법석』에서 로스는 주인공 주커만으로 하여금 사상과 표현의 자유가 유린당하고 공산주의 사회제도가 강요하는 억압의 생활을 체코에서 경험케 한다. 공산주의 국가에서 개인은 역할 수행자로, 사회, 당, 그리고 이데올로기에 의해 희생된다. 공산주의 국가에서 개인은 자아를 철저히 거부당하고, 집단 속에서 사회를 위한 전체적인 사고와 행동을 강요당한다. 이 작품의 주인공 주커만은 철저한 감시와 통제가 이루어지는 사회에서 개인은 절망적인 삶을 영위할 수밖에 없음을 실감한다.

로스는『미국에 대한 음모』에서 1940년 미국 33대 대통령 선거에서 당선된 찰스 린드버그가 극단적 이데올로기, 즉 나치즘과 파시즘을 표방하면서 개인의 삶을 규제하고 통제하는 상황을 묘사한다. 『미국에 대한 음모』에서 린드버그는 권모술수에 매우 능한 정치가의 모습을 보여준다. 다음은 히틀러가 폴란드를 비롯한 거의 대부분의 유럽 국가들을 정복하고 구소련(Soviet Union)을 공격하기 시작했을 때, 린드버그가 국회에서 한 연설문이다.

> 구소련(Soviet Union)을 공격함으로써 히틀러는 전 세계에서 공산주의의와 악의 팽창을 막는 가장 위대한 수호자로써 자신의 위치를 확립했다. . . . 전 세계는 오늘 밤 구소련을 공격한 히틀러에게 감사해야 한다. 만약 독일 군대가 소비에트 볼셰비즘을 공격하는 데 성공한다면—성공할 것이다라고 믿을 수 있는 타당한 근거도 있다—미국이 전 세계에 사악한 시스템을 강요하는 탐욕스러운 공산주의 국가들의 위협에 직면하는 일은 결코 없을 것이다. . . . 만약 우리가 영국과 프랑스 편에서 세계대전에 참여하게 된다면, 우리는 우리의 위대한 민주주의와 구소련의 사악한 정권이 동맹 관계를 맺게 된다는 것을 발견할 것이다. 오늘 밤 독일 군대는 미국이 어쩌면 치를 수 있었던 전쟁을 잘 수행할 것이다. (83-4)

With this act, Adolf Hitler has established himself as the world's greatest safeguard against the spread of Communism and its evils . . . it is Hiltler to whom the entire world must be grateful tonight for striking at the Soviet Union. If the German army is successful in its struggle against Soviet Bolshevism—and there is every reason to believe that it will be—America will never have to face the threat of voracious Communist state imposing its pernicious system on the rest of the world . . . if we had allowed our nation to be dragged into this world war on the side of Great Britain and France, we would now find our great democracy allied with the evil regime of the USSR. Tonight the German army may well be waging the war that would otherwise have had to be fought by American troops.

린드버그는 미국의 자유와 민주주의의 수호라는 명분으로 국민을 현혹한다. 그는 미국이 히틀러 정권과 공조함으로써 사악한 공산주의 국가의 위협으로부터 벗어날 수 있다고 주장한다. 그는 "미국이 외국의 모든 전쟁에서 벗어나도록 해야 되고, 모든 외국의 전쟁이 미국 밖에서 이루어지도록 해야 한다"(84)고 주장한다. 더 나아가 독일이 미국 군대를 대신해 전쟁을 치루고 있음을 국민들에게 상기시킴으로써, 히틀러가 표방하는 반유대주의 정책을 미국에서도 실행하려 한다. 그는 사회질서 유지, 그리고 부의 공정한 분배라는 명분으로 유대인들이 소유한 재산을 국유화하고, 또 그들을 집단적으로 강제 이주시켜 버린다.

『우리 패거리』의 작중 인물, 딕슨 대통령은 자신의 실책을 무마하기 위해 책임을 떠넘길 희생양을 통해 자신의 정치적 위기를 극복하고자 한다. 딕슨이 자신의 희생양으로 선택한 인물은 야구 선수, 커트 플러드(Curt Flood)이다. 실존했던 인물과 동일하게 플러드는 필라델피아 필리즈(Philadelphia Phillies)로 이적되는 것을 거부한다.7) 이런 플러드의 행위는 극히 개인적인 것으로, 정부를 부정하고 반항하는 행위는 결코 아니다. 하지만 딕슨 행정부는 야구는 미국을 상징하는 것이기 때문에, 야구의 질서를 거부하는 플러드의 행위는 정치적 · 사회적 불안을 야기시키는 주도적 행위라고 매도한다. 딕슨이 플러드라는 인물을 희생양으로 내세운 것은 조지 오웰의 『1984년』에서 당이 임마누엘 골드스타인(Emmanuel Goldstein) 같은 존재하지 않는 가상의 적을 조작해 통제력을 유지하려는 것과 유사하다. 또한 그것은 『미국에

---

7) 플러드는 1968년 세인트루이스 카디널스(St. Louis Cardinals)의 중견수(Center Field)로 활약했던 흑인 야구선수로, 필라델피아 필리즈 팀으로 이적되는 것을 거절했던 실존인물이다.

대한 음모』에서 린드버그가 "이 나라에서 가장 위협이 되는 것은 엄청난 부를 소유하고 영화사, 언론사, 라디오 방송사, 그리고 우리 정부에 영향력을 행사하고 있는 유대인"(14)이라고 하면서, 극심한 빈부격차와 사회적 혼란의 원인을 유대인에게 전가하는 것과 동일하다.

『미국에 대한 음모』의 허먼 로스 가족은 극단적 이데올로기에 종속된 국가권력의 희생자라는 점에서 사코와 반제티(Sacco and Vanzetti), 그리고 유대계 미국인인 로젠버그(Rosenberg) 부부와 같은 부류에 속한다. 단순히 정치적 차원에서 무정부주의자인 사코와 반제티는 특별한 근거도 없이 무장 강도로 기소되어 1927년에 처형당한다. 유대계 미국인인 로젠버그 부부는 2차 세계대전 직후 소련 스파이에게 원자탄 제조에 관한 비밀문서를 넘겨준 혐의로 체포되어 1951년 재판에서 유죄가 확정된 후 1953년 8월 19일에 싱싱(Sing Sing) 교도소에서 사형을 당한다. 로젠버그 부부에 대한 재판은 전 미국의 이목이 집중된 역사적 사건이었고,8) 이 재판은 인간과 정치, 개인과 국가, 그리고 판결과 사면 사이에 빚는 갈등의 상징이었다.

로스는『미국에 대한 음모』에서 1940년, 나치즘과 파시즘을 표방하는 린드버그 정권이 국가권력을 장악했을 때의 시대 상황을 서술자로 등장하는 어린아이인 필립이 느끼는 공포로 형상화한다. 린드버그의 반유대주의 프로

---

8) 이. 엘. 닥터로우(E. L. Doctorow, 1931-)의 『다니엘의 자서전』(*The Book of Daniel*, 1971)은 로젠버그 부부에 대한 재판과 그와 관련된 일련의 사건들을 소재로 한 소설이다. 닥터로우는 이 소설에서 로젠버그 부부의 사건과 상징, 그리고 딸과 아들의 사고와 행동을 현재의 무질서와 그 극복이라는 측면에서 재조명한다. 닥터로우는 역사적 사건과 인물들을 단지 허구로 재구성한 것이 아니라 "실제 사건이 담화적 사건으로 변형되는 과정"(Trenner 61)을 제시한다. 『다니엘의 자서전』은 "미국정치에 대한 고찰, 다시 말하면, 세대차를 메우고 신좌파의 급진주의를 과거와 재연결시켜 보려는 급진주의 운동에 대한 창조적 재해석"(Levine 38)이다. 닥터로우는 신좌익과 구좌익의 급진주의 사상과 운동을 규명하고 미국사회에 존재하는 이상과 현실의 괴리를 부각시킨다.

그램이 발효되기 전 필립은 다른 모든 어린 아이들처럼 마음의 위안을 주는 엄마와 늘 함께하고 자신의 취미인 우표 수집에 열중하는 평범한 생활을 영위한다.[9] 하지만 린드버그의 반유대주의 정책들이 사회분위기를 압도했을 때, 필립은 공포에 사로잡혀 버린다. 그의 사촌인 알빈(Alvin)이 캐나다 군인으로 히틀러와의 전쟁에 참전 한 후 다리 하나를 잃고 돌아왔을 때, 필립의 공포는 더욱 심화된다. 필립은 알빈의 절단된 다리가 길거리를 걸을 때 자신을 쫓아온다고까지 생각한다. 더군다나 필립은 갑자기 심장마비로 죽은 그의 이웃 위시나우(Mr. Wishnow)의 유령이 "우리들의 일을 감시하고 우리들의 행동을 조사하기 위해 . . . 우리 집의 이층 아래에 거주하고 있다고 생각한다"(140). 로스는 어린 필립이 느끼는 공포를 단순히 어린아이가 성장하는 과정에서 느낄 수 있는 공포로 취급하지 않는다. 로스는 어린 필립이 1940-42년에 느꼈던 공포를 2001년 9.11 테러로 맨해탄(Manhattan)의 쌍둥이 건물이 무너져 내릴 때 미국시민들이 느꼈던 공포와 유사한 것임을 암시한다(Safer 151). 또한 필립에게 공포심을 심어주는 주체를 알빈의 절단된 다리 부분이나 지하실에 거주하는 유령이 아니라 국가권력이 개인의 삶을 감시하고 추적하는 일련의 행위로 본다면 그 공포의 의미는 더욱 흥미롭다. 이 소설 전체를 통해 로스 가족구성원들은 미국은 열심히 일하고 꾸준히 자신들의 부를 축적해나가면서 자신의 인생을 살 수 있는 곳이라는 믿음을 견지한

---

9) 필립은 한때 자신이 유대인의 후손이라는 사실이 싫어 가출을 결심하고 자신의 가장 소중한 소지품 중의 하나인 우표 수집 철을 들고 고아원에 들어갈 결심을 한 적이 있다. 고아원 정문 앞에서 필립은 일하고 있는 말에 부딪쳐 정신을 잃어버린다. 정신을 차리고 보니 병원이었다. 필립은 이 사고로 자신이 소중하게 수집해 오던 모든 우표를 잃어버리게 된다. 그 당시 필립과 그의 친구 얼(Earl)을 포함한 거의 모든 어린 아이들은 유명한 미국인들의 초상화가 그려진 우표를 수집했다. 이 우표 수집은 린드버그가 정권을 잡기 전 유대계 미국인을 포함한 모든 미국인들의 애국주의와 이상주의를 상징한다. 따라서 필립이 그 우표를 잃어버렸다는 것은 미국에 대한 애국주의와 이상주의의 상실을 의미한다(Safer 187).

다. 하지만 그들은 미국은 자신들이 꿈꾸어 온 곳이 아닐 수 있고, 다른 사람들의 음모에 사로잡힐 수 있다는 두려움을 갖게 된다(Sokoloff 310).

로스는 린드버그가 표방한 나치즘의 문제를 해결하기 위해 데우스 엑스 마키나(deus ex machina) 기법을 활용한다.[10] 『미국에 대한 음모』는 다음과 같이 종결된다. 린드버그는 갑자기 사라져 돌아오지 않는다. 린드버그가 사라진 것에 대한 소문이 분분하다. 라과디아(La Guardia) 시장은 기자 회견에서 "만약 우리 대통령이 자발적으로 나치 독일로 도망갔다면, 만약 그것이 사실이라면 . . . 그는 백악관에서 나치 요원으로 일해 온 것이다. 나는 인류 역사에서 그렇게 사악한 반역을 묘사할 말을 찾을 수 없다"(313)고 말한다. 이런 견해와는 상반되게 독일이 린드버그의 아들을 납치해 그와 그의 아내는 최악의 적에게 노예가 될 수밖에 없었다는 동정의 소문도 돈다. 1942년 11월 3일 특별 선거가 있었고 루스벨트가 대승하여 3번째 대통령 임기를 맡게 된다. 이 사건 이후 모든 일들은 우리가 알고 있는 실제 역사와 동일하게 전개된다. 『미국에 대한 음모』에 사용된 데우스 엑스 마키나(deus ex machina)는 찰스 디킨스(Charles Dickens, 1812-1870)의 소설, 『올리버 트위스트』(*Oliver Twist*, 1838)의 엔딩과 동일하다. 일반 사람들이 권력을 쥐고 있는 린드버그와 그의 추종자들을 공격하여 전복시킨다는 점은 올리버 트위스트가 막대한 유산을 상속받는 상황처럼 극히 희박한 경우이다. 19세기 영국의 경제적 상황을 고려할 때 올리버와 같은 극빈자가 갑작스럽게 경제적 부를 획득한다는 사실은 기적이 아닐 수 없다. 따라서 『미국에 대한 음모』에 제시된 모든 해

---

10) 고대 그리스극에서 자주 사용하던 극작술(劇作術)의 하나이다. 초자연적인 힘을 이용하여 해결하기 어려운 문제를 해결하고, 긴박한 국면을 타개함으로써 극을 종결하는 기법이다. 라틴어로 '기계에 의한 신(神)' 또는 '기계장치의 신'을 의미하며, 무대 측면에 설치한 일종의 기중기(起重機)를 움직여 여기에 탄 신이 나타나도록 연출한다하여 이런 이름을 붙었다.

결책들은 실제로 불가능하며 현실성이 떨어진다.

하지만 흥미로운 것은 로스가 『미국에 대한 음모』에서 1940년부터 1942년까지의 일련의 사건들을 연대기적 순서에 의해 각 장을 배치하고 있다는 점을 고려할 때, 마지막 장인 9장이 8장보다 하루 전날의 사건들이 서술된다는 점이다. 다시 말해 9장의 "영원한 공포"("Perpetual Fear")는 1942년 10월 15일이고, 전 장인 8장의 "나쁜 날들"("Bad Days") 장은 1942년 10월 16일에 있었던 사건이 서술된다. 8장에 이미 모든 사건의 결말, 즉 루스벨트가 다시 대통령에 오르고 미국의 자유를 위협했던 적들은 제거되고 2차 세계대전이 발생하는 역사적 사건들이 서술된다. 9장에는 로스 가족의 개인적 이야기가 다시 서술된다. 마지막 장에서 허먼 로스는 린드버그 프로그램에 의해 켄터키로 재배치되고 반유대주의의 대혼돈 속에 엄마가 살해당해 고아가 된 셀던(Seldon)을 뉴저지(New Jersey) 집으로 데리고 온다. 동시에 그의 아내는 집에서 백과사전 속에 접어두었던 미국 지도를 꺼내 자신들의 앞으로의 일에 대해 계획을 세운다. 서술자인 필립은 세계에서 자신들이 살고 있는 조그마한 공간에 대해 생각하고 소속감과 편안함을 가져다줄 수 있는 곳의 경계를 지음으로써 자신의 이웃들의 정겨운 모습을 묘사하는 데 치중한다. 『미국에 대한 음모』의 결론이라 볼 수 있는 8장과 9장의 내용은 '우리에게 친숙한 것으로의 환원'이다. 8장의 결론은 우리가 알고 있는 역사와 동일한 것으로의 환원이고, 9장은 로스 가족에게 친숙한 집과 이웃으로의 환원이다.

9장의 제목이 "영원한 공포"이고 1장이 "공포가 우리의 기억을 지배해 영원한 공포가 된다"(1)로 시작하고 있다는 점을 고려하면 『미국에 대한 음모』가 다시 시작된다는 느낌을 준다"(Sokoloff 309). 모든 사건의 결말을 이미 8장에 제시한 상황에서 마지막 9장에 또다시 필립의 눈을 통해 반유주의가 파생시킬 수 있는 상황이 독자에게 전달된다. 반유대주의의 분노가 극에 달해 조직적인 대량 학살이 미국에서 이루어진다. 유대인의 가게가 파괴되고 유대교의 예배당이 불태워지고, 사람들이 살해당한다. 마지막 장에서 필립의 눈은 "미국의 반유대주의에 대한 분노가 파이프라인 22번을 타고 동쪽으로 솟아올라 . . . 마치 홍수처럼 우리 집 뒤 계단까지 밀려온 상황"(343)을 비춰 주는 창으로서의 역할을 한다(Safer 161). 로스는 이 마지막 장을 통해 개인의 자유와 인권을 존중하는 민주주의 국가에서 권력을 장악하려는 전체주의의 위협이 언제나 상존해 왔음을 경고한다.

로스는 『미국에 대한 음모』에서 가상의 역사 공간으로 설정하고, 그 공간에서 파생될 수 있는 사건들을 상상력을 발휘해 희화화했다. 로스는 가상의 역사적 공간에서 풍자라는 문학적 기교를 사용함으로써 그 효과를 극대화한다. 로스는 한 인터뷰에서 풍자소설을 통해 무엇을 기대하는가라는 질문에 대해 이렇게 말한다.

> 세상을 바꾸기를 내가 원하느냐고? 천만에. . . . 작가가 제아무리 개혁적이고 혁명적인 정열을 가졌다 하더라도 풍자적인 글을 쓴다는 것은 문학적 행동이지 정치적 행동은 아니다. 풍자는 도덕적 분노를 희극적 예술품으로 변형한 것이다. 그것은 마치 엘레지(elegy)가 시 예술로 변형된 슬픔인 것과 마찬가지다. 엘레지를 가지고 우리가 이 세상에서 무엇인가를 성취하기를 기대하는가? 아니다. 이것은 격하고 당혹스런 감정을 조직화하고 표현하는 수단에 불과하다.
>
> 애초에 주먹으로 우리의 적을 쳐 죽이고 싶은 욕망이─ 주로 그 결과가 가져올 것을 염려한 나머지─ 욕설과 모욕으로 그를 죽이려는 욕망으로 바뀌는데, 그것이 철저하게 승화되고 사회화되는 것이 풍자라는 예술이다. 풍자는 누군가의 머리를 부수고 싶은 원시적 충동이 상상력을 통해 개화한 것이다. (Lelchuk 51)

Do I expect the world to change? Hardly. . . . Writing satire is a literary, not a political act, however volcanic the reformist or even revolutionary passion in the author. Satire is moral rage transformed into comic art—as an elegy is grief transformed into poetic art. Does an elegy expect to accomplish anything in the world? No, it's means of organizing and expressing a harsh, perplexing emotion.

What begins as the desire to murder your enemy with blows, and is converted (largely out of fear of the consequences) into the attempt to murder him with invective and insult, is most thoroughly sublimated, or socialized, in the art of satire. It's the imaginative flowing of the primitive urge to knock somebody's block off.

풍자는 어떤 사실을 있는 그대로 묘사하여 전달하는 것이 아니라, 어떤 사실을 뒤틀고 과장하여 독자로 하여금 새로운 시각으로 그 사실을 바라볼 수 있도록 만드는 문학 기법이다. 로스는 린드버그 대통령의 권모술수를 과장하여 표현하고 그의 위선적인 면을 들추어낸다. 하지만 여기서 주의해야 할 것은 로스가 특정한 역사적 공간을 설정하여 정치적 상황 또는 정치권력에 대해 풍자하면서도 체제의 전복이나 사회참여를 유도하는 선동적인 입장에 서지는 않는다는 점이다. 남용된 정치권력에 무조건적으로 반항하거나 대항하면 감금과 구속은 물론 급기야 생명을 빼앗길 수 있다. 로스의 경우도 마찬가지다. 따라서 로스는 인간을 탄압하고 인권을 유린하는 정권에 대항해 싸우거나 반항하는 행위 자체를 자기 소설의 핵심 주제로 다루지 않는다. 비록 소극적인 입장이라 비난받을 수 있겠지만, 로스는 개인의 자유와 행복이 무시되는 상황을 제시해 도덕적 당위성을 피력하고 현실의 변화가 점진적으로 이루어져야함을 주장한다.

로스는 『미국에 대한 음모』에서 지극히 문학적인 차원에서 가상의 역사적 사건을 설정하고, 그 역사 속에서 삶을 영위하는 한 유대가족의 애환의 삶을 조명함으로써 미국인으로서의 미국에 대한 반성과 각성을 꾀하고 도덕 의식을 고취시킨다. 로스는 미국이 지향하는 이상적 민주주의, 즉 개인의 자유와 행복에 해가 되는 일련의 사고와 행위는 비록 그것이 나름대로의 정당성을 내세운다 하더라도 '미국에 대한 음모'로 간주한다. 로스는 단순히 유대인이 아닌 한 인간으로서의 개인적 삶과 인종주의와 같은 극단적 이데올로기에 종속된 사회와 국가와의 갈등을 자신의 작품 속에 투영함으로써 문학적 보편성을 획득하려 한다. 요컨대 『미국에 대한 음모』에서 로스는 하나의 역사적 공간 속에서 한 인간으로서의 개인의 삶과 정체성, 극단적 이데올로기에 근거한 인종주의의 병폐, 그리고 국가권력의 근본적인 속성과 어두운 측면에 대한 면밀한 분석을 시도한다고 할 수 있다.

5) 보편적 삶의 진실 추구

로스는 자신의 문학이 지향하는 목표를 더 이상 구속되지 않고 자유로운, 강요되지 않고 자발적인, 무기력하지 않고 정열적인, 그리고 비역사적이지 않고 역사적인 '미국적 자아의 창조'라는 점을 역설한다. 로스의 이러한 제안은 근원적으로 개인이 자유롭고 정열적인 삶을 영위하거나 유대인 또는 미국인으로서 주체적 자아를 창조하는 데 걸림돌이 상존한다는 것을 전제한다. 『미국에 대한 음모』에서 제시되고 있는 이 걸림돌은 미국을 뒤흔들 수 있는 하나의 음모로서 인종차별, 즉 반유대주의적 시각, 그리고 도덕적으로 타락한 소수의 지배계층에 의한 국가권력의 남용, 진실과 역사 왜곡이다.

로스가 『미국에 대한 음모』에서 1940년 미국 33대 대통령 선거를 둘러싼 정치적 상황을 상상력을 발휘해 구성한 역사적 사건은 미국역사에서 발생한

적이 없고 앞으로도 일어날 가능성이 결코 없는 사건이다. 또한 인륜적 · 도덕적 차원에서 일어나서도 안 되는 사건들이다. 하지만 로스는 이 가상의 역사적 사건이 미국의 실제 역사에 있어서 일어날 수도 있었다는 점을 전제한다. 로스는 이 가상의 역사 속에서 어떤 한 개인이 유대인, 또는 유색 인종이기 때문에 받아야 했던 차별과 배제의 삶을 조명하고, 다인종, 다문화로 구성된 미국사회가 도덕적 차원에서 나아가야 할 방향을 제시한다.

현대 미국은 여러 인종이 이민이라는 수단을 통해 하나의 국가를 형성하고 고도의 상업화와 공업화를 이룬 대표적인 이민 국가이다. 여전히 피부색에 근거한 인종차별의 잔재가 남아 있고, 이 잔재가 남아 있는 한 언제 폭발할지 모르는 시한폭탄이 내재되어 있는 사회이다. 또한 치열한 생존경쟁에 따르는 인간성 상실, 도덕적 타락, 그리고 각 개인이 인격자로서보다는 IBM 카드로 간단히 처리되는 기계화된 사회이다. 이 사회에서 생존을 도모해야 하는 개인은 인종에 상관없이 삶의 부조리와 모순을 겪지 않을 수 없다. 하지만 로스는 인간의 기본권이 보장되는 사회, 그리고 일부 지배계층에 의한 국가권력의 남용이 없는 사회라면 암울하고 고통스러운 현실을 극복할 수 있다고 본다. 그래서 그는 인간에게 중요한 것은 이데올로기에 종속된 배타적인 삶이 아니라 타인에 대한 상호이해와 존중이라고 본다. 요컨대, 유대인이면서 미국작가인 로스는 자신의 소설에서 미국의 정치적 · 경제적 현실을 직시하고 통찰하면서, 단지 유대인의 생활방식과 사고만이 아니라 역사 속에서 삶을 영위하는 한 인간으로서의 삶의 진실을 추구함으로써 스스로 반성하고 새 도덕성을 찾는, 폐쇄가 아닌 열린 삶, 고립이 아닌 공존의 삶의 전망을 제시한다.

■ 이 글은 「개인, 인종, 그리고 역사의 불협화음 ―필립 로스의 『미국에 대한 음모』를 중심으로」, 『영어영문학』, 58권 5호(2012): 809-837쪽에서 수정 · 보완함.

참고문헌

제1장 아메리카 원주민작가: 전도된 토박이/이방인 의식

1. 이방인 의식의 태동과 치유의 서사: 마머데이의 『새벽으로 지은 집』과 실코의 『의식』

강용기. 「N. 스캇 마마데이의 『새벽으로 지은 집』: "달리기"의 정치학」. 『영어영문학』. 49.2 (2003): 271-288.

강자모. 「마마데이, 실코, 웰치 소설의 포스트 식민주의적 글읽기」. 『현대영미소설』. 5.2 (1998): 5-29.

박은정. 「현대미국소설에 나타난 인종갈등과 문화민족주의」. 『현대영미소설』. 9.1 (2002): 115-47.

Allen, Paula Gunn. ed. "The Feminine Landscape of Leslie Marmon Silko's Ceremony" *Studies in American Indian Literature: Critical Essays and Course Designs*. New York: MLA, 1983. 127-33.

Bell, Robert C. "Circular Design in Ceremony" *Leslie Marmon Silko's Ceremony: A Casebook*. Ed. Allan Chavkin. New York: Oxford UP, 2002. 23-39.

Benediktsson, Thomas E. "The Reawakening of the Gods: Realism and the Supernatural in Silko and Hulme." *Critique*, 33.2 (Winter 1992): 121-31.

Bhabha, Homi K. *The Location of Culture*. New York: Routledge, 1994.

Brice, Jennifer. "Earth as Mother, Earth as Other in Novels by Silko and Hogan." *Critique* 39.2 (Winter 1998): 127-38.

Chavkin, Allan. ed. Leslie Marmon Silko's Ceremony: A Casebook. New York: Oxford

UP, 2002.

Cutchins, Dennis. "So That the Nations May Become Genuine Indian: Nativism and Leslie Marmon Silko's *Ceremony.*" *Journal of American Culture* 22.4 (Winter 1999): 77-89.

Froehlich, Peter Alan & Joy H. Philpott. "Leslie Marmon Silko's Ceremony: A Different Kind of Captivity Narrative" *Native American Literature: Boundaries & Sovereignties.* Ed. Kathryn W. Shanley. Vashon Island: Paradoxa 15, 2001. 98-113.

Hogan, Linda. "Who Puts Together." *Studies in American Indian Literature: Critical Essays and Course Designs.* Ed. Paula Gunn Allen. New York: MLA, 1983. 169-77.

Karem, Jeff. "Keeping the Native in the Reservation: The Struggle for Leslie Marmon Silko's *Ceremony.*" *American Indian Culture And Research Journal.* 25.4 (2001): 21-34.

Krupat, Arnold. *Ethnocriticism: Ethnography, History, Literature.* Berkeley: California UP, 1992.

Momaday, N. Scott. *House Made of Dawn.* New York: Harper & Row, 1968.

_____. *The Man Made of Words.* New York: St. Martin's Griffin, 1997.

Owens, Louis. *Other Destinies: Understanding the American Indian Novel.* Norman: Oklahoma UP, 1992.

Raymond, Michael W. "Tai-Me, Christ, and the Machine: Affirmation through Mythic Pluralism in House Made of Dawn." *Studies in American Fiction* 11.1 (Spring 1983): 61-71.

Ruppert, James. "Mediation in Contemporary Native American Writing." *Native American Perspectives on Literature and History.* Ed. Alan R. Velie. Norman and London: Oklahoma UP, 1995. 7-23.

Schubnell, Matthias. *N. Scott Momaday: The Cultural and literary Background.* Norman: Oklahoma UP, 1985.

Silko, Leslie Marmon. *Ceremony.* New York: Penguin, 1977.

_____. *Yellow Woman and a Beauty of the Spirit: Essays on Native American Life Today.* New York: Simon & Schuster, 1996.

Tyler, S. Lyman. *A History of Indian Policy*. Washington D.C.: Bureau of Indian Affairs, 1973.

Veil, Alan R. *Four American Indian Literary Masters: N. Scott Momaday, James Welch, Leslie Marmon Silko, and Gerald Vizenor*. Norman: Oklahoma UP. 1982.

Vizenor, Gerald. "Dead Voices." *World Literature Today* 66.2 (Spring 1992): 241-42.

Weiler, Dagmar. "N. Scott Momaday: Storyteller" *Conversations with N. Scott Momaday*. ed. Matthias Schubnell. Jackson: Mississippi UP, 1997. 168-77.

2. 저항과 전략적 융화: 웰치의 『피의 겨울』과 비즈너의 『첸서스』

강자모. 「마마데이, 실코, 웰치 소설의 포스트 식민주의적 글읽기」. 『현대영미소설』. 5.2 (1998): 5-29.

_____. 「통문화적 존재양식: 『피의 겨울』의 포스트 식민주의적 글읽기」. 『영어영문학』, 45.3 (1999): 793-814.

김봉은. 「보드리야르의 시뮬레이션 이론으로 비즈너의 동물 담론 읽기」. 『영어영문학 연구』. 47.3. (2005. 9): 65-85.

_____. 「제럴드 비즈너의 『챈서즈』, 미국원주민 구전 문화의 번역인가, 반역인가?」 『현대영미소설』. 9.2 (2002): 29-43.

박은정. 「현대미국소설에 나타난 인종갈등과 문화민족주의」. 『현대영미소설』. 9.1 (2002): 115-47.

장정훈. 「아메리카 원주민작가 ―전도된 토박이/이방인 의식」. 『영어영문학』. 53.1 (2007): 99-128.

Allen, Paula Gunn. ed. "The Feminine Landscape of Leslie Marmon Silko's Ceremony" *Studies in American Indian Literature: Critical Essays and Course Designs*. New York: MLA, 1983. 127-33.

Bakhtin, Michael. *The Dialogic Imagination*. Ed. Michael Holquist. Austin: Texas UP, 1981.

_____. *Problems of Dostoevsky's Poetics*. Trans. Caryl Emerson. Minneapolis: Minnesota UP, 1993.

Berlo, Janet C. & Ruth B Phillips. *Native North American Art*. Oxford: Oxford UP, 1998.

Bhabha, Homi K. *The Location of Culture*. New York: Routledge, 1994.

Blaeser, Kimberly M. *Gerald Vizenor: Writing in the Oral Tradition.* Norman: Oklahoma UP, 1996

Davis, Jack L. "Restoration of Indian Identity in *Winter in the Blood.*" *James Welch.* Ed. Ron McFarland, Lewiston. Idaho: Confluence P. Inc., 1986. 29-43.

Hutcheon, Linda. *A Poetics of Postmodernism.* New York: Routledge, 1988.

Krupat, Arnold. *Ethnocriticism: Ethnography, History, Literature.* Berkeley: California UP, 1992.

_____. *The Turn to the Native: Studies in Criticism & Culture.* Lincoln and London: Nebraska UP, 1996.

Kunz, Don. "Lost in the Distance of Winter: James Welch's *Winter in the Blood.*" *Critique* 20. 1(1978): 93-99.

Lincoln, Kenneth. "Back-Tracking James Welch." *Melus* 6.1 (Spring 1979): 23-40.

Nietzsche, Friedrich. *The Birth of Tragedy.* [1872] Trans. Douglas Smith. Oxford World's Classic: Oxford UP, 2000

Owens, Louis. *Other Destinies: Understanding the American Indian Novel.* Norman: Oklahoma UP, 1992.

Ruoff, A. LaVonne. "Alienation and the Female Principle in *Winter in the Blood.*" *James Welch.* Ed. Ron McFarland, Lewiston. Idaho: Confluence P, Inc., 1986. 59-82.

Ruppert, James. "Mediation in Contemporary Native American Writing." *Native American Perspectives on Literature and History.* Ed. Alan R. Velie. Norman: Oklahoma UP, 1995. 7-23.

Silko, Leslie Marmon. *Yellow Woman and a Beauty of the Spirit: Essays on Native American Life Today.* New York: Simon & Schuster, 1996.

Thackeray, William W. "Crying for Piety in *Winter in the Blood*" *Melus,* 7.1 (1980): 61-78.

Velie, Alan R. *Four American Indian Literary Masters: N. Scott Momaday, James Welch, Leslie Marmon Silko, and Gerald Vizenor.* Norman: Oklahoma UP. 1982.

_____. "The Trickster Novel." *Narrative Chance: Postmodern Discourse on Native American Indian Literatures.* Ed. Gerald Vizenor. Norman: Oklahoma UP, 1993. 121-39.

Vizenor, Gerald. *Darkness in Saint Louis: Bearheart*. Minneapolis: Truck, 1978.

_____. *Griever: An American Monkey King In China*. Minneapolis: Minnesota UP, 1990

_____. *The Heirs of Columbus*. Hanover: Wesleyan UP, 1991.

_____. *Dead Voices: Natural Agonies in the New World*. Norman: Oklahoma UP, 1992.

_____. "Dead Voices" *World Literature Today* 66.2 (Spring 1992): 241-42

_____. "Trickster Discourse: Comic and Tragic Themes in Native American Literature" *Buried Roots & Indestructible Seeds*. Ed. Mark A. Lindquist & Martin Zanger. Madison: Wisconsin UP, 1993.

_____. *Chancers*. Norman: Oklahoma UP, 2000.

Welch, James. *Winter in the Blood* (1974). New York: Penguin, 1986.

제2장 아프리카계 미국작가: 강요된 이민자 의식/파편적 토박이 의식

1. 인종차별과 문화적 배제 속에서의 개인의 정체성 서사: 마샬의 『갈색소녀, 갈색 사암집』과 리드의 『봄까지 일본어 학습 완성』

이경순. 「다문화 속의 정체성 추구 ―폴 마샬의 『갈색 소녀, 갈색 사암집』」. 『현대영미소설』. 3 (1996): 65-86.

장동진 외 3명. 『현대정치철학의 이해: 자유주의, 마르크스주의, 공동체주의, 시민권이론, 다문화주의, 페미니즘』. 서울: 동명사, 2006.

Anderson, Crystal S. "Racial Discourse and Black-Japanese Dynamics in Ishmael Reed's *Japanese by Spring*." *MELUS*, 29.3/4 (2004): 379-96.

Brown, Lloyd W. "The Rhythms of Power in Paule Marshall's Fiction." *NOVEL: A Forum on Fiction* 7.2 (1974): 159-67.

Buff, Rachel. "Community, Culture, and the Caribbean Diaspora." *American Quarterly* 46.4 (1994): 612-20.

Chan, Jeffery Paul et al. "An Introduction to Chinese-American and Japanese-American Literature." *Three American Literatures*. Ed. Houston Baker. New York: MLA, 1982. 197-226.

Christian, Barbara. *Black Women Novelists: The Development of a Tradition, 1892-1976.* Westport, Conn.: Greenwood, 1980.

Collier, Eugenia. "The Closing of the Circle: Movement from Division to Wholeness in Paule Marshall's Fiction." *Black Women Writers(1950-1980): A Critical Evaluation.* Ed. Mari Evans. Garden City: Anchor, 1984. 295-315.

Cruse, Harold. *The Crisis of the Negro Intellectual.* New York: Morrow, 1968.

Dance, Daryl. "An Interview with Paule Marshall." *Southern Review* 28.1 (1992): 1-20.

Denniston, Dorothy. *The Fiction of Paule Marshall: Reconsctuctions of History, Culture, and Gender.* Knoxville: Tennessee UP, 1995.

Diawara, Manthia. "Cultural Criticism/Black Studies." *Borders, Boundaries, and Frames: Essays in Cultural Criticism and Cultural Studies.* Ed. Mae G. Henderson. New York: Routledge, 1995. 202-11.

Fox, Robert Elliot. *Conscientious Sorcerers: The Black Postmodernist Fiction of LeRoi Jones/Amiri Baraka, Ishmael Reed, and Samuel R. Delany.* Westport CT: Greenwood, 1987.

Gilbert, Sandra M., and Susan Gubar. *No Man's Land: The Place of the Woman Writer in the Twentieth Century—Volume 3: Letters from the Front.* New Haven: Yale UP, 1994.

Gordon, Milton M. *Assimilation in American Life: The Role of Race, Religion and National Origin.* New York: Oxford UP, 1964

Hathaway, Heather. *Caribbean Waves: Relocating Claude McKay and Paule Marshall.* Bloomington and Indianapolis: Indiana UP, 1999.

Hunt, Darnell. *Screening the Los Angeles 'Riot': Race, Seeing, and Resistance.* Cambridge: Cambridge UP, 1997.

Japtok, Martin. "Paule Marshall's Brown Girl, Brownstones: Reconciling Ethnicity and Individualism." *African American Review*, 32.2 (Summer, 1998): 305-15.

Kato, Tsunehiko. "Review of Japanese by Spring." *MELUS* 18.4 (1993): 125-27.

Marshall, Paule. *Brown Girl, Brownstones.* New York: The Feminist, 1981.

Martin, Reginald. *Ishmael Reed and the New Black Aesthetic Critics.* New York: St. Martin's, 1988.

McGee, Partrick. *Ishmael Reed and the Ends of Race.* New York: St. Martin's, 1997.

Outlaw, Lucius T. "Racial and Ethnic Complexities in American Life: Implications for African Americans." *Multiculturalism from the Margins: Non-Dominant Voices on difference and Diversity.* Ed. Dean A. Harris. Westport CT: Bergin and Garvey, 1995. 39-53.

Pettis, Joyce. *Toward Wholeness in Paule Marshall's Fiction.* Charlottesville and London: Virginia UP, 1995.

Reed, Ishmael. *Conversations with Ishmael Reed.* Ed. Bruce Dick and Amritjit Singh. Jackson: Mississippi UP, 1995.

_____. "The Many Battles of Ishmael Reed." Interview with George Paul Csicsery. *Conversations with Ishmael Reed.* 314-38.

_____. "Ishmael Reed: An Interview." Interview with Bruce Dick. *Conversations with Ishmael Reed.* 344-56.

_____. *Japanese by Spring.* New York: Penguin, 1996.

_____. Ed. *Multi-America: Essays on Cultural Wars and Cultural Peace.* New York: Viking, 1997.

_____. "Soyinka among the Monoculturalists." *Black American Literature Forum,* 22.4. Wole Soyinka Issue, Part 2. (Winter, 1988): 705-09.

Sagar, Aparajita. "Anglophone Caribbean-American Literature." *New Immigrant Literature in the United States: A Sourcebook to Our Multicultural Literary Heritage.* Ed. Alpana Knippling. Conneticut: Greenwood, 1996. 171-86.

Scheider, Deborah. "A Search for Selfhood: Paule Marshall's Brown Girl, Brownstones." *The Afro-American Novel Since 1960.* Ed. Peter Bruck & Wolfgang Karrer. Amsterdam: B. R. Grüner, 1982. 53-73.

Silver, Mitchell. "Irreconcilable Moral Disagreement." *Defending Diversity: Contemporary Philosophical Perspectives on Pluralism and Multiculturalism.* Ed. Lawrence Foster and Patricia Herzog. Amherst: Massachusetts UP, 1994. 39-58.

Smith, Maria T. *African Religious Influences on Three Black Women Novelists: The Aesthetics of "Vodun" (Zora Neale Hurston, Simone Schwarz-Bart, and Paule Marshall).* Lewiston: The Edwin Mellen, 2007.

Steele, Shelby. "The Recoloring of Campus Life: Student Racism, Academic Pluralism, and the End of a Dream." *Campus Wars: Multiculturalism and the Politics of*

Difference. Ed. John Arthur and Amy Shapiro. Boulder: Westview, 1995. 176-87.

Thomas, H. Niegel. *From Folklore to Fiction: A Study of Folk Heroes and Rituals in the Black American Novel.* New York: Greenwood, 1988.

Vogel, Mark. "Post-Modern Realism: Ishmael Reed and Japanese by Spring." *The Critical Response to Ishmael Reed.* Ed. Bruce Allen Dick. Westport, Connecticut: Greenwood, 1999. 207-27.

Willis, Susan. *Specifying Black Women Writing the American Experience.* Madison: Wisconsin UP, 1987. 53-82.

Womack, Kenneth. "Campus Xenophobia and the Multicultural Project: Ethical Criticism and Ishmael Reed's *Japanese by Spring.*" *MELUS* 26.4 (2001): 223-43.

제3장 아시아계 미국작가: 이민자 의식의 소멸/뿌리 없는 토박이 의식

1. 동화와 차별화의 욕구 사이의 비결정성: 킹스턴의 『여인 무사』와 탠의 『조이 럭 클럽』

구은숙. 「킹스턴의 『여인 무사』 -중국계 미국 여성주체의 텍스트적 재구성」. 『현대 영미소설』 2 (1995): 233-48.

이상란. 「아시아계 미국 여류작가 -'타야' 담술과 그 주제」. 『영어영문학』 40.2 (1994): 333-62.

이소희. 「『조이 럭 클럽』 연구: 문화적 번역 매개체로서의 자연을 중심으로」. 『미국 학논집』 32.1 (2000): 107-26.

정은숙. 「킹스턴의 『여인 무사』에 나타난 대화적 기법: 권위적 담론을 내적 설득 담 론으로 다시 쓰기」. 『현대영미소설』 6.2 (1999): 129-54.

Bhabha, Homi K. *The Location of Culture.* New York: Routledge, 1994.

_____. "The Commitment to Theory." *The Location of Culture.* New York: Routledge. 1994. 19-39.

Boelhower, William. "Ethnic Trilogies: A Poetics of Cultural Passage" *Melus* 12.4 (Winter 1985): 7-23

Cook, Rufus. "Cross-Cultural Wordplay in Maxine Hong Kingston's *China Men* and *The Woman Warrior.*" *Melus* 22.4 (Winter 1997): 133-46.

Challener, Daniel D. *Stories of Resilience in Childhood: The Narratives of Maya*

Angelou, Maxine Hong Kingston, Richard Rodriguez, John Edgar Wideman, and Tobias Wolff. New York: Garland, 1997.

Goellnicht, Donald C. "Blurring Boundaries: Asian American literature as Theory." *An Interethnic Companion to Asian American Literature*. Ed. King-Kok Cheung. Cambridge UP, 1997. 338-65.

Hall, Stuart and Paul du Gay. *Questions of Cultural Identity*. London: Sage, 1996.

Hamilton, Patricia L. "Feng Shui, Astrology, and the Five Elements: Traditional Chinese Belief in Amy Tan's *The Joy Luck Club*." *Melus* 24.2 (Summer 1999): 125-45.

Kingston, Maxine Hong. *The Woman Warrior*. New York: Vintage, 1989.

Kim, Elaine H. *Asian American Literature: An Introduction to the Writing and Their Social Context*. Philadelphia: Temple UP, 1982.

Lan, Feng. "The Female Individual and the Empire: A Historicist Approach to Mulan and Kingston's Woman Warrior." *Comparative Literature* 55.3 (Summer 2003): 229-45.

Lee, Ken-fang. "Cultural Translation and the Exorcist: A Reading of Kingston's and Tan's Ghost Stories" *Melus* 29.2 (Summer 2004): 105-27.

Lim, Shirley Geok-lin. "Twelve Asian American Writers in Search of Self-Definition." *Melus* 13 (1986): 57-77.

Ma, Sheung-mei. *Immigrant Subjectivities in Asian American and Asia Diaspora Literatures*. New York: New York UP, 1998.

Mistri, Zenobia. "Discovering the Ethnic Name and the Genealogical Tie in Amy Tan's *The Joy luck Club*." *Studies in Short Fiction* 35.3 (1998): 251-57.

Shear, Walter. "Generation Differences and the Diaspora in *The Joy Luck Club*." *Critique* 34.3 (Spring 1993): 193-99.

Shu, Yuan. "Cultural Politics and Chinese-American Female Subjectivity: Rethinking Kingston's Woman Warrior." *Melus*, 26.2 (Summer 2001): 199-223.

Tan, Amy. *The Joy Luck Club*. New York: Ivy Books, 1989.

———. "Mother Tongue", *Asian American literature: A Brief Introduction and Anthology*, Ed. Shawn Wong, Harper Collins, 1996. 42-44.

Teleky, Richard. "'Entering the Silence': Voice, Ethnicity, and the Pedagogy of Creative Writing." *Melus* 26.1 (Spring 2001): 205-19.

Yuan, Yuan. "The Semiotics of China Narratives in the Con/texts of Kingston and Tan." *Critique* 40.3 (Spring 1999): 292-303.

Xu, Ben. "Memory and the Ethnic Self: Reading Amy Tan's *The Joy Luck Club*." *Melus* 19.1 (Spring 1994): 3-18.

Zeng, Li. "Diasporic Self, Cultural Other: Negotiating Ethnicity through Transformation in the Fiction of Tan and Kingston." *Language and Literature* 28 (2003): 1-15.

2. 일본계 미국인들의 분열된 자아정체성: 소네의 『니세이 딸』과 오카다의 『노노 보이』

나희경. 「자기 은폐를 통한 자기 확인: 이창래의 『원어민』과 수키 김의 『통역자를 중심으로』 『현대 영미소설』 13.2 (2006): 7-38.

박진임. 「존 오카다의 『노노 보이』에 나타난 일본계 미국인의 어두운 자화상: 아시아계 미국문학의 특수성에 대한 고찰」. 『현대 영미소설』 10.2 (2003): 155-75.

_____. 「인종과 자본의 시각에서 일본계 미국문학 읽기: 존 오카다의 『노노보이』와 모니카 소네의 『니세이 딸들』을 중심으로」. 『영어영문학』 59.4 (2013): 619-43.

이창신. 「제2차 세계대전 중 미국 내 일본인 강제 격리수용소 생활과 그 이후」. 『미국학 논집』 41.3 (2009): 97-141.

장태한. 『아시안 아메리칸: 백인도 흑인도 아닌 사람들의 역사』. 서울: 책세상, 2004.

황경희. 「개인의식과 집단 의식 사이의 심리적 경계상태: 『노노 보이』와 『오바상』」. 『현대영어영문학』 50.4 (2006): 151-72.

Chang, Joan Chiung-huei. "Conflicts between Nation and Family: A Study of the Diaspora in Monica Sone's Nisei Daughter." *Journal of American Studies* 32.2 (Winter 2000): 379-99.

Daniels, Roger. *Prisoners without Trial: Japanese American in the World War II.* New York: Hill and Wang, 1993.

Goellnicht, Donald C. "Minority History as Metafiction: Joy Kogawa's Obasan." *Tulsa Studies in Women's Literature* 8.2 (1989): 287-306.

Gribben, Bryn. "The Mother That Won't Reflect Back: Situating Psychoanalysis and the Japanese Mother in *No-No Boy*." *Melus* 28.2 (Summer 2003): 31-46.

Hall, Stuart, "Who Needs 'Identity'?" *Questions of Cultural Identity.* Ed. Stuart Hall and Paul du Gay. London: Sage, 1996. 1-17.

Kim, Elaine. "Japanese American Family and Community Portrait." *Asian American*

Literature: An Introduction to the Writings and Their Social Context. Philadelphia: Temple UP, 1982. 122-72.

Lim, Shirley Geok-lin. "Japanese American Women's life stories: Maternality in Monica Sone's *Nisei Daughter* and Joy Kogawa's *Obasan*." *Feminist Studies* 16 (1990): 289-312.

Ling, Jinqi. "Race, Power and Cultural Politics in John Okada's *No-No Boy*." *American Literature* 67.2 (1995): 359-81.

Mcdonald, Dorothy R. "After Imprisonment: Ichiro's Search for Redemption in *No-No Boy*." Ed. Harold Bloom. *Modern Critical Views: Asian-American Writers*. 5-12.

Okada, John. *No-No Boy*. Seattle: Washington UP, 1976.

Ricoeur, Paul. Time and Narrative. Vol. 3. Trans. Kathleen Blamey and David Pellauer. Chicago: Chicago UP, 1988.

_____. "Narrative Identity." *On Paul Ricoeur: Narrative and Interpretation*. Trans. David Wood. Lonodn: Routledge, 1991. 188-99.

Sato, Gayle K. Fujita. "Momotaro's Exile: John Okada's No-No Boy." *Reading the Literatures of Asian America*. Eds. Shirley Geok-lin Lim and Amy Ling. Philadelphia: Temple UP, 1992. 239-58.

Sone, Monica. *Nisei Daughter*. Seattle: Washington UP, 1979.

Yogi, Stan. "Japanese American Literature." *An Interethnic Companion to Asian American Literature*. Ed. King-Kog Cheung. New York: Cambridge UP, 1997. 125-55.

_____. "'You Had to Be One or the Other': Oppositions and Reconciliation in John Okada's *No-No Boy*." *Melus-Amherst* 21.2 (1996): 63-77.

Weglyn, Michi. *Years of Infamy: The Untold Story of American's Concentration Camps*. New York: Morrow, 1976.

3. 의사소통의 부재를 넘어 가족애의 복원: 라히리의 『질병의 통역사』와 리의 『가족』

나희경. 「자기 은폐를 통한 자기 확인: 이창래의 『원어민』과 수키 김의 『통역자』를 중심으로」. 『현대영미소설』. 13.2 (2006): 7-38.

성우제. 「어떤 언어를 쓸까 과도하게 집착한다」. 『시사저널』(1999. 9. 30): 106-07. 장동진 외 3명. 『현대정치철학의 이해: 자유주의, 마르크스주의, 공동체주의, 시민권이론, 다문화주의, 페미니즘』. 서울: 동명사, 2006.

장정훈. 「아메리카 원주민작가 －전도된 토박이/이방인 의식」. 『영어영문학』. 53.1 (2007): 99-128.

_____. 「아프리카계 미국작가 강요된 이민자 의식/파편적 토박이 의식」. 『영어영문학』. 54.1 (2008): 77-105.

Bess, Jennifer. "Lahiri's Interpreter of Maladies." *Explicator* 62.2 (Winter 2004): 125-28.

Case, Kristen. "Turbulence in Suburbia." *New Leader* 87.2 (Mar/Apr 2004): 26-7.

Chakrabarti, Basudeb and Angana. "Chakrabarti. Context: A Comparative Study of Jhumpa Lahiri's 'A Temporary Matter' and Shubodh Ghosh's 'Jatugriha.'" *The Journal of Indian Writing in English* 30.1 (2002): 23-29.

Cowart, David. "The Guilt of Daedalus." *American Book Review* 26.2 (Jan/Feb 2005): 16-9.

Dubey, Ashutosh. "Immigrant Experience in Jhumpa Lahiri's *Interpreter of Maladies*." *The Journal of Indian Writing in English* 30.2 (2002): 22-26.

Lahiri, Jhumpa. *Interpreter of Maladies*. New York: Houghton Mifflin, 1999.

Lee, Chang-rae. *Aloft*. New York: Riverhead Books, 2004.

_____. *A Gesture Life*. New York: Riverhead Books, 1999.

_____. *Native Speaker*. New York: Riverhead Books, 1995.

Lewis, Simon. "Lahiri's Interpreter of Maladies." *Explicator* 59.4 (Summer 2001): 219-221.

Nityanandam, Indira. *Jhumpa Lahiri: The Tale of the Diaspora*. New Delhi: Creative Books. 2005.

Noor, Roony. "Interpreter of Maladies(Book Review)." *World Literature Today*. 74.2 (Spring 2000): 365-66.

Seaman, Donna. "Aloft(Upfront: Advance Reviews)." *Booklist* 100.7 (12/2/ 2003): 627.

Smith, Starr E. "Aloft(Book Review)." *Library Journal*. 129.2 (2/1/2004): 124.

Williams, Laura Anh. "Foodways and Subjectivity in Jhumpa Lahiri's *Interpreter of Maladies*." *Melus*, 32.4 (Winter 2007): 69-79.

Williams, Noelle Brada. "Reading Jhumpa Lahiri's Interpreter of Maladies as a Short Story Cycle." *Melus*, 29. Number3/4 (Fall/Winter 2004): 452-64.

www.houghtonmiffinbooks, com. *A Reader's Guide: A Conversation with Jhumpa Lahiri*. 2010.01.30

4. 외상적 기억이 남긴 상흔의 치유: 리의 『항복자들』

권영희. 「트라우마와 탈식민주의 서사: 캐럴 필립스의 『마지막 항해』」. 『현대영미소설』 20.2 (2013): 25-48.

노은미. 「폭력의 기억: 『항복자』에 나타난 저항의 심리학」. 『현대영미소설』 18.3 (2011): 51-72.

신혜정. 「이창래의 『더 서렌더드』: 집단적 외상 인식과 치유 가능성 모색」. 『영어영문학 연구』 55.4 (2013. 12): 375-96.

Barret, Deidre. Trauma and Dreams. Cambridge, Mass.: Harvard UP, 1996.

Brosman, Catharine Savage. "The Functions of War Literature." *The South Central Review*, 9.1 (Spring 1992): 85-98.

Caruth, Cathy, ed. *Trauma: Explorations in Memory*. Baltimore: The Johns Hopkins UP, 1995.

_____. *Unclaimed Experience*. Baltimore: The Johns Hopkins UP, 1996.

Chang-Rae Lee. *Native Speaker*. New York: Riverhead Books, 1995.

_____. *A Gesture Life*. New York: Riverhead Books, 1999.

_____. *Aloft*. New York: Riverhead Books, 2004.

_____. *The Surrendered*. New York: Riverhead Books of Penguin Group Inc., 2010.

_____. "Amazon Exclusive: Chang-Rae Lee on *The Surrendered*." 15 June 2011. Amazon.com Review.

⟨http://www.amazon.com/Surrendered-Chang-rae-Lee/dp/1594485011⟩

Freud, Sigmund. "The Dream and the Primal Scene." *An Infantile Neurosis and Other Works. Vol. XVII (1917-1919) of The Standard Edition of The Complete Psychological Works of Sigmund Freud*. Ed. James Strachey et al. London: The Hogarth, 1957. 29-47.

Herman, Judith M.D. *Trauma and Recovery: The Aftermath of Violence: From Domestic Abuse to Political Terror*. New York: Basic Books, 1992.

Kaplan, E. Ann. *Trauma Culture*. London: Rutgers UP, 2005.

Lacan, Jacques. "Tuché and Automation." *The Four Fundamental Concepts of Psychoanalysis*. Ed. Jcques-Alain Miller. Trans. Alan Sheridan. New York: Penguin, 1977. 53-64.

Luhrmann, T. M. "The Traumatized Social Self: The Parsi Predicament in Modern

Bombay." *Publication-Society for Psychological Anthropology*, 11 (2000): 158-193.

McCann, I. Lisa & Pearlman, Laurie A. "Vicarious Traumatization: A Framework for Understanding the Psychological Effects of Working with Victims." *Journal of Traumatic Stress* 3.1 (1990): 131-49.

Tal, Kali. *Worlds of Hurt: Reading the Literature of Trauma*. Cambridge: Cambridge UP, 1996.

Vickroy, Laurie. *Trauma and Survival in Contemporary Fiction*. Charlottesville: U of Virginia P. 2002.

5. 혼종성의 역동성: 리의 『만조의 바다 위에서』

김용규. 「포스트 민족시대 혼종과 틈새의 정치학: 호미 바바 읽기」. 『비평과 이론』 10.1 (2005): 29-57.

김진경. 「디스토피아에서의 디아스포라적 상상력: 『만조의 바다 위에서』 연구」. 『미국소설』. 22.3 (2015): 65-93.

장정훈. 「혼종성의 역동성: 마샬의 『갈색 소녀, 갈색 사암집』과 실코의 『의식』, 그리고 리의 『만조위의 바다 위에서』를 중심으로」. 『현대영미소설』 24.3 (2017): 99-128.

Benediktsson, Thomas E. "The Reawakening of the Gods: Realism and the Supernatural in Silko and Hulme." *Critique*, 33.2 (Winter 1992): 121-31.

Bhabha, Homi K. *The Location of Culture*. New York: Routledge, 1994.

Braidotti, Rosie. *Nomadic Subjects*. New York: Columbia UP, 1994.

Chang-rae, Lee. *On Such a Full Sea*. New York: Riverhead Books. 2014.

Corrigan, Maureen "Chang-rae Lee Stretches for Dystopic Drama, but Doesn't Quite Reach" *NPR Books* 14: Jan., 2014. ⟨http://www.npr.org/2014/01/14/262386113/chang-rae-lee-stretches-for-dystopic-drama-but-doesnt-quite-reach⟩

Cummins, Anthony. "On Such a Full Sea Chang-rae Lee, Review" *The Telegraph 19.* Jan 2014 ⟨http://www.telegraph.co.uk/culture/books/bookreviews/10578935⟩ OnSuch-a-Full-Sea-by-Chang-Rae-Lee-review.html⟩

Dirlik, Arif. Postcolonial Aura: *Third World Criticism in the Age of Global Capitalism.* Colorado: Westview, 1997.

Gordon, Milton M. *Assimilation in American Life: The Role of Race, Religion and*

National Origin. New York: Oxford UP, 1964

Kalra, Virinder S, Kaur, Raminder and Hutnyk, John. *Diaspora & Hybridity*. London: SAGE, 2005.

Leyshon, Cressida. Chorus of "WE": An interview with Chang-rae Lee. *The New Yorker* 7: Jan., 2014. 〈http://www.newyourker.com/online/blogs/books/2014/01/thechorus-of-we-an-interview-with-chang-rae-lee.html〉

제4장 유대계 미국작가: 민족의식 내재화/토박이 의식의 획득

1. 주체 재현의 서술기법: 필립 로스의 『카운터라이프』와 『샤일록 작전』

Baumgarten, Murray and Barbara Gottfried. Understanding Philip Roth. Columbia: South Carolina UP, 1990.

Benveniste, Emile. *Problems in General Linguistics*. Trans. Mary Elizabeth Meek. *Miami linguistic Ser.* 8. Coral Gables, FL: Miami UP, 1971.

Bloom, Harold. "Operation Roth." Rev. of *Operation Shylock*, by Philip Roth. *New York Review of Books* 22 (Apr. 1993): 45-48.

Brodsky, Garry M. "A Way of Being a Jew; A Way of Being a Person." *Jewish Identity*. Eds. David Theo Goldberg and Michael Krausz. Philadelphia, PA: Temple UP, 1993: 245-63.

Cooper, Alan. *Philip Roth and the Jews*. Albany: State University of New York, 1996.

Dostoevsky. *The Double*. *The Short Novels of Dostoevsky*. Trans. Constance Garnett. New York: Dial, 1945: 475-615.

Gogol, Nikolai. *The Nose*. *The Collected Tales and Plays of Nikolai Gogol*. Trans. Constance Garnett. Ed. Leonard J. Kent. New York: Random, 1964: 474-97.

Halio, Jay L. *Philip Roth Revisited*. New York: Twayne, 1992.

Hutcheon, Linda. *A Poetics of Postmodernism*. New York: Routledge, 1988.

Lyotard, Jean-Francois. *The Postmodern Condition*. Trans. Geoff Bennington and Brian Massumi. Minneapolis: Minnesota UP, 1998.

Rank, Otto. *The Double: A Psychoanalytic Study*. Trans. Harry Tucker. New York: NAL, 1979.

Roth, Philip. *The Counterlife*. New York: Farrar, 1986.

_____. *My Life as a Man*. New York: Holt, Rinehart and Winston, 1974.

_____. *Operation Shylock: A Confession*. New York: Vintage, 1993.

_____. *Zuckerman Bound: A Trilogy & Epilogue*. New York: Farrar, Straus, and Giroux, 1985. Containing *The Ghost Writer*, *Zuckerman Unbound*, *The Anatomy Lesson*, and *Epilogue: The Prague Orgy*.

Rubin-Dorsky, Jeffrey. "Philip Roth and American Jewish Identity: The Question of Authenticity." *American Literary History* 13.1 (2001): 79-107.

Safer, Elaine B. "The Double, Comic Irony, and Postmodernism in Philip Roth's *Operation Shylock*." *Melus* 21.4 (1996): 157-72.

Shakespeare, William. *The Merchant of Venice*. Ed. John Russell Brown. London: Routledge, 1992.

Shostak, Debra. "The Diaspora Jew and the 'Instinct for Impersonation': Philip Roth's *Operation Shylock*." *Contemporary Literature* 38.4 (1997): 726-54.

_____. "'This Obsessive Reinvention of The Real': Speculative Narrative in Philip Roth's *The Counterlife*." *Modern Fiction Studies* 37.2 (1991): 197-216.

Thomas, D. M. "Face to Face With His Double." *New York Times Book Review* 7 March, 1993: 20-21.

Wagenaar, Willem A. *Identifying Ivan*. Cambridge, MA: Harvard UP, 1988.

Wilson, Matthew. "Fathers and Sons in History: Philip Roth's *The Counterlife*." *Prooftexts* 11.1 (1991): 41-56.

2. 개인, 인종, 그리고 역사의 불협화음: 필립 로스의 『미국에 대한 음모』

김형인. 「미국 흑백인종주의의 특성과 변천」. 『서양문명과 인종주의』. 한국서양사학 회편. 서울: 지식산업사, 2002. 155-85.

원철. 「『제 5 도살장』: 세계와 주체성」. 『새한영어영문학』. 50.2 (2008): 95-111.

이경원. 「W. E. B. 듀보이스와 '니그로'의 재구성」. 『영어영문학』. 55.5 (2009): 907-36.

전수용. 「포스트모던 바이오픽션의 역사성 읽기: 줄리안 바안즈의 『플로베르의 앵무 새』(*Flaubert's Parrot*, 1990)」. 『현대영미소설』. 14.3 (2007): 157-86.

정덕애. 「시작점 없는 소설: 피터 애크로이드의 소설 『채터튼』의 역사, 재현, 서사구 조」. 『현대영미소설』. 14.3 (2007): 187-206.

Bradbury, Malcom. *The Modern American Novel*. New York: Oxford UP, 1984.

Bergson, Henri. "Laughter" *Comedy*. Ed. Wylie Sypher. Baltimore: Johns Hopkins UP, 1980: 61-255.

Brodsky, Garry M, "A Way of Being a Jew: A Way of Being a Person." *Jewish Identity*. Eds. David Theo Goldberg and Michael Krausz. Philadelphia, Pa.: Temple UP, 1993: 245-63.

Cowley, Jason. "The Terror of the Unforeseen." *New Statesman* 133. 4709 (2004): 48-49.

Du Bois, W. E. B. *The Oxford Handbook of W. E. B. Du Bois Reader*. Ed. Eric J. Sundquist. Oxford UP, 1996.

Fanon, Frantz. *The Wretched of the Earth*. New York: Grove Weidenfeld, 1963.

Franklin, John and Moss, Jr., Alfred. *From Slavery to Freedom: A History of African American*, New York: McGrow-Hill, 2000.

Gates, Henry Louis Jr. *Thirteen Ways of Looking at a Black Man*. New York: Random House, 1997.

Gooding-Williams, Robert. "Outlaw, Appiah, and Du Bois's 'The Conservation of Races'," *W. E. B. Du Bois on Race and Culture*. Ed. Bernard W. Bell, Emily R. Grosholz, and James B. Stewart. New York: Routledge, 1996. 39-56.

Hutcheon, Linda. *A Poetics of Postmodernism*. New York: Routledge, 1988.

Lelchuk, Alan. "On Satirizing Presidents." *In Conversations with Philip Roth*. Ed. George J. Searles. Jackson and London: Mississippi UP, 1992.

Levine, Paul. *E. L. Doctorow*. London: Methuen, 1985.

Montrose, Louis A. "Professing the Renaissance: The Poetics and Politics of Culture" *The New Historicism*. Ed. Aram Veeser. New York: Routledge, 1989. 15-36

Nietzsche, Friedrich. *The Will To Power*. Trans. Walter Kaufmann & R. J. Hollingdale. New York: Random House, 1968.

Michaels, Walter Benn. "Plots Against America: Neoliberalism and Antiracism." *American Literary History* 18.2 (2006): 288-302.

Pinsker, Sanford. "Climbing Over the Ethnic Fence: Reflections on Stanley Crouch and Philip Roth." *The Virginia Quarterly Review* 78.3 (2002): 472-80.

Posnock, Ross. "On Philip Roth's The Plot Against America." *Salmagundi*, 150/1 (Spring 2006): 270-82.

Roth, Philip. "Jewishness and Younger Intellectuals." *Commentary* 31.4 (1961): 350-51.

_____. *Our Gang*. New York: Random House, 1971.

_____. *Reading Myself and Others*. New York: Farrar, Straus and Giroux, 1975.

_____. *Zuckerman Bound: The Ghost Writer, Zuckerman Unbound, The Anatomy Lesson, Epilogue/The Prague Orgy*. New York: Farrar, Straus and Giroux, 1979.

_____. *The Facts: A Novelist's Autobiography*. London: Penguin Books, 1988.

_____. *Operation Shylock: A Confession*. New York: Vintage, 1993.

_____. *American Pastoral*. New York: Vintage, 1997.

_____. *I Married a Communist*. New York: Vintage, 1998.

_____. *The Human Stain*. New York: Houghton Mifflin Company, 2000.

_____. *The Plot Against America*. New York: Houghton Mifflin Company, 2004.

Safer, Elaine B,. *Mocking the Age: The Later Novels of Philip Roth*. Albany: New York UP, 2006.

Shechner, Mark. *After the Revolution: Studies in the Contemporary Jewish American Imagination*. Bloomington, Ind.: Indiana UP, 1987.

Spivak, Gayatri. "Translator's Preface." *Of Grammatology*. Trans. Gayatri Spivak. Baltimore: The Johns Hopkins UP, 1976. 9-137.

Sokoloff, Naomi. "Reading for the plot? Philip Roth's *The Plot Against America*." *AJS Review* 30.2 (Nov., 2006): 305-12.

Trenner, Richard, ed. *E. L. Doctorow: Essays and Conversations*. Princeton, N.J.,: Ontario Review, 1983.

Wade, Stephen. *The Imagination in Transit: The Fiction of Philip Roth*. Sheffield: Sheffield Academic, 1996.

찾아보기

지은이 **장정훈**

전남대학교 대학원 영어영문학 박사
전남대학교 영어영문학과 영미문화연구소 전임연구원 및 학술연구교수
국립목포대학교 및 전남대학교 강의 교수

논문 • "The Narratives of Traumatic Memory, Amnesia, and Healing: Focused on *Slaughterhouse-Five & In the Lake of the Woods*"
   • 「혼종성의 역동성: 『갈색 소녀, 갈색 사암집』과 실코의 『의식』, 그리고 리의 『만조의 바다 위에서』를 중심으로」
   • "Invisible Power and a Flight for Self-Establishment: Focused on *Naked Lunch & One Flew Over the Cuckoo's Nest*"
   • 「외상적 기억이 남긴 상흔의 치유: 팀 오브라이언의 『칠월, 칠월』과 이창래의 『항복한 자들』을 중심으로」 외 다수
저서 • 『미국문학의 근원과 프레임』(도서출판 동인, 2019)
   • 『미국근현대소설: 워싱턴 어빙부터 이창래까지』(공저, 한국문화사, 2017)
   • 『중심에 선 경계인: 필립 로스의 소설로 읽는 유대계 미국인의 삶』(도서출판 동인, 2011)
   • 『20세기 미국 소설의 이해 II』(공저, 도서출판 동인, 2005)
   • 『노튼 포스트모던 미국소설』(공저, 도서출판 글월마로니, 2003) 외 다수

이민자 의식과 토박이 의식
미국 소수민족 소설을 중심으로

초판 1쇄 발행일 2020년 1월 15일
장정훈 지음

발행인 이성모
발행처 도서출판 동인
주 소 서울시 종로구 혜화로3길 5 118호
등 록 제1-1599호
TEL   (02) 765-7145 / FAX (02) 765-7165
E-mail dongin60@chol.com
I S B N 978-89-5506-816-0
정 가 23,000원

※ 잘못 만들어진 책은 바꿔 드립니다.